Liebesgeschichten

Erzählungen von Frank Stein

Alle Namen, Personen und Handlungen dieser Erzählungen sind frei erfunden. Nichts von dem, was in diesem Buch erzählt und beschrieben wurde, hat jemals stattgefunden. Irgendwelche Ähnlichkeiten mit lebenden oder verstorbenen Personen sind rein zufällig und nicht beabsichtigt.

Die Meinung und Ansichten der Personen in diesem Roman müssen nicht unbedingt die Ansichten des Autors wiedergeben.

Für das Titelbild bedanke ich mich ganz herzlich bei Miss Lara.

Vorwort ... ***5***

Fünf Jahre ... ***6***

Anruf ... 7

Versprochen ist versprochen ... 17

Einkaufen und Spielen ... 31

Wolle ... 38

Ihre Bude ... 44

Verschleppt ... 56

Eine Katze ... 79

Weit weg ... 85

Unmögliche Liebe ... ***90***

Sabine ... 91

Katja ... 95

Heiner ... 99

Die Feier ... 102

Am Morgen danach ... 130

Die Suhle ... 133

Genesung ... 147

Ein Brief ... 157

Sucht ... 161

Anatepca ... ***170***

Masul ... 171

Zhara von Caran ... 209

Das Fest ... 232

Bei Masul ... 238

Caran 253
Wiedersehen 283
Markiert 292
Weitere Bücher von Frank Stein **..300**

Vorwort

In diesem Buch habe ich drei meiner Geschichten für Sie gesammelt, in denen es einzig um die Liebe geht:

In „Fünf Jahre“ erzähle ich Ihnen, wie eine junge Stundentin verzweifelt versucht, die finanziellen Probleme ihrer Eltern zu lösen, für die sie unvorsichtiger mit bürgt. Ihre Zukunft, ihre Karriere, alles für was sie bsiher gearbeitet hat, steht auf dem Spiel. Sie sieht nur noch die Möglichkeit, den ärgsten Feind und Gegenspieler ihrer Eltern, um Hilfe zu bitten.

In „Unmögliche Liebe“ treibt das bisher harmonische Zusammenleben eines Mannes mit seiner Geliebten und seiner Frau auf einen Punkt zu, von dem es kein ‚Weiter‘ mehr gibt. Die Gefühle der drei Personen entwickeln sich in unvorhersehbarer Weise zu einer neuen Beziehung, in der sich die Beteiligten in neuem Licht sehen.

„Anatepca“ schließlich erzählt von Menschen eines anderen Kontinents über ein Land und eine Zeit, über die wir weniger wissen als über die Besiedlung Europas durch die Neanderthaler: Südamerika nach der spanischen Eroberung des Inka-Reichs, knapp vor dem 19. Jahrhundert. Wenig ist bekannt über das Reich der Inkas, auch wenig über die Zeiten nach der Inbesitznahme durch die spanische Krone. Nicht nur die Vernichtung aller Spuren durch Spanier und zuvor durch die Inkas ist ausschlaggebend für diese Leere, sondern auch die Überlieferung nur weniger, falscher und verzerrter Quellen. Die Leere der Überlieferung nutze ich hier und fülle sie mit einer Geschichte, wie es an einem winzigen Punkt in diesem riesigen Kontinent gewesen sein könnte.

Frank Stein

Fünf Jahre

Anruf

Es war sehr spät als Frank Franz sein Auto in den Carport stellte. Der Donnerstag war anstrengend gewesen, trotzdem begann jetzt unausweichlich das lange Wochenende. Er liebte die Wochenenden nicht mehr, seit er alleine wohnte. Die Erinnerungen an alles was in Haus und Garten geschehen war, mochte er nicht missen. Unter der Woche war es für ihn tröstend hier zu sein, an diesem Platz, an dem er sich mit seiner Frau behauptet hatte. An den Wochenenden jedoch bedrängten ihn die Erinnerungen geradezu. Das Haus, das sie eingerichtet hatte. Die Steine und Pflanzen, mit denen sie in den Garten dekoriert und in einen Park verwandelt hatte. Ihre Küche. Wenigstens hatte er sich überwunden ihre persönlichen Dinge aus dem Haus zu räumen: Es war nicht mehr „Familie Franz“ sondern nur noch „Frank Franz“ der das Haus bewohnte.

Katrin war vor zwei Jahren an Krebs verstorben. Es war sehr schnell gegangen, es hatten sich bereits Metastasen gebildet und sie war als „inoperabel“ eingestuft worden. Chemotherapie war ihre einzige, letzte Hoffnung gewesen. Während der dritten Chemo war ihr Kreislauf zusammengebrochen wie ein Kartenhaus. Immerhin, sie hatte ihren Humor bis zuletzt behalten und noch erlebt wie sie ihren letzten Prozess gegen den Nachbarn auf der anderen Straßenseite gewannen.

Die Zeit nach ihrem Tod war mit den üblichen Ritualen und Terminen des Abschieds und der Erinnerung zum Bersten gefüllt. Aufrichtige Anteilnahme zuerst, dann Interesse an dem jungen Witwer ohne Kind und Anhang, noch keine vierzig Jahre alt, gesund... Einige der jungen Frauen die ihm ihre Anteilnahme bewiesen, waren zwar „jung und belastbar“. Ihr Interesse ekelte ihn jedoch körperlich derart an, dass er die Einsamkeit als angenehmer empfand.

Die Gegend war sehr still geworden. Das Geschrei, das dauernde Türenschlagen und das Gekeife waren verstummt, seit die Nachbarn auf der anderen Straßenseite gegenüber ihr Haus verkauft hatten. Oder, besser gesagt, verkaufen mussten, um ihre horrenden Schulden zu bezahlen. Die jetzigen Besitzer, ein Verein für die Unterstützung gehörloser und stummer Menschen, hatte das Nachbarhaus umgebaut und als Schulungszentrum eingerichtet. Die kleine Straße mit den zwei Häusern am Ende des Dorfes war damit ein Ort des Friedens und der Stille geworden.

Der Mond war ein Viertel und zunehmend, bereits aufgegangen und stand am Himmel, die Sonne wollte aber noch nicht klein beigeben und tauchte, kaum über dem Horizont stehend, die Landschaft in ein weiches, rötliches Licht. Frank schloss seinen Phaeton ab. Er mochte dieses Auto: Es sah so unscheinbar aus, ohne den Schriftzug am Heck wie ein unauffälliger Passat und war doch ein technisches Kunstwerk. Wie der Garten, oder besser gesagt, der kleinen Park, der sich hinter seinem Haus ausbreitete. Er musste schmunzeln: Katrin hatte stets eine Schnute gezogen, wenn er Technik und Natur verglich! Sie hatte den Garten geliebt, langsam wachsende Gehölze gepflanzt, jedes Einzelne gehegt und gepflegt. Ihre Katzen hatten sich hier in der Sonne geräkelt und Mäuse gefangen, auch die eine oder andere Amsel. Bis sie unter mysteriösen Umständen jämmerlich eingegangen waren. Das war der Auftakt gewesen. Sein Collie war als Nächstes verendet. Dann kamen die ersten Anzeigen und ein jahrelanger Kampf begann, den der Nachbar unbelehrbar vor Gericht gegen sie geführt hatte. Jeden einzelnen Prozess hatte der Nachbar mit Pauken und Trompeten verloren. Der Anwalt der Gegenseite war ein Halsabschneider gewesen, ein krimineller Abmahnanwalt der besser Taxifahrer geblieben wäre. Die eigene Anwältin dagegen war Teilhaberin einer erfolgreichen Kanzlei, die der Gegenseite, „den Rupperts“ ihre Argumente um die Ohren schlug. Ihre Anträge und Schreiben waren stets wohlformuliert gewesen und die Prozesse hatten die Rupperts Geld gekostet, viel Geld. So viel, dass die Rupperts schließlich klein beigeben mussten, ihr Haus verkauften und jetzt in einer ärmlichen Mietwohnung in der Stadt hausten.

Frank riss sich von seinen Erinnerungen los. Die Gehölze waren zu pflegen, die Garteneinfassung auf Form zu schneiden, der Rasen zu wässern, und der Carport könnte einen Anstrich vertragen. Ich habe eine Aufgabe, sagte er zu sich, betrat sein Haus und schloss die Tür.

Der tägliche Stapel Post hinter der Haustür bestand aus kostenlosen Zeitschriften und Reklamemüll, wichtig war lediglich ein Brief der Kanzlei seiner Anwältin mit der letzten Rechnung und einem persönlichen Gruß. Es ist wirklich vorbei, dachte er sich. Endlich endlich endlich ist alles vorbei und ich kann einen Schlussstrich ziehen. Er holte tief Luft, goss sich einen trockenen Sherry ein und richtete sein Abendessen: Brot und frische Wurst, Tomaten, Paprika und Gurken. Die Uhr schlug bedächtig dreiviertel sechs als er die Reste zurück in die Küche trug. Zeit für etwas Fernsehen oder für ein Buch.

Mit dem Schrillen des Telefons ahnte er, dass aus dem faulen gemütlichen Abend nichts werden würde. Die aufgeregte Stimme der jungen Frau am anderen Ende der Leitung bestätigte seine Ahnungen. Übergangslos sprach sie gehetzt los.

„Bitte legen Sie nicht auf!“
Er musste lachen. Was sollte das werden?
„Und warum, junge Frau?“
„Bitte! Sie sind meine einzige Hoffnung. Bitte reden sie mit mir!“
Der flehentliche Unterton der Stimme war nicht zu überhören, aber er erkannte sie nicht. Wer war sie? Eine Selbstmörderin? Eine Verrückte? Na gut, sagte er sich, heute ist der Tag für meine gute Tat.

„Reden Sie! Ich bin ganz Ohr!“
„Ich muss sie treffen. Sie sind der einzige Mensch, der jetzt noch helfen kann. Bitte!“
„Sagen Sie… um was geht es denn hier? Spielen sie ‚Mission Impossible‘? Hier ist nicht Ethan Hunt! Sie haben die falsche Nummer! Wer sind sie überhaupt? Und wen wollen sie sprechen?
Sie musste nicht lachen. Er hörte etwas das sich nach einem unterdrückten Schluchzen anhörte, war sich aber nicht sicher.
„Sie sind Frank Franz, sie kennen mich. Stefanie Ruppert, mit Namen.“

Frank holte unwillkürlich tief Luft. Ja, er kannte sie. Von Sehen. Die einzige Tochter seiner ehemaligen Nachbarn. Ein netter Backfisch

war sie gewesen, als er sie zuletzt sah. Dann hatte sie Biologie studiert und war immer seltener da gewesen, zum Schluss war ihr klappriges Auto nicht mehr aufgetaucht.
„Frau Ruppert, ich habe heute die letzte Rechnung meiner Kanzlei bekommen. Es ist aus, aus und vorbei. Ich möchte mit ihre Familie nicht das Geringste zu tun haben, nicht mehr, nie wieder. Verstehen sie das?“
„Ich verstehe sie besser als sie denken, Herr Franz. Wollen sie mich nicht doch anhören, oder ändern sie immer so schnell ihre Meinung?“
„Das ist nicht fair, sie wissen es. Aber jetzt, reden Sie.“
„Ich muss sie treffen, egal wo, so schnell wie möglich. Bitte! Es ist ernst!“
„Nach all dem was war? Damit ich eine Anzeige wegen Vergewaltigung bekomme? Sind sie…?“

Er sprach es nicht aus, fügte aber an, dass er sich allerhöchstens ein Gespräch zusammen mit seiner Anwältin vorstellen könnte. Selbstverständlich in ihrer Kanzlei, wenn es sehr dringend wäre, dann könne sie auch jetzt reden. Zu seiner Überraschung atmete die junge Frau erleichtert auf.
„Ich bin im Büro ihrer Anwältin, Herr Franz. Bitte, ich gebe sie weiter.“
Franz Anwältin meldete sich.
„Na, ist das eine Überraschung? Erst die Rechnung, dann der Knaller? Passen sie auf, ich möchte auch noch etwas vom Wochenende. Kommen sie bitte, kommen sie schnell. Die Straße wird ja jetzt frei sein. Ja? Tun sie es für mich! Ich werde sie sonst nicht los.“

Natürlich kam er, so schnell es eben ging. Von der Straße war zu sehen, dass die Kanzlei dunkel war, verlassen. Lediglich in Eva Hoffmanns Büro brannte Licht. Auf sein Klingen öffnete ihm Frau Hoffmann.
„Bitte, Herr Franz, ganz mit der Ruhe. Sie ist genauso nervös wie sie, wenn nicht noch mehr.“
„Und um was geht es denn?!“

Sie zuckte die Schultern und führte ihn in ihr Zimmer. Am Besprechungstisch saß eine junge Frau mit wuscheligen braunen Haaren und den typischen Klamotten: verwaschene Jeans, ausgetretene Turnschuhe, schlabbriger Pullover. Kein Make-up und ungewaschen, dachte er sich, sicher überall Haare wohin man auch nur schaut, fügte er in Gedanken gehässig hinzu. Seine Frau hatte viel für ihren schönen schlanken Körper getan, auch im letzten Stadium hatte sie sich gepflegt, so gut es ging. Diese hier ... na ja.
„Stefanie, Herr Franz. Frank, bitte, begrüßen sie Frau Dr. Stefanie Ruppert."
Frau Hoffman war also bereits bei der vertraulichen Anrede: Vorname und „Sie". Sie gaben sich die Hand, dann fiel Stefanie ihm schluchzend in die Arme. Er konnte nicht anders, er schloss die Arme um sie, sagte etwas Beruhigendes, dann führte er sie an den Platz zurück. Seine Rechtsanwältin reagierte auf seine zornigen Blicke mit Achselzucken und betont unschuldigem Gesichtsausdruck.
„Frank, Stefanie, also Frau Dr. Ruppert, hat ein Problem. Stefanie, bitte, sprich."

Stefanie begann, stockend zu erzählen. Sie hatte mit einem Stipendium studiert, sehr gut abgeschlossen und mit Promotionsstipendium ihren Doktor in Biologie mit Summa cum Laude gebaut. Von dem Krach ihrer Eltern hatte sie sich distanziert. Sie wusste zwar dass ihr Vater als klagewütiger Querulant gerichtsnotorisch war, jedoch nicht dass er haushoch verschuldet war. Der Verkauf ihres Elternhauses hatte nur die notdürftigsten Schulden gedeckt, zudem hielt der Trägerverein Gelder zurück, da Haus und Grundstück nicht im versprochenen Zustand übergeben worden waren. Ihre Eltern benötigten Geld, viel Geld, niemand gab es Ihnen. Entweder sie selbst konnte in den nächsten Tagen Geld auftreiben, oder ihre Eltern würden zahlungsunfähig werden, nicht nur das: sie auch. Stefanie hatte aus Unkenntnis und wie sie selbst sagte, jugendlicher Dummheit für Bürgschaften unterschrieben. Sie würde einen Vertrag an der Uni bekommen – jedoch so lächerlich wenig und lediglich mit Jahresverträgen, dass jede Bank sie bereits vor die Tür geschickt hatte. Einfach Privatkonkurs anmelden und einige Jahre auf Sozialhilfeniveau mit zusammengebissenen Zähnen hungern war keine Option – die Rechtskonstruktionen waren vertrackt. Die Schulden würden bleiben, und wachsen. Sie würde nie auf einen grünen Zweig kommen.

Frank hörte sich alles geduldig an. Er war kein hartherziger Mensch, im Gegenteil. Dass Stefanie für ihre Eltern mit unterschrieben hatte und ihre eigene Zukunft jetzt mit für die Schulden der Eltern gerade stand, rührte ihn –trotzdem! Was ging ihn das an? Doch diese junge Frau, die er Kurzem in den Armen gehalten hatte, so frisch und warm, tränenüberströmt und weich? Und ihr Duft... war das ein Parfüm? Er vermisste vieles, seit seine Frau gestorben war, der Gewinn der Prozesse war zwar ein schöner Triumph, aber für wen? Genau genommen hatte er schon überlegt, das Anwesen zu verkaufen, jetzt, alleine, was war es da noch für ihn?

Frau Hoffman schlug vor, jetzt Essen zu gehen und alles weitere in der Gaststätte, um die Ecke zu besprechen. Während Frau Hoffmann das Zimmer verließ um einen Tisch zu reservieren und ihren Mantel zu holen sagte Stefanie sehr leise die Summe - und dass sie bereit wäre alles zu tun. Alles. Alles, nur nichts Illegales. Frank erschrak über die Summe und bemerkte, dass man dafür fünf Jahre jede Woche Luxusservice bekommen könne, im besten Bordell. Einfach zu rechnen war es ja. Stefanie sagte sehr leise, dass er es auch täglich haben könne, als Wiedergutmachung und Rückzahlung.

Oh, so weit bist du schon? Da hast du schon viel Stolz verloren, dachte er. Aber nur für Sex, nein, dafür gab er das Geld nicht her. Da wäre aber etwas, er erinnerte sich an einen Film, den er vor einiger Zeit gesehenen hatte. Wenn dein Vater mir den Hund nahm, wirst du ihn mir ersetzten... nicht für immer, aber für fünf Jahre, das würde reichen. Er sah sie vor sich wie sie vor ihm kniete, nackt, angeleint, den Kopf schräg und ihm zärtlich die Hand leckte... Ja, dafür würde er es tun. Vielleicht würde sie empört aufstehen und gehen – aber das war es wert.

Frank antwortete genauso leise, dass auch Sex langweilig werden würde, aber ein Haustier, das wäre etwas Anderes. Stefanie wurde rot und schluckte. Sie verstand sehr gut was er meinte. Ihr gerötetes

Gesicht und ihr schneller Atem zeigten es ihm überdeutlich. Und: Sie stand nicht empört auf, sie schrie ihn nicht an, sie trat nicht nach ihm. Sie stimmte schweigend zu, etwas das ihn zutiefst berührte: Sie legte ihre Hand auf seine Hand. Sie schauten sich an. Sie lächelte.

„The Pet – die Sklavin, den Film meinen sie?“
Er bejahte. „Fünf Jahre Pet, 24/7“
„Aber mit Sex! Und keine Tags und keine Brandings! Und Treue!“
Sie schaute auf ihre Hände vor sich. Ja, sie kannte den gleichen Film.
„Keine Markierungen, zumindest nicht gleich am Anfang. Und ich brauche es, ich kann nicht ohne. Sex, meine ich. Sie müssen mir Treue schwören, absolut!“
„Weißt du auch, was du da aussprichst, Stefanie? Du wirst mein Pet!“
„Ja, mein Herr!“
„Fünf Jahre Pet und Sex jeden Tag…“
Sie strahlte und dachte an Spaziergänge auf allen Vieren durch seinen Garten, wie sie einen Stock quer im Mund apportierte. Wie würde er sich wohl mit der Hygiene anstellen? Ihr letzter Partner hatte sich vor ihrer Monatsblutung geekelt – wie würde er ihr wohl die Zähne putzen? Sie sah sich mit Bergen Zahnpasta- Schaum im Mund und einem verzweifelten Frank mit einer riesigen Zahnbürste und musste bei der Vorstellung lachen.
„Ich werde Pet sein und gehorchen, mein Herr!“
„Hast du keine Angst? Dich zu verlieren? Oder dich zu verlieben?“
„Und mein Herr in sein Pet?“
„Ich werde nur noch strenger mit dir sein!“
„Werde ich wirklich ein Pet? Mit Halsband und Leine? Im Käfig?“
„Ja, Stefanie! Auch wenn der Käfig nicht dreieckig ist, wie im Film!“
Strahlend nahm sie seine Hand. Mit einem Aufblitzen der Augen führte sie seine Hand an ihre Lippen, leckte an seinen Fingern und ließ ihn nicht aus den Augen.
„Und alles andere? Was mich betrifft?“
„Stefanie, ich schwöre dir absolute Treue. Keine Veränderungen an deinem Körper ohne dein ausdrückliches Einverständnis. Und… du bekommst Sex. Echten, richtigen Sex. Jeden Tag, wenn du möchtest.“

Sie bekam feuchte Augen. Das war es also. Er versprach ihr Treue und Unversehrtheit, er sah nicht wie ein Lügner aus. Dieser Mann hatte sich über Jahre hinweg behauptet, sich zäh verteidigt und niemals aufgegeben. Sie wusste, was ihr Vater für ein Brocken war, sie hatte es selbst schmerzhaft erlebt. Nein, diesem Mann vor ihr konnte sie vertrauen.

Bevor sie die Unterhaltung fortsetzen, kam Frau Hoffmann zurück. Etwas irritiert bemerkte sie das Händchenhalten der Beiden, bat jedoch ohne Worte Stefanie und Frank zum Essen in der Kneipe an der Ecke. Der Bauch würde ihr jetzt an den Kniekehlen hängen, es wäre zwar nichts Rechtes aber besser als Fast Food allemal. Und es wäre spät, Wochenende, der Feierabend läge schon Stunden hinter Ihnen. Mit bestem Humor bugsierte sie Stefanie und Frank in die Gaststätte, bestellte alkoholfrei für alle und eine große Grillplatte für drei Personen.

„Frank, sie sind alleinstehend und haben ein wunderschönes Haus mit einem pickfeinen Garten. Stefanie hat nichts außer ihren Doktorhut. Stefanie wird Ihnen das Geld zurückzahlen, sobald sie auf der Karriereleiter genug geklettert ist. Schließlich, schauen sie in die Politik: Was kann aus Wissenschaftlerinnen nicht alles werden?“
Sie musste lachen.
„Wir können vertragliche Regelungen finden, die Ihnen ihr Geld sichern. Ich weiß dass sie den Betrag haben und nicht benötigen. Frank, geben Sie sich einen Ruck!“
„Ja, ich habe das Geld. Ich muss mir auch gar keinen Ruck geben!“
„Stefanie?“
Die junge Frau biss sich auf die Unterlippe. Alles was sie herausbrachte, war ein „Ja“. Nichts weiter. Frau Hoffmann bohrte weiter.
„Dann seid ihr Euch schon einig? Frank gibt das Geld, Stefanie beginnt ihre Habilitation?“
„Nein.“
„Was ja - nein? Bekomme ich vielleicht eine Antwort?!“
Frank amüsierte das Spiel mit seiner Anwältin. Sie war eine pfiffige Person, blitzgescheit und stets aufmerksam, in privaten Dingen jedoch…

„Ich gebe das Geld, sie wird mein Pet."
„WAS wird sie?"
Stefanie musste lachen.
„Ich werde sein Haustier, sein Pet! Für fünf Jahre!"
„Sein WAS?"

Sie erklärten es Frau Hoffmann. Immer wieder kopfschüttelnd, hörte sie ihnen schweigend zu. Schließlich schüttelte sie entschieden den Kopf.
„Nein nein nein. Sie brauchen eine Krankenversicherung, in ihre Rentenversicherung muss einbezahlt werden. Ich dulde nicht dass sie ohne Schutz dastehen. Was ihr privat treibt, muss mir egal sein, aber ich lasse sie nicht im Regen stehen. Ihr könntet allerhöchstens heiraten und dann Verrücktheiten anstellen wie ihr wollt…"
Sie tippte sich an die Stirn und schaute von einem zum anderen. Jetzt war es Stefanie die beharrlich an ihrem Gefängnis bastelte, während Frank aufmerksam zuhörte. Stefanie stimmte einer Heirat zu! Standesamtlich und formlos. So hätte Frank noch den Gewinn des Ehegattensplittings und sie würde keine weiteren Kosten außer dem bisschen Essen verursachen. Da Frau Hoffmann von ihrer Neigung – sie sagte tatsächlich Neigung! jetzt wüsste, könnte sie auch gleich einen Vertrag aufsetzten, in dem das Recht zur Züchtigung und Bestrafung festgelegt würde, etwas das Frau Hoffmann vehement ablehnte. Eine gegenseitige Neigung zu gewissen Praktiken als formloses Protokoll, das ja. Jedoch ein verbrieftes Recht…! Schließlich einigten sie sich, einen Text zu entwerfen. Stefanie formulierte gleich los, unter Kopfschütteln von Frau Hoffmann:

§ 1 Dr. Stefanie Ruppert (das „Pet") verpflichtet sich für fünf Jahre für Herrn Frank Franz („der Herr") 24 Stunden am Tag und 7 Tage die Woche sein persönliches Pet zu spielen
§ 2 Das Pet erhält alles Erforderliche von seinem Herrn
§ 3 Der Herr übernimmt alle Verpflichtungen des Pet

Sie lachte glücklich auf als Frank jedes Mal nickte und fügte hinzu:

§ 4 Der Herr verpflichtet sich zu absoluter Treue gegenüber seinem Pet

Frau Hoffmann rollte die Augen und schaute von Frank zu Stefanie und wieder zurück. Beide saßen eng beieinander, Stefanie hielt eine Hand Franks auf ihrer Wange gepresst und lehnte sich ungeniert an ihn. Frank hielt ihre Haare in der Hand und zog sie hin und wieder zu sich, um in ihre strahlenden Augen zu sehen. Jetzt hatte Stefanie auch noch ihre Zunge an seinem Hals!

„Jetzt ist aber gut! Da möchte man Menschen helfen, was tun sie? Stürzen sich geradewegs….! Ihr seid doch plemplem, ihr Zwei! Und Stefanie, du bist die Verrückteste, die mir je untergekommen ist. Als Pet! Du verzichtest auf alles, auf deine ganze Karriere, für was? Für ein Leben auf allen Vieren? Für was hast du studiert?!"

„Ich bin Biologin!"
Frau Hoffmann seufzte auf und schüttelte den Kopf.
„Kommt am Dienstag wieder, dann reden wir weiter…"
„Eva, ich möchte dass sie…" Frank brach ab und schluckte.
Stefanie presste sich an ihn.
„Lass uns gehen. Frau Hoffmann ist müde, wir haben noch so viel zu besprechen!"
Frau Hoffmann schüttelte den Kopf.
„Ihr habt jetzt vier Tage bis Dienstagmorgen, das ist eure Probezeit! Am Dienstag bei mir in der Kanzlei, um neun Uhr sine tempore, ihr Akademiker! Das Essen zahle ich. Nun haut' schon ab!"

Sie gingen mit der Schusseligkeit der frisch Verliebten, warfen Besteck vom Tisch und stießen Leute an. Als sie weg waren, erinnerte sich Frau Hoffmann an den großen Rucksack Stefanies, der noch in ihrem Büro stand. Nun, am Dienstag würden sie ja kommen, viel brauchen würde sie sicher nicht. Oder?

Versprochen ist versprochen

Es war schon stockdunkel, als sie zu seinem Auto gingen.
„Du fährst Passat? Das ist sparsam und vernünftig! So viel Platz!“
„Ja, ein praktisches Modell.“
Er musste sich sehr beherrschen, um nicht loszuprusten, und gab ganz vorsichtig Gas.

Dass Stefanie ihren Rucksack vergessen hatte, bemerkte sie gar nicht. Auf der Fahrt plapperten die Zwei ununterbrochen, verpassten eine Grünphase weil sie küssend die Augen geschlossen hatten und niemand hinter ihnen ein Hupkonzert begann. Viel später als üblich kamen sie in der bekannten Straße an. Erst da fiel ihr der große Rucksack ein und wo er jetzt stand. Lachend gestand sie dass sie keine Kleidung dabei hätte – aber auch ihre Kosmetik und ihre Handtasche waren im Rucksack. Frank versprach ihr grinsend ihre Kleidung zu waschen – und bis Dienstag würde sie keine benötigen. Oder?

Vor seinem Haus, nach vielen Umarmungen und Küssen, schaute sie ihn an.
„Jetzt? Darf ich?“
„Du hast es versprochen!“
„Ja! Ich halte, was ich verspreche!“

Es war noch warm, Vordach, Haus und Carport fingen die Wärme des Tages, aber sie fröstelte. Jedoch, sie hatte gedrängelt, also musste es sein. Jetzt, hier, im Freien, noch vor dem Haus. Sie würde sein Haus nackt und auf allen Vieren betreten. Sie streifte ihre Jacke ab und gab sie ihm. Er legte sie gefaltet auf seinen Arm und schaute erwartungsvoll zu ihr. Sie zögerte, dann griff sie den Pullover und zog ihn über den Kopf. Sie schüttelte ihre Haare aus und griff als Nächstes das T-Shirt. Mit nacktem Bauch und Schultern fühlte sie wie der leichte Luftzug über ihre Haut strich, wie sich ihre Brustwarzen aufrichteten und durch den einfachen BH hervortraten. Sie sah wie er lächelte, nein! Er strahlte! Steht er jetzt aufrechter als vorher, fragte sie sich, als sie den BH auszog?

Frank berührte sie ganz leicht, zart fuhr er über ihre Brüste, ihre Nippel. Sie trug ihre Haare am Körper voll – na mal sehen, ob ich dir sie lasse, aber einem Pet steht das! Er musste lächeln, als er an den Namen seines Collies dachte. Sie hatten das Tier ‚Wolle' genannt, wegen seines dichten Fells.

„Wie schön du bist!"
Sie spürte wie ihr heiß wurde, wie sie zu zittern begann. ‚Wie soll das werden, ich bin doch erwachsen, ich weiss, was ich tue, aber ich vibriere wie damals…' Sie führte den Gedanken nicht weiter. ‚Nicht jetzt!' sagte sie sich, ‚konzentriere dich!'

Die Schuhe, die Socken, die Jeans kamen als Nächstes, jeweils mit einem Versprechen ihrer Hingabe. Bis auf das Höschen stand sie nackt vor ihm. Zitternd, mit roten Wangen und allen anderen Zeichen ihrer Erregung. Sie war bereit… ja das war sie.
Das Höschen fiel, sie ging auf die Knie, hauchte einen Kuss auf seine Schuhe, mit Tränen in den Augen.
„Ich gehöre dir, ich bin jetzt dein Pet! Bitte behandele mich gut!"
„Ich werde dich sehr gut behandeln! Komm' mit!"
Fast unhörbar hatte er noch „Ich bin verknallt, Mist!" hinzugefügt. Sie strahlte und presste ihren Kopf an ihn. Er öffnete die Tür, mit ihren Kleidern und Schuhen über einem Arm. Nackt und auf allen Vieren krabbelte sie hinter ihm in das Haus, folgte ihm in das Wohnzimmer und setzte sich auf einen Stapel Zeitungen, die er für sie ausbreitete.
„Hier, Pet. Warte auf mich."

Folgsam saß sie auf den Zeitungen, bedacht kein lautes Geknister zu verursachen. Ihr wurde bewusst wie nackt und schutzlos sie sein würde, wie ausgeliefert und hilflos. Er würde sie nicht nackt auf die Möbel sitzen lassen, sie spürte wie ihre Nässe zwischen ihre Lippen trat und an der Zeitung zu kleben begann. Ich werde nass wie eine läufige Hündin, dachte sie und betrachtete ihre steifen roten Nippel. Ich werde mich nicht halten können, ich werde ihn über und über lecken und mich ihm zeigen, ich halte das nicht mehr lange aus! Immer nackt! Er wird alles an mir sehen, alles alles alles. Sie war sich nicht sicher ob es „so" werden würde wie sie es sich vorgestellt hatte, jedoch die erregende Demütigung wie ein Tier behandelt zu werden, und seine leise Liebeserklärung waren viel viel mehr als sie jemals erträumt hatte. Fünf Jahre! Aber wer sagte, denn dass es nur fünf Jahre sein mussten?

Frank schaltete die Heizung ein und auf angenehme Temperatur, dann suchte und fand er schließlich das Halsband, das sein Collie getragen hatte. Ein ledernes Halsband, das sich durch Zug an einem Kettchen im Nacken verengte, mit einer einstellbaren Schnalle die ihren Platz auf der Kehle fand. Es würde passen, ansonsten waren da eine Lochzange und etwas Lederöl, um das Halsband geschmeidig um ihren Hals zu schließen. Eine Leine mit Kette und Karabiner, ein großer Napf. Auf der Bühne stand noch der gereinigte Korb, staubdicht eingeschlagen, im Keller der Käfig. Das ist es jetzt einmal, alles andere kommt später! Halt, noch eine Bürste, aber für Menschen.

„Pet, komm her!“
Sie zögerte, schien sich zu genieren. Als sie endlich vor ihm kniete und er, das den Fleck auf dem Zeitungspapier hinter ihr bemerkte wusste er warum.
„Du bist eine ganz Liebe! Ich weiss, für dich ist es demütigend und erniedrigend, für mich ist es so schön! Du bist läufig, Pet, aber wie!“

Weinend vor Glück und Erregung leckte sie ihm die Hände, hob den Po, spreizte ihre Schenkel und stöhnte auf als er sie berührte. Er benötigte nicht viel Zeit, um sich auf ihren Rhythmus einzustellen, bald wand sie sich unter seinen Händen. Frank hielt sich zurück, mühsam beherrschte er sich ‚Sie spielt das Tier, du willst sie beherrschen‘ sagte er sich und setzte seine ganze Geschicklichkeit in seine Finger. Mit seinen Fingern in ihrem Mund, auf ihrer Zunge und zwei Fingern, je einer rechts und links neben ihrer Klit, massierte er sie zu ihrem ersten Orgasmus den sie stöhnend und zuckend erlebte. Sie war vorher bereits nass, jetzt glitschte sie bis an ihre Schenkel. Er hielt ihr den Mund auf und spielte mit ihrer Zunge bis sie sich beruhigt und gefasst hatte. ‚Ich bin ein Pet, ich bin sein Pet, ich gehöre ihm‘ sagte sie sich immer wieder und versuchte doch, ihre Scham zu verbergen. Von einem Mann war sie noch nicht so kühl und beherrscht behandelt worden, sie war bisher nie die Einzige gewesen die stöhnend und zuckend gekommen war. Stets hatte jemand sie in den Armen gehalten und gedrückt, jetzt aber kam sie sich wie ein Versuchskaninchen vor, während er selbstsicher und gelassen vor ihr saß.

Während er ihr das Halsband anlegte –eine schwierige Angelegenheit mit dem störrischen Leder! Schließlich sollte das Halsband stramm aber nicht eng sein, genug Spiel lassen aber nicht herumlottern, wobei das Leder ohne Öl schnell störrisch wurde und nicht mehr aufeinander glitt. Schließlich saß es richtig: Auf Zug stellte es ihr nicht völlig die Luft ab, der Druck auf ihrer Kehle genügte. Wenn sie sich bewegte, klirrte das Kettchen leise in ihrem Nacken.

„Du wirst es von jetzt an tragen, mein Pet! Auch zur Hochzeit weißt du das?“
Sie würde es tragen, von nun an. Sie trug es stolz. Sie nickte. Mit einem Hundehalsband um den Hals getraut werden…

Und dann war es soweit, das erste Mal liebten sie sich. Leichtsinnig und verliebt wie sie waren, ohne irgendetwas, ohne Tests und irgendwelchen Schutz. Auch wenn jeder Frauenarzt sie ausschimpfen und als dumme Kinder bezeichnen würde, es war ihnen jetzt völlig egal.

Schwer atmend lagen sie aufeinander. Er wusste, dass er heute keinen Weltrekord in Ausdauer aufgestellt hatte. Zu lange war es gewesen, das letzte Mal mit seiner Frau war schon sehr lange her. Ihre Chemotherapie hatte ihr jede Lust genommen, fast apathisch war sie gewesen. Danach… in der Trauerzeit hatte er sich alles versagt, später dachte er selten an Sex und stürzte sich in seine Arbeit. Jetzt war alles wieder da, das unglaubliche Gefühl wie sein Körper sich immer mehr spannte und sich die ganze Lust in einem Aufschrei entlud, wie er in seinem Glied ihre Kontraktionen spürte!
‚Ich habe mir zu viel versagt, aber jetzt können wir alles nachholen!‘

Frank bewegte sich langsam in ihr, fasste sie an ihren Haaren und küsste sie zärtlich auf ihren nassen Mund. ‚Jetzt kommt es darauf an, wie sie gestrickt ist‘ sagte er sich und beobachtete sie aufmerksam. Stefanie hielt die Augen geschlossen und überlegte genauso wie er. Reden? Nein. Würde er ihr überhaupt erlauben zu reden? Oder dürfte sie aufstehen, sich aufrichten? Würde sie sich selbst waschen dürfen? Als er sich entspannt hatte und aus ihr herausglitt, drehte sie sich zu ihm und nahm sein Glied in ihren Mund. ‚Wenn du nichts befiehlst, wasche ich dich‘, sagte sie sich und leckte ihn, nahm ihn so tief wie sie nur konnte in ihren Mund, bis in ihre Kehle spürte sie ihn und genoss seinen Geschmack, seinen Duft. Es verblüffte sie wie schnell sein Glied wieder steif und hart wurde und als er nach einiger Zeit in der sie sich immer wieder ‚Ich gehöre ihm! Ich gehöre ihm!‘ in Gedanken vorsagte, als er da in ihrem Mund kam, fühlte sie sich sehr stolz. Sie hatte ihren Herren befriedigt, er war in ihr gekommen, in ihrem Mund. Sie saugte weiter an seinem Glied und hörte aufmerksam auf ihn.

„Stefanie, ich glaube wir passen wirklich sehr gut zusammen. Das hat noch keine Frau geschafft, das kannst du mir glauben, nicht einmal…“

Er brach ab und schaute verblüfft auf Stefanie, die zwischen seinen Beinen kauerte und jetzt sehr bemüht war ihre Tränen nicht zu zeigen. Es half aber nichts, schluchzend umarmte sie seine Hüfte und verbarg ihr Gesicht. ‚Sie liebt dich, sie ist ergriffen, was mache ich jetzt mit ihr? Ich kann sie doch jetzt nicht einfach alleine in ihr Körbchen legen und schlafen gehen?‘ Frank fragte sich, was um alles in der Welt er da angerichtet hatte?

„Bitte sei streng mit mir! Ich will dein Pet sein, dir gehorchen! Bitte…!“
Stefanie brach wieder ab. Er griff sie an den Haaren und zog sie zu sich, über sich. Sie lag mit ihrem Kopf auf seiner Brust auf ihm und klammerte sich an ihn. Nein, sie wollte ihn nicht ansehen.

„Gut, dann gehen wir jetzt spazieren, mein Pet. Aber zuerst die Regeln: Du bleibst auf den Knien, du sprichst nur, wenn du aufgefordert wirst, geputzt, gewaschen und gefüttert wirst du von mir - bis Dienstagmorgen 6 Uhr, dann ist Pause."

Eifriges Nicken von Stefanie bestätigte ihn. Bis Dienstag waren es noch vier Tage und dieser Abend. Vier Spieltage zum Eingewöhnen und Kennenlernen!

Jetzt wollte sie jedoch nicht von ihm lassen und klammerte sich fest an Frank. Erst als er ihr die Leine in ihrem Halsband einhakte und sie daran hochzog, sah er wie sie glücklich aufstrahlte.

„Sitz! Hier, auf die Zeitungen!"
Während er sich anzog, betrachtete er sie wie sie unter seinen Blicken wieder schamrot wurde. Jedoch, auch ihre Brüste und in ihrem Schritt strahlte sie fast wie eine Verkehrsampel. ‚Jetzt geht es los', sagte er sich und nahm feste Schuhe. Ein Handtuch noch, ein Eimer, der Wasserschlauch kamen noch nach draußen. ‚Ich sollte auch die Hundepeitsche mitnehmen, Handschuhe anziehen und…' Er fragte sich wie sie reagieren würde, so nackt neben ihm, auf allen Vieren? Auf keinen Fall würde er sie zwingen ihr Versprechen einzulösen, wenn sie nicht konnte, würde er aufhören.

Stefanie dachte aber gar nicht daran. Mit erhobenem Kopf krabbelte sie zu ihm und rieb ihren Kopf an seinen Beinen. 'Mein Herr führt mich aus! Mit Peitsche! Ob er mich auch wirklich damit straft? Das will ich wissen!'

Frank schob die ebenerdige Glastür vom Wohnzimmer auf und trat mit seinem Pet in den Garten. Sie fröstelte etwas, dann gab er ihr einen Klaps auf den Hintern und ging mit ihr hinaus. Es war nicht ganz dunkel, frisch aber nicht kalt, der Mond schien nur mit einem Viertel, ein Umstand, der ihr sehr entgegen kam. Bei vollem Tageslicht hätte sie sich vielleicht nicht getraut was sie jetzt tat: Wie ein Tier angeleint auf allen Vieren, nackt neben ihrem Herrn zu krabbeln, am Anfang unbeholfen und staksig.

„Zuerst musst du lernen dich zu bewegen. Nimm‘ den Po höher! Nicht so kauernd, gleichmäßig laufen, ja… richtig, aber nimmst du jetzt den Po hoch? Hier, hoch damit!“
Ein leichter Schlag mit der Peitsche landete auf ihren Pobacken. Sie schrie auf, mehr aus Überraschung als aus Schmerz. Ja, er schlug sie! Er tat es!
„Pet, ‚Aua‘ ist etwas für Menschen, du bist ein Pet, was machst du? Noch mal!“
Wieder landete ein Patsch auf ihrem Po, dann noch einer bis sie aufheulte – wie ein Hund. Sie hielt den Kopf zwischen die Arme und streckte den Po weit hoch, jammerte und griff seine Füße, zeigte ihm ihre Zunge und leckte über seine Schuhe.
„Das ist brav, so ist schön, Prima! Gutes braves Pet!“
Er tätschelte ihre Pobacken.
„Wie schön du doch bist! Ja, Po hoch und die Beine etwas auseinander, nicht so klemmen! Zeig‘ dich, Prima! Und jetzt weiter…“

Der Garten war ausgedehnt und weitläufig, das dichte feste Gras gepflegt. Schmutzig wurde sie nicht, es war leicht feucht und sie roch das frische Grün. Sie bemühte sich so elegant wie möglich neben ihm zu laufen und sich ihm zu zeigen – immer wieder klemmte sie ihre Pobacken in einem Anfall von Scham ein und erhielt, wenn sie nicht schnell genug ihre Position korrigierte, eine Klaps mit der Peitsche. Zum Schluss war er zufrieden.

„Das ist schon viel besser, Pet. Sei ganz entspannt, du kannst doch stolz auf dich sein! Jetzt, was ist Sitz? Sitz!, das bedeutet du sitzt auf den Knien, genauso wie jetzt. Sitz!, das ist bequem, aber Oberkörper aufrecht, Pfoten auf dem Boden, zeig deinen Po! Etwas mehr!“
Er korrigierte ihre Stellung und ließ sie mehrmals laufen, dann kam Sitz!, es ging weiter, wieder Sitz! und wieder.

Frank hatte befürchtet sie würde sich verweigern, oder anfangen zu heulen. Das Gegenteil war der Fall, ihre Augen leuchteten und sie öffnete ihren Mund. Wie ein bettelndes Tier saß sie vor ihm und hechelte ihn an, mit weit herausgestreckter Zunge. Sie freute sich ihm ihre Hingabe, ihre Unterwerfung zu zeigen und sie lernte schnell.

Er trainierte sie weiter, bis er meinte sie würde für das erste Mal ganz gut gehorchen. Jetzt, bevor sie ans Apportieren gehen würden, ermahnte er sie auf den Knöcheln und nicht auf den ausgebreiteten Händen zugehen.

„Du hast noch keine Handschuhe, der Boden ist weich, aber schließe die Hände und lass den Daumen außen! Jetzt, noch einmal!"
Anschließend löste er ihre Leine und warf ihr Stöckchen die sie freudig zu ihm zurückbrachte.
„Brav! Jetzt nimm dein Stöckchen und komm!"

Sie gingen zurück, Stefanie erhitzt und schweißnass, an der Leine und mit Stolz hochgestrecktem Po. Sie trug das Stöckchen im Mund und freute sich. Frank strich ihr immer wieder über die Haare, den Po und die Seiten und fühlte sich, wie wenn er vor Stolz gleich platzen würde. Wenn ihre Eltern sie so sehen könnten! Ihre Tochter in seinem Garten, nackt und mit einem Verhalten wie ein Tier!

Vor der Schiebetür ließ er sie sitzen und hakte ihre Leine in einem Ring ein. Mit einem Eimer brachte er frisches Wasser und wusch ihr Knie und Hände um sie zu säubern, dann, als sie sich abgekühlt hatte, duschte er ihren Körper mit dem Schlauch ab, darauf achtend, dass ihre Haare nicht nass wurden. Das Wasser war warm, sie schüttelte sich jedoch sehr überzeugend.

„So, jetzt lass dich abrubbeln – nein, Seife oder Shampoo gibt es noch nicht. Du duftest für mich, die Zähne putze ich dir noch."

Stefanie fand nicht, dass sie so sehr ‚duftete', eine gründliche Reinigung und Sauberkeit was das nicht gerade, besonders nach dem Sex! Bis ihr einfiel dass ein Pet… er wollte es so. Mit hochrotem Kopf folgte sie ihm in die Wohnung.

„Jetzt wirst du gefüttert, mein Pet! Komm, Chicken Wings ohne Knochen, Kroketten und Wasser ist doch genau das Richtige!"

Frank hatte noch eine Portion fertig im Kühlschrank, die er in der Mikrowelle erwärmte und in ihre Näpfe füllte. Beim „Bling“ der Mikrowelle hatte sie erst gespürt wie hungrig sie geworden war. Ihr Schamgefühl regte sich bereits weniger als sie mit den Lippen ihre Portion aus den Näpfen nahm und er ihr zärtlich den Mund abwischte. Er behandelte sie liebevoll zärtlich, sorgfältig und gewissenhaft, geradezu achtsam ging er mit ihr um. Auch beim Zähneputzen – er tat es wirklich! Sie fühlte, dass er sich nicht das erste Mal sich um eine Erwachsene derart intim kümmerte. Jetzt ließ er sie im Badezimmer und ging zur Tür.

„Jetzt bist du jetzt dran, ich lasse dich jetzt allein. Komm dann einfach, wie ein braves Pet, ja?“
Stefanie fiel ein Stein vom Herzen, dass er ihr „das“ ersparte. Frank wusste, dass manche Dinge so tief in die Intimsphäre gingen, dass auch Tiere sich genierten. Also war es besser…

Frank hatte eine Decke und das Körbchen gebracht, das Bett aufgeschlagen und trug nur noch seine Boxershorts. Sie kam zu ihm, auf allen Vieren und musste gähnen. Lachend nahm er sie auf die Arme und trug sie in sein Bett.
„Das war der beste Tag meines Lebens – bis jetzt! Lass uns jetzt schlafen, mein Pet!“

Sie schliefen schnell ein, schließlich, es war fast Mitternacht und sie hatten sich für ordentlich verausgabt. Stefanie stand jedoch gegen 3 Uhr auf und suchte ihr Körbchen, in dem er sie am anderen Morgen um 6 Uhr fand, die Decke über sich gezogen. Sie schlief, tief und fest. Er schloss leise die Vorhänge, kontrollierte den Wecker: Aus, alles ruhig, dunkel und jetzt die Tür leise zu: Sie würde Schlaf brauchen, Frühaufsteher Frank dagegen begann den Tag mit duschen, Frühstück vorbereiten und Kaffee trinken.

Als er frisch rasiert um 7:00 Uhr mit frischen Kaffee vor seinem Joghurt saß –Stefanie schließ noch immer, begann er sich das Irreale ihrer Situation vor Augen zu führen. In seinem Schlafzimmer stand das Körbchen seines Collies. Eine junge Frau lag darin, mit dem Halsband seines Collie um ihren Hals, verschlossen. Stefanie, die

Tochter seines früheren Nachbarn, der jahrelang versucht hatte ihm die Hölle heiß zumachen. Er hatte Stefanie versprochen ihre Schulden zu übernehmen, sie würde sein Pet sein. Sein Pet! Wie ein Tier würde sie auf allen Vieren laufen, ja sie hatte es bereits für ihn getan! Er, ein geschätzter und geachteter Manager eines internationalen Konzerns, verpflichtet auf Gleichberechtigung am Arbeitsplatz, die Achtung von Minderheiten und so weiter und so fort, hielt eine Frau gefangen wie ein Tier… War er verrückt geworden?

Er schloss die Augen. Stefanies Gesicht stand vor ihm, gerötet, atemlos, mit einem Blick, unglaublich! Wie sie vor ihm gekniet hatte! Gestern Abend … und ihre Formulierungen! „§ 2 Das Pet erhält alles Erforderliche von seinem Herrn - § 3 Der Herr übernimmt alle Verpflichtungen des Pet." ‚Das ist mein Part!' sagte er sich, ‚und mein Versprechen über Treue auch.' Seine Treue würde das Leichteste werden, aber jetzt… sie wird Hunger bekommen! Was wird sie mögen und wie bereite ich es zu? Er fragte sich erneut, ob er verrückt geworden war. Er hatte sich sehenden Auges verpflichtet Stefanie… er hatte versprochen sie zu heiraten! Die ganze Tragweite ihrer Versprechungen ... es waren Schwüre gewesen! wurde ihm bewusst. ‚Guten Tag Frau Dr. Frank, haben sie sich gut eingelebt?' Was würde sie antworten? Dass der Käfig zu klein wäre? Er schüttelte den Kopf. ‚Jetzt gehe ich erst mal die Vorräte in der Küche durch'. Bis Dienstag punkt neun Uhr bei Frau Hoffmann, ihre ‚Probezeit', so hatte sie es genannt. Solange sollte Stefanie jedenfalls nicht hungern müssen, ob sie die Verrücktheit jetzt gleich knickten oder nicht, essen mussten sie.

Um halb elf Uhr hing eine lange Einkaufsliste für morgen am Kühlschrank. Einige Sachen für Stefanie hatte er noch gefunden, allen voran Knieschützer und brauchbare Handschuhe, auch einige Spielsachen seines Collie, die er erneut desinfizierte und wusch. Er fragte sich, ob er denn nicht besser den Betriebspsychologen um einen vertraulichen Termin bitten sollte, verwarf den Gedanken aber gleich wieder. Auch das Mittagessen würde rechtzeitig fertig werden: Fischfilet in mundgerechten Stücken mit Karotten und Baby- Salzkartoffeln. Stefanie dagegen lag wie tot im Körbchen und schlief offensichtlich sehr bequem. Ihr Frühstück stand bereit, in Schüsseln und Näpfen.

‚Nun gut, dann baue ich eben den Käfig auf‘ sagte er sich und trug die Einzelteile aus dem Keller. Ihr Collie hatte ihre Katzen mit Zähnen und Klauen verteidigt, auch gegen den Tierarzt, der die Impfungen und Kontrolluntersuchungen bei ihnen vornahm. Die einzige Lösung war gewesen den Collie zuerst behandeln zu lassen und ihn dann in den Käfig zu stecken – so musste sich der Tierarzt nicht gegen drei Tiere verteidigen.

Als der Käfig stand hörte er wie es an der Schlafzimmertür kratzte. Er schüttelte den Kopf, musste lachen und öffnete Stefanie die Tür, die auf allen Vieren aus dem Schlafzimmer kam, noch warm von ihrem Körbchen. Sie schaute nicht zu ihm nach oben – im Mund trug sie eine seiner ledernen Pantoffeln, aber er konnte ihre lachenden Augen unter ihrem Haargewuschel erkennen, wie sie sich mit dem Rücken zu ihm auf seine Füße setzte. Er konnte nicht anders, er beugte sich zu ihr und nahm sie in die Arme, streichelte ihre Brüste und kraulte ihre dichten Schamhaare. Ganz gegen seine Vorsätze sprach er nichts von wegen ‚Haben wir uns das auch richtig überlegt‘ sondern versicherte ihr wie sehr er sie jetzt schon lieben würde, dass schon alles für sie bereit wäre und er mit ihr heute einen längeren Spaziergang unternehmen würde. Stefanie hielt seinen italienischen Lederpantoffel fest zwischen den Zähnen, wie um sich an ihre Rolle zu halten und auf keinen Fall in die Versuchung zu kommen zu sprechen.

Nach ihrer Toilette und seinem Part, Zähneputzen, Gesicht und Hände waschen, fütterte er ihr Butter- Croissants aus der Hand und ließ sie Kaffee mit Milch aus der Schüssel schlürfen. ‚Soweit alles gut gegangen‘ freute er sich und packte das fertige Mittagessen zuerst in praktische wärmeisolierende Dosen und dann in seinen Rucksack.

„Steffi, komm! Mein Pet! Wir gehen!“

Sein Pet lag schon wieder im Körbchen und räkelte sich unter der Decke. Stefanie hielt seine Pantoffel zwischen den Zähnen und drehte sich auf dem Rücken, zu ihm. Viel mehr an Einladung als ihre hochgezogenen Beine und ausgestreckten Arme benötigte er nicht, ihre Scham war rot und dick, das sah er mit einem Blick auch unter ihrem Pelz, ihre Hitze spürte er als sie sich um ihn schloss. Stefanie ließ erst, als sie beide stöhnend kamen, von seinem Pantoffel, griff seinen Kopf und leckte ihm das Gesicht, sanft und zärtlich. Er verstand– sie nahm ihr Versprechen ernst und sprach kein Wort.

„Was ein wunderbares Pet du bist! Ich bin so stolz auf dich!“ Ganz leise flüsterte er ihr die berühmten drei Worte ins Ohr und hielt sie eng umschlungen. Als sich ihr Pulsschlag wieder beruhigt hatte, wollte Frank los.

„Jetzt aber! Auf!“

Nein, es gab kein Waschen, trotzt Stefanies protestierenden Stirnfalten. Stefanie bekam Knieschützer und Handschuhe übergestreift und wurde auf dem Platz im Garten angeleint. Die Sonne schien auf sie, auf ihre nackten Schultern. ‚Ich brauche noch Sonnencreme‘ sagte sich Frank und ging noch einmal zurück.

Trotz gespieltem Missbehagen –Stefanie musste selbst lachen als sie ihren Herr anknurrte, massierte Frank ihr die Sonnencreme am ganzen Körper ein, nicht ohne sein entschlossenes ‚Wir wollen jetzt los‘ fast wieder zu bedauern. Jedenfalls hatte er genügend Zeit sie im hellen Sonnenlicht genau zu mustern. Zum ersten Mal sah er sie so in ihrer ganzen Schönheit. Wieder fiel ihm ihr regelmäßiger Körperbau auf. Steffis Figur war in allem bester Durchschnitt: 1,70 groß, BH 75B, 62 kg, braune wuschelige Haare, hellbraune Augen, Schuhgröße 38/39. Auch ihr hübsches Gesicht war sehr gleichmäßig: kein Muttermal, keine Narbe, keine Fehlstellung der Zähne – Nichts! Lediglich ihre sehr schlanke Hüfte und der nicht vorhandene Bauch waren auffallend, ihre Beine und Arme jedoch hatten die Muskeln einer sportlichen jungen Frau. Ungewöhnlich war lediglich, dass sie ihre Körperhaare voll trug: Von den Achseln bis zu den Beinen war sie ein regelrechtes Pelztier. Er fragte sich, ob er sie wirklich enthaaren sollte, zu passend war ihr Pelz für sie. Er musste sich gestehen, dass es ihm mehr und mehr gefiel. Sie duftete für ihn, ihr Körper und ihr Geruch waren Verführung und Lust pur und hätte er sich nicht sehr beherrscht, wäre er erneut zwischen ihre Beine geglitten.

Zum Aufwärmen ließ er sie im Garten apportieren. Sie ging auf allen Vieren locker und beschwingt im Garten umher, genoss die Sonne und schnupperte an den Bäumen. Dann: Ein Blick zu ihm, ein tiefes Erröten: Sie spreizte ihre Beine und nässte einen Baum! Noch über und über rot im Gesicht, aber sichtlich stolz kam sie zu ihrem Herren zurück und leckte ihm die Hände. Frank war geplättet. So ‚natürlich' war ihr Verhalten gewesen, so ungeniert… ‚Das kann ja nur gut werden', sagte sich Frank, leinte sie an und führte sie aus dem Garten.

An der Waldgrenze gab es noch einmal Kaffee aus der Thermoskanne und Croissants mit Schokolade. Danach gingen sie vorsichtig, um Spaziergängern nicht den Schock ihres Lebens zu versetzten, in den Wald – sie bekamen jedoch den ganzen Tag keine Menschenseele zu Gesicht. Stefanie wurde immer unbekümmerter. Frank freute sich an ihr, an ihrer Natürlichkeit und Schönheit. Seine Komplimente quittierte sie mit zärtlichem Lecken seiner Hände.

Zum Mittagessen hielten sie auf einer kleinen, abgelegenen Lichtung. Ein kleiner Bach plätscherte leise, Hummeln brummten zu den großen Blütenständen von weißem Fingerhut zwischen Pfauenaugen- Schmetterlingen und Farne entfalteten zwischen runden Sandsteinbrocken ihre Wedel. Steffi setzte sich vor seine Füße und betrachtete die Szene. Sie war gerührt, er sah es ihr an: Ihre Augen wurden feucht und ihre Lippen zitterten. Frank streichelt ihr vorsichtig die Haare und massierte ihr zärtlich Schulter und Rücken.

„Es ist schön hier, nicht? Ganz anders als in der Stadt! Wir können noch viele solcher kleinen Paradiese entdecken!"

Steffi nickte und umarmte seine Beine, verbarg ihr Gesicht und schluchzte. Frank war nicht sehr überrascht – diese Idylle hier rührte viele Menschen. Als sie sich wieder gefangen hatte, trocknete er ihr die Augen und breitete das Mittagessen vor ihr auf einem Felsbrocken aus. Sie futterte, wie er es schon gewohnt war, einen guten Teil seiner Portion mit weg. Ihren Nachtisch ließen sie sich auch nicht nehmen: Ihre Lustschreie scheuchten eine Eule auf die protestierend aufstob. Nach einem zärtlichen Nachspiel ging es wieder, leichtfüßig und beschwingt, nach Hause wobei er wieder alle Gelegenheit hatte ihren schönen, gleichmäßigen Körperbau zu bewundern. Nackt auf allen Vieren ging sie vor ihm her, auf dem Rückweg zu seinem Haus. Zuerst ohne Leine, dann angeleint weil sie jede Blume beschnupperte und Äste anschleppte, die sie ihm vor die Füße legte. Er hatte sie an die Leine gelegt, sie hatte mit breitestem Lächeln ihren Nacken für ihn gebeugt. Ihre Spielereien brachten Frank jedenfalls auf einige Ideen.

Im Haus, nach der Waschprozedur im Freien und dem Abendessen, zu dem er ihr italienische Käsestückchen verschiedenster Art aus der Hand fütterte, lebte sie wieder richtig auf und dachte nicht daran schlafen zu gehen. Sie presste ihre Scham an seine Schuhe, rubbelte sich an seinen Beinen, zerrte mit den Zähnen an seiner Hose und betrachtete aufmerksam wie sein Glied sich aufrichtete. Mit einem wilden Lachen kniete sie vor ihm und präsentierte sich, eine unwiderstehliche Einladung. Schließlich schliefen sie doch, eng umschlungen hielten sie sich fest in den Armen.

Einkaufen und Spielen

Frank saß in aller Frühe wieder vor seinem Kaffee und obligatorischen Joghurt über seiner Einkaufsliste, während Stefanie noch friedlich schlief. Wieder überlegte er, wie es weitergehen sollte - würden sie ihr Versprechen „fünf Jahre Pet“ einlösen können? Würde er es überhaupt wollen? Wenn er ehrlich war…

Jedes Mal wenn er alleine war, fragte er sich wie es um seinen Geisteszustand bestellt war – war er denn noch normal? Hielt er dagegen seine Stefanie in den Armen –er dachte an „seine“ Stefanie, stellte sich die Frage nicht mehr. Wie selbstverständlich ließ sich Stefanie füttern und ‚bekümmern‘ und zeigte sich überhaupt immer mehr wie ein Pet, das von Scham nichts wusste.

Es ist ja leicht einen Vertrag über Waren, oder ein Finanzgeschäft abzuschließen, aber einen Vertrag über ein Versprechen, dazu noch eines das weder rechtsgültig ist, überhaupt gegen alle „guten Sitten“ war? Auch, wie kam es, dass sie so bereitwillig auf Alles eingegangen war? Wie sie auf „Sex jeden Tag“ bestanden hatte, und „keine Markierungen, zumindest vorerst nicht!“ Wusste sie mehr über ihn? Er ließ den Tag gestern wieder vor seinen Augen ablaufen. Immer wieder sah er sie vor sich, wie sie strahlend und über und über erregt vor ihm kniete… Sie hatte den Sex genossen, auch ihr Spiel im Freien! Jedoch fünf Jahre, jeden Tag auf allen Vieren, angeleint… er fragte sich ob sie beide es bis Dienstag früh aushalten würden!

Wir werden beide am Dienstag wissen wie es gelaufen ist, aber da sollte sie nicht in Jeans herumlaufen… Ihre Kleidergröße brauchte er noch! Auch… Kosmetik! Er brauchte unbedingt Kosmetik für sein Pet! Nagellack, Nagelfeile, Hautpflege, Make-up… Er beschloss, noch einige Spielsachen gleich heute zu besorgen. Es würde dauern, was würde sie in der Zeit machen wollen? Sollte er sie jetzt in den Käfig sperren, mit der Käfigdressur gleich heute beginnen? Es war bereits 8 Uhr. Auf jeden Fall Zeit um frische Brötchen zu besorgen – aber alleine wollte er sie doch nicht zurücklassen.

Sehr leise nahm er einen großen 230 Volt Massagestab und wärmte den Silikonkopf unter dem Warmwasser- Hahn an. Den Stecker in die Dose und… ganz vorsichtig griff er ihr Halsband mit der einen Hand und tastete sich mit dem Massagestab vorsichtig an ihre Scham vor. Die kräftigen Vibrationen halfen: Aufstöhnend zuckte sie zusammen, griff ihre Beine mit den Händen und spreizte sich laut stöhnend auf, soweit sie nur konnte. Sie kam laut, fast schreiend lag sie vor ihm in ihrem Körbchen und japste nach Luft.

„So mein Pet, bist du jetzt wach? Dann geh‘ ins Badezimmer. Ich gehe Einkaufen und heute werde ich lange brauchen. Komm, Liebste!“

So selbstverständlich war ihm das über die Lippen gekommen dass er zuerst nicht wusste warum sie nasse Augen bekam, sich an ihn klammerte und an ihn drückte. Mit einem Schluchzen verschwand sie im Bad und ließ ihn ratlos zurück. Bis er verstand: ‚Sie liebt mich! Mein Gott, sie liebt mich!‘ Als Stefanie wieder aus dem Bad schaute und er ihr begann die Zähne zu putzen, erzählte er ihr –so war es leichter für ihn, da sie sicher nicht antworten konnte, wie sehr er sie lieben würde. Stefanie saß stocksteif, aber ihre Augen leuchteten. Ganz gegen seine ursprüngliche Idee setze er sie in die Wanne, duschte und wusch sie gründlich mit Shampoo und Seife – einfach um mehr Zeit mit ihr zu haben, trocknete sie ab, föhnte ihr die Haare und massierte ihr Körperlotion ein, alles mit dem ledernen Halsband an.

Was er ihr alles sagte, wusste er später nicht mehr, nur dass sie sich vermittelt hatten dass sie ihre junge Liebe mit einem für „normale“ Menschen merkwürdigen Ritual zelebrieren würden. Nein, es ging nicht mehr um Geld, das war Vergangenheit. Stefanie krabbelte vom Badezimmer schnurstracks in den Käfig und wartete, dass er sie einschloss, forderte ihn mit einer Kopfbewegung geradezu auf. Musste er denn nicht einkaufen? Er musste, gab ihr aber Croissants, Kaffee und ihre Decke in den Käfig. Während der Fahrt dachte er noch lange über ihre Gestik nach. Wie selbstverständlich alles gewesen war! Sie war bereit und er ließ es sich nicht nehmen sie hinter Gitter zu streicheln. Mit ihrem Duft an sich war er gefahren.

Nach Stunden, es begann schon Nachmittag zu werden, erreichte er wieder sein Haus. Es war ruhig und sein Pet… hatte sich in die Decke gewickelt und schlief wie ein Murmeltier, eingesperrt im Käfig. Er schüttelte den Kopf und schlich aus dem Zimmer. So etwas hatte er noch nicht erlebt oder gehört! Erst als schon alles eingeräumt war und er begann, ein spätes Mittagessen zu richten, wurde sie munter und ließ sich, mehrmals herzhaft gähnend, wieder gerne füttern.

Danach brachte er einige einfache braune Einkaufstüten.
„Heute habe ich die richtige Ausrüstung für dich, Steffi!“
Sie legte den Kopf schief und schaute neugierig.
„Schau, das sind Fäustlinge aus dickem, starkem Leder, hier sind Knieschützer, da sind noch ein paar andere Sachen – für die nächsten Tage! Morgen können wir doch wieder tagsüber ins Freie, meinst du nicht?“

Steffi wurde wieder knallrot, aber rollte sich vor ihm auf den Rücken und lies sich ausstaffieren, bevor es ins Freie ging. Das Laufen, oder besser gesagt, krabbeln mit Fäustlingen und Knieschützern war für Steffi schon viel angenehmer. Sie genierte sich auch schon weniger, nahm den Po hoch und bewegte sich flüssiger. Mehrere Stunden verspielte sie im Freien, zum Schluss, als er ihr das Stöckchen spielerisch wegnehmen wollte, knurrte sie sogar und setzte ihren ganzen Ehrgeiz darin „ihr Stöckchen“ zu behalten.

Am nächsten Morgen, Frank war wieder um 6 Uhr wach geworden wie jeden Tag, lag sie wieder in ihrem Körbchen und schlief selig. ‚Sie muss wohl wochenlang Stress ohne Ende gehabt haben, dazu Prüfungen, die Abgabe ihrer Arbeit an der Universität, die Sorgen, die finanzielle Unsicherheit…‘ Er ließ sie schlafen und richtete einen Rucksack für ihren Ausflug heute. Das Wetter schien schön zu werden, es würde bis 25°C geben und Regen war nicht in Sicht. Sie würden heute unterwegs Essen: gebratenes Fleischstückchen, gekochte Kartoffeln, frisches Wasser. ‚Ich werde sie schon runder bekommen‘, sagte er sich. Er hatte bemerkt dass sie einen guten Appetit hatte – bisher hatte sie nichts verweigert, auch als er ihr gestern einen Teil seiner Portion verfüttert hatte.

Auf dem Heimweg legte sie Frank wieder Stöcke vor die Füße. Er schimpfte spielerisch, sie musste schließlich lachen, als sie ihn zum Stolpern brachte. Dann, als sein spielerisches Schimpfen nicht half und sie nur noch breiter lachte: Überraschung! Er nahm einen Maulkorb aus dem Rucksack und streifte ihn ihr über. Der Maulkorb war ein sündhaft teures Produkt aus echtem Leder, mit vielen Schnallen und Ösen. Es erregte sie mehr als ihr Halsband: kein menschliches Gesicht, keine Sprache, nur zu wenigen Lauten fähig, dazu der betäubende Duft von frischem Leder. Auf ein Tier reduziert, nur noch Begehren und unbändige Lust! Wenn er nun noch eines der Produkte hervorzaubern würde mit denen sie einen Hundeschwanz imitieren konnte? Oder… Wie sie es liebte, an ihrem Halsband mit der Leine leicht angehoben zu werden, wie ein Hündchen, das man am Sauigeln in einer Pfütze hindert! Oder…

Er hatte, ganz vorsichtig und zögernd, abwartend geradezu, andere Worte für sie, für ihren Körper benutzt. Das Erste war, dass er nicht mehr ‚Mund‘ sagte. ‚Komm her, lass dir das Maul wischen!‘ Zärtlich reinigte er sie, sprich: Sie versanken in minutenlange Küsse, dann wurde sie gewaschen, mit Gesichtscreme und Lippenbalsam gepflegt. Ihre Haut bekam Körperlotion, ihre Augenpartien ein Refresher- Produkt. Morgens, mittags und abends massierte er sie sehr zärtlich, aber durchaus mit Kraft: Gelegenheit für ihn sie genau zu betrachten und zu kommentieren, was er sah: ‚Deine Brüste sind sehr stramm, und die Nippel werden ja so rot und groß!‘ Sie war erst zusammengezuckt, dann schüttelte sie stolz ihre Brüste vor ihm. Es gefiel ihr den ganzen Tag beachtet zu werden, immer im Zentrum seines Interesses zu stehen, nicht anders zu können als sich von allen Seiten zeigen zu müssen! Sie zeigte sich mit Stolz! Als er ihr sagte so solle ihm ihre Scham hinhalten fügte sie leise „die Fotze“ hinzu und wurde nass. Er ließ es ungestraft, kommentierte ihre dicken, roten Lippen und ihre Klit, die sich hinter ihrer Vorhaut versteckte.

An ihrem Po war er noch vorsichtiger. Er beschrieb ihre roten Hautpartien um ihren Anus, die sofort aufflammten, kaum dass er sie berührte, erzählte ihr wie schön ihr Po wäre und befahl ihr dann, als er an ihrer Erregung sah, dass sie so weit war, die Pobacken zu spreizen. Ganz vorsichtig und mit Gleitcreme führte er ihr einen schmalen Dildo ein und ließ sie langsam an das Gefühl gewöhnen, dann ein dickerer, und noch eine Größe mehr. Schließlich war sie so weit, sie zitterte vor Erregung als er sie ganz vorsichtig mit viel Gleitcreme im Po nahm, sehr bedacht sie nicht zu verletzen, und auf gar keinen Fall zu tief einzudringen. Sie war noch sehr eng, es war ungewohnt für sie... anschließend jedoch war sie stundenlang erregt. Stefanie konnte sehr obszön denken –solange sie nicht aussprechen musste was sie dachte, war es ‚ihr Arsch‘ den er da genossen hatte, oder ihre Fotze, oder nach einem sehr zärtlichen, fordernden Kuss sein Glied, das sie tief in ‚ihr Maul‘ nahm. Dass er sich so vorsichtig herantastete während sie innerlich bereits darauf wartete, darauf brannte, bewies ihr wie sehr er sie achtete und respektierte: ‚Er liebt mich wirklich!“ sagte sie sich und nahm Schultern und Po höher.

Er fragte sie schließlich, ob sie nicht etwas in ihrem Po tragen möchte, ein Schweif, ein Fell? Wie ein richtiges Pet? Sie konnte nicht anders, sie stöhnte auf: „Ja!“. Ihr wurde befohlen sich aufzuspreizen, sie bekam mit Gleitcreme einen glatten Glasdildo mit einem dicken Fuchsschwanz eingeführt – jede Bewegung spürte sie von da an! Sie konnte bald nicht mehr, sie warf sich ins Gras und hob den Po, für ihn. Es kostete ihn viel Beherrschung, bevor er sie immer noch wild und ungestüm nahm, ihr zu erzählen, was er sah, wie animalisch und hilflos sie vor ihm lag, wie nass und Rot! Mit dem Dildo in ihrem Po war es wieder ein anderes Gefühl, eine andere Nuance – wie viele würden sie noch kennenlernen?

In der Nacht, kurz nach drei Uhr, wurde Stefanie wieder wach. Bisher stand sie stets mitten in der Nacht noch einmal auf. In ihrer Studentenbude hatte sie um die Zeit einige Sachen aufgearbeitet, ihr Laborjournal, das sie in einer abgetragenen Stofftasche mit sich herumtrug, gelesen oder eine Studienarbeit korrigiert. Etwa eine Stunde hatte sie so in der Stille gearbeitet, einen Tee getrunken und an einem Apfel geknabbert, gegen vier Uhr jedoch zog es sie wieder ins Bett zurück, bis der Wecker klingelte. Jetzt gab es nichts mehr durchzuarbeiten oder zu korrigieren, trotzdem wurde sie wach und schälte sich vorsichtig, um Frank nicht zu wecken, aus seiner Umarmung.

‚Er ist ja so süß, wie er mich hält und drückt!‘ Frank hatte sie in Löffelstellung umarmt und ihre Hände gehalten, sie an sich gedrückt und sie sanft zum Einschlafen geschaukelt. Zwar schlief sie nie dabei ein, wenn sie ehrlich war, nervte es sie sogar, ein wenig. Doch als das Pet, das sie spielte, fand sie Franks liebevolle, zärtliche Umarmungen schön. ‚Er kümmert sich so liebevoll um mich.‘ Frank hatte sie wieder gewaschen und frottiert, dann gebadet, ihr Gesicht gewaschen und massiert und ihr Night Repair um ihre Augenpartien aufgetragen, nach dem Zähneputzen. Sie liebte seine unaufdringliche Art, wie er so selbstverständliche Dinge einfach wie nebenbei erledigte. Sie fuhr im über die Haare, diese borstigen Strähnen, die nur durch ihren kurzen Schnitt in Form blieben. Frank war jedoch im Tiefschlaf und schien nichts zu spüren.

Stefanie glitt auf allen Vieren aus dem Bett und streckte sich. Sie könnte jetzt laufen, es würde ihr jedoch wie Verrat vorkommen. ‚Ich habe es versprochen!‘ sagte sie sich und setzte vorsichtig ihre Knie und Hände auf um leise in Richtung Badezimmer zu krabbeln. Das Kettchen des Halsbands klirrte in ihrem Genick, als sie sich aufrichtete. ‚Wenn er jetzt noch eine türkische Toilette einbaut, müsste ich mich nicht einmal mehr hier aufrichten!‘ Sie musste lächeln und sah sich im Spiegel. Die Sonne hatte ihr eine leichte streifenfreie Bräune verpasst und ihre Haare etwas gebleicht. Sie mochte sich so, sie fand sich geliebt und umsorgt.

Das erste Mal, halt nein, es war das zweite Mal, dass sie einen Mann derart liebte, aber bei Frank war es anders. Er schien mehr zu wissen als er sagte, es kam ihr so vor, wie wenn er in sie hinein sehen konnte und nie kam sie sich albern vor. Sie fühlte sich geborgen, obwohl sie wie ein Pet vor ihm kniete, oder sich an einer Hundeleine von ihm auf allen Vieren ausführen ließ. Lächerlich, nein, das war es gar nicht. Frank wusste nicht, warum es ihr so viel gab, für ihn das Pet zu spielen. ‚Er denkt sicher ich mache das nur für das Geld.‘ Doch sie spürte da war Vertrauen, Liebe und Sehnsucht. Sie trottete in die Küche, immer bedacht kein Geräusch zu machen. Frank hatte ihr wirklich Knabbergebäck in ihre Schüssel gefüllt. Der Napf enthielt Pfefferminztee. Sie legte sich flach auf den Boden und aß und trank mit dem Mund. Sie meinte seine Hände in ihrem Nacken zu spüren, wie er sie kräftig ihren Rücken hinunter massierte und sie spürte wie ihr heiß wurde. Sie konnte ihren eigenen Duft wahrnehmen, wie er von ihr aufstieg: Der Duft einer Frau, die hingebungsvollen Sex gehabt hatte, leicht konnte sie jetzt auch seinen Geruch wahrnehmen: ein Hauch nach Moschus. Sie rollte sich auf den Rücken und betrachtete sich im Mondlicht in der spiegelnden Kühlschranktür. ‚Was findet er nur an mir? Er liebt mich ja so!' Stefanie war von ihrer Figur selbst nicht übermäßig überzeugt. ‚Da ist doch nichts Besonderes!' Doch sie wusste er tat es, er fand sie besonders. Seine Augen und seine Erregung sagten ihr so viel wie ihm ihre Schamesröte, ihre Nässe und ihre aufgerichteten Brustwarzen. ‚Keine Frage, wir lieben uns!' Er hatte sie gebadet, vor einigen Stunden war es gewesen, ihr Rotwein zu trinken gegeben und sie massiert. Sie hatten sich geliebt, sie dieses Mal auf ihm, mit weit gespreizten Beinen war sie auf ihm gekniet und hatte ihn geleckt, immer lauter war ihr Stöhnen geworden bis sie nach ihm, bei seinen heftigen Stößen, gekommen war. Sie schloss die Augen und genoss das Nachbeben in ihr.

‚Was macht ein Pet, das nicht schlafen kann, jetzt, mitten in der Nacht?' Nein, den Mond anheulen, das wäre ja zu blöd. Frank drehte sich erneut im Bett um, wie wenn er etwas merken würde, und streckte seine nackten Beine unter der Bettdecke vor. Die Versuchung war da, vor ihr: Ganz vorsichtig leckte sie über seine Fußsohlen. Was Frank dann sagte, ließ sie erstarren und trieb ihr die Tränen in die Augen.

Wolle

Am Montagabend, dem letzten Abend ihrer Probezeit, badete Frank sein Pet nach dem Spaziergang und ihrem Abendessen. Ein Schaumbad mit Schwimmkerzen in der Wanne, sanfte Musik und etwas Rotwein, den er ihr einflößte, Mund zu Mund. Nach dem warmen Bad, bei dem er endgültig beschloss, sie pelzig zu lassen, und einer langen Massage vom Kopf bis zu den Zehen mit hingebungsvollem Sex, schliefen sie auch prompt ein.

Während Steffi, frisch gebadet und duftend an ihn gekuschelt, in seinen Armen schlief, lag er noch lange wach. Was haben wir getan? Was habe ich mit ihr getan? Sie spielt alles mit mir, aber ist das nicht erzwungen, durch horrende Schulden? Kann sie denn gar nicht anders? Zwang er sie denn nicht dazu? Der Sex jedoch… das war ganz Steffi. Mehrmals hatte ihr Körper vibriert, ihr Uterus gegen sein Glied geklopft: Das konnte keine Frau spielen! Auch ihre Tränen, ihre Regungen überhaupt – ihre Begeisterung! Das war nicht gespielt. Warum aber war sie so müde? War es nur die tiefe Entspannung nach vielleicht riesigen Anstrengungen, Geld auftreiben, dazu noch Promotion und Prüfungen?

Während er Steffis warmen Körper in seinem Armen hielt und überlegte, erinnerte er sich an ihr Gespräch vor der Tür. Hatte sie eine Spirale? Nahm sie die Pille? Oh – oh. Was passiert, wenn man die Pille vergisst oder einfach nicht mehr nimmt, während eines Zyklus? Ihm wurde heiß. Das hieß… Dummkopf, Idiot, Rindvieh, Schwanzdenker! Er drückte sie fester, dann entspannte er sich. Dann gibt es eben Welpen, Zeit war es sowieso. Wenn sie mich schon heiraten will? Mit diesem Gedanken schlief er ein.

Mitten in der Nacht träumte er sein Collie würde ihm die Füße lecken. Der Collie war sehr anhänglich gewesen. Füße lecken war immer seine Methode gewesen Herrchen aus dem Bett zu jagen. Er hatte ein ungewöhnlich, dichtes volles Fell, deshalb nannten sie ihn „Wolle“. Er war wohl ein Mischling und nicht reinrassig, oft hatten sie gespasst sein Vater wäre wohl ein Hirtenhund, oder gleich ein Schaf, oder ein Bär. Jetzt begann es zu kitzeln. „Wolle, hörst du auf!“ Sein Collie war penetrant und hörte jedoch nicht auf. „Wolle, ist jetzt gut!“ Er griff nach dem Halsband, bekam das Kettchen zu fassen, streichelte ihm über das Fell, dass er Ruhe gibt... aber das ist doch kein Collie! Er wachte auf und spürte, dass er Steffi fast die Luft abgestellt hatte, japsend hing sie in seinen Armen, als er sie zu sich ins Bett zog.

„Was ist denn los mit dir? Warum weinst du? Ist etwas? Nun rede! Auf! Hallo!“
Er meinte er würde wissen, was mit ihr war.

„Ich liebe dich! Das du Wolle zu mir gesagt hast! Ich liebe dich so sehr!“
„Naja, paßt ja auch. Du hast ja einen Pelz! Schlaf jetzt!“
Puh. Sie schien es doch nicht zu wissen – oder es war nichts. Er schlief entspannt, mit ihr im Arm, wieder ein.

Der nächste Morgen verlief in der üblichen Hektik. Wecker klingeln-patsch, aus, noch fünf Minuten kuscheln. Dann: „Wolle, raus aus den Federn! Du gehst ins Bad, ich mache Frühstück!“ Sie antworte mit einem Kuss und drückte sich an ihn. „Das bleibt mir jetzt, der Spitzname, wie“? Ihre Augen waren nass, ihr Gesicht sprach Bände. „Ja, meine Wolle, das bleibt dir!“ Er drückte sein hartes Glied an sie, sie öffnete mit einem „Oh!“ ihre Beine– er sollte sie spüren und tief in sie eindringen – was er auch tat, heiß auf sie, wild nahm er sie von vorne, fasste ihre Brüste. Sie hatte schon wieder, allerdings jetzt Freudentränen, in den Augen. Leise flüsterte sie ihm zu, dass er sie immer als Pet haben könne, ja er könne ihr jederzeit befehlen ihren Po zu spreizen, sie sagte, flüsterte es wirklich, und umschlang ihn mit ihren Armen und Beinen.

Noch atemlos, mit rauer Stimme, antworte er, dass er sie über alles lieben würde, dass sie unglaublich wäre. Er war fast sprachlos und überwältigt. Wieder hatte sie pulsiert, regelrecht massiert hatte er sich gefühlt.

„Woher kannst du das?“

„Das… das kommt vom Training! Jemand lässt mich durch Wälder krabbeln und ohne Besteck essen!"
Endlich waren sie aufgestanden, hatten nur einem Kaffee getrunken und schnell geduscht.

Während Franz in einen Boss- Anzug schlüpfte und sich eine Krawatte umband, huschte Stefanie aufgeregt Hin und Her.
„Wo hast du nur meine Jeans hin? Meine Schuhe stehen da, aber meine Jeans und mein Pulli, wo hast du die hin? Ich kann doch nicht nackt gehen!"
Frank pfiff süffisant und deute einen Stapel Päckchen, die hinter ihren Schuhen standen. Steffi öffnete vorsichtig eines der Pakete.
„Oh! Ist das für mich? Das sind Kleider! Und… oh! Aber das kann ich nicht anziehen!"
„Nein? Dann nackt… komm Liebes!"
„Du bist…!
„Verrückt? Wolltest du das sagen?"
Er drohte ihr mit dem Finger.
„Zieh einfach den schwarzen Fetzen hier an, aber zuerst den Strumpfgürtel und den BH, dann die Strümpfe, dann das Höschen, siehst du? Jetzt das Etui- Kleid! Ja, die Verkäuferin hatte recht, das passt! Prima! Wie schön du bist! Diese Jacke gehört auch dazu, zieh' sie an!"

Er war hingerissen, wie sie sich drehte und sich und ihre neue Ausstattung zeigte. Er hatte noch Schuhe für sie besorgt, diese hier waren ein klein wenig zu weit. Er ließ aber keine Diskussion aufkommen, in ihren Tretern wollte er sie heute nicht laufen lassen.

„Du bist verrückt! Das ist Wahnsinn! Das ist viel zu teuer!"
„Ach was! Alles vom Kostümverleih! Komm jetzt!
Kopfschüttelnd folgte sie ihm zu seinem Auto.

Er fuhr zuerst zu seiner Firma. Er wollte nur seine Abwesenheit für heute ankünden, Urlaub nehmen, aber es wurde eine Woche daraus. Seine Chefin hatte abgewunken: „Ich sehe es ihnen doch schon Weitem an, gehen sie! Bis nächste Woche!"

Dann… der große Moment bei seiner Rechtsanwältin.
„So so, die Verbrecher zieht es doch immer wieder an den Ort ihrer Tat zurück!“
Frau Hoffmann begrüßte sie mit freundlichem Spott, dann wurde das Gespräch ernst. Ob sie wirklich heiraten wollten?
„Stefanie? Frank, wollen sie? Wirklich?“
Ja, sie wollten.
Sie schauten Frau Hoffmann an und verstanden dass ihre Situation jetzt eine ganz andere war als noch letzte Woche.
„Wenn es hart auf hart kommen sollte… Ihr Zwei, die Welt kann untergehen?“
Ja, die Welt konnte untergehen, es war ihnen herzlich gleich. Nein, einen Tausch ‚Geld gegen Pet‘ würde es nicht geben, auch keine Gütertrennung! Es gab sie beide – dass Stefanie ein Problem hatte, war eine andere Sache. Daran konnte Frau Hoffmann arbeiten. Sie zündete sich froh eine Zigarette an und blies den Rauch in die Luft.

„Ihr seid zu Sinnen gekommen! Was bin ich froh, dass ich froh bin! Diese Geschichte…! Also, an die Arbeit! Ihr heiratet, sie sind meine Mandantin!“
So einfach war das.

Auf dem Standesamt verursachten sie einen regelrechten Auflauf. Er konnte sich nicht erinnern, je so vielen Sachbearbeitern begegnet zu sein, die sie alle aufmerksam musterten, gratulierten und tuschelten. ‚Da kommen sie! Romeo und Julia!‘ hörten sie nicht nur einmal. Ihre Geburtsurkunden lagen vor – das Aufgebot war bestellt und hing aus. Etwas mulmig wurde ihnen nun schon. Würde der Termin passen? Steffi schluckte. Frank bemühte sich, seinen Triumph weder zu zeigen, noch gänzlich unscheinbar zu wirken, das würde ihm sowieso niemand glauben. Vor dem Eingang des Rathauses umarmten sie sich.

„Du hast die Burg erobert und führst mich zu Dir, als deine Sklavin!“
„Ja, meine Wolle! Du bist meine Beute!“
„Ich werde dich lieben und ehren… können wir nicht ein feierliches Gelöbnis sprechen?“

„Mit dieser Kerze werde ich leuchten deinen Weg, dein Becher wird niemals leer sein denn ich werde sein dein Wein und mit diesem Ring… so etwa?
„…bitte ich dich, zu werden mein! Tim Burton! Ja, das wäre schön!“

Er lachte und wirbelte sie im Kreis herum. Erst als sie die Menschen an den Fenstern bemerkten, wurde ihnen klar wie spektakulär ihre Heirat war. Die Feindschaft der beiden Familien war selbstverständlich bis ins Rathaus gedrungen. Ihre Eheschließung würde ein kleines Lokalereignis werden.

„Was machen wir jetzt?“
„Wir fahren in deine Stadt! Du hast doch viel zu erledigen…?“
„Die Hütte kündigen, Bescheid geben, ausräumen!“
Sie schaute ihn erschrocken an.
„Du liebst mich wirklich so sehr? Obwohl du mich gar nicht kennst? Überhaupt nichts von mir weißt, ich meine, außer…“
„Außer dass du mich über alles liebst, ich dir wichtiger bin als deine Eltern, dein Beruf, deine Karriere?“
„Ja, das bist du! Ich möchte mit dir zusammen sein! Ich möchte dir Kinder…“
Sie schlug die Hand auf den Mund.
„Oh mein Gott! Meine Pille! Ich blute nicht! Ich war in der ersten Woche! Ganze drei Tabletten…! Ich werde schwanger!“
„Ja, Wolle, ich dachte heute Nacht daran!“
„Aber!“

Was folgte, war ein Blick in ihr Innerstes. Sie beschwor ihn verzweifelt das Kind –wenn es denn eines war, sie nicht abtreiben zu lassen, es wäre ein Mensch, ein Leben, ihr Kind, sie redete und redete unter Tränen. Bis er kurz und trocken bemerkte dass er sich noch mehr freuen würde, wenn es zwei wären, das solle ja schon einmal vorgekommen sein?

„Du willst es? Du willst Welpen von mir?“

Sie konnte es nicht fassen. Da kannten sie sich wenige Tage, dann Hochzeit und Schwangerschaft? Es war Zuviel. Sie musste sich setzen.

Sie saßen im Kaffee gegenüber dem Rathaus und hielten sich die Hände, schweigend. Steffi rührte in ihrer Tasse bis, so schien es ihm, das Porzellan durchgerührt war.
„Fahren wir zu mir, jetzt ist sowieso alles egal. Ich bin erobert!“

Ihre Bude

Sie steuerten ihr nächstes Ziel an, ihre Wohnung. Als er auf der Autobahn beschleunigte und sie auf den Tacho blickte, wurde sie misstrauisch.

„Sag‘, was ist das für ein Auto!“
„Leider kein Kombi!“
Sie lachte. „Sonst würde ich im Käfig hinten sitzen, ja? Ist es so?“ Er deutete auf das Handschuhfach.
Sie fand das Handbuch und schlug es auf.
„Oh! Wie kommst du zu so etwas?“
„Ich bin Ingenieur, kein Wissenschaftler. Euch geben sie Titel, wir bekommen nur bedrucktes Papier mit Zahlen darauf.“
„Wie viele Zylinder hat der?“
Er lachte. „Ich bin nicht Krösus und mein Großvater war nicht Ferdinand Porsche! Das ist nur der kleine TDI Sechszylinder.“
„Der Kleine! Nur! Du bist reich!“
„Nein, ich habe etwas Geld, aber reich ist etwas anderes. Wäre ich reich, ich würde nicht arbeiten.“
„Was möchtest du machen, reicher Mann?“
„Ich will meine Wolle verwöhnen und kleine Wollknäuel aufziehen!“
„Wie bekommt man denn die? Gibt es die irgendwo zu kaufen? Erzähl‘ es mir!“
„Zuerst muss man Wolle am Kragen zu fassen bekommen und an die Leine legen, sie aus der Hand füttern und viel streicheln! Dann, wenn sie zahm geworden ist, kann man Wolle hier fassen, genau hier, da ist so ein kleiner Punkt, da mag sie es sehr….“

Sie stöhnte auf als er ihr mit schnellem Griff in ihrem Pelz fasste und ihre Klit suchte und fand, sie schnell mit einem Finger streichelte. Sie wurde feucht, nein, nass!
„Wolle mag es sehr gestreichelt zu werden, nicht? Genau hier!“
Steffi hatte sich weit gespreizt und ihren Slip heruntergezogen, sie hielt die Augen geschlossen und stöhnte, ihren schönen Mund geöffnet, hielt sich an seinem Arm. Schließlich, mit wilden Zuckungen, kam sie.

Er hielt sie an den Haaren, bis sie wieder Luft bekam, dann ließ er sie seine Finger ablecken. Überraschend ließ sich Steffi in seinen Schoß fallen und verwöhnte ihn sehr zärtlich, etwas, das ihm alle Beherrschung abverlangte, währendem das schwere Auto in der Fahrbahn zu halten. Triumphierend strahlte sie ihn an, ihre Lippen noch nass von ihm.

„Wolle kann sich auch bedanken, mein Herr!"
„Und wie! Ganz artig kann sie das!"
Sie lachten und hielten sich die Hände.

Steffi lebte in einer Frauen- WG mit zwei Biologinnen und einer Lebensmittelchemikerin. Zwei der Frauen, die Biologinnen, waren ein Paar, die Lebensmittelchemikerin als die Jüngste der Gruppe war noch im Studium, das Paar saß an ihrer Promotion. Steffi war die Einzige, die bereits fertig war. Er solle nicht erschrecken, bat sie Frank. Es wäre eine eigene Welt, es wäre ihre Welt gewesen, er solle doch bitte verstehen? Ja, würde er?
Frank konnte sich keinen rechten Reim machen auf ihre Bitten, er kannte das Studentenleben, auch wenn die Reformen und die vielen Reformen der Reformen keinen Stein auf dem anderen gelassen hatten. Auch – er war Ingenieur, abgeschlossen an einer Fachhochschule. Die abstrusen, teilweise barocken Rituale im Elfenbeinturm hatte er nur am Rande kennenlernen müssen. Diskussionen um Drittmittel? Er war jung gewesen, er hatte das Geld gebraucht. Hätte er über ethische Probleme beim Entwickeln von Bremsklötzen für Flugzeuge nachdenken sollen?

Erst in ihrem Zimmer fasste er erschrocken Steffis Hand. Das Zimmerchen war über und über mit Stofftieren vollgestopft. Katzen und Hunde wohin man auch schaute, manche mit dem Knopf im Ohr, manche alt und abgeschabt, eines in ihrem Bett. Auf dem Monitor eines kleinen PC, auf den Büchern, zwischen den Büchern: von winzig klein bis groß, überall Stofftiere. Collies und Katzen: Seine Tiere, die ihr Vater vergiftet hatte. Zwischen zwei Büchern hing ein altes Bild von ihr und klein an den Rahmen gesteckt ein weiteres Bildchen: Er.

Er musste sich setzen und zog sie zu sich, auf ihr Bett. Er war ihr Mädchenschwarm gewesen, aber nie hatte er etwas bemerkt, wie sollte er auch? Er war über 10 Jahre älter, er war verheiratet gewesen… ein erwachsener Mann schaut nicht Kindern der Nachbarn hinterher.

„Ich habe es aus eurem Hochzeitsbild ausgeschnitten. Hier, das gehört dir – jetzt weißt du fast alles!"
Sie reichte ihm einen dicken Versandkarton, alt, abgeschabt, fleckig und mit vielen Verklebungen und Verschnürungen die wieder aufgeschnitten und erneut überklebt und verschnürt worden waren. Frank, geplättet und sprachlos, nahm den Karton und las die Adresse: Seine. Die Briefmarken waren aus Frankreich. Eine Ahnung beschlich ihn. Er öffnete den Karton und fand, unter vielen Briefen, die alle mit „Lieber Franz" begannen und alle wortreiche Entschuldigungen waren, seine bebilderte „Geschichte der O" die er nie bekommen hatte. Ein Werk, für das Liebhaber bereits jetzt vierstellige Beträge zahlten. Er hatte es damals, vor etwa zehn Jahren war das, preiswert ergattern können, aber nie erhalten – und dann kam Anderes, ganz Anderes. Danach hatte sein Nachbar mit dem Terror begonnen… Gab es da einen Zusammenhang?

Stefanie erklärte ihm die Geschichte, ihre Geschichte. Es fiel ihr sehr schwer, sie stockte mehrmals.
„Ich war 17 Jahre alt, damals. Ja, jung und unschuldig und ich war sehr neugierig. Ab und zu habe ich dich und deine Frau damals belauscht, in eurem Garten hattet ihr ja keine Hemmungen. Und wie schön ihr wart, wie ihr Euch auf der Terrasse geliebt habt, wie eure Körper sich bewegt haben… Ja, ich bin sehr stolz auf dich!"
„Du kannst weiter erzählen, Liebste. Es ist vorbei. Wir beide sind jetzt zusammen!"
Sie wischte sich die Augen.
„Ja… Nun gut, die Post gab ja immer mal wieder Pakete für Euch bei uns ab. Ihr wart beide tagsüber nicht zuhause, aber meine Mutter war zuhause und ich kam um Mittag aus der Schule. Eines Tages klingelte die Paketpost und brachte dieses dicke Paket für Euch. Ich nahm es entgegen und der Mann vergaß, Euch die Meldung in den

Briefkasten zu werfen. Ich stellte das Paket zu mir und vergaß es auch."

Sie schüttelte sich und brach wieder in Tränen aus.
„Irgendwann packte ich das Paket wieder an und es führ mir siedeheiß den Rücken hinunter. Ich hatte es vergessen! Dein Paket! Ich habe dich immer bewundert... wie fürsorglich du dich um deine Frau gekümmert hast... und ich vergesse dein Paket! Ich konnte doch nicht zu Euch herüberlaufen und... und..."
Er drückte sie fest.
„Dann hast du es geöffnet?"
„Ja... das habe ich!"
Sie war knallrot geworden und schämte sich noch heute.
„Ich hätte das Buch zuknallen sollen, aber ich habe es gelesen. Französisch, ich konnte es verstehen und was ich nicht wusste, schlug ich nach. Mit den Bildern jedoch war da nicht mehr viel nachzuschlagen... die Bilder waren... eindeutig! Und ich habe..."
„Du hast dich gestreichelt?"
Sie blieb lange still, dann hauchte sie ein sehr leise „Ja".
„Ja. Deine Wolle hat sich gestreichelt."
Wieder blieb sie still, schniefte leise und umarmte ihn. Wenn er mehr wissen wollte, musste er sie schon fragen.
„Sie... deine Eltern haben dich überrascht?"
„Nun, nicht beim ersten Mal! Ich wusste ja noch gar nichts über mich. Ich konnte es einfach noch nicht. Ich musste erst..."
„Du musstest dich erst kennenlernen, nicht? Wo deine Stellen sind? Wie es sich anfühlt?"
Sie schaute an ihm hoch und nickte.
„Es war das Buch, schlussendlich. Es war so geil! Das lief allem zuwider, was ich gelernt hatte, aber doch war die „O" eine selbstständige Frau, beruflich erfolgreich mit eigenem Einkommen und eigener Wohnung! Sie gehört einem Mann, der sie kennzeichnet – und er liebt sie! Es kam mir vor wie... ein Vorhang, der vor mir aufgezogen wird! Eines Tages kam ich... laut, zu laut!"
„Da standen sie dann in deiner Tür?"
„Ja, da standen sie in der Tür! Entsetzt über ihre Tochter! Ihre Tochter, die den Nachbarn bestiehlt! Sich streichelt bis sie kommt! Was glaubst du was ich alles anhören musste? Diebin, Nutte,

Drecksau… das waren noch die harmlosesten Beschimpfungen. Als ich mich wieder gefangen hatte, sagte ich: ‚Entweder ihr seid still, oder ich gehe schnurstracks zu dir und das Buch nehme ich gleich mit!‘ Sie waren sprachlos. Meiner Mutter stand der Mund auf, Vater wurde tiefdunkelrot. Ich schob sie zur Tür hinaus und habe erst mal geduscht. Dann…“
„Dann gab es für deine Eltern nur noch eins: Ich musste weg!“
„Ja. Sie haben einen Plan ausgeheckt dich zu zermürben. Eure Tiere vergiften, euch anzeigen, Klage einreichen wegen Ruhestörung, Lärmbelästigung, Verunkrautung des Gartens und was ich nicht alles weiß.“
„Verletzung der Bauordnung, unerlaubte Grundwasserentnahme, Gefährdung der öffentlichen Sicherheit, Schäden durch Erdbohrungen… Unser Wasser und die Wärmepumpe hatte es ihm ja besonders angetan.“
„Ja, alles das! Den Rechtsanwalt und Gutachter haben sie beschäftigt um sich immer neue Klagen ausdenken! Wie vernagelt waren sie!“

Sie schwiegen, eng aneinandergedrückt und hingen ihren Gedanken nach. Was wäre gewesen, fragte sich Frank, hätte sie als braves wohlerzogenes Töchterchen das Paket seinem Besitzer übergeben? Franks Frau wäre trotzdem gestorben. Auch die Tiere – allerdings an Altersschwäche. Dann jedoch… wäre nichts mit Heirat und ihrem ersten gemeinsamen Kind, oder, er korrigierte sich: der Hoffnung auf ein gemeinsames Kind. Das war, was zählte: Ihre gemeinsame Zukunft.
„Verstehst du jetzt?“
„Ja, jetzt beginne ich, dich zu verstehen… Du hast dir doch sicher viel ausgedacht, die ganzen Jahre?“
Jetzt lacht sie wieder.
„Ja, das habe ich! Viel! Dinge, die ich mich nicht einmal getraut habe aufzuschreiben! Hier, in einer Frauen-WG! Aber Dinge die ich jetzt machen durfte – mit dir!“

Sie hörten, wie sich ein Schlüssel im Schloss drehte und sich die Tür öffnete.
„Hallo! Jemand zu Hause? Stefanie?“

„Das ist Ilse, eine von uns Biologinnen." und „Ilse! Hier! Erschrick' nicht!"
Frank wollte Ilse begrüßen und ihr die Hand geben. Ilse, eine rustikale, stämmige Figur, ignorierte die ausgestreckte Hand und stemmte die Hände in die Hüfte.
„Das ist er doch, nicht? Ja? Hast du das Schwein endlich hierher geschleppt?"
Sie spuckte Frank ins Gesicht.
„Dreckskerl! So viele Briefe! Nächtelang hat sie geheult, wenn wieder keine Antwort kam!"
„Ilse! Ilse bitte!"
„Du verteidigst ihn auch noch! Unser Weibchen! Ein Mann ist das!"
Das Wort ‚Mann' sprach sie wie ein Schimpfwort aus. Steffi stand auf und griff Ilse an den Händen.
„Ilse, ich habe die Briefe nie abgeschickt. Sie sind alle hier, schau. Ich habe mich nie getraut. Aber jetzt…!"
Ilse schaute von Steffi zu Frank und zurück. Sie schrie:
„Du hast was? Du hast die Briefe nie abgeschickt? Ich brauche einen Schnaps!"
Ilse stürmte aus dem Zimmer.
Frank wischte sich die Spucke aus dem Gesicht und schüttelte den Kopf. Er nahm Steffi in die Arme, dann ihr Gesicht in seine Hände.
„Jetzt verstehe ich, erst was ich dir bedeute, schon lange bedeutet habe! Wenn ich das gewusst hätte! Ich hätte dich doch nicht nackt und angeleint über die Wiese gejagt! Dich geprüft und getestet, immer wieder! Du meine Güte! Was habe ich nur getan?"
„Das Richtige! Deine Wolle wollte es dir doch beweisen! Ich liebe dich, schon so lange!"

Ilse stand mit einem Gesicht im Türrahmen, wie wenn sie auf eine Zitrone gebissen hätte, eine Schnapsflasche in der einen, ein halb volles Glas in der anderen Hand. Sie leerte das Glas und schüttelte sich.
„Nur noch ihr seid ekelhafter als das Zeug!"
Sie schenkte sich erneut ein. Offensichtlich schien es sie zu beruhigen, denn sie griff Stefanies Stuhl, setzte sich und schaute die Zwei auf dem Bett aufmerksam an.

„So, wollt ihr Euch jetzt vielleicht erklären? Oder soll ich anfangen? Lass mich raten: Sie ist schwanger und ihr werdet heiraten?"
Frank lachte und meinte trocken, dass sie ein gutes Gefühl für Menschen hätte. Ilse lachte und lachte und schüttelte sich aus.
„Ihr seid mir ein Paar! Ich werf' Reis auf Eurer Hochzeit! Ihr seid verrückt!"
„Ihr seid Alle herzlich eingeladen, Ilse. Morgen, in vier Wochen."
Jetzt wurde Ilse still und schenkte sich noch ein Glas ein.
„Ist das wahr? Und du –sie meinte Frank- wusstest nichts? Rein gar nichts? Unschuldig wie ein Lamm?"
„Woher? Von wem? Von Euch hat man ja auch nichts gehört!"
„Das ist nicht wahr! Hätten wir nicht deine Rechtsanwältin angerufen, Franzi und ich, du würdest nicht hier sitzen wie ein Pascha! Eine patente Frau, übrigens."
„Ihr habt sie informiert? Ihr habt sie angerufen dass sie mich…?"
Das wusste Steffi auch noch nicht.
„Ja, mein Turteltäubchen! Wir mussten ja etwas tun, bevor du wieder dein Buch auspackst und nächtelang heulst!"

Sie wandte sich an Frank, begann zu erzählen, dass Steffi in unregelmäßigen Abständen die „Geschichte der O" ausgepackt und stundenlangen zwischen Gestöhne und Geheule Hin und Her schwankte. Man konnte darauf wetten: Immer wenn sie wieder eine Prüfung mit Glanz und Gloria absolviert hatte.

„Ich musste mich ablenken, sonst fiel ich immer stundenlang" – Einwurf von Ilse: „Tage!" „…in ein tiefes Loch. Schließlich- ich war es ja auch!"
Ilse verdrehte die Augen, aber bevor sie etwas sagen konnte, hörten sie die nächste Mitbewohnerin kommen.
„Ilse? Etwas Neues von Steffi?"
„Franzi, hallo Kleines! Ja, es gibt etwas Neues!"
Franzi war schlank und zierlich, mit strahlenden Augen und schwarz gefärbten Haaren. Sie stürmte zu Ihnen und umarmte Steffi besonders herzlich. Frank bekam einen Handschlag, dann bemerkte sie Steffis Kleider und ihren neuen Schmuck, das schwarze Leder-Halsband um ihren Hals.

„Steffi? Was trägst du da? Was hast du heute an? Ist das Dior? Heißt das – ist das…?“
„Ja! Das ist Frank, Frank Franz.“
„Oh! Es hat geklappt! Hat es also geklappt! Hatte ich nicht recht? Ich hatte recht! Juhu! Jetzt wird gefeiert!“

Sie führte einen Freudentanz auf, tanzte fingerschnipsend einige Schritte Marengo und huschte davon. An der Tür drehte sie sich noch einmal um und fragte Ilse: „Darf ich? Bitte bitte bitte!“ Ilse winkte lachend ab. „Los, du…!“
„Gleich kommt sie wie Liza Minelli in ‚Cabaret‘ – versteht er das?“ Die Frage war an Steffi gerichtet, aber sie mussten beide, Steffi und Frank, lachen. Ja, er würde das verstehen.

Sie gingen in ein Steakhouse. Nein, nicht schon wieder Lasagne, Spaghetti oder Ravioli, heute musste es etwas Herzhaftes sein. Die beiden, Ilse und Franzi, wunderten sich über Stefanies Appetit. Als sich Stefanie kurz entschuldigte, konnte es Franzi nicht lassen.

„Ist sie schwanger? Sie isst ja jetzt schon jetzt für zwei! Oder habt ihr so getobt, die paar Tage?“
„Nein, „so“ eigentlich nicht. Sie hat geschlafen, fast den ganzen Samstag und den Vormittag jeden anderen Tag. Ich habe mich gefragt ob sie so viel Stress hatte in der letzten Zeit?“
„Mit ihrer Arbeit? Nein, sie hat alles mit Glanz und Gloria bestanden! Sie hätte jetzt weitermachen können… aber hat sie dir das denn nicht erzählt? Habilitation und so? Schulden für die sie mit unterschrieben hat?“
„Ja schon, aber wie seid ihr auf die Idee gekommen, Frau Hoffmann anzurufen?“

Stefanie war zurückgekommen und schaute ihre WG-Mitbewohnerinnen prüfend an.
„Erzählt ihr gerade meine Schandtaten?“
„Nein, dein neuer Lover wollte wissen wie wir hinter deinem Rücken seine Rechtsanwältin anrufen konnten!“
„Lover! Wie sich das anhört! Mein Zukünftiger! Aber ja, das würde mich auch interessieren!“

Franzi begann zu erzählen, wie die zwei über ein besonderes Geschenk für Steffi nachgedacht hatten. Ihre Liebe zu Stofftieren war berühmt, ihre finanziellen Sorgen kannten sie, als langjährige WG- Kolleginnen. Da ihre Zimmer nie abgeschlossen waren –eine private Geschichte von Ilse, über die sie jetzt nicht reden wollte- war es ein Leichtes ihre Post durchzusehen. Ein paar Anrufe, Fragen nach der Gegenseite, dann die Antwort: Rechtsanwältin Hoffmann, Kanzlei Hoffmann&Hoffmann.
„Wir wussten ja, dass deine Eltern pures Raben-Aas sind. Also haben wir Frau Hoffmann angerufen und mit ihr überlegt wie man euch zusammenbringen könnte. Wir waren sicher, dass es Frank nicht kalt lassen würde, wenn er unsere Sahneschnitte erst sehen würde! Aber, dass ihr gleich mit dem Aufgebot und den Babywindeln unter dem Arm zurückkommt!"
Ilse entschuldigte sich so halb-und-halb für ihren Auftritt von vorher.

„Ich war sicher dass er alle Briefe gelesen hatte und bei jeder Liebeserklärung von dir einen Ständer bekam, aber dass du keinen Brief je abgeschickt hast? Das fasse ich nicht! Wie viele Tränen hat es dich immer gekostet, einen Brief zu schreiben?!"

Frank drückte seine Stefanie fester, die sich an ihn schmiegte. Jetzt wollte Franz allerdings die Geschichte von Ilse und Franzi kennenlernen, von Ihnen. Mit etwas Hin und Her bekam er sie auch. Ilse war am Anfang ihres Studiums nach einer Party vergewaltigt worden. Sie war betrunken, hatte nicht viel mitbekommen, aber landete bei der Polizei in der Ausnüchterung und wurde mehr als scheel angesehen.
„Sie hielten mich für eine Nutte! Der Typ hatte ein Kondom benutzt! Das galt als Beweis, denn sonst nimmt doch ein Mann keinen Gummi. Ich sollte mich registrieren, Strafe bezahlen, weil ich schwarzarbeiten würde! Es war unglaublich, wie sie mich behandelten, besonders die Frauen dort!"

Seitdem waren Männer für sie gestorben, auch wenn sie früher gerne ‚eine Latte' vernascht hatte. Ihre Franzi, die Kessere der Beiden, hatte sie im Labor kennengelernt und seitdem waren sie zusammengeblieben, auch wenn sie nicht monogam waren.

Das Nesthäkchen ihrer WG war diese Woche nicht da: Sie war auf Exkursion. Als Frank fragte woher denn der große Altersunterschied zu ihnen kommen würde, deutete Franzi verstohlen auf Steffi und antwortete, dass das Wetter ja jetzt besser wäre. Frank verstand: der Exfreund.

Sie gingen zurück und beschlossen heute in Stefanies Zimmer zu übernachten, morgen an die Uni zu gehen und dann mit Packen zu beginnen. Als sie nebeneinander in ihrem Bett kuschelten, erzählten sie sich von ihren früheren Partnern.

„Mein Ex war ein sehr Netter, aber er wollte unser Kind nicht. Ich habe gebettelt und geheult wie ein Schlosshund, er sagte Nein. Es war nach dem Diplom, ich hätte aufhören können und Mutter werden, alles wäre so schön gewesen: Nein, er wollte keinen Balg und keine Hausfrau. ‚Ich lass mich nicht in Ketten legen! ‘ Ich sollte abtreiben, sonst würde er gehen. Ich tat es, im Vertrauen auf ihn. Ich dachte jetzt wird alles wieder gut… Er hat noch zwei Wochen gewartet, dann war er weg.“

Frank schwieg betroffen. Stefanie hatte eine unglückliche Geschichte erlebt, jedoch, war seine besser? Seine Frau war für ihn wie ein Paradies gewesen. Kinder jedoch hatten sie nie gewollt und sich früh dagegen entschieden. Als sie einen Knoten in ihrer Brust spürte, erfuhren sie schnell dass es ernst, sehr sehr ernst werden würde. Mitten in der dritten Chemo starb sie an Kreislaufversagen.

Er hielt Stefanie und drückte sie, so fest, dass sie aufstöhnte. Lange schwiegen sie, hielten sich fest, drückten und streichelten sich. Es war so viel zu reden, aber sie schwiegen weil sie beide das gemeinsame Schweigen angenehmer empfanden als jedes Wort. Schließlich begann Steffi.

„Gehst du morgen wirklich mit mir an meine Uni?“
„Ja Liebste! Diese Woche ist nur für uns – und dann? Möchtest du mit mir in den Urlaub fahren? Wie feiern wir unsere Hochzeit?
Steffi lächelte und umschlang ihn mit ihren Armen, drückte und küsste ihn.

„Ich bin doch dein Pet! Du nimmst mich einfach mit und wenn ich im Wege bin, sperrst du mich in den Käfig oder nach draußen!“
Er lachte und küsste sie zurück.
„Gut, mein Pet. Dann gehe ich mit dir in die Flitterwochen, nach der Hochzeit. Zwei Wochen Kreuzfahrt in der Karibik!“
„Kreuzfahrt? Das wäre toll! Aber warum Kreuzfahrt?“
„Damit du mir nicht entläufst, meine Liebste! Schließlich, ein Seehund bist du nicht!“
Sie alberten über fliegende Hunde und Meerjungfrauen, bis sie zum Thema kamen. Frank startete einen Versuch.
„Es geht dir besser, nicht? Du kannst darüber reden?“
Steffi schlug die Augen nieder und hielt sich an Frank fest. Leise sprach, flüsterte sie fast zu ihrem Frank.
„Meine Therapeutin sagte mir dass ich lange brauchen werde und am besten ein Kind bekommen sollte, von einem Mann den ich sehr, den ich über alles liebe, von einem Mann, der mich auch liebt. Ich liebe dich, Frank! Ich spüre, dass du mich liebst, schon vom ersten Moment an! Bitte hab‘ Geduld mit mir. Wir wissen noch nicht, ob ich schwanger bin, es sind doch erst ein paar Tage – aber ich wurde schwanger und werde es wieder, ich verspreche es dir!“
Frank schwieg und strich ihr die Haare aus der Stirn. Ihre Haargewuschel fiel sofort wieder zurück.
„Ich habe mir immer Kinder gewünscht, aber meine verstorbene Frau hatte sich schon dagegen entschieden, endgültig, bevor wir uns kennenlernten. Sie bedauerte es sehr als die Diagnose kam, ich glaube sie hätte nichts lieber ungeschehen gemacht als dies.“
„Wie starb sie?“
„Im Schlaf. Sie ist während der Therapie einfach eingeschlafen. Sie hatte keine Schmerzen, sie bekam hervorragende Medikamente.“

Steffi biss sich auf die Lippen und begann zu weinen. Frank küsste ihr die Tränen weg und flüsterte ihr zu, dass er Wolle sofort zum Tierarzt gebracht hatte. Er hatte nicht gezögert – auch ein Tier musste nicht sinnlos leiden. Steffi nickte und schluckte tapfer die Tränen hinunter.

„Ich hatte einen Zusammenbruch, nach meiner Abtreibung. Als er... als er mich Knall auf Fall verlassen hatte. Franzi und Elli haben mich gehalten und in die Klinik gebracht. Ich muss getobt haben wie eine Wahnsinnige. Als ich wieder bei Sinnen war, bekam ich Therapie. Es hat geholfen, ich kam wieder klar, ich bekam wieder Mut und konnte weiterarbeiten, mich in meine Arbeit stürzen! Damals habe ich angefangen, die Stofftiere zu sammeln – aber die nehmen wir doch mit?!"

Ganz aufgeregt war sie geworden und richtete sich auf, schaute Frank fast ängstlich, suchend in die Augen.
„Sicher! Alles von dir! Wir haben Platz zum Liegen! Du hast ja bisher nicht viel gesehen vom Haus, du wirst sehen! Da ist Platz für viele Kinder – und noch mehr Stofftiere!"
Steffi entspannte sich. Frank wirkte so beruhigend, so sicher und selbstbewusst. Jetzt, mit ihnen beiden zusammen, da konnte nichts mehr schief gehen.

„Du verzeihst mir also?"
„Dass du mein Herz gestohlen hast? Nie! Deshalb musst du mich doch heiraten!"

Sie lachte, etwas unsicher. Als Frank ihr jedoch zuflüsterte, dass er ihr alles verzeihen würde, wenn sie nur bei ihm bliebe, dass er nach einer Frau wie ihr gesucht, aber keine gefunden und dass er sicher war jetzt sein Glück in den Armen zu halten, weinte sie glücklich an seiner Brust.

„Wirklich Alles?"
„Ich schwöre, Alles!"

Sie war sehr glücklich und sie beide getrauten sich, ihre Liebe zu gestehen.

Verschleppt

Steffi und Frank hatten sich schnell eingerichtet. Ihr kleines Zimmers hatten sie fast komplett in ihr gemeinsames Haus verfrachtet.

Wann immer sie das Gefühl hatte, sie müsse sich zurückziehen und ganz für sich alleine sein, nur alleine mit sich und ihren Erinnerungen, ging sie in ihr Zimmer und legte sich eine Zeit auf ihr Bett, betrachtete ihre Stofftiere und ihre Bücher. Bald jedoch ging sie immer seltener in ihr Zimmer. Als sie begann, einige ihrer liebsten Stofftiere im Haus zu verteilen, wusste Frank, dass seine Frau zu Hause angekommen war.

Ihre Hochzeit war so schnell über die Bühne gegangen, wie sie es sich gewünscht hatten. Ihre Flitterwochen waren märchenhaft schön gewesen, wie man sich sagt ‚unvergesslich' um es dann doch, langsam aber sicher, unter den nächsten familiären Ereignissen zu vergessen. Genau auf ein derartiges Ereignis bereiteten sie sich vor: Steffi war wirklich schwanger geworden. Dem Ungeborenen ging es bestens, man sah, dass es wuchs und gedieh, ebenso wuchs natürlich Steffis Bauch. Jetzt jedoch genossen sie noch die Freuden der Schwangerschaft. Erst im nächsten Jahr, im eisigen Januar, würde das Kleine seinen Eltern den Schlaf rauben. Solange sie jedoch konnten, mit aller Vorsicht und Rücksicht auf sie und das Ungeborene, spielten sie hemmungslos ihre gemeinsamen Spiele von Lust und Liebe.

Am Montagmorgen war er wie üblich früh aufgestanden, hatte Frühstück gerichtet und seiner Frau ans Bett gebracht, geduscht und sich gerichtet und war dann, nach Küssen und Neckereien, losgefahren. Üblicherweise telefonierten sie halb Zehn und kurz vor Feierabend, heute jedoch fand eine Besprechung über die letzten Personalgespräche statt, dann würde eine Teambesprechung bis Mittag dauern. Als er aus der Personalbesprechung zurückkam sah er eine Meldung auf dem Display des Telefons, es wäre eine Nachricht aufgezeichnet worden, von seiner Nummer zuhause. Er konnte sie jedoch nicht abhören, der Anrufbeantworter schien zu streiken. Frank verständigte IT und ging in die lange Besprechung.

Während der Besprechung klopfte es an die Tür. IT und ein Mitarbeiter der Security standen in der Tür und baten ihn heraus. Der Sicherheitsmitarbeiter hatte Schweißtropfen auf der Stirn und atmete schwer. Er berichtete schnell, abgehakt und nervös, dass die Nachricht ein verstümmelter Hilferuf war, nur „Frank! Hilfe!..." dann wäre eine Männerstimme zu hören gewesen, aber unverständlich, dann: Klack, Aus. Sein Haus wäre verlassen, keine Menschenseele da, seine Frau: weg! Selbstverständlich wäre die Polizei verständig, er käme gerade direkt von seinem Haus. Um Frank wurde es schwarz, er strauchelte und musste sich setzen.

Als er wieder aufsah, blickte er in ernste, kummergewohnte Augen. Das Team der Kripo und die Security des Unternehmens hatten Platz genommen.

„Wir glauben, dass ihre Frau entführt wurde. Sie muss dem Täter oder der Täterin die Tür geöffnet haben, entweder kannte sie diese oder den Täter oder er war harmlos getarnt: Postbote, Paketbote, so etwas."

„Wir haben eine Sperrkette und Video an der Eingangstür. Wir haben auch Videoüberwachung im Garten. Die Tür ist massiv und widerstandssicher. Sie hätte es bemerkt, wenn jemand versucht hätte, sich unter Vorspieglung falscher Tatsachen Zutritt zu verschaffen."

„Die Videos untersuchen wir gerade. Was meinen sie? Verdächtigen sie jemanden? Haben sie Feinde?"

Frank holte tief Luft. Dann erzählte er von Stefanie, seiner Frau und ihren Eltern. Sie hatten versucht, noch vor ihrer Hochzeit, ihnen die Hand zu reichen. Auf ihre Anrufe hatten sie einfach aufgelegt. Als sie ihre Eltern trotzt alledem besuchen wollten, stellten sie fest, dass ihre Wohnung leer war: restlos leer, spurlos verschwunden. Ihre Schulden hatten sie selbstverständlich nicht bezahlt. Sehr gedrückt waren sie nach Hause gegangen, hatten eine Vermisstenanzeigen aufgegeben und alles weitere der Polizei und seiner Rechtsanwältin, Frau Hoffmann, überlassen.

Seine Erzählung wurde allgemein belächelt. Zwei älteren Menschen traute man nicht zu, eine gesunde junge Frau zu entführen, auch wenn sie mit ihrer Ehe nicht einverstanden waren. Der Polizei und der Security wäre eine Erpressung aus dem Umfeld seiner Firma sichtlich plausibler und wesentlich lieber. Technische Geheimnisse aus Luft- und Raumfahrt stellen einen ganz anderen Stoff dar als eine private Beziehung – für die Beamten und die Security.

Noch als sie sprachen wurden Ausdrucke der Videos und Kopien der Aufzeichnung gebracht. Ein Transporter hatte vor ihrem Haus geparkt. Ein älterer Mann war über den Garten gekommen, eine Frau in ungefähr gleichem Alter stand vor der Tür. Sie hielt etwas Großes, scheinbar Schweres in der Hand. Frank konnte einen Hundekäfig erkennen. Dann, mit Grauen, musste er sehen, wie seine Schwiegereltern den Hundekorb in den Transporter luden und wegfuhren. Die Fahndung begann.

Die Runde ernster Herren um ihn war still und schaute betreten vor sich auf den Tisch. Eine Entführung aus dem privaten Umfeld? Am hellen Tag wurde eine Frau eingepackt wie ein Bündel und weggefahren? Was den Herren unverständlich erschien, wenn denn je ein Kapitalverbrechen verständlich sein kann, erschien ihm immer klarer. Er bat, Frau Hoffmann mit hinzuzuziehen und zu befragen. Auch erwähnte er ihre Therapeutin, die sicher wertvolle Hinweise zu den Tätern beitragen könnte.

„Entführer melden sich immer. Wir können darauf bauen, dass sie anrufen werden. Was sie fordern werden dürfte klar sein: Geld für ihre Schulden, Geld für ihr zukünftiges Leben.“

Frank war diese Sicht zu kurz gedacht.

„Das kann nicht sein. Ich habe meine Frau genauso kennengelernt: Wir haben über ihre Schulden gesprochen, wie wir eine Lösung finden können. Wir haben das Geld sie mit einem Federstrich zu bezahlen, es ist nur eine Frage, was gerechtfertigt ist und was aufgebauscht ist. Unsere Rechtsanwältin sortiert diesen Wust gerade, aber noch sieht sie kein Land. Da die Rupperts auch für Gespräche nicht zu bekommen sind, auch nicht über neutrale Dritte, steht die Angelegenheit derzeit auf Eis. Wir sind zahlungsbereit für Stefanies Verpflichtungen, die Frage ist nur: An wen und wie viel? Wir wissen nicht, was die Rupperts bereits bezahlt haben. Wir kennen ihre Situation nicht. Sie haben mit niemanden von uns gesprochen."

Es herrschte Schweigen.

„Sie meinen hinter dieser Entführung könnte Rache stehen? Verletzte Eitelkeit? Eine achtundzwanzig jährige Frau heiratet einen Mann, sie wird schwanger und die Eltern entführen ihre Tochter? Eine Deutsche christlichen Glaubens? Eine, wie ich sehe, hervorragende Wissenschaftlerin?"

„Sie haben mich auch Jahre wegen Nichts und wieder Nichts verklagt und meine Tiere vergiftet, was ich zwar nicht nachweisen konnte aber es war so. Zwei Katzen und ein Collie."
Er erwähnte die Vorgeschichte nicht. Er hoffte inständig, die Rupperts wollten schlicht und einfach Geld.

Die schnell zusammengetrommelten Beamten und die Security begannen, sich abzustimmen und Teams zu bilden. Telefonschaltungen wurden vorbereitet, Experten trafen ein. Er, wurde ihm mitgeteilt, wäre von allen beruflichen Belangen vorerst freigestellt. Er solle sich für Gespräche mit Profilern und Psychologen bereithalten. Tun könne er im Moment sowieso nichts, das Beste wäre, er würde mit einem Security- Mitarbeiter auf dem Firmengelände spazieren gehen.

Gegen Abend, er hatte das Gelände bereits das zigste Mal umrundet, literweise Kaffee getrunken und sogar eine scheußliche Zigarette eines Wachmanns geraucht, baten sie ihn zur Besprechung. Es gab keine Nachricht. Es gab keinen Fahndungserfolg. Alle Straßensperren, Personen- und Fahrzeugkontrollen ergaben genau Eines: nichts. Von dem Transporter und den Rupperts fehlte jede Spur. Aus seinem Haus fehlte nichts. Die Fingerabdrücke hatten, so ergab die Überprüfung mit der Wohnung der Rupperts, nur diese beiden Personen ergeben, wobei sie keine Handschuhe getragen und keine besondere Acht gegeben hatten. Auch das Kennzeichen des Transporters war nicht verdeckt oder gefälscht gewesen, das Fahrzeug war ordnungsgemäß auf Herrn Ruppert zugelassen worden. Die Beamten schienen diese Nachlässigkeiten besonders zu irritieren.

„Herr Franz, sie müssen jetzt stark sein. Wir befürchten das Schlimmste für ihre Frau und das Baby. Dies ist keine logische Aktion von professionellen Entführern. Das sind, nach unserem jetzigen Stand der Ermittlungen, grenzwertige Menschen."

Sie ließen die Worte auf ihn wirken, ließen ihm Zeit.

„Wir haben keinen Anhalt, wo sich die Entführer mit ihrer Frau aufhalten können. Wir haben noch keine Hinweise aus der Bevölkerung. Ja, wir haben die Fahndung jetzt öffentlich. Fernsehen, Internet, Rundfunk… alle Kanäle. Wir verteilen Flugblätter, wir suchen mit Hunden… die Anteilnahme aus der Bevölkerung ist groß. Die Presse belagert ihr Haus, heute Nacht können sie unmöglich dort übernachten. Sie sollten hier bleiben!"

Er blieb. Über dem Aufenthaltsraum der Security richteten sie eine provisorische Unterkunft für ihn ein, in der er abgeschirmt von der Umwelt war, auch abgeschirmt von seinen Kollegen. Allein auf dem Feldbett überlegte er was die offensichtlich durchgeknallten Rupperts von ihnen wollten, wenn kein Geld. Er kam immer wieder auf das gleiche Thema: Rache. Rache dass sie vor Gericht verloren hatten. Rache für die Tochter, die er ihnen genommen hatte – besser gesagt, sie war mit wehenden Fahnen zu ihm übergelaufen.

Wie rächen sie solche Menschen? Von Stefanie hatte er Andeutungen über ihre Eltern erfahren, er kannte sie flüchtig von früher, als sie sich noch grüßten. Sie waren einfältig, aber hinterlistig. Nicht klug, aber gemein. Er hatte sich immer gewundert wie derartige Menschen eine so kluge, blitzgescheite Tochter haben konnten, so sensibel und liebevoll – nichts davon gab es bei ihren Eltern. Was würden diese Menschen ihr und ihrem Baby antun?

Genug. Er nahm die Schlaftabletten und legte sich hin, schlief fest und traumlos.
Am Morgen mussten sie ihn um acht Uhr wecken.

„Da war wohl die Dosis etwas zu hoch, was? Aber gut dass sie geschlafen haben!“

Er hatte geschlafen. Er war leidlich ausgeruht, wenn er das unter diesen Bedingungen überhaupt sein konnte. Jedoch, obwohl seine Nerven bis zum Zerreißen gespannt waren, es geschah wenig. Ohne seine Frau, ohne seine Arbeit verging die Zeit quälend langsam. Es war jedoch wenig, was die Beamten melden konnten.

Er freundete sich mit einem der Mitarbeiter der Kripo, einem Dr. Bertram an, mit dem er auch frühstückte. Dr. Bertram war Allgemeinmediziner mit zusätzlicher Ausbildung als Psychologe - seinen Doktortitel hatte er sich in Psychologie verdient. Er hatte schon viele Gespräche mit Dr. Bertram geführt, wieder saßen beim Frühstück. Doch diesmal war es anders.

„Es fällt mir schwer, ihnen so persönlich auf die Pelle rücken zu müssen, aber es geht nicht anders. Gibt es irgendetwas, was sie lieber mir persönlich als dem Team sagen wollen?“

Frank wusste, dass es jetzt begann. Er musste jedes Wort abwägen und eher generell und allgemein bleiben als zu speziell ins Detail gehen. So vorsichtig wie möglich berichtete er wie sie sich kennengelernt hatten, was Steffi ihm von dem Buch erzählt hatte und welche Spiele sie ab und an spielten. Zu seiner Erleichterung winkte Dr. Bertram ab.

„Das ist eure Sache, ihr seid erwachsen und da sie beide vor einer anerkannten Rechtsanwältin gesprochen haben macht die Sache mehr als glaubwürdig. Frau Hoffmann hat uns die Geschichte übrigens bereits mitgeteilt. Sie hat bestätigt wie ihr euch knall auf Fall verliebt habt – meinen Glückwunsch übrigens!“

Franz verzog das Gesicht. Es war ihm nicht nach Glückwünschen zu Mute. Dr. Bertram war hier anderer Meinung.

„Diese Rupperts wollen etwas von Ihnen. Geld kann es nicht sein, sonst hätten sie schon Forderungen gestellt. Sie wollen sich an Ihnen und ihrer Tochter rächen.“
Das Wort Tochter betonte er so seltsam, dass Franz aufschaute.
„Ist sie nicht ihre Tochter?“

Nein, das war Stefanie nicht. Die Rupperts hatten sie adoptiert. Ihre wirklichen Eltern waren Ärzte gewesen, ihre Mutter auf Auslandsaufenthalt in Deutschland. Um Komplikationen aus dem Weg zu gehen, hatte sie die Tochter nach der Geburt zur Adoption frei gegeben und in ihre Heimat zurückgekehrt.

„Das nützt uns nicht, hilft uns aber sie einzuschätzen. Die Rupperts werden weniger Hemmungen haben, vielleicht gar keine. Sie ist wie eine Fremde für sie.“
Dr. Bertram holte tief Luft.
„Was denken sie? So, rundheraus?“
Franz lachte bitter.
„Das fragen sie ausgerechnet mich? Haben sie keinen Dr. Hannibal Lector?“
„Wir haben einige Psychopathen eingelocht, aber vergessen sie das. Menschen, die kriminell werden, oder schwerkriminell sind wie die Rupperts, sind keine Ratgeber. Ich sage ihnen, was ich befürchte: Sie werden Bilder und Filme machen. Schmutzige, dreckige, abscheuliche Filme. Sie werden die Filme im Internet zum Download anbieten und Geld dafür verlangen. Sie kennen das, wir kennen das. Junge Frauen mit schönen Körpern, die in die Kamera lächeln und sich penetrieren lassen. Mädchen die begeistert Dildos in XXL lutschen. ‚Aber die tun es doch freiwillig‘ hört man dann. Ja, sie tun es scheinbar freiwillig und mit Hingabe, leidenschaftlich gut sogar. Aber aus eigenen Stücken?“
Dr. Bertram fuhr sich durch die Haare.
„Herr Frank, es ist so. Wenn das eintrifft, was ich befürchte, müssen sie sich auf das Schlimmste gefasst machen. Sie werden die Frau sehen die sie lieben wie sie auf das Äußerste entwürdigt wird. Sie wird es tun, sie wird alles tun was von ihr verlangt wird, weil sie nur so einen Funken Hoffnung sie jemals wieder zusehen. Sie tut es für ihren Mann, weil sie ihren Mann über alles liebt. Kommen sie dann

wieder zusammen hat sich für sie beide die Welt fundamental verändert. Werden sie dafür stark genug sein?“

Sie schwiegen und begannen einen Spaziergang. Dr. Bertram war Raucher und genoss seine Zigaretten.
„Dr. Bertram, woher haben sie Ihre Vermutungen?“
„Sie selbst haben Fetisch- Spielsachen gekauft, wir fanden ihre Spielsachen jedoch nicht. Das Fach in ihrem Schlafzimmer war leer und offen. Ihre Frau trägt ein Hundehalsband. Sie wurde in einem Hundekäfig abtransportiert. Ein Sex- Shop hat angegeben, Herrn Ruppert Dildos verkauft zu haben, dazu Gleitcreme im Überfluss.“

Er schaute Frank prüfend an.
„Dazu Milchpumpen. In einem Online- Shop hat er im Ausland Hundehalsbänder gekauft. Elektrische Hundehalsbänder, Anti- Bell-Halsbänder und Dressurhalsbänder. Er hat sich einen ganzen Laden an Sexspielsachen gekauft.“
Wieder schwieg er, wie um Franz auf seine Belastbarkeit zu prüfen.
„Wir wissen, dass er mehrere Online- Accounts eröffnet hat. Er hat Kameras. Wir haben alle erreichbaren Stellen informiert, aber was heißt erreichbar? Server sind heutzutage virtuell überall und nirgends, können schnell aufgesetzt und wieder geschlossen werden. Am schlimmsten aber finde ich, dass ihre Hochzeitsbilder fehlen.“
„Die Hochzeitsbilder? Aber was ist denn mit denen? Was ist daran schlimm?“
Dr. Bertram lachte.
„Sie sind Ingenieur, kein Psychologe! Ihre Frau wird dressiert, abgerichtet! Sie bekommt die Bilder vorgehalten, sie strahlt sie an, sie lächelt sie an – und schaut doch in die Kamera. Sie hofft auf ihren Mann, den einzigen Mann der sie nicht enttäuscht hat, der Wort hielt! Das sind sie! Was wird sie für ein Wort von Ihnen tun?“

Franz sah diese Zukunft vor sich. Er wusste, was seine Frau für ihn tun würde. Er wusste auch, dass erotische Bilder von Schwangeren einen besonderen Reiz hatten. Eine nackte Schwangere mit dem regelmäßigen Körperbau seiner Frau, ihren vollen Brüsten aus denen schon jetzt einzelne Milchtropfen traten, dem gewölbten Bauch… Er dachte weiter, an ihre nassen Scham und ihren willigen Po, ihren warmen, weichen Mund. Jedes Mal versetzte es ihm einen Stich. Er musste sich auf einen Stein setzen und bat Dr. Bertram um eine Zigarette. Gemeinsam rauchten die Männer, schweigend.

„Was wir uns gaben, was für uns intim und unser Geheimnis war, das setzen sie gegen uns ein."
„Genau das ist es. Rache pur: Sie nehmen euch euer Geheimnis, eure Intimität. Ihre Frau wird, je länger es dauert, umso größere Schwierigkeiten haben, sich wieder in der Welt zurechtzufinden. Sie werden Probleme haben sie so unbefangen und liebevoll in die Arme zu nehmen wie zuvor – wenn sie nicht das ganz große Glück weniger Männer haben und tolerant sind. Denken sie daran: Wenn es so ist, dann sieht sie ihr Bild vor sich, sie, ihren Mann. Sie schauspielert um ihren Mann wieder in die Arme nehmen zu können. Sie."

Sie rauchten erneut.

„Dr. Bertram, gestatten sie eine Frage: Woher wissen sie das alles?"
Dr. Bertram lachte bitter.
„Sie haben recht. Es ist so weit. Die ersten Bilder sind aufgetaucht."

Frank ballte die Fäuste, in ohnmächtiger Wut. Dann, mühsam, wurde ihm klar, dass dies ein Spiel werden würde. Sie alle gegen einen rachsüchtigen Bastard und eine alte Frau, eine Marionette. Seine Frau würde alles geben, er kannte sie. Jedoch, Dr. Bertram hatte recht: Eifersucht war jetzt völlig fehl am Platz.

„Wir rechnen mit einem Anruf bei Ihnen, eine Mail. Er wird nur mit ihnen sprechen wollen. Sie werden dann auf ein Gespräch mit ihrer Frau bestehen. Ihre Frau ist intelligent und gebildet, sie kann Sprachen: ein paar Brocken Griechisch, Latein, Französisch, Englisch. Sie kann versteckte Hinweise geben! Wir können uns vorbereiten. Wir warten, bis er den ersten Film hochlädt. Egal welchen Server er verwendet, er muss ihn hochladen."
„Konnten sie den bisherigen Upload verfolgen?"
„Aus Deutschland. Die IT hat uns jedoch einen Strich durch die Rechnung gemacht. Mehr wissen wir nicht."

Wieder rauchten sie.

„Was sollte ich sonst wissen?“
„Ihre Frau musste sich enthaaren. Kopf, Achseln, Beine. Die Schamhaare. Es tut mir leid.“
Oh Gott. Seine Wolle. Nackt. Bloß. Ohne ihre schönen Locken. Wie konnten sie nur. Das können keine Eltern sein!
„Der Text spricht davon dass ihre Frau Piercings bekommen wird. In die Nase und an die Schamlippen. An ihre Brustwarzen trauen sie sich anscheinend nicht. Sie scheint Piercings in ihren großen Schamlippen gehabt zu haben… Wussten sie das?“
Nein, das wusste er nicht.

„Kann es sein…?“
„Wir wissen es nicht. Es kann sein, dass er sich schon früher an ihr vergangen hat. Das geschieht oft, viel öfters als man denkt, besonders in schlechtsituierten Adoptivfamilien. Die Dunkelziffer ist hoch. Ein junges Mädchen, ein potenter Mann, eine Frau in der Menopause. Wenn es der Fall sein sollte, hätten wir zusätzlich ein inzestuöses Verhältnis, das die Sache nicht einfacher macht. Die Einstichstellen sind auf jeden Fall viel älter. Sie scheint die Ringe lange getragen zu haben. Aber jetzt, Herr Franz, sie tragen das alles mit sichtlicher Bewegung, aber sehr gefasst. Wollen sie mir das erklären?“

Frank begann, von seiner verstorbenen Frau zu erzählen. Wie sie sich beim Tanzen kennengelernt hatten und sie sich langsam nähergekommen waren. Seine Überraschung als ihm seine Frau eröffnet hatte, dass sie gerne auf Pärchenabende gehen würde. Treue? Das war ihr nicht wichtig, solange sie beide das Gleiche taten. Sauberkeit dagegen, dabei wurde sie panisch. Kondome waren ein Muss, auch zwischen Ihnen. Es war ihm anfangs schwergefallen seine Frau in den Armen eines anderen Mannes zu sehen, mit der Zeit fand er jedoch gefallen am Spiel in kleinen Gruppen. Nicht dass er das Erlebnis von sich aus gesucht hätte, jedoch, er war es gewöhnt nackt in einer Gruppe genauso nackter Menschen zu sitzen und zu liegen, ja, er hatte es mit seiner Frau richtig genießen können. Bis seine Frau ihre Diagnose bekam. Er wusste, dass sie sich die Schuld gegeben hatte, ihrem Hunger nach Körpern, ihrer Gier nach Lust.

Dr. Bertram nickte. Er reichte Frank aus seiner Jackentasche ein paar Seiten Papier.
„Ich denke sie sind stabil genug, aber setzen sie sich doch besser hin."

Die Bilder waren klein gewesen, nur Aufmacher für die große Story, die bald kommen würde: Lala, die trächtige Hündin. Nackt, rasiert, beringt würde sie werden. ‚How the bitch likes to be humiliated!' versprach der Text. Sie würde riesige Dildos blasen und in den Hintern bekommen, aus dem Napf essen und Milch schlabbern, an eine Hundehütte angekettet sich ihren Po ficken. ‚Gott sei Dank, den Dildo nur in den Po' sagte er sich. Ihrem Baby würde nichts geschehen, er hoffte es inständig. Ja, es war Stefanie, die ihn hier anlächelte, ihre Zunge hungrig herausstreckte und Milchtropfen von ihren Brüsten leckte, Steffi die mit scheinbarer Begeisterung den Rasierer durch ihre lockigen Haare führte und ihre halbrasierte Scham in Großaufnahme zeigte.

„Sie hat sicher Tausende Hits erzielt?"
„Nun, ehrlich gesagt… Nein. Auf dieser Seite sind viele derartige Bilder und neue Models gibt es jeden Monat. Die Rupperts müssen enttäuscht sein. Die Hits kommen besonders aus Amerika."
„Was geschieht jetzt?"
„Da wir damit rechnen, dass sie sprechen müssen, beginnen sie mit dem Training. Kollegen werden sie stressen und vorbereiten, ich werde sie überwachen."

Das Training war hart. Die Beamten schonten ihn nicht. Nein, er könne nicht mehr Wolle sprechen wollen. Es gab keine Wolle mehr, sie war nackt und bloß. Immer musste er ihren vollen Namen, musste Stefanie sagen! Sie legten ihm auch Stefanies Tagebuch vor. Auf ihrem alten PC war eine versteckte und verschlüsselte Datei gefunden worden, auf die sehr oft zugegriffen worden war: Sie bestand aus zig Fragmenten, die über die gesamte Festplatte verstreut waren. Der PC war uralt, es konnte gut stimmen, dass sie ihn in den ersten Semestern gekauft hatte. Die Datei bestätigte die Vermutungen: Stefanie hatte nach der Geschichte mit seinem Buch einen Status schlechter als eine Sklavin. Sie wurde beschimpft, herabgewürdigt und gedemütigt – und das Merkwürdigste daran war, dass sie es akzeptierte, geradezu ihre Bestrafung suchte. Erst als sie an die Universität ging, begann sie sich freizuschwimmen, aber nach größeren Prüfungen hatte sie Tage, in denen sie in Heulkrämpfen versackte. Das Schwierigste jedoch, etwas das Frank sehr mitnahm, war Stefanies Geständnis dass sie es war die seine Tiere vergiftet hatte. Deshalb die Stofftier- Sammlung! Franz hatte das tief in seinem Innersten befürchtet, aber nie auch nur zu denken gewagt. Jedoch, alles was er über seine Frau erfuhr und ihn erschreckte, es ließ seine Zuneigung, seine Liebe, sein Verständnis für die gequälte, innerlich zerrissene Frau nur wachsen. Er schloss immer wieder die Augen und sah sie vor sich: ihr Lächeln, ihre strahlenden Augen…

Dr. Bertram forderte ihn auch im Vertrauen auf sich seine Frau immer wieder vorzustellen. Wie sie flirteten, wie sie sich liebten, wie sie ihn anschaute. Alles bei dem sie nur unter sich waren, sich das Intimste schenkten – ihre Liebe, ihr Vertrauen. Es würde ihm helfen bei dem, was kommen würde.

„Wissen sie jetzt warum wir so froh sind, dass sie auf dem Betriebsgelände bleiben? Ohne Reporter, Journalisten und die ganzen… Sie wissen, was ich meine! Was wurde schon alles Zerschlagen in solchen Zeiten? Übrigens habe ich ihr Haus reinigen lassen, nach Abschluss der Spurensicherung. Es sieht nun nicht mehr wie ein Handgranatenwurfstand aus."

Dr. Bertram konnte sich erregen, er hatte jedoch recht. Entführte und die Opfer von Entführungen sind in einer Ausnahmesituation, sie sind nicht für voll zu nehmen. Das kümmerte Journalisten jedoch wenig, denen ging es alleine um ihren Job.

Am nächsten Tag überschlugen sich die Ereignisse. Ein Mann meldete sich und fragte nach einer Belohnung für einen todsicheren Tipp. Der Anruf ging aus dem Ausland ein, obwohl der Dialekt auf das Berliner Umland hindeutete. Es schien ihm wichtig genug extra für einen Anruf ins Ausland zu fahren. Frank setzte mit seiner Rechtsanwältin durch, dass er eine Belohnung aussetzen konnte – der Mann meldete sich jedoch nicht mehr. Die Belohnung wurde mit den Mittagsnachrichten verbreitet und entfachte das eingeschlafene Interesse neu.

Dann schlug gegen Abend einer der Suchhunde an: keine hundert Meter von seinem Haus entfernt, vor einem alten, scheinbar verlassenen Bauernhaus. Der Hunde war mit seinem Hundeführer einer Spur von seinem Garten rückwärts gefolgt. Eine fieberhafte, verborgene Aktivität begann. Noch bevor jedoch eine Aktion beginnen konnte, ja noch bevor genügend Einsatzkräfte mit Sonderausrüstung verfügbar waren, erhielten sie einen hektischen Anruf. Der Mann wollte nur Frank Franz sprechen und blieb hartnäckig.

„Sichern sie mir die Belohnung zu? Die Rupperts sind hier!"
„Ich verspreche es. Wenn sie da sind, bekommen sie das Geld."
„Kommen sie zur Walchergasse 15. Er hat einen Herzinfarkt. Post Koital. Zuviel Viagra oder so'n Zeugs. Es sieht ernst aus!"
„Wer sind sie?"
„Ich bin der Notarzt. Wenn sie mich verraten…."
„Ich halte dicht. Sie wissen wo sie sich ihre Belohnung abholen können, in bar und ohne Zeugen."

Frank und Dr. Bertram rannten zum Auto, sprangen hinein und rasten ohne Blaulicht und Sirene in die Walchergasse 15. Das Sträßchen war im Nachbarort, eine ganz andere Richtung, als das Haus, an dem der Suchhund angeschlagen hatte.

„Perfide! Wir hätten sie nie gefunden! Wir hätten das Bauernhaus mit einer Hundertschaft umstellt, gestürmt und nur Mäuse gefunden! Er hätte im Fernsehen die Berichte gesehen und gelacht! Zum Schluss wären die obskuren Hinweise gekommen: Geisterseher, Astrologen, Wünschelrutengänger! Ihre Frau…"

Dr. Bertram fluchte. Zu viele Fälle waren in der letzten Zeit bekannt geworden in denen Entführungsopfer oft jahrelang in der Gewalt von

Verbrechern waren, manchmal sogar Verwandte. Sie kamen in der Walchergasse an, mit quietschenden Bremsen. Der Notarztwagen stand mit Blaulicht vor der Tür. Noch waren keine Schaulustigen da, noch kam keiner der Kollegen mit Sirene. Sie stürmten hinein.

Noch im Auto hatten sie vereinbart dass Frank seine Stefanie Suchen, sie notfalls mit einem Bolzenschneider befreien würde, Dr. Bertram würde die Rupperts festnehmen. Herr Ruppert war jedoch schon so tot wie man nur mit einem frischen, heftigen Herzinfarkt sterben kann. Der Notarzt sprach gerade den obligatorischen Satz: „Zeitpunkt des Todes…“. Frau Ruppert stand versteinert, stocksteif und ließ sich wortlos Handschellen anlegen.

Während die Festnahme nur wenige Sekunden gedauert hatte, hielten sich eine Tür weiter Franz und seine Steffi weinend im Arm. Sie knieten auf dem Boden, Steffi mit Maulkorb und Fesseln an den Hand- und Fußgelenken und mit einer kurzen Kette am Halsband an den Boden gekettet. Allen Vorbereitungen zum Trotz nannte er sie doch „Wolle“, erwähnte aber ihre fehlenden Haare an ihrem ganzen Körper mit keinem Wort.

Im Hintergrund, außerhalb Steffis Reichweite, sah er ihr Hochzeitsbild, in Bodenhöhe an die Wand gepinnt. Sein eigenes Gesicht war ausgebleicht, verfärbt. Steffi hatte das Bild abgeküsst und abgeleckt – vor Sehnsucht, vor Liebe und Hingabe, wenn sie durfte. Daneben: Napf, Dildos, Gerten, Peitschen, Gleitcreme, eine Hundehütte, stapelweise Hundefutter. Ein Arsenal des Schreckens - seine Liebste mittendrin, angekettet, schlimmer behandelt als ein Tier. Wie entsetzlich Steffis Entführung und Gefangenschaft war, das wurde im in diesem Augenblick erst bewusst. Das war kein liebevolles Spiel, das war schlimmster Missbrauch. Ein Missbrauch den man auf Bildern und in Filmen nicht entdecken würde: Da war sie das geilste, unterwürfigste menschliche Hündchen.

Als Frank die Fesseln löste und Stefanie befreite, begann ein unerklärlicher Lärm, mit Sirenengeheul und lauten Schreien. Dr. Bertram stürzte zu Stefanie und Frank in das Zimmer.

„Los ihr Zwei – Stefanie, Frank, schnell! In Sekunden ist hier die Hölle los! Stefanie, können sie in den Käfig da kriechen? Wir tragen sie ‚raus und ich fahre sie in ihr Haus!“ Stefanie rief „Hinterausgang!“, deutete auf eine Tür im Hintergrund und kroch in den Käfig. Die Männer packten den Käfig und trugen sie nach draußen, über einen Gang zur Hofeinfahrt. Dr. Bertram rannte davon und kam kurze Zeit später mit seinem Dienstfahrzeug wieder, jetzt mit Blaulicht und Sirene und bahnte sich einen Weg.

Nur Minuten später trugen sie Stefanie samt dem Käfig in sein Haus, verriegelten die Tür und ließen die Rollos vor dem Gartenfenstern herunter. Dr. Bertram forderte zuerst Polizeischutz zur Sicherung des Hauses an, dann entschuldigte er sich bei Stefanie und stellte sich vor. Zu seiner großen Erleichterung erschien Stefanie fit und gesund, zumindest im Moment.

„Wir haben großes Glück gehabt! Ich bin sehr sehr froh, dass sie und ihr Mann wieder zusammen sind!“
„Danke! Danke für alles! Was war da los? Was ist mit meinen Eltern?“
Die Männer schauten sich an. Sollten sie Stefanie jetzt gleich die Wahrheit sagen? Dazu kam, dass Dr. Bertram noch mehr wusste.
„Darf ich ihnen vorschlagen, dass wir sie in die Badewanne legen und uns dann austauschen?
„Wenn das mein Mann machen darf und sie dann dazu kommen? Ich habe lange genug nackt posiert!“
„Ich verstehe, dass ihnen jetzt Privatsphäre und Intimität wichtig sind, ich bin jedoch Arzt. Ich denke ihrem Mann ist es lieber ich untersuche sie, als jemand anders.“
Frank nickte seiner Stefanie zu.
„Dr. Bertram ist eher ein Freund, Liebste. Er hat uns besser verstanden als alle anderen. Ohne ihn wären wir nicht zusammen.“
„Kann man das verstehen? Dass die eigenen Eltern ihre Tochter entführen, wie ein Tier dressieren und Stück für Stück verkaufen? Ich glaube nicht, dass sie das verstehen können!“

Stefanies Aggressivität zu Dr. Bertram brachte den nicht aus der Ruhe. Er wäre besorgter gewesen, wäre sie lammfromm gewesen.

Sie verteidigte sich wieder, nachdem sie sich tagelang prostituieren musste. Während er Stefanie in aller Ruhe mit die Fesseln entfernte und seine Untersuchung begann –‚öffnen sie den Mund –Ah! Ja gut!“ erzählte er kurz zu sich und seine privaten Erfahrungen.
„Meine Frau wurde in ihrer Kindheit wiederholt, geradezu regelmäßig, von ihrem Bruder vergewaltigt. Der Bruder meiner Frau hatte die Einbildung er hätte meiner Frau etwas Gutes getan, schließlich hätte sie immer Orgasmen erlebt, etwas das sich doch jede Frau wünschen würde. Die Freiheit des Menschen, sein höchstes Gut, erschien ihm völlig wertlos. Erst in der Verhandlung zeigte er Einsicht – aber das kann auch gut gespielt gewesen sein.“
Stefanie beruhigte sich.
„Wie hat es ihre Frau ertragen? Wie kommt sie zurecht?“
„Sie werden das verstehen, meine Kollegen nicht. Ich habe eine Katze zuhause.“

Stefanie begann, zu weinen, und fiel Frank in die Arme. Dr. Bertram nickte –er hatte Tränen erwartet. Es war gut, dass Stefanie weinte. Während Frank sie in den Armen hielt und sanft und liebevoll schaukelte, ließ Dr. Bertram das Badewasser ein, fügte ordentlich Badeschaum hinzu und bedeutete Frank sie in die Wanne zu setzen. Keiner der beiden Männer sprach ein Wort über ihr Äußeres, dass sie vor Dreck starrte und stank. Frank begann sie zärtlich zu waschen, griff dann jedoch zur Bürste. Steffi bekam das alles nicht mit, ihre größte Sorge war ihr ungeborenes Kind.

„Wie geht es meinem Baby?“
„Das Wichtigste: Ihrem Baby geht es gut, ihnen den Umständen entsprechend. Seine Herztöne sind normal, sie selbst haben leichte Geweberisse, aber nicht zu vergleichen mit dem, was ihnen in der Geburt bevorsteht. Sie können unbesorgt sein – so wie es im Moment aussieht, ist alles den Umständen entsprechend. Wenn sie irgendetwas bemerken sollten: Zögern sie nicht, nach einem Arzt zu verlangen! Ich warte in eurem Wohnzimmer und telefoniere mit den Kollegen. Steffi, Frank, auch ein Bier? Wir sollten zwar Sekt trinken, aber das passt irgendwie nicht.“

Sie tranken auch ein Bier. In der Privatheit ihres Badezimmers, mit Dr. Bertram im Wohnzimmer, wurden sie wieder vertrauter miteinander.

„Liebster, wie ist es für dich? Liebst du mich denn noch? Kannst du mich noch lieben? Weißt du denn nicht, was alles passiert ist? Ich bin ein Pornomodell!“

Darauf war Frank vorbereitet. Zuerst würde die Scham kommen, dann würde sie erfassen, dass ein Team von Experten ihre Eltern und sie buchstäblich durchleuchtet hatte. Die Polizisten, das Team von Dr. Bertram, hatte ihm immer wieder die Situation seiner Frau vor Augen geführt, ihre Empfindungen. Das Gefühl, für Jeden durchschaubar geworden zu sein. Die äußerliche Nacktheit würde erträglicher werden als das Wissen Stück für Stück durchleuchtet worden zu sein. Frank hatte viel lernen müssen, Dinge, an das er nie gedacht hatte. Er konnte seiner Steffi antworten und sprach die Wahrheit: Er liebte sie.

Als das Badewasser kalt geworden war trocknete Frank seine Stefanie ab und packte sie in einen Bademantel. Stefanie probierte selbstständig zu stehen – es ging, mit Hilfe. Vorsichtig setzte sie Schritt vor Schritt.

„Bevor sie jetzt durch dummen Zufall etwas erfahren und dann den Glauben an ihren Mann verlieren – das sollten sie nämlich nie, er liebt sie wirklich- erzähle ich Ihnen, was unser Stand ist. Wenn sie mir versprechen auf ihren Mann zu hören und zuerst mit ihrem Mann reden bevor sie etwas Tun oder sagen. Gilt das?“
Sie nickte.
„Das heißt: Keine Interviews, keine Exklusiv- Berichte, keine Buchrechte oder irgendetwas dergleichen! Wenn ihr Beide etwas machen wollt, dann überlegt es Euch mit eurer Rechtsanwältin vorher, hinterher ist zu spät – sie wissen doch, gerade sie wissen, was das bedeutet?“

Steffi wurde erst zornig, dann nickte sie.

„Ich kann ohne Schlagzeile leben. Ich lebte bisher auch ohne, mit meinem Mann ganz gut sogar. Ich verspreche es.“
„Gut denn. Frank, halten sie ihre Steffi fest. Sie braucht sie jetzt mehr denn je. Also, zum Ersten: Ihre Eltern sind nicht ihre leiblichen Eltern. Sie wurden als Baby adoptiert. Die Unterlagen werden sie bekommen. Ihre richtigen Eltern sind Ärzte. Geht ihnen ein Licht auf? Zweitens: Ihre Adoptiveltern sind tot. Er erlitt einen Herzinfarkt, so kamen wir überhaupt in ihr Haus. Ihre Mutter riss sich von dem Polizisten los, dem ich sie übergeben hatte und rannte vor einen Mannschaftsbus. Sie haben beide nicht gelitten –das wird sie jetzt aber weniger interessieren. Drittens: nur ein paar wenige Bilder haben den Weg ins Internet gefunden. Die ganzen Filme, die das saubere Paar von ihnen gedreht hat sind sichergestellt. Der Berliner, der den Upload des Filmpakets machen sollte hat sich gestellt. Er ärgert sich grün und blau, dass er den Tipp nicht gegeben hat!“
„Welchen Tipp?“
„Ihr Mann hat eine Belohnung für Hinweise ausgesetzt. So haben wir sie doch gefunden!“
Stefanie schüttelte sich.
„Das war viel heute, glaubt ihr mir das? Überhaupt… dass es vorbei ist! Nicht nur das, das ganze Kapitel! Das heißt…“
Steffi sprang auf und schaute in einen Spiegel. Ihr Mann hielt sie und führte sie zurück.
„Die Haare wachsen wieder und die Ringe können wir gleich entfernen. Eine Perücke haben wir bald. Einverstanden?“
Einverstanden. Steffi hatte nasse Augen. Die Männer nickten sich zu. Dr. Bertram zog sich zurück und versprach am Sonntag wieder zu kommen. Sie verabschiedeten sich mit einer herzlichen Umarmung. Steffi wollte allerdings noch etwas.
„Ich würde gerne ihre Frau kennenlernen, wenn sie gestatten. Wäre das möglich?“
„Es wird uns freuen sie beide kennenzulernen!“

Die Ringe waren billiges Titan und schnell entfernt. Die Einstichstellen waren lange verheilt. Steffi schließt die Augen und genießt die zärtlichen Berührungen. Franz nimmt sie erst langsam vollständig war – oder nimmt er wieder von ihr Besitz? Sie genießt es, wie er sie berührt und streichelt, es erregt sie, wie er ihren Bauch massiert und sie beide ihr Baby spüren. Wie mag es ihm ergangen sein? Merkt so ein kleines Wesen was außerhalb seiner schützenden Hüllen passiert?

„Dass du mich noch liebst!"
„Ich tue es, immer! Ich bewundere dich!"
„Das Schlimmste daran ist, dass es mich erregt, dass ich nass werde. Ich kann es ausblenden, aber mein Körper verrät mich. Meine Nippel werden so dick, meine Fotze klatschnass, auch mein Po! Ich vergehe vor Scham und weiß doch es ist ein Verbrechen, was mit mir geschieht! Aber es geschieht, ich kann mich nicht wehren!"

„Es gibt einen Rechtskommentar dass eine Vergewaltigung auch dann eine Vergewaltigung ist, wenn die Frau durch geschlechtliche Erregung nicht in der Lage ist, sich zu wehren. Den Kommentar gibt es nicht ohne Grund. Ich glaube das ist normal – nur bist du weiter in ein unbekanntes Gebiet geschritten als andere. Wer hat schon derartige Erfahrungen?"
„Nutten! Prostituierte. Sie werden meistens gezwungen sich zu verkaufen, dafür erhalten sie Geld, Bewunderung und mit dem richtigen Mann-der sie nie heiraten wird- kann es manchmal schön sein. Zu Anfang werden die Allermeisten eingenordet. Kaum eine macht je ihren Schulabschluss und wählt dann zwölf Monate Praktikum im Eros- Center."
„Nein, das tun sie nicht. Dr. Bertram berichtete auch, dass die meisten kommerziellen Petplay- Filme unter Zwang und Druck zustande kommen, von irgendjemand."
„Mein Vater – oder der Mann, den ich für meinen Vater hielt, hat viele Filme von mir gedreht. Sein Interesse hat in den letzten Jahren nachgelassen, vermutlich weil seine Potenz…" Stefanie brach ab.
„Hat er Viagra genommen?"
„Der Notarzt sagte so etwas."
„Der Idiot. Er hatte schon einen Herzinfarkt. Er durfte es nicht mehr nehmen!"
Frank lenkte ab.
„Wichtig ist, dass wir zusammen sind, Liebste!"

Stefanie richtete sich auf und nahm Franks Gesicht zwischen ihre Hände, küsste ihn, umschlang seinen Oberkörper.
„Ich gehöre dir, das weißt du, ja? Bitte nimm‘ mich! Mach mich wieder dein!“

Frank war sehr vorsichtig mit ihr, bis ihm ihre Nässe zeigte dass sie ihn genauso sehnsüchtig vermisst hatte wie er sie. Steffi war wie eine Wilde, trotz der Gefangenschaft und den erzwungenen Posings, dem tagelangen Kauern auf allen Vieren. Schwer atmend lagen sie aufeinander, genossen ihre intime Nähe.

„Liebster, es ist einfach so schön… geachtet, respektiert und geliebt zu werden, aber dann wieder die Sklavin zu sein! Wirst du mich immer so lieben?“
„Mindestens! Ich verspreche es dir!“
„Dass du dich nicht vor mir ekelst? Weißt du denn nicht, was ich getan habe?“
„Erzähl‘ es mir! Nimm keine Rücksicht auf mich.“

Er massiert ihre Schultern, ihren Rücken. Sie erzählt, langsam, stockend. Er fühlt, dass sie reden muss. Sie muss diese Erfahrungen teilen, bevor die Erinnerungen sie beide vergiftet. Sie muss sie aussprechen und loswerden und er wird zuhören, egal wie schmerzhaft es sein wird oder wie lange sie braucht. Sie fühlt es, sie spürt es, je mehr sie erzählt: Er ist bei ihr, mit ihr, mit seiner Wolle.

„Vater kam über den Garten geschlendert, wie ein Spaziergänger. Als ich ihn entdeckte bin ich zum Telefon gerannt und habe dich angerufen, da war er schon hinter mir und hat auf das Telefon geschlagen. ‚Ist das deine Art, deinen Vater zu begrüßen? Geh‘ und öffne deiner Mutter die Tür!‘ Ich war perplex, ich ging und öffnete die Tür. Mutter knallte den Käfig vor mich und herrschte mich an ‚Rein mit dir, Köter! ‘ Ich wollte sie anschreien: Was das soll, wollte ich schreien! Vater packte mich am Hals und gab mir Elektroschocks ins Genick, mit seinem Dressurhalsband. Er hat mir das umgebunden und abgeschlossen. Es tat weh, beißend, entsetzlich! Ich sank zu Boden und jammerte. ‚Brauchst du noch mehr?‘ Wieder wurde ich geschockt. Ich machte einen Satz und saß im Käfig, Tränen in den

Augen, ich bekam keine Lust, japste nach Luft. Sie schlossen den Käfig ab und fragten mich, was ich an Spielsachen haben würde? Ich wurde so lange bestraft bis ich heulend gestand: Halsband, Maulkorb, Fäustlinge: Alles haben sie eingesteckt, alles mit dem wir so viel Freude hatten. Dann haben sie mich mitsamt dem Käfig in den Transporter verfrachtet und sind seelenruhig in dieses Haus gefahren, in den Innenhof.

Ich habe gefragt was sie von mir wollen, ich wäre doch verheiratet, ich würde meinem Mann gehören, ich wäre schwanger!‘ unerlaubt, sagte Mutter. Ich würde doch wissen, was mir passiert? Ich hätte kein Recht mir solche Frechheiten einzubilden! Vater streichelte mich und wollte, dass ich den Mund öffne. Ich habe ihn gebissen, richtig fest. Er hat aufgeschrien, mich wieder geschockt und mir den Maulkorb umgebunden. Ich wurde dann im Kreis im Innenhof herumgeführt, auf allen Vieren, immer wieder. Wenn ich sitzen blieb, wurde ich bestraft, wenn ich aufstehen wollte, wenn ich sprechen wollte, wenn ich schrie.

Ich habe an dich und unser Baby gedacht, dass ich reden muss, verhandeln muss. Ich habe gefragt, was sie wollen? Geld, sagten sie, bis du zahlst wollte Vater Filme von mir drehen. Sobald sie das Geld hätten, würden sie mich aussetzen, an einem Parkplatz auf der Autobahn. Ich wäre dann nutzlos, ein räudiger Köter, der für jeden Mann das Bein hebt. Sie hätten Beweise, sie hätten mich beobachtet! Ich habe geschrien und geweint, ihnen versprochen, dass wir zahlen wollen, aber es hätte sich ja niemand gerührt! ‚Dann ist ja prima‘ meinte Vater. ‚Zieh‘ dich aus, wir fangen an!‘ Ich weigerte mich. Ich wehrte mich. Mutter brachte Eimer kaltes Wasser und übergoss mich, immer wieder. Ich flehte für unser Baby, sie wäre doch auch Mutter, sie müsste doch wissen… sie antwortete eine Streunerin wie ich verdiene keinen Satansbraten. Es vergingen Stunden. Elektroschocks, kaltes Wasser, auf allen Vieren kriechen. Immer im Kreis herum. Bis ich brach. Ich dachte an unser Baby, ich konnte nicht mehr.

Dann hatten sie mich, wo sie wollten. Ob ich denn meinen Mann sehen wolle, auf einem Bild? Ich dürfte es küssen! Zuerst jedoch…

rasieren und posieren. Ein schönes braves Hündchen spielen. Ich solle mich nicht so haben, ich hätte ja für dich schon alles getan, was wäre das denn Besonderes? Ich wäre ein Nichtsnutz, Biologin, puh! Geld hätte ich verdienen sollen, für meine Eltern! Ich wäre ja nie eine Tochter für sie gewesen, Töchter verehren ihre Väter, achten ihre Mütter! Nein, ich wäre nichts wert. Wenn ich damals schon gewusst hätte, dass sie gar nicht meine Eltern waren! Jedenfalls hatten sie mich da wo sie mich wollten: Ich war todmüde, ich klapperte mit den Zähnen, ich hatte Hunger und Durst und alles tat weh. Ich musste mich waschen und rasieren, die Ringe einsetzen und posieren, aus dem Napf essen und trinken, um Futter betteln… Alles. Ich habe an uns gedacht und alles gegeben. Wenn wir die Filme bekommen, musst du sie dir ansehen: Du wirst sehen, dass ich dich vor Augen hatte, dich und unser Baby. Ich habe alles getan, was sie wollten, immer an uns gedacht. Irgendwann würden sie dich anrufen, irgendwann würde es soweit sein. Ich dachte, ich hoffte, du verlangst ein Lebenszeichen von mir, ich flehte du willst mit mir sprechen – dann hätte ich etwas auf Latein gesagt. Die Hoffnung hat mir geholfen, der Gedanke an uns, an unser Baby.

Ganz schrecklich war die perfide Tortur von Mutter. Sie ließ mich den Text zu den Filmen sprechen. Zig Mal musste ich ihn aufsagen, auch einen Text nur für mich, den ich über Nacht ins Ohr bekam. ‚Lala ist ein braves Hündchen. Lala geht auf allen Vieren. Lala mag es mit Dildos.‘ Und so weiter. Ganz raffiniert war das, einfache, eingängige Sätze. Kein „Nein“, kein „Nicht“ einfach und leicht gingen sie in mein Gehirn. Wäre es noch länger gegangen, ich wäre Lala geworden und irgendwann hättest du Lala von der Autobahn aufsammeln können!“

„Ich habe dich, meine Wolle, ich liebe dich!“

Als er ihren Kosenamen sagt wird Steffi wieder bewusst wie nackt und haarlos sie ist. Das Rasieren hatte sie langsam und genussvoll gespielt, vor laufender Kamera, gestöhnt und geseufzt, ihre nackten Lippen in die Kamera gehalten und sich mit nassen Fingern erregt über ihren Schädel gefahren. Langsam erst kommt sie in der Realität an.

„Weißt du jetzt, warum ich meine Haare getragen habe? Auch an den Beinen und in den Achseln?“
Franz nickt, er versteht ihre Gründe. Das Nackstein war Zwang. Die Stoppeln wachsen zu spüren: ein Triumph! Den eigenen Körper wieder ganz für sich haben!

„Wie möchtest du denn deine Wolle?“
Er zögert, dann gesteht er ihr dass sich ihre nackte Scham schön anfühlen würde, aber sie mit Haaren auf dem Kopf doch besser aussehe. Ihre Achseln, ihre Beine: Wenn ihre Scham nackt sei, dann besser gar keine Körperhaare. Stefanie flüstert ganz leise, ob er sie sich denn mit Schmuck vorstellen könne? Ihre Piercings wären doch toll zum Spielen, er könne sie daran führen und sie anketten! Wie wäre es, wenn sie ihn mit ihrem Mund befriedigen würde und er sie an einer Kette halten würde, eine Kette, die in ihrer Nase endet? Frank gesteht, dass es toll wäre, sie mit schönen goldenen Piercings auf ihrer nackten, haarlosen glatten Haut zu sehen. Aber, ganz vorsichtig sagte er das, aber am liebsten wäre ihm seine Wolle wie er sie kennengelernt hatte, mit ihren Haaren überall und – er holt tief Luft, dann gesteht er, dass er gerne ein Tattoo an ihr sehen würde. Ein großes Tattoo auf ihrem Po. Schön geschwungen, in tiefstem Schwarz.

„Warum hast du das nie gesagt? Ja, ja ja! Tausendmal ja! Ein Tattoo! Dein Name! Bitte!“
Sie war wie im Rausch. So sehr sie auch gelitten hatte, jetzt holte sie alles nach.

Die Ernüchterung folgte prompt. Am nächsten Morgen kniete sie auf dem Boden und schluchzte sich die Seele aus dem Leib. Ihre Eltern waren gestorben! Es waren nicht ihre Eltern, diese Menschen hatten sie missbraucht und misshandelt, und doch: Es waren Eltern gewesen, sie waren Vater und Mutter für sie gewesen. Ihr Vater, der sie auf den Knien geschaukelt hatte, sie erinnerte sich noch ganz genau daran! Ihre Mutter, die sie getröstet hatte als sie sich das Knie aufschürfte, sie wusste die Farbe des Pflasters noch! Es waren Eltern gewesen, trotz alledem. Sie beruhigte sich erst als Franz ihr das Versprechen abnahm, es selbst besser zu machen. Übergangslos begann sie sich zu freuen, dass sie den besten Mann der Welt gefunden hatte, für ihr Baby. Sie begann ihre Bücher für werdende Eltern zu lesen und war stundenlang wie gebannt am Einkaufslisten schreiben. Babytragetuch, Kinderwagen, Wiege, Babybett, Milchwärmer, Sterilisator…

Nach dem gemeinsamen, verspäteten Mittagessen wurde Stefanie müde und fröstelte, Fieber hatte sie jedoch kaum. Frank legte ihr eine Heizdecke ins Bett und eine Bettflasche an die Brust, bereite ihr einen Erkältungstee zu, löffelte ihr eine Tasse ein und packte sie in die Bettdecke. Sie schlief bald ein.

Das Telefon war noch umgeleitet. Die Security hatte Anweisung sie das Wochenende ungestört zu lassen: Keine Anrufe, keine Fremden, überhaupt: Es wäre heute Samstag, herzlichen Glückwunsch nochmals, er solle sich ausruhen und für seine Frau sorgen. Frank dankte allen in ihrem Namen. Da wäre noch eine Nachricht, Dr. Bertram würde morgen zum Mittagessen kommen, mit seiner Frau. Wäre das Recht? Natürlich war das sehr recht!

Eine Katze

Sie freuten sich beide sehr und bereiteten am nächsten Tag, nach einem sehr langen Schlaf bis zum Morgen, feierlich das Mittagessen vor. Chinesischer Wok, mit Garnelen, Tintenfisch, chinesischen kleinen Maultaschen, Steakhäppchen, Fadennudeln, Spinatblättern... Der große Vorteil des Gerichts war, dass es frisch zubereitet wurde, pünktliches Erscheinen war nicht erforderlich. Stefanie hatte das Gericht ausgewählt und freute sich auf die „Katze“. Würde es ihren Geschmack treffen, mit chinesischem Wok? Wie würde sie aussehen, wie wäre sie gekleidet? Würde sie ein Glöckchen um den Hals tragen? Stefanie zupfte nervös an ihrem Halsband. Frank hatte es ihr weiter gestellt, offensichtlich begann sie jetzt, in der 20. KW, etwas zuzulegen. Das Halsband aber ausziehen? Nie! Na ja, im Kreißsaal, wenn es dann soweit war. Frank hatte sie mit Tränen in den Augen umarmt. Ja, er hatte Gefühle.

„Da kommen Sie!“
Ein dunkler, unscheinbarer Passat parkte vor ihrem Haus. Frau Bertram fuhr, er öffnete seiner Frau jedoch elegant die Fahrertür und führte sie vor die Haustür. Sie war jedoch gar nicht katzentypisch schlank – vollschlank eher. Beim Öffnen der Haustür mussten sie alle lachen. Sie stellten sich vor und beschlossen zum „du“ überzugehen. Ralf und Judith, Stefanie und Frank.

„Oder sagt einfach Garfield zu mir!“
„Ich werf‘ mich weg! Na, mein Spitzname passt im Moment nicht. Die Wolle muss erst wieder wachsen!“
„Ooch, bei dir wächst ja sowieso gerade alles! Was macht das Kleine? Tritt es?“
„Ja, aber Tritte sind das nicht. Es fühlt sich eher wie ein Fisch in der Hosentasche an. Es dreht und wendet sich, manchmal ist es eher oben, dann wieder rechts. Es macht uns auch Platz!“
Stefanie lächelte versonnen und fuhr über ihren Bauch, strahlte ihren Mann an.
„Ein Toast auf den Welpen!“

Sie toasteten ihr zu, gratulierten ihr.

Nach dem Essen gingen die Männer nach draußen, Rauchen. Frank rauchte eine Zigarette mit – eine willkommene Gelegenheit, einige seiner vielen Fragen zu stellen.
„Du wirst Unterstützung brauchen. Schau‘ dass du Hilfe bekommst. Das Haus ist groß! Du solltest auch einige ihrer Freundinnen einladen, immer mal wieder, zu Besuch.“
„Bisher haben wir gerade darauf verzichtet. Du kannst dir vorstellen wie Stefanie sich hier bewegt!“
„Was fragst du mich? Bei uns ist es nicht anders. Judith liebt es bei uns, auf dem Boden herumzuliegen, ihre Arbeiten macht sie am liebsten auf allen Vieren. Mit Glöckchen um den Hals und Ohren… und so weiter.“
Judith arbeitete in der IT-Branche und konnte einen Teil ihrer Tätigkeit zu Hause erledigen. Sie arbeitete dann zwar doppelt so hart und ausdauernder als im Büro, aber sie konnte sich kleiden –oder nicht, wie sie wollte.

„Einen Tipp wollte ich dir noch geben.“

Dr. Bertram sprach seine Einschätzungen aus: kürzertreten. Auf eine Herabstufung gefasst machen. Das Auto wechseln. Der Phaeton wäre doch noch mindestens Fünfzig wert? Warum nicht eintauschen gegen einen… hmm, sind die Passat denn so schlecht? Eher unscheinbar werden. Seine Frau würde ihn jetzt mehr brauchen als seine Firma: Ingenieure findet man, aber einen Mann und Vater für ihr Baby – das doch besser nicht, oder?!

Frank hatte die Ratschläge schweigend entgegengenommen. Dass er jetzt im Interesse der Familie zurücktreten musste, war ihm klar. Jedoch, er sprach es aus, es war ein Schritt, der ihn schmerzte. Mehr noch würde ihn allerdings eine Wiederholung dessen was geschehen war schmerzen. Dann besser kein „Global Leader“ mehr, sondern zweites oder gar drittes Glied.

Die Damen sprachen derweil über andere Themen: Wie Stefanie ihre Adoptiveltern bestatten sollte.
„Warum lässt du sie nicht anonym bestatten? Oder auf See?“

„Es waren doch Eltern für mich. Ich möchte doch einen Ort haben, an dem ich trauern kann. Wir sind auch Katholiken!"
„Na, sehr katholisch waren sie nicht gerade zu dir!"
„Ein Urnengrab wäre das Beste. Da kann ich Blumen hinstellen und an Totensonntag Kerzen."
„Oh mein Gott! Du bist mir aber Eine – hier, ein Taschentuch. Herrgott, du brauchst ein Küchentuch, kein Taschentuch!"

Wieder zusammen, kamen sie auf die vordringlichsten Sachen. Am besten er nähme noch eine Woche frei, wenn auch unbezahlt. Er würde auch jemanden brauchen, der das Haus bewacht und das Telefon abnimmt. Der erste Termin wäre seine Firma, dann die Frauenärztin, die Security, ihre Rechtsanwältin... nur die Polizei würde so schnell nichts mehr von Ihnen wollen. Der Fall war so gut wie „zu".

Judith konnte es aber nicht lassen.
„Hast du das Hundefutter wirklich gegessen?"
„Ich bekam einfache Fleischstückchen mit viel glibberiger Soße... aber angewärmt. Ich habe nie eine offene Dose gesehen."
„Früher... was haben sie da mit dir gemacht? Sie haben dich doch nicht zur „O" erzogen?"

Stefanie schluckte, dann begann sie zu erzählen, wie sie erpresst worden war: Entweder ihre Eltern würden sie in ein Erziehungsheim für schwererziehbare Mädchen gegeben, oder sie hätte zu gehorchen, ohne Wenn und Aber. Sie musste Frank die Tiere vergiften, um zu beweisen, dass sie zur Familie gehörte. Sie musste für ihre Eltern posieren, wurde fotografiert und gefilmt. Es gab offensichtlich ein Netzwerk von Liebhabern für ihre Bilder, es schien Bestellungen für Aufnahmen zu geben. Ihre Adoptivmutter ging mit ihr in ein Studio und ließ sie piercen: Sie war noch minderjährig. Das Studio war voll des Lobes über die „tolerante Mutter".

Sie bekam Perücken, meistens strohblond.

„Ich habe mich selbst nicht wiedererkannt. Da war ein blondes Ding zu sehen was sich wichste und Mehlpampe von Dildos leckte – ekelhaft!“

Steffi schlug die Hände vor ihr hübsches Gesicht. Frank nahm sie auf den Schoß und in die Arme, drückte und küsste sie. Er schaute Ralf und Judith an und verstand: Das war Absicht! Sie gingen die kritischen Dinge mit Ihnen durch. Stefanie sollte reden damit sie sich von dieser Last befreite. Frank flüsterte ihr zu, dass er sie immer lieben würde, dass sie seine Frau ist, für immer und ewig, er hatte es ihr geschworen!
Sie warteten, bis sich Stefanie wieder gefangen hatte. Ralf reichte Taschentücher. Judith hatte ebenfalls nasse Augen bekommen und begann zu erzählen, als Stefanie wieder zuhören konnte.

„Mein Bruder hat mich ähnlich herumgekriegt. Er hat Bilder von mir gemacht, erst ganz harmlose, dann oben ohne, dann ganz ohne, mir erklärt wie eine Frau gebaut ist: Er hat mich solange gestreichelt bis ich kam, zum allerersten Mal. Das hat er gefilmt! Dann… dann lernte ich, wie ich es ihm machen kann. Mit dem Mund, die Zunge lang heraus gestreckt, schlecken schlecken schlecken. Sein Kätzchen, das eine so brave lange Zunge hat! Ja, es hat mir gefallen! Ich war fünfzehn und vergötterte ihn. Jeden Tag, immer wieder habe ich ihn angemaunzt, gebettelt, wie eine rollige Katze den Po gehoben! Bis er es getan hat, er gar nicht mehr anders konnte als es ‚seinem Kätzchen zu besorgen‘, wie er sagte.“

Sie schwiegen und warteten, bis sie fortfuhr. Leise sprach Judith weiter.
„Da hat sich noch nichts in mir dagegen geregt. Als ich aber älter wurde, hatte ich Freunde und wollte mit denen etwas unternehmen, nicht mehr diese albernen Spielchen mit meinem Bruder. Er hat mich erpresst: „Entweder du bist mein Kätzchen, oder ich zeige die Bilder diesen Typen!“ Mir war gar nicht klar, dass es auch für ihn dann sofort aus wäre. Ich war wie in Schockstarre! Er hat mich dann auch immer wieder so verwöhnt…“

Sie blickte auf Ralf. Ralf nickte.

„Er hat magische Hände. Ich habe das noch nie von einem Mann bekommen, so wie es mein Bruder kann. Er massiert dich, dass du fliegst… Kennst du denn das?“
Stefanie nickte. Sie machte einige Handbewegungen, während sie sprach.
„Ja, mit Frank. Wenn er mich streichelt… vorn und hinten… so… und dann… dann fange ich an, zu schweben!“
Frank wurde sehr stolz. Er hatte zwar bemerkt dass es für Steffi etwas ganz Besonderes war, wenn genau diese Dinge zusammenkamen, aber schweben… gut zu wissen! Sie schwiegen eine Zeit. Die Frauen tauschten wissende Blicke, die Männer signalisierten sich „Two of a kind!“

„Auf jeden Fall, ich war ihm verfallen. Er hat mich nicht gehenlassen. Ich bin abgehauen. Auf dem Straßenstrich haben sie mich dann aufgelesen, ich war noch keine achtzehn Jahre alt. Ein Jugendrichter hatte den glorreichen Einfall mich auf meine Fähigkeiten prüfen zu lassen, so kam ich auf ein geschlossenes Gymnasium, musste zwar wiederholen aber ich schaffte es. An der Uni tauchte mein Bruder wieder auf und es ging von vorne los, aber jetzt musste ich ihn noch aushalten. Bis ich von der Uni flog, achtkantig und in hohem Bogen. Es war der pure Zufall dass ich dem Richter wieder über den Weg lief – er hat mich bekniet, doch endlich Schluss zu machen. Ja. Es war hart. Mein Bruder hat alles abgestritten. Ich würde im Drogenrausch träumen, ich wäre die Verführerin, ich wäre an allem Schuld. Er hat gelogen was das Zeug hielt und sich in Widersprüche verstrickt. Als sie seine Sachen durchsuchten fanden sie die Bilder und die Filme. Das war das Ende – er sitzt.“

„Aber er lebt! Meine Eltern sind…“

„Frau Dr. Stefanie Franz, ihre Eltern leben! Ihre Adoptiveltern sind tot – ihre Adoptivmutter durch Freitod oder Unfall, genau werden wir das nie erfahren; ihr Adoptivvater durch einen Herzinfarkt, der selbst verschuldet war!“
Ralfs Stimme war schneidend geworden.

„Versprecht mir, dass ihr die richtigen Eltern von ihr kontaktiert! Verspricht das!"

Sie versprachen es.
„Stefanie, rede dir bitte Nichts ein! Du hast versprochen über Alles mit deinem Mann zu reden! Alles!"
Stefanie war betroffen.
„Ja, sie… ich meine, du hast recht!"
Sie wendet sich an ihren Mann.
„Du musst mich schütteln, wenn mir das passiert!"
„Das werde ich, Liebste, ganz sicher!"

Ralf und Judith nickten ihnen zu.

„Bis bald, ihr Hübschen. Passt gut auf euren Welpen auf!"

Weit weg

Jetzt, am späten Sonntagnachmittag waren sie wieder alleine. Stefanie begann, verstohlen zu gähnen, als sie gemeinsam den Tisch abräumten und das Geschirr in die Spülmaschine stellten. Plötzlich schrak sie zusammen und fasste ihren Mann: Es hatte an die Tür geklopft, hektisch, laut!

„Immer mit der Ruhe. Es ist Security. Bleib hier!“
Frank öffnete, richtig: eine dringende Nachricht. Von seinem Chef!
„Wir fahren doch morgen in die Firma, was ist denn so dringend? Überhaupt habe ich eine Chefin!“
Der Mann holte tief Luft. Nein, es wäre der Chef, nicht die Leiterin des Standortes. René Philippe, Leader Operations Germany. Er würde um 18 Uhr vorbeikommen. Ja, hier bei Ihnen und sie abholen. Er würde gerne mit Ihnen beiden zum Abendessen gehen. Beste Grüße und bis nachher.

„Bekommst du jetzt die Kündigung, weil deine Wolle moralisch untragbar geworden ist? Bitte sag‘ das nicht!“
„Aber nein! Und wenn schon, dann mit einem goldenen Handschlag. René hat meinen Vertrag mit unterschrieben: Zwölf Monate Kündigungsfrist. “
Er nahm sie in den Arm und küsste sie zärtlich auf die Augen.
„So kommt es aber nicht, verlass dich darauf! René ist nicht der Typ, der seine Zeit mit Sentimentalitäten verschwendet. Da ist etwas im Busch! Jetzt aber hieß es: Schön machen, Ankleiden und 18 Uhr parat stehen!“

Er half ihr in der Dusche und beim Ankleiden. Ein grauer Hosenanzug mit Blazer gab ihr ein professionelles Aussehen ohne ihre schöne Figur zu verbergen und erlaubte ihr einen passenden Damenhut auszuwählen – noch ein Einstecktuch, passende Schuhe, etwas Parfüm.
Fünf Minuten vor 18 Uhr standen sie vor der Tür und sahen den 7er BMW schon heranfahren. René fuhr nicht selbst, er stieg aus und begrüßte Stefanie mit Wangenküssen, Frank mit kräftigem Handschlag.

„Schön dass sie es einrichten können! Wir haben etwas zu besprechen und ich möchte sie beide dabei haben –es gibt nichts was sich nicht bei einem Essen besprechen lässt, nicht?“

Stefanie bedankte sich artig, René erkundigte sich wie sie alles überstanden hätten, ob die Polizisten auch charmant gewesen wären? Schließlich könnten sie nicht alle Tage eine so schöne junge Frau aus den Händen von Unholden befreien? Stefanie bedankte sich erneut und erkundigte sich ob es ihm, als Leiter der deutschen Organisation, nicht große Mühe bereiten würde solche Termine auch sonntags wahrzunehmen?

„Lassen sie uns ins Restaurant gehen, da erfahren sie alles weitere. Es ist durchaus nicht ganz uneigennützig, was ich hier tue, sie werden verstehen!“

René lud sie in das erstklassige Restaurant seines Hotels ein. Sie wählten Weine und Speisen, begannen mit leichten Vorspeisen und toasteten sich gegenseitig zu. Schließlich begann René.
„Stefanie, Frank, ich freue mich sehr, dass die Polizei sich diesmal mehr ins Zeug gelegt hat und durchaus etwas zustande gebracht hat. Diese Misserfolge der letzten Zeit geben kein gutes Bild im Ausland. Die Kunden in manchen Ländern fragen sich ob sie unseren Produkten vertrauen können, wenn die deutsche Polizei schon Wattestäbchen jagt.“

Frank nickte. Er kannte die spöttische Art mancher Kunden, die an Sarkasmus nicht zu überbieten war.

„Stefanie, Frank, ich glaube es wird ihnen entgegenkommen, wenn ich ihnen ein besonderes Angebot mache: Wie klingen einige Jahre Auslandstätigkeit für sie? Das komplette Paket inklusive Wieder-eingliederung? Was würden sie zu Schanghai sagen? Um ihr Kind brauchen sie sich dabei keine Sorgen machen. Die Kliniken dort sind hervorragend!“

Stefanie und Frank waren sprachlos. Weg aus Deutschland, nach Asien! Aber was stand dahinter?

„Das ist ganz einfach erklärt. Der bisherige Vertreter unseres Unternehmens im Reich der Mitte hat sich unmöglich gemacht. Delikat unmöglich!“

Frank hatte etwas im „Flurfunk“ gehört, wie man die Gespräche in der Kaffeeküche und in der Raucherecke nannte. Der ansonsten sehr bedacht agierende, ältere und in der Branche sehr erfahrene Mitarbeiter hatte eine Geliebte. Eine Schönheit von einer Asiatin: Nicht mehr jung, Mitte vierzig, Immobilien- Managerin, wohlhabend, selbstbewusst. Für Europäer sah sie jedoch wie Mitte Zwanzig aus und wusste sich entweder blutjung oder sehr reif zu kleiden. Eine standesgemäße Verbindung, nutzbringend für beide Seiten.

René erzählte dass derartige Verbindungen in der chinesischen Gesellschaft nicht nur toleriert, sondern durchaus gesucht waren: Die Europäer öffneten den Weg in die westliche Gesellschaft, die Asiaten in die andere, fremde Welt, erklärten, halfen, moderierten. Bei Verbindungen in der chinesischen Gesellschaft waren es oft junge Studentinnen die vom Einfluss und Prestige, natürlich auch von den finanziellen Möglichkeiten ihrer älteren Geliebten profitierten. Eine Wohnung für die Dauer des Studiums in Beijing, Praktika bei führenden Firmen in In- und Ausland, Vorstellungsgespräche auf der Teppich- Etage: Dafür lohnte es sich, wenn dann noch etwas Liebe dazu kam? Es gab sogar Namen für derartige Verbindungen: Früher wurde die Bezeichnung „Er nai“ oder „Zweite Frau“ verwendet, in neuerer Zeit jedoch setzte sich „Xiao san“ oder „Die Dritte“ durch. Dies zeigte auch die gewachsene Bedeutung der Geliebten für die Ehefrau: Sie wird als die „Dritte im Bunde“ betrachtet, sorgfältig ausgewählt und als Erleichterung und Unterstützung des Ehepaars betrachtet. Die Xiao san vertritt die Ehefrau auf ermüdenden Empfängen und langen Partys, Trinkgelagen und diskreten Treffen. Eine harmonische Verbindung von drei Menschen wurde als glückliche Fügung betrachtet und steigert das Prestige des Mannes: Er hat es geschafft, zwei Frauen in Harmonie mit sich selbst zu bringen!

Stefanie musste lachen.

„Wenn ich mir das bei uns vorstelle: Wenn das ein Kriterium sein sollte, würden viele Männer hier disqualifiziert!"
„Seine eigene Frau hat ihm alles hingeworfen, demonstrativ! Auf einem Empfang zu Ehren eines Kunden, bei dem auch die Geliebte teilnahm, hat sie ihm den Pass vor die Füße geworfen und ihm erklärt, dass er gar nicht mehr nach Hause zurückkehren muss!"
Stefanie lachte erneut und schüttelte den Kopf.
„Wie konnte sie? Hat sie damit nicht ihr Gesicht verloren?"
„Wenn wir Europäer im chinesischen Verständnis ein Gesicht hätten, dann ja. Auf jeden Fall hat sie auch seine Geliebte düpiert, denn diese Verbindung war platonisch! Die beiden hatten keinen Sex miteinander! So hat die Geliebte der Ehefrau eine Ohrfeige verpasst und ist in eine Richtung davongestürmt, die Ehefrau in die andere und der der Mann stand da wie ein begossener Pudel! Jetzt ist er natürlich untragbar."

Sie lachten herzlich über das Missgeschick.
„Sie meinen wir können Ihnen helfen? Wir beide?"
„Ich benötige schnell kompetenten Ersatz und sie beide, denke ich, sind sehr geeignet für eine herausfordernde Aufgabe! Auch sind sie jetzt besser eine Zeit nicht in Deutschland."

Steffi und Frank schauten sich an. Im Moment gab es nichts, was sie in Deutschland halten würde, das Wichtigste für sie beide trug Stefanie in sich: ihr Ungeborenes. Frank wusste er musste Stefanie die Entscheidung überlassen. Stefanie klimperte mit den Wimpern Zustimmung. Frank holte tief Luft.

„Wir tun es. Ich bin sicher wir finden eine für alle zufriedenstellende Lösung!"
„Stefanie, Frank, ich bin sehr sicher wir finden diese Lösung! Genauer gesagt: Wir haben sie schon gefunden! Jetzt zum praktischen Teil…"

René erklärte Ihnen dass es am besten wäre so schnell wie möglich aufzubrechen. Sie würden drei Wochen Sprach- und Kulturtraining bekommen, nur sie beide. In dieser Zeit werden ihre Visas angefertigt, ihre Versicherungen abgeschlossen, sie erhielten

Gesundheitsuntersuchungen und so weiter. Stefanie würde einen Vertrag erhalten.

„Mit einem regulären Arbeitsvertrag sind sie abgesichert. Es ist nichts Weltbewegendes, auf der anderen Seite sind sie auch nur zu 10 Stunden pro Monat beschäftigt, wobei im Wesentlichen ihre gesellschaftlichen Verpflichtungen abgedeckt sind."
Stefanie strahlte René mit charmantem Lächeln an:
„Damit sind sicher auch Vertraulichkeitserklärungen verbunden, die sie sonst nicht gut unterbringen könnten?"
René lachte.
„Frank, ihre Frau ist ein Volltreffer!"
Sie lachten.

Vier Wochen später fuhren sie im Taxi eng aneinander gekuschelt, nach einem langen Flug mit China Airlines, über die Lupu Bridge zu ihrer neuen Wohnung im Herzen der Millionenstadt.

Unmögliche Liebe

Sabine

Während die Kirchturmuhr der Wohngegend im Speckgürtel der Großstadt zwei Uhr nachmittags schlug, legte Sabine kleine, ausgesuchte Fleischstückchen für den Grillabend zurecht. Stückchen vom Lamm, Rind und Schweinefilet die auf dem Grill nicht lange brauchen sollten. Die kleinen Köstlichkeiten wurden gewürzt, auf ein Tablett gelegt und mit Folie abgedeckt in den Kühlschrank gestellt. Auch Kartoffeln, Paprika und Zwiebeln hatte sie schon gereinigt und vorbereitet, die Kartoffeln in Folie verpackt und bereit gelegt. Die selbst gemachten Tunken und Dips standen bereit. Der Tisch war gedeckt, die Salate standen griffbereit im Kühlschrank, der Wein war auf Temperatur. Für den Kaffee hatte sie eine Schwarzwälder Torte vorbereitet, wie immer für ihre jährliche Feier.

Für Sabine waren diese Vorbereitungen jedoch weitaus anstrengender als für andere Menschen. Sabine konnte seit ihrem Motorradunfall nicht mehr auf ihren Beinen gehen. Stehen ja, für kurze Zeit, jedoch so gut wie nicht mehr laufen. Sie bewegte sich jedoch recht geschickt auf ihren Knien und benutzte ansonsten einen Hocker, den sie dafür Hin und Her schleppte. Nach Jahren Praxis war es ihr jedoch in Fleisch und Blut übergegangen. Wo für andere Menschen wenige schnelle Schritte genügten, benötigte Sabine jedoch mindestens die doppelte Zeit.

Sabine schaute sich noch einmal um – hatte sie auch nichts vergessen? Das bedeutete für Sabine, dass sie ihre Hände an ihrer Schürze abwischte, vom Hocker kletterte, mit dem Hocker aus der Küche ins Wohnzimmer robbte und vor dem gerichteten Tisch wieder auf den Hocker kletterte. Es schien jedoch, dass alles an seinem Platz war. Sie war zufrieden – diese Aufgabe hatte sie erledigt.

Heiner, ihr Mann, und Katja würden auch mit ihr zufrieden sein. Katja wohnte offiziell in der Einliegerwohnung ihres Einfamilienhauses: Frau Dr. Katja Härter, so stand es auf dem Briefkasten und dem Klingelschild, jedenfalls. Etwas abgesetzt davon ihre Namen: Sabine und Heiner Stäger, Architekt. Katja war

Chefärztin, Unfallchirurgin. Über Geld mussten sie sich keine Sorgen machen, nicht mehr. Dementsprechend war die Einrichtung solide und gediegen, mit Geschmack und ohne Discountermöbel.

Zeit, die einfache weiße Schürze auszuziehen und zu duschen, ihre langen Haare zu richten. Sabine trug bei der Hausarbeit nur Schürzen, die ihr bis zur Hälfte ihrer Oberschenkel reichten. Vorn geschlossen, mit Brusttasche und kleinen Seitentaschen, mit einer Schlaufe im Nacken und im Rücken geschlossen. Ansonsten – nichts, außer an wenigen Tagen des Monats. Auch sonst… Sabine räumte ihren Hocker an seinen Platz.

Verstohlen schaute Sabine auf die langstieligen Rosen in der Zimmerecke, die Heiner gestern mitgebracht und in die gläserne Bodenvase gestellt hatte. Langsam näherte sich Sabine dem Blumengesteck. Sie hatte noch Zeit, ein paar Minuten konnte sie sich erlauben! Sabine robbte fast ehrfürchtig auf die Vase und das Gesteck zu. Sie spürte das Prickeln, den leichten Schauer der ihr über den Rücken strich. Sieben langstielige teure rote Rosen, für jedes ihrer Jahre eine Rose! Fast schüchtern berührte sie die Dornen der Rosen, fuhr über ihre stacheligen, gezahnten Blätter. Die weichen roten Blütenblätter konnte sie gerade noch mit einer Hand ergreifen. Was für einen Gegensatz doch Rosen darstellten! Hier die nachgiebigen, zart duftenden flauschigen Blütenblätter, dort widerlich stacheliges Blattwerk und ekelhaft dornige Stängel!

Doch unscheinbar stand zwischen den Blättern der roten Rosen ein langer Stock, fast nicht sichtbar unter den Blättern. Er würde jetzt nass und biegsam sein – wie er sich anfühlen würde? Vorsichtig fuhr sie das Holz entlang, glattes, gut gearbeitetes Holz, zart gemasert, in der passenden Stärke. Es würde Spuren ergeben damit gezüchtigt zu werden, lange doppelte rote Blutergüsse. Wo würde der Stock landen? Auf den Innenseiten ihrer Schenkel, wo sie die größten Schmerzen empfand? Katja verstand es, mit dem Stock umzugehen, Heiner stellte sich immer noch linkisch an, und doch… Sabine schloss die Augen und spürte das Pochen ihrer Piercings. Vorsichtig tastete sie nach ihren Ringen. Wie hart und unnachgiebig doch das massive Metall war, wie unbarmherzig es sie durchbohrte!

Vorsichtig strich sie über den kleineren der beiden Ringe und spürte das Zittern ihrer Oberschenkel. Nein, sie durfte nicht! Und doch… sie schloss die Augen.

Sie hatte alles bekommen, was sie verdiente, mehr als das. Katja die sie verstand, ihren Mann Heiner, der sie zärtlich liebte. Zu zärtlich, zu nachgiebig. Es war nie gut gegangen mit ihnen Beiden, weder vor ihrem Unfall noch danach. Davor war er begeistert und rettungslos verliebt in seinen „roten Blitz“, ihr Spitzname. Jede Affäre hatte er ihr verziehen, ihr die Welt zu Füßen legen wollen und im Kleinen auch getan. Ein neues Motorrad? Kein Problem! Urlaub in den Bergen, um Spitzkehren zu fahren? Aber sicher doch!

Nach ihrem Unfall hatte er an Wunder glauben wollen und versucht, ihre Launen stoisch zu meistern. So lange, bis er flach lag und Katja, damals noch Frau Dr. Härter für sie, zu ihnen nach Hause gekommen war. Unwillkürlich nahm Sabine ihre Hand weg und öffnete die Augen. Ihr Blick fiel auf die Uhr. Das Zeiteisen, wie Heiner sagte, zeigte bald vier Uhr: Wo war nur die Zeit geblieben? Spätestens um fünf Uhr würden Katja und Heiner vor ihr stehen, sie aber kniete verschwitzt und nackt im Wohnzimmer vor einem Blumenstrauß, eine Hand an ihrer Scham, mit einem Finger über ihr Piercing streichelnd! Sabine schrak zusammen und bewegte sich schnell zu ihrem Badezimmer.

Obwohl sie anfangs dagegen war, hatte sie ein eigenes Badezimmer bekommen, auf ihre Bedürfnisse eingerichtet. Eine niedere Wanne in die sie einfach gleiten konnte, mit Brause und Heizung. Spiegelkacheln – das ganze Badezimmer war ein einziger Spiegel, von der türkischen Toilette, der Wanne und dem niederen doppelten Waschbecken, alles aus Granit, abgesehen. Indirekt beleuchtet, mit Fußbodenheizung und Wärmelementen. Ein wunderschönes Design, das Heiner einen Preis eingebracht hatte. Katja hatte nur bemerkt, dass für Sabine ein hölzerner Waschzuber ausgereicht hätte. Auf Sabines Aufschrei ‚ich bin behindert!‘ folgte eine Szene, die sie nie im Leben vergessen würde. Nie wieder würde sie sich trauen irgendetwas Derartiges zu sagen, geschweige denn zu denken! Katja hatte sie an den Haaren auf ihre Beine gezogen und gezwungen sich zu entschuldigen, sie dann einfach fallen gelassen. Schluchzend war sie in ihr Zimmer gekrochen. Ihr eigener Mann hatte sie an die Kette gelegt, Heiner, der doch sonst immer so liebevoll und sanft war, hatte ihr die Kette an ihren Ring geschlossen. Einen ganzen Tag lag sie nackt in ihrem Zimmer, bekam kein Essen und Trinken und hatte nur einen Eimer. Aber auch das war - sie lächelte glücklich, als sie sich erinnerte.

Sabine glitt in die Wanne, ließ temperiertes Wasser ein, gab Bade-Öl hinzu und begann, ihre Haare sorgfältig zu waschen, sehr sorgfältig. Zwei Jahre hatte sie ihre Haare jetzt wachsen lassen dürfen, ihre dicken flammend roten Kopfhaare, auf die sie so stolz gewesen war. Katja hatte ihr auch diesen Stolz genommen. Solange sie ihre Haare jedoch noch trug, musste sie ihnen jede Pflege geben, dürfte sie nicht föhnen und beim Kochen ein Kopftuch tragen. Jetzt noch Pflegespülung, dann Frottieren.

Sabine stieg aus der Wanne und betrachtete die Frau in den Spiegelkacheln. Sie sah eine Frau mit einem flammend roten Schoß, dichten Haaren unter den Achseln und langen Narben an Hüfte und Beinen. Sie war schlank, eher zu wenig als zu viel Gewicht. Ihre Brüste hingen schwer nach unten, an den Spitzen ihren Nippel hing ein kleiner weißer Tropfen. In den Bodenkacheln konnte sie den Titanring in ihrem Schoß erkennen, das Metall leuchte geradezu zwischen ihrem Pelz hervor. Der Ring war ein Fourchette: ein sehr selten gestochenes Piercing. Der große Ring füllte sie aus: Verkehr? Nein, sie nicht! Außer heute vielleicht, einmal wieder?

Ein Blick auf die Uhr: Noch zwanzig Minuten. Es musste reichen. Sabine beeilte sich.

Katja

Katja, oder Frau Dr. Katja Härter, verabschiedete sich von ihren Mitarbeiterinnen und Mitarbeitern. Jetzt endlich hatte sie frei, endlich einmal konnte sie die Klinik längere Zeit verlassen! Eine ganze Woche würde sie keine Unfallopfer mehr sehen, keine Papierberge abarbeiten und Bildschirmseiten durchklicken müssen! Ihre Mitarbeiter wünschten ihr einen erholsamen Urlaub und gute Erholung. Mit' Ja ja und so weiter, nun lasst mich endlich'raus aus dem Tempel!' war sie gegangen, in ihr Auto gesessen, hatte eine SMS getippt und war losgefahren.

Sie wusste, ihre Mitarbeiter verehrten sie, trotz oder gerade wegen ihres ruppigen Umgangstons. Sie setzte sich für sie ein, organisierte Weiterbildungen und sorgte für die jungen Assistenzärzte. Die Erfolge der Unfallabteilung waren legendär. Seit die Autobahnerweiterung um die Stadt fertiggebaut war, hatte zwar glücklicherweise die Einlieferung von Verkehrsunfällen nachgelassen, jedoch bekamen sie jetzt auch die Unfallopfer der benachbarten Kreise. Die Zusammenlegung der Kliniken erforderte auch hier Flexibilität und Schnelligkeit. Wie damals, bei Sabine.

Sabine hatte einen schweren Motorrad-Unfall fabriziert, damals, vor acht Jahren. Sie hatten sie mit dem Hubschrauber von der Autobahn gebracht. Ab der Hüfte war sie Matsch gewesen, buchstäblich. Ein Wunder war, dass sie vor der OP noch wach wurde und sie anschaute, sogar mit ihr sprach!

Katja lächelte, als sie sich an ihre erste Begegnung erinnerte. Sabine lag bereits auf dem OP-Tisch, der Anästhesist legte ihr gerade einen Zugang. Vom Piks der dicken Nadel wachte sie auf, stöhnte und fragte: ‚Wo bin ich?' Der Anästhesist antworte ihr, dass alles gut werden würde, sie solle sich keine Sorgen machen. Katja lachte auf. Wie wenn sich Menschen beruhigen würden, wenn man ihnen sagt: ‚Alles wird gut!' Die Allermeisten bekamen dann richtige Angst, Panik die Meisten, besonders im sterilen OP-Saal mit den blinkenden Instrumenten und tickenden Apparaturen. Sabine jedoch hatte gefragt: ‚Wer operiert mich?' ‚Ich' hatte sie geantwortet und Sabine die langen roten Haare aus der Stirn gestrichen. ‚Ich möchte ihnen etwas sagen, ihnen, allein!' Katja hatte genickt und das Team nach draußen geschickt. ‚Eine Minute gebe ich ihnen, dann fangen wir an.' Sabine hatte drei Minuten gesprochen, ohne Punkt und Komma. Danach hatte Katja Sabine versprochen sie zu retten, koste es was es wolle.

Sabine hatte nicht nur Brüche über Brüche. Ihre Milz war zerrissen, ihre Blase geplatzt, unter anderem. Die Kollegen um den OP-Tisch waren blass gewesen als Sabine in Narkose lag. Katja jedoch hatte operiert und operiert, nicht nachgelassen. Erst später war klar geworden, dass Sabine überleben würde. Sie würde zwar nur an Krücken laufen können oder müsste einen Rollstuhl benutzen, aber sie lebte.

Katja jedoch hatte nie vergessen, was sie ihr vor der OP gestanden hatte. Dass sie ihren Mann über alles lieben würde, aber ihm nie sagen konnte was sie wirklich brauchen würde. Dass ihre ganzes Getue nur den einen Sinn hatten: Ihn auf Weißglut zu bringen, damit er ihr eine knallt und übers Knie legt. Was Heiner nie tat.

Katja lernte Heiner am nächsten Tag kennen. Ein schüchterner Mann, sehr zurückhaltend. Mit Blumen in der Hand stand er blass im Flur. ‚Ihm hätte ich sagen sollen, dass er dich übers Knie legen soll!' Katja musste lachen.

Dabei hatte sie es Heiner gesagt. Allerdings erst, als er in ihren Armen lag.

Sabine war nach der Reha ein ekelhaftes Biest geworden. Da sie nicht mehr Motorrad fahren konnte und auch einen anderen Beruf wählen sollte, es aber nicht tat und lieber zuhause saß, schikanierte sie Heiner von früh bis spät. Heiner konnte nie etwas Recht machen. Es war, wie wenn Heiner an allem Schuld war! Irgendwann hatte sich Heiner an Katja gewandt, mit der Bitte um Hilfe. Ob Frau Dr. denn wüsste, was er für seine Frau tun könnte? ‚Vergessen!' wäre ihr beinahe entwischt. Sie waren spazieren gegangen, sie hatte gesprochen, Heiner zugehört und nur ab und zu eine Frage gestellt.

Zum Abschied hatte er sie umarmt, der große kräftige Mann mit den breiten Schultern, der so sanft sprach. Verabredet hatten sie sich, nachmittags auf einen Kaffee. Danach war es passiert.

Heiner war ein sehr zärtlicher, liebevoller Mann der seiner Frau, eigentlich am liebsten jeder Frau, den Himmel auf Erden bereiten wollte. Dass sich Sabine dagegen eher in der Hölle wohlfühlen würde, war ihm nicht bewusst geworden. Damals jedenfalls nicht.

Ein Vierteljahr später hatte er sie angerufen, von einem Parkplatz auf der Autobahn. Er bat um Hilfe. Er würde Doppelbilder sehen, ihm wäre kotzelend, er könne nicht mehr fahren. Die Telefonnummern auf dem Handy wären Zahlensalat, er hätte einfach Wahlwiederholung gedrückt. Katja war es siedend heiß geworden, sie hatte den Rettungseinsatz persönlich organisiert. Selten hatten ihre Mitarbeiter sie so erregt gesehen, aber bei Heiner war sie schimpfend über den Hubschrauberpiloten hergefallen der Mittagspause machen wollte. Nein, ein Rettungswagen würde nicht reichen! Er war zerknirscht gestartet und hatte mit dem Notarzt zusammen Heiner ins Krankenhaus gebracht.

Glücklicherweise stellte sich später das, was passiert war, als temporäre Erscheinung heraus. Heiners Blutdruck musste eingestellt werden, aber 5 mg Ramipril zweimal täglich reichten aus. Er hatte keinerlei Schäden und weder konnten die Ärzte im MRT noch sonst eine organische Ursache finden. Überarbeitung, Stress, Burn-out oder was sonst als Ursache heutzutage genannt wird.

Heiner und sie kannten die Ursache jedoch. Ein kurzes Gespräch mit Heiner, dann fuhr sie zur Ursache. Zu Sabine. Mit Heiners Schlüsseln. Und einem Blumenstrauß… Heute vor sieben Jahren war es passiert.

Schon als sie die Tür zu Heiners Haus geöffnet hatte war Sabine zusammengefahren. Erschrocken, verschüchtert, war sie aus dem Rollstuhl auf ihre Knie gesunken. Katja hatte seelenruhig eine Vase gesucht und die Blumen, es waren weiße Rosen, hineingestellt. Sabine hatte geweint. Katja hatte sie nicht getröstet. Sie hatte ihr erklärt, dass sie Menschen abgrundtief verachten würde, die ihr Leben über das anderer Menschen stellen. Sie, Sabine, hätte kein Recht ihren Mann solange zu schikanieren bis er explodiert und sich schuldig machte. Sabine hatte versucht, sich zu rechtfertigen. Sie könne ihrem Mann doch nicht einfach um Schläge bitten? ‚Doch, das hättest du gekonnt!' hatte sie ihr erklärt.

Es dauerte eine Weile bis bei Sabine der Groschen fiel. ‚Wieso hätte?' Ihre Antwort war kühl, professionell, sachlich gewesen. ‚Weil ich dich jetzt ins Heim bringe.'

Verzweifelt suchte Sabine nach einem letzten Ausweg. Katja musste lächeln, als sie sich an das Gespräch erinnerte. ‚Du kannst meinen Mann haben!' hatte sie angeboten. ‚Hab ich schon, behalte ich!' Flehentlich bat sie um eine allerletzte Chance, sie würde alles wieder gut machen! Sie war sich nicht zu schade sich schluchzend Sabine anzubieten. ‚Ich kenne deinen Körper, Sabine, in-und auswendig!'

Sabine war eine besonders schöne Frau. Wallende rote, dichte lange Haare. Strahlende, hellgrüne Augen. Klar gezeichnete, volle hellrote Lippen. Feste Brüste mit karmesinroten Nippeln. Eine enge Scham, ein fester, straffer Po, in dem man besondere Freuden finden konnte. Perfekt epiliert und geschminkt, trotz ihrer Verletzungen. Sexuell versprach und hielt Sabine alles was sich ein Mann, eine Frau, auch nur erträumen konnte. Auch jetzt, mit ihren Narben, ihrer Behinderung, war sie immer noch eine Verheißung.

Sabine bat nicht mehr, sie weinte. Ein zusammengesunkenes Häufchen Elend, hilflos und verloren. Leise sprach Katja zu ihr, dass sie eine faire Scheidung haben könne, oder aber bleiben, jedoch zu Katjas Bedingungen. ‚Entscheide dich. Jetzt!'

‚Bleiben' war die Antwort gewesen. ‚Ich werde dir alles nehmen, deinen Mann, deinen Stolz, alles. ‚Ja, bitte.' Sie solle sich noch einmal im Spiegel ansehen! Sabine kroch wirklich vor den Spiegel im Flur. Sie fuhr sich durch die Haare, über ihre Brüste und fühlte ihren Schoß. Erschütternd für Katja war das Lächeln, das Sabine um die Lippen spielte. Ein glückliches Lächeln. Dann hatte sie, immer noch lächelnd, kniend die klassische Pose der Unterwerfung eingenommen: Hände in den Nacken, Beine gespreizt, Blick gesenkt.

Katja schüttelte die Erinnerungen ab und bog in ihre Einfahrt ein. Heute würden sie feiern! Und dann… dann hatten sie eine Woche gemeinsamen Urlaub. Sabine wusste noch nichts. Noch nicht.

Heiner

Heiners Handy fiepte auf. SMS, von Katja! ‚Alles Liebe und bis gleich!' Was, schon so spät? Heiner schaute auf die Uhr. Wirklich, es war Zeit. Die verdammte Statik des Bürohochhauses hatte ihn länger aufgehalten, als er gedacht hatte. Aber… es gab auch ein Privatleben. Oder, wie Katja sarkastisch bemerkte, es gab auch ein Leben vor dem Tod. Man müsse sich nur entscheiden, ob man es auch wolle. Er, Heiner, hatte sich entschieden. Damals, vor sieben Jahren, hatte er mit seiner Frau abgeschlossen. Sie war seitdem… nun ja, es gab da verschiedene Bezeichnungen.

Jetzt aber, alles speichern, vom System abmelden, herunterfahren. Blutdrucktablette nehmen, Rechner und Bildschirme aus, Ordner aufräumen, abschließen, Tür zu. Wie immer, war er einer der letzten Mitarbeiter des Büros. Er rief einen Gruß an die Kollegen ‚Bis in einer Woche! Tschüss!' und machte sich aus dem Staub.

Als er im Auto saß und den Wagen starte, begann er zu lächeln. Sieben Jahre war es jetzt her, dass er diesen verdammten Schlaganfall erlebt hatte. Er hatte gespürt, was es heißt, nicht mehr im Vollbesitz seiner Kräfte zu sein. Hilflos gerade noch das Auto parken zu können. Zu hoffen, dass die Nummer, die er da anrief, auch die richtige Telefonnummer war. Er machte sich nichts vor: Auch wenn nichts nachweisbar gewesen war, er hatte einen Schlaganfall erlebt. Einen Zweiten wollte er nicht.

Er hatte sich damals in die Ärztin verliebt, in Katja. Sie hatte er angerufen und sie hatte ihn holen lassen, mit dem Rettungshubschrauber. Er musste lachen, als er sich erinnerte wie er noch in der Luft hilflos wie ein Reiher gekotzt hatte. Anschließend hatte er Katja gesagt, was sie mit Sabine tun könne. Katja hatte es getan. Aus der wilden Löwin war ein braves, gehorsames Kätzchen geworden. Glücklicherweise musste er die Zähmung nicht mitbekommen. Er war zwei Wochen in der Klinik gelegen, dann schulte er um und erweiterte seine Kenntnisse bis zum geprüften Statiker. Ein ruhiger Bürojob. Er war nur an den Wochenenden nach Hause gekommen, aber da war immer schon alles passiert.

Die Hektik des Baubetriebs vor Ort war nichts mehr für ihn gewesen. Der Stress seiner Frau auch nicht mehr. Was hatte es gefetzt zwischen ihnen! Wie hatte sie ihn bloß gestellt! ‚Heiner, sie sind doch Architekt! Kein Chemiker!' hatte ihn sein Chef eines Tages geneckt. Ja, er kannte den müden Witz: ‚Er war Chemiker, und seine Frau ging auch immer neue Verbindungen ein!' Sein Chef hatte seine Frau gesehen, mit einem Anderen. Oder: ‚Sie sind Deutscher, ja? Oder?‘ Ja, er kannte den Film ‚Grieche sucht Griechin‘ Ein schwarz-weiß Klassiker mit Heinz Rühmann, uralt. Nach ihrem Unfall, als er sie im Rollstuhl durch die Stadt schob, wurde getuschelt. Sie hatte ihn dirigiert: Heinerchen, da musst du noch einmal saugen! Heinerchen, da liegt noch ein Krümel! Heinerchen, mein Tee ist kalt!' Bis er ihr sagte, was sie sich Heinerchen könne. Danach, Krokodilstränen, Versöhnung, weiter ging es. ‚Heinerchen, mein Tee!‘ Ja, richtig, sie litt unter ihrem Unfall. Aber hatte sie den nicht selbst verschuldet?

Er lachte auf, als er daran dachte, was Sabine jetzt alles völlig alleine bewerkstelligte, ohne Rollstuhl. Komplette Essen, mehrgängige Menüs, das gesamte Haus… und grinste breit als er an den Nachtisch dachte. Ja, auch den, für sie beide, für Katja und für ihn.

Katja hatte alles gedreht. Ihre Erfahrung im Umgang mit Menschen und ihr Wissen über spezielle Menschen und ihre Besonderheiten hatten sich als goldrichtig herausgestellt. In ihren gestohlenen Stunden hatte sie wieder und wieder auf ihn eingeredet, ihn bekniet, doch mit seiner Frau reinen Tisch zu machen: ‚Sag‘ es ihr doch auf den Kopf zu! Vor ihrer OP hat sie mir doch alles gestanden!‘ Nein, das konnte er nicht. Und doch: Seine Frau war eine Hardcore-Masochistin. Er sah es jeden Abend an ihrem glücklichen Lächeln. Er hätte es auch früher sehen sollen, aber da war er blind gewesen. Blind vor Liebe. Eine unmögliche Liebe. Er hatte immer geglaubt er müsse doch nur dieses… oder jenes… Aber nichts hatte geholfen. Sie war nur glücklich gewesen als er ihr, aufs Äußerste gereizt, ‚eine gelangt‘ hatte. Wie liebevoll und zärtlich sie dann war!

Dabei war es doch so einfach gewesen. Sabine hatte in Katjas Bedingungen eingewilligt. Ihre Einwilligung vor ihm wiederholt.

Sich erklärt: Ja, genau das hatte sie doch immer von ihm erwartet! Wie Schuppen war es ihm von den Augen gefallen.

‚Zerstörerische Beziehungen sind das‘, hatte Katja erklärt. ‚Du solltest dich von diesen Menschen trennen, sonst wirst du krank und sie bleiben es!’ Nun gut, er hatte besonderes Glück gehabt. Er hatte Katja gewonnen und seine Frau behalten, auch wenn das ‚Behalten‘ eine besondere Bedeutung gewonnen hatte.

Ein Drittel aller Menschen hätten Sadomasochismus praktisch erfahren, hatte ihm Katja weiter erklärt. Davon wäre ein Drittel Menschen, die regelmäßig irgendeine Form davon praktizieren würden. Zehn Prozent also. Seine Frau jedoch wäre in vielerlei Hinsicht eine Ausnahme: Besonders schön, besonders attraktiv, besonders verwöhnt und das von Kindesbeinen an. Dazu mit einem unstillbaren Hunger nach Schmerz und Unterwerfung. Noch nie in den ganzen Jahren hatte sie ihr Codewort ‚Mercy‘ benutzt! Dazu schien Sabine noch die allergrößten Hemmungen zu haben, über sich und ihre Wünsche zu sprechen. Außer manchmal.

‚Sie liebt den Stock!’ hatte Katja einmal so nebenbei gesagt.
‚Ohrfeigen aber auch!’ war von Sabine gekommen.
‚So?‘
‚Ja, dann werde ich sofort nass!’

Nur um ihnen dann detailliert zu erklären, wie sie Stockschläge an welchem Körperteil empfinden würde. Wie sie die Spuren beobachten würde. Wie sie den Schmerz am schönsten genießen könne: Eine richtige Vorlesung hatte sie ihnen gegeben!

Heiner musste in sich hineinlachen. Wie einfach doch jetzt alles war! Fast zu einfach. Aber sie hatten ja jetzt Urlaub, eine ganze kostbare Woche!

Die Feier

Heiner parkte neben Katjas Auto. Die Geschenke ließ er erst einmal im Wagen – zuerst wollte er Katja begrüßen, Sabine auch. Er hatte gerade seine Jacke an die Garderobe gehängt, da hörte er Sabine schon schluchzen. Er lächelte. ‚Hast du wieder etwas absichtlich falsch gemacht, um dir gleich deine Portion Haue abzuholen? Na, lass mal sehen, was es diesmal ist!' Letztes Jahr hatte Sabine Kuchengabeln auf den Tisch gelegt. Davor den Kuchen mit Salz gebacken… Sie wurde harmloser, nach den gekochten Wollkleidern Sabines und seinen rosa verfärbten weißen Hemden.

Er betrat das Wohnzimmer. Katja, seine Liebste, saß in einem Stuhl, den sie in die Mitte des Zimmers gerückt hatte, vor Sabine. Ganz gegen alle Regeln hatte Sabine sich an Katja gedrückt, sie umarmt und barg ihr Gesicht in ihrem Schoß, heulend, schluchzend. Sabine war nackt, Katja noch in ihrem Anzug. ‚Sie wird ihr alles versauen! Was ist nur los mit ihr?' Sabine hatte keine Spuren auf ihrem Po oder ihren Schenkeln, nur ihre Narben waren deutlich sichtbar. Also keine ‚Missgeschicke.' Katja jedoch fuhr Sabine tröstend über die langen, vollen Haare, die sie frisch gerichtet hatte. In langen roten Wellen fielen sie auf ihren Rücken, bis fast auf ihre Pobacken. Heiners Blick fuhr über den gerichteten, gedeckten Wohnzimmertisch: Alles stand auf dem Tisch bereit, und offensichtlich auch alles richtig. Ohne Sabine weiter zu beachten, begrüßte er Katja zärtlich, nahm ihr Gesicht in seine Hände.

‚Alles Gute, Liebste, zu unserem Jahrestag! Ich liebe Dich!'
Katja, ernst, aber liebevoll Heiner anschauend, gab den Gruß zurück.
‚Alles Liebe dir, mein Heiner!"
Heiner nickte zu Sabine hinunter.

„Sie hat weiße Haare bekommen! Da schau…"

Katja wühlte in ihrem Schopf und zeigte Heiner ein ganzes Büschel, verborgen zwischen Sabines flammend roter Haarpracht. Wirklich. Sabine wurde weiß. Katja deutete mit dem Kinn auf das Paket Kosmetiktücher, das auf dem Board bereit stand. In jedem Zimmer hatten sie immer mindestens eine Schachtel der praktischen Zellstofftücher stehen… für alle Fälle. Heiner griff die Schachtel und hielt sie griffbereit.

„Ich bin vor dir heimgekommen. Wir begrüßten uns, Sabine bedankte sich bei mir für Alles, unsere gemeinsamen sieben Jahre und so weiter. Als sie den Kopf vor mir senkte und ihre Hände in den Nacken legte, sah ich ihre weißen Haare, ein ganzes Büschel!"

Heiner kannte das. Für Frauen waren weiße Kopfhaare ein angstbesetztes Thema. Es schien nichts Schlimmeres zu geben als plötzlich feststellen zu müssen, dass jeder Mensch altert! War es für Kollegen oft die vier vor der Jahreszahl, die sie geradezu ängstlich erwarteten, fürchteten sich Frauen vor den biologischen Beweisen ihres Alterns. Dabei... Mein Gott! Was sollte er sagen? Er nahm jetzt zehn Milligramm Ramipril zweimal täglich, seine Haare waren schon lange mehr als fünfzig Prozent weiß, auch Katja tönte ihre kurzen Haare in Kastanienbraun!

„Willkommen im Klub!"
„Heiner, sie hat Angst! Das ist es!"

Heiner holte tief Luft. Soso, sie hatte also Angst. Er spürte das Prickeln in seinem Schädel, immer links hinten war es. Tief einatmen, ruhig bleiben Heiner! Er ging auf den Gang und nahm den Lederhandschuh vom Board und kehrte zurück. Wenn Sabine etwas demütigte, dann den Handschuh ins Gesicht zu bekommen. Keine erregenden Ohrfeigen, sondern den Lederhandschuh.

Sabine zog er an den Haaren von Katja weg, sodass sie ihm ihr Gesicht zeigen musste. Sie war verheult und verschmiert, über und über. Katjas Anzug war ein Spiegelbild ihres Gesichts. Mit der Linken klatschte er Sabine den Handschuh ins Gesicht, links recht links rechts.

„Ich sag dir was, du Miststück. Wenn hier jemand Angst verspüren musste, dann bin ich das, nicht du! Ein paar weiße Haare und du plärrst Katja voll – was soll das? Ich bin um Jahre gealtert, weißt du noch, was vor sieben Jahren passiert ist? Du hast jetzt ein paar weiße Haare und plärrst wie ein Baby? Jeden Tag schläfst du selig wie ein Murmeltier in unserem Bett und jetzt heulst du uns noch voll? Das Altern gehört zum Leben!“

Sabine wehrte sich nicht gegen die schmerzenden Schläge. Sie weinte einfach. Katja dagegen schaute überrascht.

„Was macht sie? In unserem Bett schlafen?“
„Vorletzte Woche kamen per Spedition ein paar Sachen an. Es soll eine Überraschung sein, deshalb habe ich nichts gesagt. Um neun Uhr stand ich wieder hier und habe die Sendung in Empfang genommen, ging alles glatt. Eigentlich war es nur eine Idee, aber ich wollte sehen, was unsere Süße jeden Tag so treibt. Ich habe mich ins Haus geschlichen und Sabine gesucht. Ja, die Waschmaschine lief, der Trockner, auch der Geschirrspüler, aber von Sabine keine Spur. Ich habe gesehen, sie hatte geduscht, aber sie war nirgends! Dann, in unserem Schlafzimmer, schauten lange rote Haare unter der Decke vor. Kopf nach unten, Füße unter deinem Kopfkissen! Der Wecker stand daneben, auf zehn gestellt. Das macht sie jeden Tag, wenn wir nicht da sind!“

Katja musste grinsen und hätte zu kichern begonnen, wäre Sabine nicht schluchzend zusammengesunken, hätte die Arme gehoben und gerade noch vernehmbar ‚Mercy‘ gemurmelt, immer wieder.

„Gottverdammte Scheiße!“

Heiner warf fluchend den Handschuh in die Ecke, packte Sabine wie ein Bündel vom Boden und setzte sich mit ihr auf einen anderen Stuhl. Katja rückte neben sie, barg Sabine Kopf in ihrem Schoß und begann ihre Tränen zu trocknen. Zu zweit hielten sie Sabine in den Armen, schaukelten sie und wischten ihr die Nase und die Tränen ab.

Noch nie hatte Sabine ihr Codewort benutzt. Noch nie in den ganzen sieben Jahren, egal auch was immer sie erleiden musste. Oder erleiden wollte, denn stets hätte sie einen Ausweg wählen können.

„Mein Heiner, jetzt hast du es geschafft! Sabine ist fertig!“

Ja, das hatte er. Katja hatte recht. Endlich einmal. Die ganze Wut hatte er in die Schläge gelegt, ihr den Handschuh über ihr Gesicht gezogen. Man sah es an ihren Wangen: Nicht nur glühten sie rot, die Haut war aufgeschürft.

Sabine begann, sich zu beruhigen. Sachte tastete sie nach ihren Händen, ergriff und drückte jedem eine Hand. Wie ein hilfloses Kind lag sie über beiden, hielt ihre Hände und weinte.

„Ich liebe euch doch so sehr, versteht ihr das denn nicht? Ich habe so wenig von Euch, da will ich euch doch wenigstens noch spüren! Ja, ich schlafe jeden Tag in eurem Bett, von acht bis zehn. Ihr habt so einen wunderbaren Duft! Das Bett speichert eure Wärme! Es ist, wie wenn ihr noch da seid… eigentlich will ich ja nur kuscheln, mit meiner Herrin, meinem Herrn, aber ihr seid nicht mehr da…“

Katja war gerührt, Heiner sah es ihr an. Er kämpfte noch mit sich. Sabine drückte Heiners Hand fester.

„Heiner, bitte verzeih mir. Ich weiß, ich habe dir Schlimmes angetan. Ich bereue es jeden Tag! Bitte, du hast mir nie gesagt, dass du mir verzeihst. Jetzt bekomme ich weiße Haare. Bitte versprich mir dass du mir verzeihen wirst, solange ich bei Euch sein darf!“

Katja nickte. Sie hatte es bereits von ihr gehört und sich gerührt, betroffen, auf den Stuhl gesetzt. Ihre Beziehung befand sich an einem entscheidenden Punkt. Nie zuvor hatte Sabine ihr Verhalten zu Heiner bereut. Nie, in den ganzen Jahren zuvor, hatte sie auch nur ein Wort des Bedauerns geäußert. Ja, sie hatte geheult, aber nie bereut. Jetzt bat sie um Verzeihung. Nicht heute, nicht jetzt. Nur… irgendwann.

Heiner wollte zum Sprechen ansetzen, stutzte jedoch. ‚Solange ich bei Euch sein darf‘ hatte sie gesagt. Was meinte sie damit? Sie würden sie doch nicht aussetzten, wie einen Hund, oder ersäufen, wie eine Katze! Auch würde er nie… dann kam er auf den Trichter: Sabine hatte Angst. Katja hatte es bereits gesagt – war er so schwer von Begriff? Ein Kloß saß ihm im Hals.

Katja umarmte ihn mit einer Hand, klopfte ihm auf die Schultern.
„Es ist gut, Heiner. Es muss nicht jetzt sein. Sabine, lass ihn los, er kommt wieder!“
Sabine ließ Heiners Hand los und umarmte Katja. Heiner stand auf und schaute die beiden Frauen an. Katja und Sabine drückten sich fest, Katja hatte Tränen in den Augen.
„Mach‘ dir keine Sorgen, er liebt dich, immer noch! Wir geben dich auch nicht weg, Kleines!“

Heiner nickte bestätigend zu Katja, dann ging er, den Grill aufbauen.

Sie grillten immer auf der Terrasse, direkt vor ihrem Wohnzimmer. Er konnte was durch und fertig war gleich weiterreichen und man war schnell fertig. Auch hatte man nicht die ganze Grillherrlichkeit als Duft im Zimmer. Der Grill stand zerlegt in der Ecke. Es war schön angenehm warm, die Sonne schien noch, eine herbstliche Stimmung begann, sich auszubreiten. Ganz langsam begannen sich die Blätter der Bäume, rot zu färben. Morgens war es bereits kühler, der Wind wehte frischer.

Heiner baute den Grill auf, stellte das Metallgestell auf Steinplatten, sodass es in dem weichen Belag aus wetter- und lichtbeständigen Polyurethan keine Abdrücke hinterließ. Mit Rücksicht auf Sabines Knie hatten sie überall weiche Bodenbeläge: lackierten dicken nachgiebigen Kork, flauschige Teppiche, wasserbeständige weiche Kunststoffplatten. Nur Sabines Badezimmer hatte Spiegelkacheln, auch auf dem Boden. ‚Sie soll sich sehen!’ hatte Katja damals gesagt. Er wusste dass Sabine jedes Mal zusammenzuckte, wenn sie ihr Badezimmer betrat. Der Anblick des dicken Rings in ihrer Scham erinnerte sie zusätzlich zu ihrer Nacktheit überdeutlich an ihr Schicksal.

Sie hatten sich nie überlegt, wie sie ihre Beziehung weiter gestalten würden. Das heißt, jeder hatte für sich überlegt, gesehen dass es doch offensichtlich, eigentlich, ganz gut war und alles auf sich beruhen lassen. Ein offenes Gespräch unter sechs Augen hatte nie stattgefunden. Warum auch? Sie waren versorgt, Kinder hatten sie nicht. Sie hatten sich, Katja rettete Menschenleben, er baute Häuser,

Sabine sorgte für sie beide. Sabine arbeitete wie Sisyphos. Dass sie in ihrem Bett täglich wie eine Katze ein Nickerchen machte, war eigentlich eher menschlich.

Jetzt jedoch hatte Sabine das Fass aufgemacht, wie man so sagte. Sie hatte recht, er hatte ihr noch nicht verziehen. Die Verletzungen ihrer Ehe saßen tief. Wie einen Schuljungen hatte sie ihn behandelt, vor ihrem Unfall, erst recht danach. Jedoch… sieben Jahre waren eine lange Zeit. Manche Verbrecher waren da bereits begnadigt! Sabine wollte auch keine Gnade, sie wünschte sich, dass er ihr verzieh. Wieder musste er schlucken.

Der Grill brannte, die Kohlen glühten schön durch. Jetzt eigentlich, jetzt sollten sie anfangen. Katja kam zu ihm, mit dem vollen Tablett.
„Jetzt geh‘ zu ihr. Ich mach das."

Heiner nickte und gab ihr stumm die Fleischgabel. Er wusch sich die Hände und ging ins Wohnzimmer. Sabine kniete auf dem Boden, den Blick gesenkt, Hände auf den Oberschenkeln, Handflächen nach oben. Ihr Gesicht zeigt die Spuren seiner Schläge mit dem Handschuh, ihre Augen waren rot. Immer noch tropften ihr Tränen aus den Augen.

Er konnte nicht anders. Heiner nahm sie in die Arme, küsste ihre verheulten Augen und flüsterte ihr zu, dass er ihr verzieh. Alles, was vor ihrer Ehe passiert war, vor ihren Unfall und danach. Ihre ganzen Gehässigkeiten und Gemeinheiten, die sie ihm an den Kopf geschleudert hatte, ihre Affären, die Beschimpfungen am Telefon und am Handy, die Anrufe in der Firma, die Blamagen in der Öffentlichkeit.

„Ich liebe dich, Kleines. Ich habe dich immer geliebt! Aber ich kam nicht zu dir durch! Du warst so…"
„Heiner, es tut mir so leid. Ich kann es nur wieder gut machen in dem ich für Euch da bin, das habe ich Katja geschworen, mit allem, was ich bin. Ich liebe euch! Katja hat mir mein Leben wieder gegeben, dir hätte ich es schier genommen. Wie konnte ich nur?"

Sie umarmten sich und weinten, beide, glücklich jetzt endlich, endlich gesprochen zu haben. Leise klopfte Katja auf die Tischfläche.

„Wir könnten jetzt essen, ja?"

Die liebe Katja. Sie umarmten sich, drückten Katja zwischen sich und nahmen Platz, Sabine kniete auf ihrem Hocker zwischen ihnen. Sie hatten einen runden Tisch als Esstisch gewählt, den man ausziehen und verlängern konnte. Fünf oder sieben Personen waren kein Problem, jetzt zu dritt hatten sie üppig Platz.

„Ich hatte gehofft ihr zwei würdet einmal dieses Gespräch führen, Heiner, Sabine! Jetzt endlich ist es passiert! Glaubt ihr mir, dass ich froh bin?"
Katja fasste sie an den Händen. Sie strahlte von einem zur anderen.
„Ich bin glücklich mit euch zwei! Ich freue mich! Ich hoffe wir können jetzt normal miteinander reden, ja?"

Sabine antwortete zuerst.

„Katja, es fällt mir immer noch sehr schwer. Ich strenge mich an, ich versuche es. Ihr wisst wie dankbar ich euch beiden bin, wie sehr ich euch beide lieb habe! Bitte, hilft mir auch weiterhin!"

Katja und Heiner nickten. Katja sagte dass jetzt doch alle bemerkt hätten wie schwer es war, alte Wunden zu heilen, wie tief alles saß und schmorte. Jetzt aber, jetzt hätten sie doch das Fass geöffnet, jetzt müssten sie auch weiterreden, wenn das alles Sinn haben sollte! Und dann:

„Sabine, was wünschst du dir denn von uns?"
„Zeit mit euch! Mit euch allein! Keine Filme, keine Fotos, kein Verleih, nur euch beide!"

Sabine machte eine Handbewegung, nickte und strahlte. Sie hatten das alles bereits mit ihr gemacht. Sabine hatte als Darstellerin in verschiedenen Filmen mitgewirkt, meist hochklassige Edelpornos in denen sie die Kerkersklavin spielte, oder sie hatten sie vorgeführt und verliehen. Es gab im grenznahen Ausland einige verschwiegene Adressen. Ihre wunderbare Figur, ihre lange rote Mähne machte sich auch gut auf allen Filmen und Bildern. Jedoch: Alle Kontakte waren sicher und getestet, vorher, Sabine drei Monate hinterher noch einmal. Und: große Abstände zwischen irgendwelchen Dates, nie zweimal am gleichen Ort.

„Dann ist ja nur gut, dass ich meinen Bruder nicht eingeladen habe!“
Katja lachte, Sabine schlug sich die Hand vor den Mund.

Katjas Bruder war das schwarze Schaf ihrer Familie. Während Katja verbissen für ihr Studium gearbeitet hatte, hatte ihr Bruder seine Informatik an den Nagel gehängt, ein Fotostudio eröffnet und Modelle, auf japanische Art gefesselt, abgelichtet. Er war ein Künstler, ein Experte, aber auch als er ein Netzwerk für den Fetisch-Bereich mit Tausenden Mitgliedern aufgebaut hatte, war er immer noch… eben das schwarze Schaf. Katja jedoch hatte zu ihrem Bruder Kontakt gehalten. Daher stammten auch ihre intimen, detaillierten Kenntnisse aus dem „schwarzen Bereich“, wie Katja sagte. Ab und zu hatte sie sich, bevor sie mit Heiner und Sabine zusammengezogen war, die eine oder andere Gespielin ausgeliehen. Schöne, attraktive und besonders unterwürfige Frauen waren Katjas Schwäche. Sie hatte sich Sabine zurechtgebogen, aus Liebe zu Heiner und für sich. Jetzt war sie mehr als zufrieden. Ein Mann und eine gehorsame Frau, was wollte sie mehr?

„Er war ganz traurig dass er mich nicht auf sein spanisches Pferd setzten konnte!“
„Deine Ringe, Liebes!“

Sabine nickte. Ihre Ringe, die sie immer trug. Fast immer. Der Druck auf den Damm, den das spanische Pferd mit so vernichtendem Schmerz ausübte, dass nur wenige Freiwillige überhaupt länger als eine Stunde schaffen konnten, wäre ihren Piercings nicht gut bekommen. Auch ohne ihre Ringe wäre es zu schlimm gewesen.

„Der Pranger jedoch…? Daran hast du mir gefallen!“

Heiner hatte Sabine an den Pranger gehängt. Ein hölzerner, handgearbeiteter Hals-Hand Pranger, der mit einer eisernen Öse in verschiedene Höhen gehängt wurde. Sie war gezwungen gewesen zu stehen, aber nicht etwa in ihrer Körperhöhe. Etwas tiefer, sodass sie die Oberschenkel beugen musste. Es hatte nicht lange gedauert, und sie hatte begonnen zu zittern und zu jammern. Etwas später noch hatte sie geweint und geschluchzt. Der besondere Reiz war, dass Sabine nass wurde und ihre Nässe auch sichtbar war, trotz ihres Pelzes.

„Der Pranger hat mich weich gemacht! Es war ein unglaubliches Erlebnis! Ich habe mir schon so oft vorgestellt dass ich muss euch zusehen wie ihr euch liebt während ich in den Pranger geschlossen bin! Hilflos kann ich nur jammern während ich nass da hänge, nutzlos heiß und erregt, während ihr euch an meinem Anblick aufgeilt, während ich schwach und schwächer werde…"

Sabine schaute von einem zum anderen, Angst und Erregung in den Augen. Heiner nickte zufrieden. Er hatte das richtige Geschenk gekauft. Das würde etwas werden!

„Wie gefallen dir Ketten und Fesseln, Kleines?"

Katja lächelte verschmitzt, strich Sabine sanft die Haare aus der Stirn und streichelte ihre immer noch roten Wangen, die langsam abschwollen. Heiner hatte sie ordentlich gezüchtigt, aber wenn jetzt alles gut zwischen ihnen war? Heiner hatte sich Luft machen müssen und Sabine hatte es still genommen. Genau genommen fand Katja, dass Sabine es verdient hatte. Heiner hatte sie gestraft, Sabine um Verzeihung gebeten, Heiner hatte sich geöffnet und seiner Frau verziehen! Das war es wert.

„Wenn sie eng sind und schwer an mir hängen, damit ich sie auch spüre! Dass ist schön! Richtig schwere Fesseln und Ketten!"
Sabines Augen leuchteten auf. Katja lächelte.
„Dann können wir es dir ja sagen, Kleines: Wir haben eine Woche gemeinsamen Urlaub, den wir alleine mit dir genießen wollen!"

Heiner fügte noch hinzu, dass sie auch einiges an ‚Spielsachen' besorgt hätten, damit es nicht langweilig werden würde.

„Oh!"

Gemeinsamen Urlaub mit ihr, allein! Nicht abgeschoben in ein S/M-Studio, in dem sie benutzt und gedemütigt wurde, bis Katja und Heiner sie wieder abholten. Obwohl auch das schön war, auf eine andere Art jedoch. Oder, noch schlimmer, zu einem Drehort gebracht zu werden und dort wieder die Sklavin spielen zu müssen… Ah, öde! In Filmen gab es meist nur langweiligen, stupiden Sex. Die Männer spritzen ihr auf den Bauch oder in den harten Pornos ins Gesicht, sie alleine hatte alle Begeisterung und Erregung zu spielen. Mit Heiner und Katja dagegen war alles natürlich.

Schluchzend ging sie auf die Knie, fasste beide an den Händen und bedankte sich mit Küssen, links und rechts.

„Was möchtet ihr jetzt mit den Haaren machen?"

„Ja, Kleines, für die Perücken verwenden kann man die nicht mehr. Schon von deinem letzten Zopf konnten sie nur die Hälfte benutzen, zu dünn und zu spröde. Aber immerhin, du hast jetzt zwei Echthaarperücken in voller Länge, dichter als deine originalen Haare je waren! Heiner, hol' sie doch aus dem Schrank!"

Sabine schaute entgeistert Katja an. Echthaarperücken? Für sie? Von ihren Haaren?

„Ja, Kleines. Ich habe zu viele Frauen erlebt, die ihre Haare verloren haben und bitter den Verlust der Mähne ihrer Jugend beklagten. Wir haben zusammen einen Perückenmacher für dich ausgesucht, der deine Zöpfe verarbeitet hat!"

Heiner brachte die eingeschlagenen Perücken. Sabines Mähne, dicht und weich, in zweifacher Ausfertigung! Angepasst an ihre Kopfform – deshalb hatten sie einmal einen Abdruck von ihrem nackten Schädel gemacht.

„Das war der Abdruck! Der war nicht für das Kopfgeschirr!"
Heiner lächelte.
„Er war auch für das Kopfgeschirr! Und er war auch für die Latex-Maske!"
„Ihr seid so wunderbar!"
Während sich Sabine über und über glücklich bedankte, packte Heiner die Perücken sorgfältig wieder ein. So wie Sabines Haare aussahen, würde sie die Perücken bald gebrauchen.
„Jetzt lasst uns abräumen!"

Die Frauen räumten den Tisch ab, Heiner holte die Geschenke aus den Autos und der Garage. Ihr Jubiläum war immer mehr ihr Tag für gegenseitige Geschenke geworden, weniger als ihre Geburtstage. Da gab es zwar Kleinigkeiten, aus Spaß etwa die berühmten Socken und Krawatten oder Ohrringe, aber nichts Großes. Sabine hatte nie Geschenke erhalten. Sie hatte sich nie auch nur getraut, Wünsche zu äußern! Kleidung im Haus benötigte sie nicht und bekam sie außer ihren Schürzen und ab und zu einem raffiniert geschnittenen Po-freien Kleidchen auch nicht. Jetzt jedoch hatten sie alle gespürt, dass sie ein besonderes Datum erreicht hatten: Eigentlich unmögliche sieben volle gemeinsame Jahre zusammen, zu dritt!

Katja wandte sich noch einmal an Heiner und machte eine Bewegung, wie wenn sie etwas anziehen würde. Sie nickte aufmunternd und lächelte.

Heiner hatte seiner Frau eine komplette Ausstattung an Wäsche besorgt, ein Etui- Kleid, BH, String, Strümpfe, Strapse und passende Schuhe. Er war sich der Bedeutung wohl bewusst und hätte die Kleidung ohne Katjas Zustimmung nicht aus dem Auto geholt. Dass Sabine Kleidung geschenkt bekam und eventuell wieder tragen dürfe, bedeutete nicht nur Anerkennung.

Die Ketten und der Pranger – das war erotisches Spielzeug, jetzt für diese Woche. Sie nannten sich oft die großen Kinder, die eben auch spielten. Ob sie es wieder benutzen würden oder ob es im Ende in den Fundus von Katjas Bruder wandern würde, wer wusste das jetzt? Viel wichtiger war ihnen, Katja und Heiner, ihre Sabine, die sie sich mühsam erzogen hatten und die jetzt, endlich! begonnen hatte offen zu reden. Sie würden sehen, was noch alles kommen würde.

„Kaffee und Kuchen jetzt, oder später?"
Heiner schaute auf die Uhr.
„Ach, macht mal nicht den Tisch so voll! Sabine, der große Berg Geschenke ist für dich, das ganz kleine Päckchen da, das ist für Katja!"
„Für dich sind die Socken auf dem Stuhl!"
„Oh!"

Was sich wie ein Ulk anhörte, war in Wirklichkeit ein wertvolles Geschenk. Da Heiner nur schwarze Socken trug, bekam er ab und zu einen Pack hochwertiger, weicher Socken. Heute waren es fünfzig Stück! Er konnte die alten komplett in die Tonne treten.

Sabine packte ein nagelneues Smartphone aus ihrem kleinen Päckchen. Heiner scherzte, als sie sich gegenseitig bedankten.

„Ist ja nur Obst!"
„Klar, aber wieder mit dem größten Speicher und das Allerneuste, nicht?"

Heiner nickte lächelnd. Anschließend setzten sie sich und schauten auf Sabine, die weinend ihre geöffneten Päckchen betrachtete.

„Ein Kleid für mich und so schöne Unterwäsche! Schuhe! Einen BH! Wie lange habe ich keinen mehr getragen?"
„Sieben Jahre, Kleines!"
Katja lächelte maliziös.
„Die ersten Jahre habe ich dich mit deinen Brüsten dressiert, weißt du nicht mehr? Ich gab dir Medikamente, du bekamst Milch, musstest abpumpen, alle drei Stunden! Wenn du nicht aufwachen wolltest oder dich wehrtest, bekamst du Schläge mit dem Stock, solange bis du den Rhythmus intus hattest. Ganz klein und brav bist du geworden, hast deine Titten abgemolken und Milch gegeben wie eine Kuh!"

Sabine nickte.

„Als ich dann wieder stolz wurde, hast du mir die Brüste festgebunden und die Milchpumpe weggeschlossen! Ich weinte und lamentierte, aber du bist hart geblieben, bis ich akzeptierte dass meine Herrin über mich bestimmt! Als meine Brüste wieder normal waren, musste ich wieder Milch pumpen… viermal ist das so gegangen, bis ich…“

Sabine flüsterte:

„…bis ich endlich allen falschen Stolz aufgab, alles gab, mich ganz und gar hingab!“

Sabine robbte zu Katja und umarmte ihre Beine, vorsichtig, um sie nicht schon wieder mit ihren Tränen durchzuweichen. Sabine hatte ein hartes Programm absolvieren müssen. Katja hatte sich maßlos über Sabines unüberlegten Stolz, ihre Einbildung, geärgert. Jetzt gab sie immer noch Milch.

„Immer wieder habt ihr mich gefragt ob ich nicht aufgeben will, ob ich denn nicht die Scheidung will? Einfach, sauber und gut versorgt wäre ich gewesen! Heiner baute mir goldene Brücken, fragte mich vor jeder Bestrafung, ob ich das denn wirklich will?“

„Wir haben es dir nicht leicht gemacht, Kleines. Wir wollten ganz sicher sein, dass du das auch wirklich willst! Gerührt hat mich sehr als du schließlich sagtest du wärest unser Eigentum und ein Auto fragt man schließlich auch nicht alle fünf Minuten ob es jetzt fahren will oder nicht?“

Heiner lachte auf.

„Ja, das saß! Katja war ganz verdutzt! Da hatten wir gemerkt der Groschen war gefallen!“
„Der erste Groschen! Der nächste war Sex!“
Katja nickte.
„Kleines, das war der entscheidende Punkt für mich. Du warst viel zu sehr auf dich fixiert. Immer hattest du die Augen geschlossen und dich genossen, deine Gefühle. Das ist nicht Sinn der Sache!“

„Es fiel mir schwer. Jahre habe ich Sex genossen, jetzt war ich nur noch dafür da, Genuss zu geben. Immer die Augen geöffnet halten, den Mann oder die Frau fixieren, auf die Körpersprache zu achten, die Bewegungen zu korrigieren und immer Acht zu geben!“

Heiner strahlte.

„Es hat uns gefallen als du auf einmal nur noch auf uns geachtet hast. Unsere Lust, das wurde dir eingetrichtert, ist deine Aufgabe. Deine Lust? Du bedienst! Du wirst nicht nass? Dafür gibt es Gleitcreme!“

Sie lachten herzlich. Sabine erzählte weiter.

„Da hat mich das Verleihen und Benutzen schon weitergebracht. Wenn man an einem Abend fünf Männer und zwei Frauen zu bedienen hat, ist man erregt! Es blieb aber gar keine Zeit für mich! Ich lernte, ihnen in die Augen zu schauen und sie zu bedienen, wie sie es wollten!“
„Hinterher warst du immer ganz erleichtert, dass du den Ring wieder angelegt bekamst!“

Katja fuhr ihr wieder über die Haare. Sabine legte den Kopf schief wie eine Katze und lies sich streicheln, genoss die Zärtlichkeit. Sie fasste Katjas Hand und drückte sie an sich, küsste ihre Handfläche.

„Ich habe mich so gewehrt gegen dich, am Anfang. Was habe ich dir nicht alles gesagt! Wie gemein war ich zu dir!“
Sabine begann, wieder still zu weinen.

„Ich war das ekelhafteste Miststück, das man sich nur vorstellen kann. Ich habe nach Leibeskräften versucht, dich in Rage zu bringen, damit du mich ungerechtfertigt schlägst oder beschimpfst. Nichts! Keine Chance! Du warst immer streng und gut zu mir! Ich habe ja selbst gewählt, ich hätte ja gehen können, diese Chance hätte ich ja gehabt! Ich ging aber nicht, und du gabst nicht nach!“

Katja reichte ihr ein neues Kosmetiktuch und erzählte dass vor einem halben Jahr Sabine, sich ohne Aufforderung, vor ihr hingeworfen hatte. Sie hatte ihre Beine umfasst und sie um Verzeihung gebeten, sich entschuldigt für ihre Widerwärtigkeit.

„Ich habe bemerkt, es ist ihr ernst. Heiner, du warst da auf einer Tagung, also hatten wir Zeit. Sie begann zu verstehen! Ich habe ihr dann den Schlüssel gegeben, den Schlüssel zu meinem Board.“

Heiner war platt. Das hatte er noch nicht gewusst! Was Katja so leichthin gesagt hatte, ‚ihr Board‘ war ein Medizinschränkchen, in dem die von Sabine gefürchtetsten Instrumente und Medikamente lagen. Nicht nur Desinfektionsmittel, Medikamente, Skalpelle und Nadeln in fast jeder Stärke, auch Dehn- und Spreizgeräte für jede Körperöffnung, neben anderen medizinischen Utensilien, die Sabine stets den größten Schrecken eingejagt hatten. Ein Vertrauensbeweis. Die Kontrolle über das Schreckenskabinett… das bedeutete, sie bekam kein Spekulum mehr. Er sei denn, sie wollte es!

Die beiden Frauen hielten sich. Katja hatte nasse Augen, als sie Heiner anschaute und war doch stolz, wie sie Sabine in den Armen hielt. So viele Jahre hatte es gedauert, jetzt endlich war es soweit. Seine Frau hatte nicht nur ihre Position akzeptiert, sie schien auch endlich mit sich selbst im Reinen zu sein.

„Jetzt brauche ich einen Kaffee!“

Die Frauen lachten glücklich auf und tuschelten, während Heiner in die Küche ging, die Kaffeemaschine einschaltete und den Kuchen aus dem Kühlschrank nahm. Schwarzwälder, wie stets hervorragend und besonders liebevoll zubereitet. Von seiner Frau, die ihn mit nacktem Hintern kniend zubereitet hatte. Heiner lächelte, als er sich die Situation vorstellte. Seine Idee war es gewesen, dass Sabine zwar Schürzen anziehen konnte, aber stets und immer den Po zeigen musste. Zwar waren die Heizkosten hoch, obwohl das Haus wärmegedämmt war und er als Architekt mit vollen Händen in alle Register gegriffen hatte, ihm jedoch war es das wert. Am Anfang hatte er Sabine liebend gerne gedemütigt. Es genossen, wenn sie ihre Backen öffnete, ihren Po zeigen musste. Dass sie jederzeit den Stock empfangen konnte und dann tagelang ihre Spuren zeigen musste.

Auch ihren Schoß mit ihrem dicken Ring, der nichts anderes bedeutete als ‚du nicht!'. Ihre Erregung schweigend genießend, zur Röte ihrer Wangen still zu lächeln und sie dann für eine Flasche Wein wegzuschicken. Er hatte Sabines Blicke immer genau beobachtet. Am Anfang sah er die Empörung, ihre ohnmächtige, kochende Wut. Jahre später begann Sabine, es hinzunehmen. Seit einem Jahr etwa freute sie sich über die Aufmerksamkeit, bedankte sich für den Klaps oder das gelegentliche Spanking. Es schien, jeder von ihnen, Sabine eingeschlossen, hatten zunehmend Freude an der Situation. War es früher ihre, Heiners und Katjas Befriedigung gewesen Sabine zu demütigen und ihre Schmerzen, ihr Entsetzen, ihre Entwürdigung zu genießen, hatten sie jetzt ein vertrautes Dreierverhältnis entwickelt in dem jeder seine Position ausfüllte und die Erregung und Lust der beiden Partner still genoss. Mehr oder weniger still, jedenfalls.

Sie schnitten den Kuchen auf und verteilten Kaffee. Sabine nahm wie selbstverständlich ihre Schürze zur Seite und bot ihnen ihre Brüste. Frauenmilch zum Kaffee! Ihre eigene Form der ‚spätrömischen Dekadenz'. Heiner strich ihr die Brust aus, drückte ihre Nippel und leckte sich den Finger ab. So süß! Katja nahm die andere Brust, Sabine bediente sich mit Kondensmilch. Ein vertrautes Ritual, das ihre Position ausdrückte, und doch heute anders war. Keine Aufforderung, kein Befehl war notwendig gewesen. Sabine hatte gegeben, sie lächelte jetzt still in sich hinein. Sie rührten ihren Kaffee auf und genossen die Torte, Sabines Torte.

Ganz unbefangen sprachen sie über die kommende Woche, ob sie Städte besuchen wollten oder Sehenswürdigkeiten? Niemand sprach ein Wort über Sabines Behinderung. Dass sie Sabine im Rollstuhl schieben würden war selbstverständlich. Der Affenberg im Elsass wäre doch schön, die Wege wären bequem, der Wald sicher herbstlich und man könnte gut essen gehen, schlug Sabine vor. Sie stimmten zu und machten weitere Vorschläge, alles Tagestouren, die leicht erreichbar und barrierefrei waren. Es war seltsam: Jeder hatte sich schon lange eine oder zwei Lieblingstouren überlegt, die sie alle drei interessierten und für sie drei leicht machbar waren, wie wenn sie dieses Ereignis schon lange herbeigesehnt hatten.

„Darf ich weiter auspacken?“

Sabine war mehr jetzt als neugierig, Heiner und Katja jedoch auch, auf ihre Reaktion. Sie begann mit dem länglichen Paket und bewunderte die hervorragende Tischlerarbeit des Holzprangers. Glattes, hartes Holz das sich passend um ihre Gelenke und ihren Hals schloss, ihr die Arme links und rechts fixierte und mit einer eisernen, großen Öse hinter ihrem Nacken befestigt werden konnte. Handarbeit, aus ökologisch bewirtschaftetem Tropenholz, dunkelschwarz. Ein schöner Kontrast zu ihrer hellen Haut und ihren roten, flammenden Haaren. Erst einmal nahmen sie es ihr wieder ab.

„Ich bin schon jetzt nass, bitte bitte darf ich weiter auspacken?“

Natürlich durfte sie. Katja hatte über Kontakte ihres Bruders eine besondere Metallarbeit herstellen lassen. In dem schweren Paket lag eine Kombination schwerer Hals-Hand- und Fußfesseln, durch Ketten verbunden, an Sabines bekannte Maße angepasst. Sabine stöhnte auf als sich die Halsfessel um ihren zarten Hals schloss. Eine Kette folgte ihrem Rückgrat, hielt die Ketten der Armfesseln und ringelte sich bis zu ihren schmalen Beinen, wo zwei Teilketten für die Fesseln abzweigten. Das Metall war fugenlos glatt gearbeitet und schloss mit einem deutlichen „Klick“.

Nach fünf „Klicks“ war Sabine im siebten Himmel.

„So schwer! Oh oh oh! Aber was ist da noch in der Kiste?
„Langsam, Kleines! Gefällt es dir?“
„Gefallen? Das möchte ich tragen! Das möchte ich unbedingt den ganzen Tag tragen!“
„Sachte! Es ist schwer und die Ketten werden dich ermüden! Du kannst auch die Arme nicht ganz ausstrecken!“

Sabine griff erneut in die Kiste und nahm ein separates, eingeschlagenes Halsband aus der Verpackung. Im Unterschied zu dem glatten Halsband, wie sie es jetzt trug, wies es eine Besonderheit auf. Es war größer und da war etwas, an der Innenseite! Katja und Heiner hielten die Luft an als sie sahen wie Sabine die Hände zittern.

Ihre Lippen bebten, als sie sachte über die Innendornen des Halsbandes fuhr. Sie würden ihr Schmerzen bereiten gegen die es keine Gegenwehr gab, ob sie den Kopf senkte oder hob.

„Gearbeitet nach einem Vorbild aus Französisch-Guyana!"

Heiner hatte das Vorbild besorgt. Ein uraltes verrostetes Halsband aus der französischen Strafkolonie war die Vorlage gewesen. Sie hatten es entschärft, die Position der Dornen verlegt, weg von Luftröhre und Blutgefäßen, chirurgischen Edelstahl verwendet, die Dornen verkürzt und die Spitzen abgerundet. Jedoch, es waren immer noch Innendornen, gemacht um Menschen zu verletzen, ihnen Schmerzen zuzufügen.

Sabine wurde nicht fertig mit dem Finger über die Innendornen zu fahren. Es würde für sie wie in der Strafkolonie werden, beschwerlich, schmerzhaft. Verdiente sie dieses Schicksal denn nicht? Wie tief der Schmerz in ihrem Mann saß, hatte sie erst vorhin wieder bemerkt. Heiner, der früher immer so gut und liebevoll zu Ihr gewesen war!

„Kalter, unbarmherziger Stahl um meinen Hals, an meiner Haut! Ich werde Schmerzen spüren, die ganze Zeit! Wenn ich die Betten aufschüttele, Wäsche aufhänge, koche… ich werde leiden, den ganzen Tag!"
Heiner und Katja wurde es anders. Diese Faszination Sabines durch das Halsband hatten sie nicht erwartet.
Sabine robbte vor Heiner und Katja und hob mit gesenktem Kopf das Stahlhalsband vor sie.
„Bitte! 24/7!"
„Du wirst es 24 Stunden eintragen, Kleines, aber ob du bekommen wirst, entscheiden wir!"

Katja hatte entschieden, Heiner nahm ihr das ‚einfache' Halsband ab, mit Innensechskant und Hakenschlüssel öffnet er Ösen und Verschlüsse. Heute Morgen noch hätte er nicht so große Hemmungen gehabt. Seine Hände zitterten, als er das Halsband aufklappte und Sabine um ihren schmalen Hals legte, ganz vorsichtig. Katja legte ihm die Hand auf die Schulter, sie schien ähnlich zu empfingen. Er spürte wie Sabines Tränen auf ihn tropften, spürte einen feuchten Kuss auf seiner Hand, mit der er das Halsband anhob.

„Es ist schwerer!"
„Klar, der Umfang ist ja auch größer, die Dornen benötigen Platz! Außerdem sollen sie ja…"

„Klick"

Er wollte sagen: Die Dornen sollen dir auf die Haut fallen – aber er schwieg. Die Spitze der Dornen war abgerundet, es würde Kraft benötigen, um sie wirklich körperlich zu verletzen… trotzdem. Sabine wandte ihm ihr Gesicht zu. Strahlende, leuchtende Augen voller Tränen, ein nasser Mund, leicht geöffnet.

„Ich danke Euch!"
„Kleines, bring' den Schlüssel. Die Teile kommen in mein Board!"

Sabine robbte davon, mit ihren Ketten leise klirrend. Sie bemerkten wie vorsichtig sie sich bewegte, wie ruhig sie ihren Kopf hielt.

Heiner wandte sich an Katja, mit einer Hand über seinen Kopf fahrend.

„Ich hatte das ganz vergessen! Du meine Güte! 24 Stunden am Tag und sieben Tage in der Woche, permanent ein Dornenhalsband tragen zu müssen!"
„Wollen, Heiner! Sie will die Schmerzen fühlen! Bitte, sag' nichts von unserer anderen Idee! Vielleicht sieht sie es nicht!"
„Drei Kreuze! Wird sie das überhaupt aushalten?"
„Sie ist zäh, unglaublich zäh. Jetzt kommt sie immer mehr aus sich heraus, jetzt, da wir beide ihr verziehen haben!"
„Wie hast du immer gesagt, Hardcore- Masochistin, nicht?"

Katja nickte und machte ihn mit einer leichten Armbewegung auf Sabine aufmerksam, die mit dem Schlüssel zurückkam. Elegant, mit überlegten, vorsichtigen Bewegungen kam sie zurück und brachte den Schlüssel. Heiner bewunderte sie und dachte voll Entsetzen an den Nasenring, der noch in der Kiste lag. Früher hatten sie Sabine gerne einen Ring in der Nasenscheidewand tragen lassen, dicke Ringe, die sie entstellen und wie ein Tier kennzeichnen sollten. Auch hatten sie ihr eines Tages angedroht, dass sie drei Buchstaben tätowiert bekommen würde, in großen Lettern über ihren Po geschwungen. Sie hatten dicke Filzstifte genommen und die Buchstaben begonnen nachzumalen, aber Heiner hatte das Spiel nicht wieder aufgenommen. Zu hart, zu entehrend war ihm das gewesen, Sabine war seine Frau, kein Tier.

Der kleine Ring jedoch, der in ihre Nase passen würde, war auf einer Seite mit nadelspitzen Dornen versehen. Sie hatten sich den Entwöhnungsring für Ferkel zum Vorbild genommen und in Stahl nacharbeiten lassen. Dornen, die in die Haut zwischen Oberlippe und Nase eindringen würden, wenn sie ihnen wieder zu nahe kam. Kuscheln, den Kopf in Katjas Schoß bergen wie vorhin, wäre unmöglich. ‚Sie soll uns ihren Mund geben, nicht ihre Nase an uns abputzen!' hatte Heiner gemeint und Katja hatte zugestimmt.

Vor Kurzem war die Lieferung angekommen, wie er erzählt hatte. Aber vielleicht konnte er nachher die große Pappschachtel unbemerkt entsorgen? Er hoffte es.
„Wenn ich dich jemals erregter gesehen habe, soll der Burj Dubai über mir zusammenstürzen!“

Der Burj, das höchste Gebäude der Welt, war eines seiner Projekte gewesen, an dem er indirekt beteiligt gewesen war. Katja legte ihm die Hand auf den Schenkel und flüsterte dass sie jetzt, gleich, ihre Sabine wolle, ihre Zunge. Heiner fühlte ähnlich. Sabines Mund, ihre warme, kräftige Zunge für sie beide als Vorspiel, dann Katja, dann wieder Sabine für sie. Manchmal nahm Heiner dann Sabine von hinten, während sie Katja verwöhnte.

Katja hatte den Schlüssel in der Hand, aber sie sah Heiners Blick und wohin er schaute. Heiner wollte aufstehen.

„Ich muss den Karton wegbringen!“

Netter Versuch. Sabine nahm das kleine Schächtelchen schon an sich. Katja seufzte auf.

„Verbirgt ihr irgendetwas vor mir?"
„Ja, Kleines. Das kommt vielleicht später! Wir wollen jetzt dich, dich ganz allein, und zwar sofort! Ich bin feucht und Heiner schon lange hart und steif, mach hin! Auf den Boden, Po hoch, hopp hopp! Weg mit dem Ding in dir!"

Das war etwas Neues. Ihre Herrin, ihr Herr gaben zu, dass sie auf sie, Sabine jetzt wild waren, sie jetzt wollten, ihren Mund, ihr Geschlecht, sofort, jetzt! Sabine sah erstaunt wie Katja hier, jetzt, im Wohnzimmer aus ihren Kleidern schlüpfte. Sie reichte Heiner den Schlüssel und flog förmlich auf den Boden. Heiner nahm den Schlüssel mit fliegenden Fingern und kam im Laufschritt wieder zurück, mit den Steckern und der Zange.

In den vergangenen Jahren hatten sie diese Momente bis in die Unendlichkeit verzögert, Sabine nur den allerletzten Moment gegeben. Jetzt wollten sie ihre Sklavin, jetzt! Sie stöhnte auf, fühlte die Schwere ihres Halsbands, die Schmerzen und den Druck der Dornen an ihrer Haut.

Heiner öffnete den dicken Ring ihres Piercings, zog es heraus. Das kleine Loch, die verheilte Fistel, würde offenbleiben. So lange trug sie den Ring jetzt schon! Sabine fühlte ihre Nässe, wie sie ihr auf die Schenkel rann, Heiners Hände an ihrem Po.

„Komm!"

Katja saß nackt auf einem Stuhl, klatschte auf ihre Schenkel und spreizte sich auf. ‚Herrin klatscht nach mir!' Wie anders auf einmal alles war! Katjas schlanke, geradezu athletische Figur vor ihr, ihre nackte Scham, ihre gespreizten Lippen! Während Sabine in ihrer Scham versank und ihre Klit mit der Zunge massierte, in gekonnten, bestens trainierten Bewegungen, spürte sie wie Heiner in sie eindrang. Heiner führte sein Glied mit wenigen, kurzen Stößen in sie ein, begann seinen gleichmäßigen Rhythmus, stieß sie, dass sie Mühe hatte Sabine zu bedienen, dann spürte sie wie er ihre Hüfte losließ.

Heiner griff Katjas Hände, beide fassten sich, schrien auf, griffen Sabine wieder in die Haare und die Hüfte. Katja und Heiner waren gekommen, in Rekordzeit.
„Auf den Stuhl mit dir! Los doch!"
Katja griff ihre Kette im Nacken und zog sie hoch, Sabine spürte den Schmerz der Dornen im ganzen Körper, erregend, heiß. Was wurde das? Sie sah Heiner grinsen, dann bekam sie von Katja einen Klaps auf die Wangen.
„Augen zu, Beine breit!"

Augen zu, das hatte sie noch nie gehört. Augen auf, hatte es immer geheißen, schau den Herrn an, beachte die Herrin! Sie spürte Katjas Zunge, mit ihrem Geschlecht spielend. ‚Sie leckt Heiners Saft' fuhr ihr durch den Kopf, dann begann sie zu stöhnen, als Katja sich ihre Klit vornahm. Sie spürte wie Katja sich regelmäßig bewegte, wie Heiner nach ihren Händen griff, sie drückte und hielt, dann versank sie in den Wellen ihres Orgasmus. Katja hatte mit ihr die Position getauscht. Nach einer Zeit, die ihr unendlich vorkam, sie spürte wie sie vorsichtig bewegt wurde, wie Hände über sie streichelten und hielten, öffnete sie die Augen und sah zwei glücklich strahlende Menschen, die sie auf sich hielten. Mitten im Wohnzimmer, auf dem Teppich.

Katja und Heiner hatten ihr gegeben, was vorher nur Katja empfunden hatte. Katja hatte sie noch nie mit ihrer Zunge bedient, Heiner sie noch nie zuerst genommen. Seine ganze Härte und Kraft als erste zu spüren… wie lange war das Her? Über sieben Jahre. Vor ihrem Unfall hatte sie dieses Privileg zuletzt gehabt, alleine, sie ganz alleine –wie hatte sie es ihm gedankt?

„Jetzt weint sie ja schon wieder! Du meine Güte! Heulsuse! Ist jetzt endlich einmal gut?"

Katja lachte und knuffte Heiner in die Seite.

„Sei nicht so roh! Sie erinnerte sich an euer letztes gemeinsames Abenteuer!“
Heiner nickte betroffen. Ja er hätte es sich ja denken können. Sabine weinte und er wurde nervös, diese Reaktion würde er wohl nie ablegen können. Jetzt aber… er nahm die beiden Frauen fester in den Arm. Sie schaukelten Sabine, bis sie sich beruhigt hatte.
„Danke euch, danke dir, Katja!“
„Es war für dich, Kleines!“

Sie verhielten noch für Momente des Glücks, dann fragte Sabine unvermittelt, was denn in dem Schächtelchen wäre, dass sie es so verborgen hätten?

„Die äußerste Demütigung für dich, Kleines. Ein Nasenring mit Dornen, nadelspitzen, scharfen Dornen. Du würdest sie mehr spüren als dein Halsband. Nach einem Entwöhnungsring für Ferkel gearbeitet, aber die Dornen sind nur auf deiner Seite!“

Sabine nickte, dann löste sie sich aus ihren Umarmungen und kam mit dem Schächtelchen wieder. Vorsichtig öffnete sie es und entnahm den kleinen Ring. Heiner und Katja konnten ihre Reaktion aus nächster Nähe beobachten: Sogar ihre Brust gab einige Tropfen Milch, so erregt wurde sie.

„Ich kann nur unter Schmerzen kuscheln, selbst das Essen wird mir wehtun, ich muss den Mund ganz weit öffnen…“

Sie reichte den Ring an Heiner und hielt ihre Nase hin.

„Bitte, Heiner!“

Katja schüttelte den Kopf und ging ins Badezimmer, während Heiner sehr vorsichtig den Ring in Sabines Nase einführte. Als Katja mit einem Stapel Handtücher und Rasiersachen, einer Schale heißen Wassers und einer kleinen Bürste zurückkehrte, schlossen sie gemeinsam den Ring mit einem leisen Klick.

„Kleines! Dann kommen jetzt aber auch die Haare ab, komplett! Du wirst ein schönes nackiges Schweinchen!“

Sabine betastete vorsichtig den Ring. Von der Seite Heiners und Katjas waren die Dornen fast nicht zu erkennen, er war dick, einfach und schön. Sabine probierte und drückte leicht auf den Ring. Winzig kleine rote Pünktchen bildeten sich unter ihrer Nase, die zu laufen begann.
„Aua! Nicht einmal die Nase kann ich mir mehr putzen! Wie sehe ich aus?“
Beide schauten sie mit einer Mischung aus Respekt, Stolz, Erschütterung und Erregung an und bestätigten ihr…
„Siehst du es nicht? Wir sind wild auf dich!“

Heiner begann, Sabines Schamhaare zu rasieren. Zug um Zug entfernte er ihren roten Pelz, reinigte den Rasierer mit der Bürste im Wasser, befeuchtete die nächste Hautstelle und gab Rasierschaum zu. Dann folgten ihre Achseln, Beine und Arme, während Katja ihre Kopfhaare, die wallende rote Mähne, zusammenband und mit einem Elektrorasierer die Kopfhaare abrasierte. Sabine hatte eine schöne, gleichmäßige Kopfform, einen wunderbaren Schädel, den Heiner anschließend von den Stoppeln befreite und glatt rasierte. Nackt, wirklich splitterfasernackt, saß sie da und strahlte wie – wie sollten sie das beschreiben? Sie glühte vor Erregung, ihre Brüste tropften, ihre Scham glänzte vor Nässe.

„Wo ist das Kettchen?“
Katja kam mit einer kleinen Kette zurück, wie man sie für Schlüsselanhänger benutzt, hakte sie in Sabines Nasenring ein und setzte sich auf sie, ihre Scham vor Sabines Mund, das Kettchen in der einen Hand, die andere an Sabines nackten Schädel. Sabine benötigte keine Aufforderung mehr. Sie gab, was sie konnte, legte ihre ganze Kraft in ihre Zunge.

Heiner hatte Sabine die Beine gespreizt und war in sie eingedrungen, verhielt aber, bis Katja laut aufschreiend, in Wellen kam. Dann, während Katja hinter Sabine rutschte, nahm er Sabines Schoß. Katja barg Sabines Kopf in ihrem Schoß, stützte sie und hielt Sabine die Augen zu – jetzt sollte sie tun dürfen, was fast jede Frau darf: In ihrem eigenen Orgasmus versinken.

Heiner spürte wie seine Erregung sich aufbaute, sein Glied scheinbar dick und heiß wurde und sich dann wie einer Explosion entlud, hörte seinen eigenen Schrei und Sabines Stöhnen. Die Erregung flachte langsam ab, er kam wieder in die Realität zurück, schwer atmend jetzt. Er spürte das Klopfen der Adern an seiner Stirn und spürte wie ihn die Muskeln der Arme schmerzten, wie der Schweiß ihm in die Stirn rann.

Was jetzt? Sabine zärtlich in den Arm nehmen, im gemeinsamen Liebeschweiß baden, Zärtlichkeiten austauschen? Küsse schenken? Liebesschwüre und Versprechen erneuern? Nein.

Katja zog an dem Kettchen. Die nackte Sabine zuckte immer wieder zusammen, als ihr Nasenring und Halsband in die Haut fuhren, sie musste sie den Mund weit öffnen um den Schmerzen zu entgehen. Mit leuchtenden Augen, schmatzend die Zunge weit vorgestreckt, leckte sie Heiner sauber, von Sabine dirigiert, von Heiner an ihrem nackten Schädel gehalten. Immer wieder stach der Nasenring in ihre Haut, drückten die Dornen des Halsbandes schmerzhaft in ihren empfindlichen Hals.
Heiner drückte sie zurück. Jetzt war es genug, so viel Sex in so wenigen Stunden, das hatte er schon lange nicht mehr geschafft. Katja strahlte in stolz an. Sie freute sich für ihn, mit ihm und Sabine!

Sie badeten sich, Sabine sehr vorsichtig, zärtlich und behutsam, einfühlsam und sehr sanft. Zusammen frottierten und trockneten sie Sabine, putzten ihr die Zähne und gaben ihr eine leichte Massage mit einer sanften pflegenden Hautcreme, die Heiner auch zärtlich auf Katja verteilte. Mit Badetüchern gingen sie ins Schlafzimmer, legte die Tücher auf die Betten und legten Sabine in die Mitte. Sie bekam ein zusammengeknülltes Kopfkissen unter ihren Kopf, damit sie das Halsband nicht zu sehr spürte.

„Wie kann ich euch das jemals wieder zurückgeben? Oder wann? Lebe ich überhaupt noch lange genug dafür? So viel Glück habe ich mit Euch beiden erfahren!“
„Still jetzt! Schlaf!“

Katja nahm sie in die Arme, Heiner eine Hand reichend. In Katjas Augen glitzerten Tränen. Katja war berührt, nicht nur gerührt. Die Liebe Heiners war einfach zu erringen gewesen, Sabine dagegen ein Akt ohnegleichen!

Was war eigentlich geschehen?

Katja erinnerte sich, dass es in ihrem gerade vergangenen, letzten Jahr begonnen hatte. Sie hatten Sabines Mutter besucht, im Pflegeheim. Mutter und Tochter hatten nie ein gutes Verhältnis gehabt, eigentlich gar keines. Auch wenn Sabine nie darüber gesprochen hatte: Sie hatte ihre Mutter stets vermisst. Die Mutter an sich, die mütterliche Liebe, die Zuneigung wie sie nur eine Mutter ihrer Tochter geben konnte. Dann war sie gestorben, kurz danach, ohne weitere Aussprache, ohne dass Sabine je mit ihrer Mutter hätte vertrauensvoll, offen reden können. Sabine hatte tagelang geweint. Danach hatte sich ihr Verhalten verändert. Sie schien bemerkt zu haben, dass auch sie eines Tages die Welt verlassen und Menschen hinterlassen würde, die sie über alles liebten. Sollten diese Menschen das gleiche, bittere Gefühl des Verlustes spüren müssen wie sie, jetzt? Es gibt wenig Bittereres als den Verlust eines Menschen, mit dem man so vieles teilte, den man aufrichtig liebte, aber nie einen Zugang zu seiner Person fand. Katja erfuhr fast täglich die Dramen, die Hinterbliebene spüren mussten. Manche, wenige Menschen starben fast fröhlich, im Bewusstsein Liebe gegeben und empfangen zu haben.

Katja regelte den Dimmer der Nachttischlampe etwas höher und betrachtete die Schlafenden. Heiner schnarchte sehr leise, Sabine lag auf ihrem Kissen. Unvermittelt öffnete Sabine die Augen.

„Darf ich Kuscheln?“

Sabine nickte und barg Sabines Kopf zwischen ihren Brüsten, nahm sie in den Arm und drückte sie. Ihr Ring, ihr Ring! durchfuhr es sie siedend heiß, doch Sabine presste sich an sie.

„Jetzt liege ich schon mit einem Schweinchen im Bett und es kuschelt sogar mit mir, wie ein Ferkel an der Mutter, obwohl es einen Entwöhnungsring in der Nase hat! Wenn du mich verblutest oder verschmierst oder vollheulst, wirst du alles wieder Sauberlecken, du kleines haarloses Schweinchen!“

Sabine kicherte leise.

„Meine Güte, wie ich dich doch liebe, Sabine! So lieb und vertraut bist du mir geworden!“

Sie spürte Sabines Zunge und lehnte sich zurück, spreizte ihre Beine, zog die Decke zurück. Heiner würde schlafen wie ein Stein. Jetzt könnte ein Feuerwerk neben ihm explodieren, er würde weiterschlafen. Stattdessen jedoch explodierte das Feuerwerk in ihr, in Katja, zwischen ihren Beinen. Sabine gab alles, bis Katja ihre Kette zu fassen bekam und sie neben sich zog.

„Genug! Jetzt bist du blutig um die Nase, verschmiert, dein Mund ist nass!“
Sie griff Sabines Kopf und küsste sie, schmeckte ihren eigenen Duft. Sabines Zunge war so schön kräftig, ihr Mund so wunderbar! Nach ihrem Nachspiel fragte Sabine ganz leise, wie sie denn Heiner glücklich machen könnte? Was sie für Heiner tun könne? Sie wünsche sich so sehr den Heiner zurück, den sie damals kennengelernt hatte…

„Wir können die Zeit nicht zurückdrehen, Kleines. Was geschehen ist, ist geschehen. Solange aber die Menschen leben die wir über alles lieben können wir alles versuchen, um mit ihnen ins Reine zu kommen. Heiner weiß jetzt dass es dir sehr wichtig ist und dass du ehrlich bist, jetzt, dass du keine Spielchen und Zicken mehr machst. Ihr müsst aber miteinander reden! Er weiß so vieles von dir nicht!“

Sie überlegte. Sabine kuschelte wieder an ihrer Brust, leckte über ihre Nippel, trotz ihres Rings. Dieser Schalk! Dann entwickelte sie eine Idee:

„Ihr geht in den Wald. Ich warte auf der Bank vor dem Eingang zum Naturschutzgebiet. Da sind keine Wanderer! Dann habt ihr Zeit, du kannst dich für ihn ein bisschen im Dreck suhlen, ihr könnt reden! Aber versprich mir eins!"

„Alles Herrin!"

„Irgendwann möchte ich das nicht mehr, Sabine! Irgendwann möchte ich mit dem ganzen Getue aufhören und nur noch eine Freundin haben, deren Mann ich mit ihr teile, verstehst du das?"
„Ich sehe aber den Glanz in deinen Augen wenn du mir Schmerzen bereitest, wenn ich heulen muss, wenn ich breche! Es gefällt dir doch?"
„Es gefällt mir! Wenn du aber deine Zicken ablegst, sind wir vielleicht eine ganz normale Familie, die sich einfach nur lieb hat? Spielen können wir immer! Ich wünsche mir, dass du daran arbeitest!"
„Katja, ich verspreche es!"

Katja, wie lange hatte sie das schon nicht mehr gesagt? Sie sagte es so schön, liebevoll, mit Achtung in der Stimme. Dabei sollte sie, Katja, eigentlich diejenige sein, die Achtung vor Sabine hatte, überlegte sie sich.
„Dann fangen wir mit unseren Ausflügen an!"

Instinktiv presste sie Sabine an sich, drückte sie ohne Rücksicht. Dann streichelte sie Sabine sachte.
„Wenn ich mir vorstelle, was wir alles mit dir gemacht haben! Was du alles geleistet hast und noch immer leistest, Tag für Tag! Welche Schmerzen du auf dich nimmst!"

Sie hielten sich bis sie beide einschliefen, neben dem leise schnarchenden Heiner.

Am Morgen danach

Am nächsten Morgen, als Heiner zum Frühstück kam, saß Sabine mit weit gespreizten Beinen auf der Bank und stöhnte. Katja kniete zwischen ihren Beinen und leckte sie bis sie kam, laut schreiend. Spätestens jetzt wäre er wach geworden, dachte er, aber ich komme mir immer noch wie im falschen Film vor. Am besten gehe ich erst einmal in die Küche, bevor sie mich noch sehen! Dabei waren die Beiden ein schöner Anblick. Katja leckt Sabine, und das gut... Herrin befriedigt Sklavin, mit dem Mund? Wie kommt das?

Sabine war wie immer früh wach geworden und hatte sich aus der Umarmung geschält. Sie hatte aufgeräumt, die Reste ihrer Schlacht von gestern Abend weggeräumt und die Geschenke an die richtigen Plätze gebracht, die Verpackungen kleingerupft und versorgt, anschließend Frühstück für Alle gedeckt. Die Schmerzen der Dornen, das Gewicht der Kette und der Nasenring machten ihr zu schaffen, auch war ihr nackter Schoß, die bloßen Achseln ungewohnt! So viele Jahre hatte sie sich nicht mehr rasieren dürfen... Als sie auch den Teppich reinigte und alles wieder blitzte und glänzte, war Katja aus dem Bett gekommen und beobachtete, wie Sabine auf allen Vieren ein paar letzte Flusen einsammelte. Leise klirrte ihre Kette, bei jeder Bewegung.

Sie hatte Katja noch nicht bemerkt, so versunken war Sabine in sich. Lächelnd nahm Katja eine der Rosen aus der Vase und beobachte die leise vor sich hin summende Sabine, wenige Schritte vor sich.

Vor Sabine lag ein Blütenblatt, ein flauschiges rotes Blütenblatt einer Rose. Sie nahm es in die Hand, betrachtete es. Wie wunderbar zart es doch war! Wo war es hergekommen? Die Vase stand in der Ecke! Ein leichter Stups ließ sie herumfahren. Katja stand hinter ihr, mit einer Rose in der Hand, den Finger an den Lippen. Katja zeigte auf die Bank, dorthin sollte sie krabbeln! Leichte Stupser dirigierten sie, wiesen ihr sich zurückzulehnen und die Arme in den Nacken zu nehmen. Nur das Klirren von Sabines Kette war zu hören als sie sich rücklings auf die Bank setzte, ihre Beine spreizte, die Hände hob.

Katja berührte mit der Rosenblüte zart Sabines Wangen, links-rechts, die leiseste und zärtlichste Andeutung einer Ohrfeige, die sie je bekommen hatte. Doch reagierte sie, spürte wie ihre Scham dick und nass wurde. Katja hielt die Rose in der Hand, fuhr den Stängel entlang, lächelte als sie ihren Finger an einem Dorn entlang strich. Sabines Augen weiteten sich, als Katja sich lächelnd an dem Dorn stach. Ein Blutstropfen wurde sichtbar. Katjas Finger näherte sich Sabines Lippen, die das Blut auf ihre Zungenspitze nahm. Katja lächelte tiefer und führte die Rosenblüte an Sabines Lippen. Zarter Blütenduft stieg in ihre Nase. Sabine öffnete den Mund, leckte über die Blütenblätter und wurde schamrot. ‚Ich bin die Rose!' durchfuhr es sie.

„Katja!"
„Psst!"

Katja legte die Rose weg, kniete vor ihr, strich über ihre Scham, lächelte und begann sie zu berühren, mit ihrem Mund, ihrer Zunge.

Diesen Vorspann hatte Heiner nicht mitbekommen. Lediglich wie Sabine Katja an den Haaren hielt und vor Verzückung jauchzte.

Heiner stand in der Küche und wartete, bis die Geräusche abgeebbt waren. Er hörte wie die Frauen sich Zellstofftücher aus der Verpackung zogen und sich reinigten, dann lies er einen Löffel fallen und sagte vernehmbar, aber unterdrückt: Mist! Er hörte wie die Frauen lachten, dann kam Sabine mit glänzenden Augen in die Küche und küsste Heiner.

„Du schmeckst gut, Liebes!"
„Danke! Komm jetzt, wir haben zu reden!"

Sabine saß ganz verschüchtert im Zimmer auf ihrem Hocker. Heiner begrüßte sie liebevoll und bedankte sich für das Frühstück. Sabine zitterten die Hände, als sie Heiner den Kaffee einschenkte. Katja stupste sie an, los jetzt!

„Heiner, ich bitte dass du mich heute ausführst, so wie ich bin. Im Wald oben, wo die Schweinesuhlen sind."

„Oh!“

Heiner war überrascht. Für Sabine war das… sehr ungewöhnlich! Es stimmte, ein guter Platz war das. Es würde heute sehr warm werden, die Sonne strahlte. Kein Mensch ging dort oben spazieren, es waren auch keine Frischlinge unterwegs, kein Keiler. Die Horde hatte sich verzogen, seit sie den Bachen ein paarmal ihre Jungen auf dem freien Feld abgeknallt hatten. Nur ihre Suhlen waren noch da. Keine Wildschweine, keine Spaziergänger. Ideal wäre das.

Katja nickt ihn aufmunternd an. Aha, daher weht der Wind! Nun, wenn das so ist? Er nickte.

„Bekomme ich Milch?“

Er bekam sie, Katja auch.

Die Suhle

Zitternd vor Erregung saß Sabine im Auto, eine Decke über sich, eine Plastikplane unter sich. Der Waldrand kam in Sicht, der verwilderte Parkplatz, die Bank in der Sonne. Heiner stieg zuerst aus und öffnete Katja die Tür. Sie umarmten sich.

„Sie möchte mit dir reden!“
Heiner nickte. Es würde ein schmerzhafter, demütigender Ausflug werden, aber das alles nur um zu reden? Versteh‘ einer die Frauen!

Er erinnerte sich an den Witz, dem ihm sein Vater erzählt hatte: Ein Mann findet ein kleines versiegeltes Fläschchen. Er öffnet es, und heraus kommt ein Geist, der sich bei dem Sterblichen für seine Befreiung bedankt. Er eröffnet ihm einen, genau einen Wunsch, egal welcher Wunsch es auch immer wäre: Gold, Silber, Edelsteine? Der Mann schüttelt den Kopf und erzählt, dass er so gerne einmal nach Amerika gehen würde, aber er hätte Angst vor dem Fliegen und Schwimmen könne er auch nicht. Ob der Geist ihm nicht eine Autobahn bauen könne, Hamburg nach New York? Der Geist ist perplex, sagt dass dies ein sehr großer, unglaublich schwieriger Wunsch wäre, und fragt den Mann, ob er denn nicht noch einen anderen Wunsch hätte? Ja, meinte der Mann, er würde so gerne die Frauen verstehen, er hätte es aber noch nie geschafft! Der Geist seufzt auf und fragt: Wie viele Spuren solle die Autobahn denn haben?

Heiner nickte grinsend und öffnete Sabine die Autotür, half ihr auf dem Schotter zu knien. Schmerzverzerrt saß sie da, nackt, mit Kette und Nasenring, kahlrasiertem Schädel und nackter Scham.
Katja reichte ihm die Leine, dann griff sie ihre Kamera.
„Auf, du Schweinchen, beweg‘ deinen Hintern!“

Er hakte ihr die Leine im Genick ein und führte Sabine Richtung Waldweg. Katja fotografierte unentwegt. Sabine hatte Tränen in den Augen, ein schmerzverzerrtes Gesicht. Heiner ließ sie posieren, Mund auf, Zunge zeigen, Hände heben… dann war es ihm genug. Er führte Sabine auf den weichen Waldweg.

„Das ist nicht ganz so leicht wie du es dir vorgestellt hast, nicht?"
„Ich wollte mir dir ganz alleine sein, Heiner. Um jeden Preis! Nur du und ich. Ich wollte, dass du mich ausschimpfen kannst und es niemand hört, nicht einmal Katja, niemand! Ich möchte, dass du mir verzeihen kannst, aus ganzem Herzen! Dass du siehst, dass ich alles für dich tue, was du möchtest, was auch immer es ist."
„Das war Katjas Idee?"
„Ich fragte sie wie ich denn mit dir allein sein könnte. Sie schlug den Waldspaziergang vor. Es würde dir gefallen!"
„Es stimmt, es gefällt mir, dich so durch die Wälder zu führen! Hier sind keine Zuschauer, kein Publikum, keine Katja, nur dein Mann und du!"

Sie gingen weiter, Sabine auf allen Vieren, die Schmerzen verbeißend, Heiner leise summend.

„Seit wann leckt dich Katja?"
„Seit gestern Abend."
„Ihr liebt euch?"
„Heiner! Wie kannst du das fragen!"
„Ungeschickt, stimmt!"
„Nicht ungeschickt! Überflüssig! Klar lieben wir uns! Wir alle lieben uns doch!"

Wieder Pause. Heiner begann zu reden.

„Eine Sklavin lieben! Ich habe die Liebe zu Dir in den hintersten Winkel verbannt! Sklavinnen liebt man nicht, man benutzt sie! Du hast zu arbeiten und deinen Mund zu geben, ab und zu den Po und alle Jubeljahre mal die Fotze, Ende und gut! Widerstand, Widerspruch? Den hat dir Katja ausgetrieben!"

Er holte tief Luft und atmete geräuschvoll aus, blieb stehen.

„Es fällt mir so schwer, dich wieder so zu lieben wie es einmal war. Ich verstehe, du willst jetzt Buße tun, mir zeigen, dass es dir wirklich ernst ist, ich verstehe und schätze das, rechne es dir hoch an! Du musst verstehen dass Liebe Zeit benötigt! Es ist eine zarte Pflanze, wenn sie einmal in den Staub getreten ist, braucht sie lange, um sich wieder zu entfalten!“

Gepresst sagte ihr Heiner weiter, dass er ihr jetzt alle Demütigungen sagen könne, die er sich aufgespart hatte, aber er wolle es nicht mehr, er hätte ihr gestern verziehen, jetzt wäre da ein Strich darunter. Sabine fasste seine Hand, hielt ihn fest.

„Heiner, tu es doch! Ich bitte dich! Mach dir doch Luft!“
„Es ist vorbei, Sabine, bitte lass es!“
„Du hättest mich doch aber manchmal am liebsten auf den Mond gewünscht, oder?! Sag‘ es mir doch!“

Heiner holte tief Luft und schaute sie an, fuhr über ihren nackten Schädel. Sehr liebevoll und zärtlich.

„Ich dachte, ich lasse dir die Stimmbänder durchtrennen. Ich hatte schon einen Arzt, der es gemacht hätte, ambulant. Ich hätte dich hingebracht, du hättest ‚guten Tag‘ gesagt und beim Verabschieden… nichts mehr. Es hätte dann für dich keinen Weg mehr zurückgegeben. Ich tat es nicht, weil ich hoffte. Ja, ich liebe dich! Möchtest du mehr hören? Nein? Dann lassen wir das Thema und gehen weiter!“

Sabine hatte ihn so erschüttert, entsetzt angesehen, dass Heiner schnell abgebogen hatte. Sabine war erschüttert und verstand ihn zugleich so gut! Keine Stimme, keine Lügen, keine falschen Versprechungen mehr. Nur noch Befehl und Vollzug oder Bestrafung. Mit allem hatte sie gerechnet, aber nicht damit. Dabei hatte sie so vieles schon gesehen und erlebt!

Ein Engländer hatte sich einmal die Reitstiefel von ihr putzen lassen: Mit ihrer Zunge, ihren Brüsten, Fett und ihren langen dichten Haaren. ‚Meine Schuhsklavin‘ hatte er sie genannt, sie an Halsband und Leine an ein Podest gebunden, auf das er sich setzte und ihr die Stiefel hinstreckte. Mit einer Gerte hatte er sie dann dirigiert: Hier noch, da glänzt es noch nicht, putz das da weg! Als sie dann fertig war und seine Reitstiefel makellos glänzten, hatte er sie mit der

Schuhspitze befriedigt, ihr das Leder zwischen ihren Beinen durchgezogen als sie nass war, sie den Spann spüren lassen, ganz sachte, immer wieder. ‚Aber jetzt sind sie doch verschmiert?' Hatte sie erstaunt gefragt. ‚Jetzt stelle ich sie in meine Vitrine!' hatte er gesagt.

Ohne Stimme… Wie tief verletzt muss Heiner gewesen sein!

Sie gingen weiter, schweigend. Sabine verbiss allen Schmerz. Der Nasenring machte ihr jetzt am meisten zu schaffen. Bei jeder Bewegung ihres Körpers schwang er gegen ihre Oberlippe und stach sie, jedes Mal ein klein wenig woanders. Heiner betrachtete sie von der Seite.

Sabine hatte erwartet dass es schwer werden würde, viel schwerer als es sich gestern, neben Katja, an ihren warmen Körper im weichen Bett gekuschelt, angehört hatte. ‚Suhlst du dich eben ein bisschen!' Es war nicht ‚so eben' und auch kein ‚bisschen Suhlen', es war erniedrigend, von ihrem über alles geliebten Mann an der Leine geführt zu werden, sich ihm demütig zeigen zu müssen. Heiner schien es zu gefallen. Er hatte jedoch noch nicht begonnen, sich wirklich zu öffnen, sie hatten noch nicht gesprochen. Was würde sie machen, wenn dieser Versuch schief ging? Heiner konnte sie jederzeit zurückführen, Pläne konnte man ändern. Sie hatte sich versprochen, lebenslang. Wie lange ging ihr Leben? Sie wusste, es gab Selbstmorde, auch in das, was sich als ‚Szene' bezeichnete, aus unerfüllter Liebe und grenzenloser Enttäuschung. Schon der gefeierte Klassiker der Sadomasochisten, die ‚Geschichte der O', endete mit dem Tod der Protagonistin. Bisher hatte sie nie auch nur einen Gedanken daran verschwendet.

„Früher hast du alles auf dich genommen, nur um dir noch mehr Gemeinheiten auszudenken."
„Das war früher, Heiner! Ich war wie süchtig! Nach Schmerz und Erniedrigung, wollte mehr und konnte nie genug bekommen! Auch mein Stolz… ich wollte es dir heimzahlen, die nächste Dosis bekommen… ach Heiner! Verzeih mir!"

Sie waren stehen geblieben, Sabine saß auf einer Wange und schaute Heiner von unten herauf an. Heiner fühlte wie sein Herz einen Hüpfer machte. Seine Frau, nackt und entwürdigt wie ein Tier im Wald… bat um Verzeihung! Nicht um Gnade, sie jammerte auch nicht. Sein Groll jedoch saß tief, ließ er sich überhaupt abbauen? Nicht, wenn er immer wieder befeuert wurde. Eine zerstörerische Beziehung, hatte Katja es genannt! Genau das hatten sie geführt, anstelle ehrlich und offen miteinander zu reden. Mit Katja war es kein Problem gewesen über alles zu reden. Mit Sabine? Vergiss' es! Er zog sie weiter.

Sie bogen in einen kleineren Waldweg ab, den nur wenige überhaupt gingen. An die Schweinesuhle. Eigentlich ein sehr großes sumpfiges Wasserloch. Sabine stupste ihn an.

„Möchtest du die Sklavin jetzt nicht benutzen? Wir sind unter uns, Heiner! Niemand wird hören, was du zu mir sagst, Katja wird nicht fragen, sie hat es mir versprochen!"

Ihre Ketten klirrten leise.

„Ich möchte deinen Mund, deinen Po, dann leckst du mich sauber!"

Sie ging in Position, öffnete ihren Mund und streckte die Zunge weit vor, Augen auf ihn, Hände hinter dem Rücken. Er genoss ihren weit geöffneten Mund, ließ sie würgen, drang tief in sie ein. Er wollte jedoch noch nicht kommen.

„Stopp!"

Er ließ sie ihren Po befeuchten und umdrehen. Sabine war trainiert und geweitet, er wusste jedoch dass es ihr anal wenig Vergnügen bereitete, eigentlich nur, wenn gleichzeitig ihre Klit stimuliert wurde. Sie gab ihm jedoch ihren Po, trotz der Schmerzen, die er ihr zufügte, gab sich ihm so angenehm wie nur möglich. Nachdem er gekommen war, drehte sie sich wieder um und reinigte sein noch hartes Glied, ohne erneute Aufforderung. Es freute ihn wie gehorsam sie war, wie liebevoll sie sich anstrengte, immer auf ihn schauend. Kein Widerwillen war da in ihr, kein Ekel.

Zuhause hätte sie vorher einen Einlauf bekommen, die Analdusche benutzt, sich gewaschen, Gleitcreme verwendet – und in so einem Fall hinter ihren Mund gespült, die Zähne geputzt und gegurgelt. Heiner benutzte normalerweise beim Analverkehr ein Kondom.

Heiner sagte sich dass es vielleicht doch noch etwas werden würde mit ihnen, vielleicht konnten sie sich wirklich langsam lösen. Er spürte, dass er ein Teil des Zirkels war, fühlte dass er eine gewisse Mitschuld trug. ‚Wenn ihr beide offen und ehrlich zueinander seid, werdet ihr es schaffen, eines Tages, denn ihr liebt euch mehr als ihr wisst!' Das war, klarerweise, Katja gewesen.

Heiner setze sich auf einem Baumstumpf, Sabine leise weinend davor, zu seinen Füßen.

„Ich habe den Schmerz gespürt, den ich dir zugefügt habe, den Ekel, den du vor mir empfindest! Dafür war das doch gerade, nicht? Heiner, es tut mir alles so sehr leid, für dich, für uns, für alle. Ich möchte alles tun, damit wir uns verstehen, dir beweisen, dass ich es ernst meine! Egal ob es die Suhle ist oder ob du mir die Klit um den Hals hängen willst, wie Aischa!"

Aischa war eine Freundin aus Frankreich. Katja hatte ihnen Aischa eines Tages vorgestellt. Ihr Freund hatte sie verlassen wollen, sie wäre angeblich zu langweilig gewesen. Dabei war Aischa ein Musterbeispiel an Unterwerfung und Gehorsam: keine Widerworte, keine Auflehnung. Aischa gab ihrem Freund, als sein Missvergnügen deutlich wurde, das Versprechen alles für ihn zu tun, auch ihre Beschneidung! Er war erschüttert, stolz, und gerührt gewesen und versprach sie zu heiraten, nie mehr ein Verhältnis zu haben, überschrieb ihr notariell sein Elternhaus. Auf ihrer Trauung trug sie eine kleine Phiole um den Hals –was von ihrer Klit übrig war, in Alkohol eingelegt. Das Paar hatte sich zurückgezogen und Kinder bekommen, sie lebten ein normales, unauffälliges Leben. Wie man so hörte, ein überaus glückliches Leben. Heiner schüttelte sich. Archaische Rituale waren nicht seine Sache.

„Nein, Sabine, das nicht! So wenig wie deine Stimmbänder! Nie im Leben will ich das! Aber in die Suhle kommst du!"

Sabine hatte alle erdenklichen Vorbereitungen für derartige ‚Sauereien', alle Schutzimpfungen, regelmäßige Untersuchungen, eine gesunde Haut. Sie wusch sich eher zu viel als zu wenig, meinte Katja. Nein, er würde Sabine keinen Schaden mit der Suhle zufügen. Eine heiße Dusche hinterher, ein Bad und alles war wieder gut.

Sie gingen weiter an die Schweinesuhle, ein morastiger Tümpel, an der er ihr die Leine abnahm und in die Tasche steckte. Er brach einen Ast ab und testete die Tiefe des Tümpels. Man konnte nie wissen! Vorsichtig ging er um den Sumpf herum, trat auf die glitschigen Steine an einer Seite. Er stützte sich auf den Stock, um den Tümpel zu umrunden. Es war verdammt rutschig, auch mit seinen Schuhen, verdammt glatt.

„Heiner, ändert sich dadurch irgendetwas zwischen uns? Ob ich in die Suhle gehe und wie eine Wildsau wieder herauskomme? Oder dir meine Klit schenke? Oder meine Stimmbänder? Bitte, antworte mir! Alles gebe ich dir, wenn es nur so unbefangen wird wie früher!"

Er schaute sie überrascht an. Ja, was änderte sich dadurch eigentlich? Er würde sie im Dreck sehen, das auf jeden Fall.

„Was hat sich zwischen dir und Katja geändert, als sie dir den Schlüssel zu ihrem Board gab?"
„Sie gab mir Vertrauen, Heiner."

Er nickte bitter. Ja ja, Vertrauen ist der Anfang von Allen, das wusste man ja! Der Spruch eines Instituts… Jedoch… Sabine lag richtig. Er vertraute Sabine nicht. Nach so vielen gebrochenen Schwüren gab es für ihn nur noch Gehorsam und Unterwerfung. Das jedoch gab Sabine bedingungslos, sie hatte es ihm gerade wieder bewiesen.

„Was mir am meisten zu schaffen machte, das war die Affäre die zu deinem Unfall geführt hat, Sabine. Das Wochenende vorher hatten wir uns geliebt und uns alles versprochen, du gabst mir dein Versprechen jetzt treu und ehrlich zu mir sein. Dann… kam die

Polizei. Ob ich… und so weiter. Ich müsse mich fassen. Du hättest einen Unfall gehabt. Krankenhaus, aber ich solle erst im Krankenhaus anrufen. Ich müsse jetzt stark sein. Ich saß auf dem Sofa und heulte wie ein Kind, Sabine! Ich wollte gerade gehen, da klingelt es. Eine Männerstimme mit Akzent. Wo Bine wäre? Noch nicht da? Klick, aufgelegt. Kurz danach rief die damals frisch geschiedene Freundin von dir an. Du wärst noch nicht da? Ich schrie sie an was für ein Ding sie denn da wieder gedreht hätte! Sie sagte ganz kühl dass es kleine Jungs nichts angehen würde, wenn richtige Frauen ein Abenteuer hätten. Das war die Vorgeschichte, Sabine!“

Er hatte Tränen in den Augen. Sabine schaute ihren Mann an, fühlte mit ihm. Es stimmte, sie hatte einen Narren aus ihm gemacht. Ihm goldene Berge versprochen und Scheiße eingefahren.

„Ich hatte die Affäre mit dem Rhodesier. Meine Freundin schwärmte mir goldene Berge von ihm vor: So groß, so lang, so kräftig! Er war auch lang und kräftig, so lang, dass er mir wehtat. Dazu wollte er mich trocken, wie die Frauen seiner Heimat. Er hatte ein Pulver dabei, das er mir auf die Scham schüttelte. Es trocknete mich in Nullkommanichts aus. Ein zu dickes, zu langes Glied in der trockenen Scheide: Du weißt genug, Heiner. Es schmerzte, ich blutete und ich wusste warum ich den Typen verpasst bekommen hatte: Den wollte meine Freundin auch nicht mehr! Ich nahm meine Sachen und stieg aufs Motorrad. Unterwegs bereute ich den Mist zutiefst. Ich hatte dich wieder betrogen, meine Scham juckte und kratzte, der Muttermund schmerzte von seinen Stößen. Ich fühlte mich zum ersten Mal richtig Scheiße, heulte unter dem Helm. Mein Heiner saß daheim und glaubte mir, ich hurte herum und fickte was einen steifen Schwanz hatte! Nein, es war nicht schön, auch nicht für mich, Heiner. Es tut mir leid. Ich verstehe, warum ich da rein soll!“

Sie zeigte auf den Morast. Heiner nickte.

„Genau darum, Sabine. Aber weiter. Ich stand im Krankenhaus, mit Blumen in der Hand. Katja kam, legte mir die Hand auf die Schulter und schaute mich mit einem Blick an der mir alles sagte. Ich wusste in dem Moment dass sie mehr weiß als ich, dass du mit ihr gesprochen haben musst, vor deiner OP. Sie beruhigte mich, es würde noch dauern, auch würde sich vieles für uns ändern."

Heiner brach ab, holte Luft und lief ein paar Schritte um den Morast herum, prüfte die Tiefe dort. Sabine saß schweigend vor dem Sumpf, auf ihrem blanken Hintern. Die Sonne schien auf sie, reflektierte sich auf dem Stahl um ihren Hals, ihrer Handgelenke und Fesseln, ihrer Kette und ihrem Nasenring. Sie schniefte.

„Ich fuhr, heulend unter dem Helm, heim zu meinem Mann, der auf mich warten würde. Mein Heiner, der das Abendessen gerichtet hatte und mich mit einer Flasche Wein erwartete. Scheiße gebaut, wieder einmal. Wie passierte es dann? Ich übersah ein Plastikteil auf der Straße, in einer Kurve, flog durch die Luft, auf einen Brückenpfeiler zu. Aus, dunkel war es. Im gleißend hellen Licht der OP-Lampen wachte ich auf. Katja nahm mir die Beichte ab, dann fingen sie an. Ich wollte dass sie dir alles berichtet, wenn ich es nicht schaffe. Es ging zwar einiges verloren, ich machte es aber doch!"

„Wenn du meinst, dass einiges bei dir verloren ging hast du auf jeden Fall recht! Dein Benehmen wurde ekelhaft! Schneidend! Meine Güte, du konntest nicht mehr laufen, aber war das der Grund so zu werden?"
„Weißt du denn nicht, warum ich Tabletten nehme, jeden Tag?"
„Deine Pille nimmst du, Sabine!"

Sie musste lächeln.

„Heiner, das ist nicht das, was du denkst. Bei mir ist nichts mehr, was verhütet werden müsste."

Heiner schichte Steine aufeinander auf und schaute sie gar nicht an. Was erzählte sie da? Was wäre da nicht mehr? Sabine hatte eine Scheide wie eine gesunde Frau und eine Gebärmutter, blutete monatlich und überhaupt? Katja hatte nie etwas davon gesagt, aber Katja war auch immer schweigsam wie eine Auster gewesen und bis heute geblieben. Er solle sich an Sabine wenden, sie würde ihm alles erzählen. Was hatte sie auch nicht alles erzählt! Ihre Beine, die Nerven hier und dort… er hatte irgendwann nicht weiter gefragt.

Sabine erzählte weiter, mit sanfter Stimme erzählte sie ihrem Mann, dass sie keine Eierstöcke mehr hatte. Ihre zukünftigen Kinder waren im Abfalleimer der Chirurgie gelandet, neben Teilen ihres Darms, Knochenstücken, ihrer Milz und allem, was zu kaputt war. Deshalb würde sie Hormone nehmen, um den Körper zu überlisten. Ja, es war die gleiche Verpackung wie ihre alte Pille, der gleiche Hersteller.

Heiner baute weiter seinen Turm aus Steinen. In seinem Gesicht arbeitete es. Seine Frau hatte ihre Eierstöcke verloren? Sie hatte sich nicht mehr als Frau gefühlt! Dazu war sie behindert und hatte einen Behinderten-Ausweis bekommen.

„Ich sehe du verstehst, was in mir vorging. Keine Frau mehr, ein Krüppel!“

Übergangslos wurde sie gelöst und musste lachen.

„Heiner, weißt du noch wie Katja mich einmal solange vertrimmte bis der Rohrstock auf mir brach? Damals, ganz am Anfang? Ich erzählte Aischa am Telefon, dass ich aus dem ganzen Müll in der Chirurgie zusammengesetzt wäre, Eierstöcke wären halt nicht dabei gewesen! Wir lachten und scherzten, dann endete das Gespräch. Ich hatte mir nichts dabei gedacht! Anschließend rief mich Katja. Das war das erste Mal, dass ich sie mit Tränen in den Augen sah! Was ich mir einbilden würde! Ob ich denn nicht wüsste, wie sehr sie um mich gekämpft hätte! Grün und Blau hat sie mich gehauen! Ich sprach nie wieder darüber.“

„Ich wusste nicht, dass du keine Eierstöcke mehr hast, Sabine. Das tut mir leid!“
„Ja, Heiner. Das war es.“

Sabine betrachtete ihren Mann. Sie hatte ihm alles gesagt, nur zu spät. Betrogen, lächerlich gemacht, nicht getraut, feige gewesen, Verstecken gespielt. Jetzt saß sie vor ihm, eine bittere Karikatur ihrer selbst. Was würde der Tümpel für sie noch ändern? Nichts.

Heiners Steinhaufen hatte mittlerweile eine ordentliche Höhe erreicht. Heiner hatte das Bauen schon immer geliebt, schon als Kind hatte er liebend gerne Türme gebaut. Er prüfte die Standfestigkeit. Einige Steine rutschten etwas, dann stand er fest. Gut! Bauen war sein Lebenszweck geworden, es ernährte sie, zusammen mit Katjas Gehalt.

Er stieg auf den Turm und schaute sich um. Es war eine schöne Gegend, wenn man von der Suhle vor ihm absah. Seltene Orchideen blühten, einige Hummeln summten noch. Die Sonne schien und reflektierte sich in den Wasserlachen des Tümpels. Eine Libelle brummte vorbei.

„Eigentlich ist es schön hier, nicht? Die Sonne scheint, es ist warm und ich liebe meine Frau! Was soll es also, alte Geschichten wieder aufzuwärmen? Wir haben beide genug gelitten!“

Sabine war platt. Was sagte er da?

„Ja, warum begrabe ich das nicht einfach alles? Es ist Geschichte, Sabine!“

Sabine strahlte auf.
„Außerdem…“

Er prüfte erneut die Tiefe des Tümpels, lehnte sich weit hinaus. ‚Außerdem ist der Tümpel zu tief‘, wollte er sagen. Die Steine glitten. Er stützte sich auf den Ast, hörte noch wie Sabine einen Warnruf ausstieß, spürte einen stechenden Schmerz im Fuß, dann brach der Ast. Er lag längsseits im Dreck, weg vom Ufer. Fast einen kompletten Überschlag hatte er gemacht! Was für eine Bescherung!

„Heiner!

Sabine machte Sätze wie ein Hund, bis sie am Rand des Schmodders stand. Heiner spürte, wie er langsam einsank. Autsch! Sein Bein schmerzte, er versuchte, es zu bewegen… Mist. Er ruderte mit den Armen und dem gesunden Fuß, es war aber kein Vorwärtskommen. Der sumpfige Matsch war zu dick zum Schwimmen und zu dünn zum Treten. Es gab keinen Halt und keinen Widerstand. Sein Körper sank tiefer.

Sabine drehte sich und reichte ihm ihr Bein. Sie konnte sich jedoch strecken wie sie wollte: Obwohl sie jetzt ebenfalls im Dreck lag, ihr Bein erreichte ihn nicht. Die Leine, die er sich in die Tasche gesteckt hatte, war wer-weiß-wo. Ihre Kette am Bein jedoch war in Griffweite. Die Kette jedoch endete an ihrem Halsband.

„Heiner! Greif meine Kette!"
„Ich kann dir doch nicht die Dornen in den Hals treiben!"
„Heiner! Tue es!"
Er zögerte.
„Heiner! Um alles in der Welt, nimm die Kette!"

Sie streckte ihm ihr Bein lang hin, hielt sich an einem Baumstumpf, schlenkerte die Kette zu ihm. Er griff zu. Er wusste, was jetzt passierte. Je mehr Sabine ihn zog, umso tiefer bohrten sich die Dornen in ihre Haut. Solange, bis die Haut brach und die Dornen in ihr Fleisch drangen. Lies sie vor Schmerz nach, glitten die konische Dornen aus der Wunde, nur um bei der nächsten Anstrengung wieder in ihre Haut zu brechen. Er versuchte, sich so flach wie möglich und es Sabine so leicht wie irgend möglich zu machen, hörte Sabine tief aufschluchzen, spürte wie sie ihn aufstöhnend zog. Die Sekunden dehnten sich zu Ewigkeiten, in denen er Zeuge ihrer Qual wurde, bis er wieder auf festem Boden war. Sabine liefen kleine Blutrinnsale unter dem Halsband hervor. Schwer atmend kniete sie vor ihm, hielt seinen Kopf. Sie waren beide nass, schmutzig und stanken. In dieses Loch wäre Sabine freiwillig gegangen? Er sah sie an.

„Du hast mich aus der Scheiße gezogen, Liebste. Aus meinem eigenen Mist!"

Sie strahlte glücklich, er zog ihren Kopf an sich, küsste sie, leidenschaftlich, immer wieder, Zunge an Zunge. Ignorierte, was er ihr vorher ohne Hemmungen in ihren Mund gesteckt hatte. Sie gehörten zueinander! Er wusste, jetzt würden sie wieder zueinander finden.

„Ich bin in deiner Schuld, Sabine. Es tut mir leid!"

Er weinte, vor Scham, aus Rührung über seine Rettung durch Sabines selbstlose Hilfe.

„Nein, Heiner, nicht doch! Dafür bin ich doch deine Frau!"
„Ich bin ein Esel! Du hattest recht, was hätte sich geändert, wenn du in den Matsch gegangen wärst? Aber jetzt, jetzt hat sich alles geändert! Was bin ich für ein Idiot! Wie konnte ich dir das alles nur so lange nachtragen? Es ist Geschichte!"

Sie umarmten sich, glücklich, endlich endlich wieder den Weg zueinander gefunden zu haben.

Sabine drängte:

„Liebster, wir sind noch nicht am Auto! Du brauchst Katjas Hilfe! Komm, ich helfe dir auf!"

Sabine half ihm auf die Beine zu kommen. Schmerzverzerrt humpelte er vorwärts. Sabine richtete sich auf und robbte auf ihren Knien neben ihm, damit er sich auf ihre Schulter stützen konnte. Das war kein bequemes Krabbeln auf allen Vieren mehr, auch kein weicher Boden wie zuhause. Den Steinen konnte sie nicht mehr ausweichen, sie spürte das Gewicht Heiner auf ihren Schultern, der immer wieder unwillkürlich ihre Kette griff und sich an ihr hielt. Sabine, robbte schmerzverzerrt, aber still, neben ihm vorwärts. ‚Ich bringe meinen Mann heim!' sagte sie sich und fühlte sich erleichtert, obwohl Heiners Gewicht an ihrer Kette zog, ihre Schulter belastete.

Sie verließen den engen Waldweg. Katja könnte jetzt mit dem Auto kommen, wenn sie denn wüsste, was passiert wäre. Heiner suchte nach seinem Handy. Vielleicht ging es ja noch? Fehlanzeige!

„Heiner komm! Ich halte das aus! Wir haben eine Ärztin zuhause!"

Schmerzverzerrt kamen sie beide eine Stunde später am Parkplatz an und riefen Katja, die sie mit ungläubigem Entsetzen anhörte und auf den Plastikbahnen ins Auto lud. Katja meinte nur bitter:

„Ab ins Krankenhaus von Dr. Härter, alle Betten sind jetzt belegt!“

Zum Scherzen war ihr aber nicht mehr zumute, als sie Sabine und Heiner nach der gründlichen Wäsche inspizierte. Sabine war schlimm zugerichtet, viel schlimmer als er. Die Haut an den Knien weggeschürft, Wunden am Hals von den Dornen, die Oberlippe zerstochen. Sein verletzter, gezerrter Fuß würde bald wieder gut sein, Sabine jedoch würde einige Tage brauchen. Katja gab beiden Tetanus, Sabine bekam Antibiotika, die Beine wurden verbunden, die Wunden am Hals druckfrei ausgespült, desinfiziert, genäht. Sie legte Sabine einen Zugang, an dem sie ihr einen Tropf und Beruhigungsmittel gab. Bald schlief sie. Ab und zu sah Heiner sie im Traum lächeln.

Genesung

Als Sabine schlief, kam Katja zu Heiner.

„Na, du Narr?
„Alles gut!“
„Nichts ist gut! Ihr habt großes Glück gehabt! Seid ihr wenigstens klar miteinander?“
„Wir sind klar miteinander!“
„Dann hat es wenigstens diesen Erfolg gebracht! Meine Güte, überleg‘ dir was daraus hätte werden können… ihr hättet beide ersaufen können!“

Katja seufzte und schlug die Hände vors Gesicht. Heiner fasste ihren Arm.

„Es tut mir leid! Ich war… es war meine Schuld!“
„Ihr wunder Po ist deine Schuld, Heiner! Das musste doch nicht sein, oder?“
„Ich war verrückt!“
„Gut dass du das einsiehst! Gut gut gut! Und jetzt?“
„Sabine muss in die Klinik?“
„Besser wäre es! Wenn ihre Temperatur steigt und die Antibiotika nicht anschlagen… auch dein Fuß sollte geröntgt werden!“
„Du meine Güte!“

Katja fuhr sich durch die Haare. Was würde das werden? Freund und Ehefrau des Freundes einer bekannten Ärztin wurden mit „schweren, eventuell lebensbedrohlichen Verletzungen“ eingeliefert… polizeiliche Ermittlungen… Staatsanwaltschaft… Nein, das durfte nicht passieren! Sie waren zu weit gegangen, viel zu weit! Wenn nur Sabine wieder gesund wird!

„Ich hatte diese dumme Idee! Wie blöd bin ich nur gewesen? Ihr zwei müsst mir versprechen, nein schwören, nie wieder so etwas zu tun, auch wenn ich es hundertmal sage!“

Heiner nickte, dann spürte er die Wirkung des Beruhigungsmittels, das ihm Katja gegeben hatte. Er solle auch ruhen, Schlaf wäre jetzt für sie die beste Medizin. Er hatte genickt, das Mittel geschluckt und gespürt, wie ihm die Glieder schwer wurden. Katjas Hand strich über seine Stirn.

Er sah nicht mehr wie Katja die Tränen in die Augen schossen, wie sie noch einmal einen Blick über die beiden geliebten Menschen warf. Sie ging schnell aus dem Zimmer und die Treppe in die Einliegerwohnung hinunter. Hier würde man sie nicht sehen und nicht hören!

Katja setzte sich auf das Bett. Sie wusste, es war aus zwischen Ihnen. Was passiert war, hatte sie nicht gewollt. Nie. Nie im Leben! Es war ihre Idee gewesen, das war das Allerschlimmste überhaupt. Ein Halsband mit Dornen in freier Wildnis! Schon in der eigenen Wohnung war das ein Risiko. Auch der Nasenring mit seinen Spitzen: Im Wald, an einer Schweinesuhle, gab das Eintrittspforten für Krankheitserreger in allerster Güte. Dazu noch Analverkehr, ungewaschen, ungeschützt! Wenn Sabine das Halsband beim Herausziehen Heiners verrutscht wäre, auch nur einmal, sie wäre verblutet, Heiner ertrunken, hilflos rudernd. Hätte Heiner seine Frau am Halsband an einen Baum gebunden, hätte Sabine zusehen müssen wie ihr Mann im Matsch versinkt. Was hätte sie dem Richter erzählt? Dass sie gespielt hätten? Es wäre nicht nur um lebenslänglich gegangen. Hätte sie als Ärztin unbefangen weiterleben können?

Sabine vor Aufgaben zu stellen, die ihr das Äußerste abverlangten, war Teil des Spiels. Heiner hätte seine Frau mit einem weichen Lederhalsband auf allen Vieren durch den Wald führen können, sie in einer Pfütze wälzen lassen, bis sie schmutzig wie, ja, eben wie ein Ferkel, gewesen wäre. Sabine hätte geduscht und gebadet, alles wäre wie vorher gewesen. Stattdessen – Sabine, schmerzensgeil, trägt Dornen und Stacheln, Heiner, der dumme Junge, baut Türmchen und fällt in den Matsch. Sabine zieht ihn heraus. Die beiden finden zusammen, endlich. Hatte sie nicht genau das gewollt? Zusammenfinden sollten sie, das hatte sie sich gewünscht, von ganzem Herzen, für Beide.

Heiners unterdrückter, verletzter Stolz, sein Zorn über gebrochene Versprechen, hatte sich in Nichts aufgelöst. Sabine hätte Heiner aus dem Dreck gezogen, selbst wenn es ihr eigenes Leben gekostet hätte. Die selbstlose Rettung wog alles auf. Das fühlten und spürten die Beiden. Auf ihren kurzen Kontrollen im Schlafzimmer konnte sie sehen, wie sie sich selbst im Schlaf umarmten, kein Stück Papier passte mehr zwischen sie, geschweige denn eine Katja.

Sabine, der sie noch heute Morgen die innigste Liebeserklärung gegeben hatte. Heiner, der stets inneren Abstand zu Sabine gehalten hatte. Jetzt liebt Heiner seine Sabine wieder, von ganzem Herzen. Sie musste über sich lachen. Sie sagte es ja selbst schon: seine Sabine.

Ihre Liebe war unmöglich geworden.

Heiner war eingeschlafen und träumte. Er sah sich auf dem Heimweg mit Sabine, damals, als sie sich kennengelernt hatten. Wie im Kino sah er zwei junge Menschen, die Spaß am Leben hatten, Tanzen waren. Sabine hatte den Abend genossen, mit vielen Männern getanzt. Sie war beliebt, lustig, zu Scherzen ausgelegt und mit ihren langen roten Haaren ein Blickfang. Auch mit ihm hatte sie getanzt, eher zum Schluss und beiläufig bemerkt, sie müsse sich jetzt langsam einen Fahrer suchen, ihr Motorrad wäre in der Werkstatt.

Er hatte Sabine nach Hause gebracht und zur Haustür begleitet, ihr einen Kuss zum Abschied gegeben. Auf offener Straße einige Zeit nach Mitternacht, in einer sehr warmen Nacht. Sie hatte sich an ihn geschmiegt, ihn umarmt. Es wurde ein richtiger, langer, intensiver Kuss geworden, er hatte Zeit gehabt, seine Hände über ihren Körper wandern zu lassen. Seine Hände hatten ihren Po umfasst, dann hatte Sabine eine der Bewegungen gemacht, wie nur Frauen sie machen, die mehr wollen. Eine Winzigkeit ein Bein verschoben, ein wenig die Hüfte geneigt. Eine seiner Hände fuhr über ihre Scham, seine Finger links und rechts der Mitte ihres Körpers. Er hatte die Wärme gefühlt, die kleinen unwillkürlichen Bewegungen, das leichte Zucken. Sie hatte den Kuss beendet, den Kopf jedoch zurückgelegt, den Mund leicht geöffnet und die Augen geschlossen. Eine Einladung für ihn, seine Finger weiter wandern zu lassen.

Sabine hatte einen braven Rock getragen, keinen Mini, wie sie zu der Zeit üblich waren. Er tastete und fand den Verschluss, tastete sich langsam vorwärts, machte seine Hand so flach wie möglich, schob sie an ihrem flachen Bauch vorbei, tiefer. Sabine zog den Bauch ein, lehnte sich mit dem Rücken an ihn und fasste leise aufstöhnend seinen anderen Arm, als er ihr über ihren Venushügel streichelte. Sie bewegte die Hüfte, bis seine Finger die Stelle gefunden hatten, an der er mit zwei Fingern links und rechts vorbei strich. Nie direkt, hatte ihm seine allererste Freundin beigebracht, Frauen nie direkt die Klit streicheln! Heiner hatte sich die Lektion gemerkt und bei Sabine konnte er sein Wissen anbringen. So gut, dass sie in seinen Armen kam, unterdrückt aufschreiend, die Hände vor den Mund halten musste und Minuten zitternd in seinen Armen hing. Er hatte ihre Hitze gespürt, ihren zitternden Körper gefühlt.

Nach ihrem Orgasmus hatte sie seine Hand aus ihrem Rock gezogen, mit einem Lächeln den Bund geschlossen und ihn nach seinem Namen gefragt.

„Gute Nacht, Heiner!“
Ein Hauch eines Kusses.

Seine Enttäuschung hielt sich in Grenzen. Er kannte die ungeschriebenen Regeln: nie beim ersten Mal, nie drängen! Er hatte mehr erreicht, als er vom Taxifahrer spielen erwartet hatte. Er wusste wie sie hieß, wo sie wohnte und wie sie tickte. Er sah noch durch das Glas der Haustür, wie sie die Tür verschloss, winkte und ging. Im Gehen, bevor er einstieg, hörte er noch einen dumpfen Schlag. ‚Ihre Wohnungstür‘, hatte er sich gesagt, hatte das Auto gestartet und war gefahren.

Am nächsten Tag, ein Sonntag, hatte nachmittags sein Telefon geklingelt. Eine ältere Frau war am Telefon. ‚Hier wäre das Krankenhaus, ob er der junge Mann gewesen wäre, der gestern

Abend eine rothaarige Dame nach Hause gebracht hätte? Ja? Er könne sie jetzt abholen, ihre Verletzung wäre versorgt!‘

Heiner war vom Donner gerührt. Was, Verletzung? Er? Wen?

Im Krankenhaus erwartete ihn Sabine, mit einem Verband auf der Stirn, strahlend lächelnd. Sie war gestern ohnmächtig geworden, kaum dass sie die Tür abgeschlossen hatte. Ausgeknipst! Hätte er denn den Bums nicht gehört? Doch ja, aber… Das war Sabine gewesen, als sie gegen die Tür geknallt war. Seinen Namen hatte sie behalten, dann lächelte sie ihn an.

„Der Arzt meinte, dass ich das nicht mehr im Stehen machen soll!“
„Eine guter Rat, Sabine! Solltest du wirklich!“
„Im Liegen? Bei dir?“

So hatte er eine der schönsten und attraktivsten Frauen kennen und lieben gelernt. Es war eine schicksalhafte Begegnung gewesen. Der eher schüchterne Architekt, die begeisterte Motorradfahrerin mit der langen roten Mähne, die bisher nichts anbrennen ließ, wie man so sagt.

Nach einem Jahr hatten sie geheiratet, eine traumhafte Hochzeit, in einer kleinen uralten Kirche, mit einem hölzernen Glockenturm. Eine wunderbare Hochzeitsreise unternommen, das Leben genossen. Dann… dann begann es, schwierig zu werden. Was am Anfang Neckerei war, wurde verletzend, aus kleinen Flirts wurden Affären, die in heftigen Auseinandersetzungen endeten. Schließlich passierte es.

‚Schlappschwanz!‘ hatte sie ihn angebrüllt.

Danach hielt sie seine Hand fest, die sie geohrfeigt hatte, mit Tränen in den Augen und einem so bittenden Gesichtsausdruck, dass er sich wie das weltgrößte Scheusal vorgekommen war. Die Versöhnung war tränenreich und liebestoll gewesen. Nur: Es dauerte nicht lange, dann standen sie sich wieder gegenüber.

Aussprachen, Versprechungen, Treueschwüre. Solange, bis ihn die Polizei informierte, seine Frau würde im Krankenhaus liegen.

Katja hatte ihn ruhig und besonnen aufgeklärt, allerdings auch den Kopf über so viel Unwissen geschüttelt. In den vergangenen Jahren hatte er viel gelernt, verstanden wie seine Frau tickte. Die gut und lange verborgenen Wut hatte sich jedoch erst jetzt gelöst, als Sabine ihn unter Qualen aus dem Dreck gezogen hatte. Sabine hatte ihn nie verletzen wollen, mit ihren Affären. Sie liebte ihn, hatte ihn immer geliebt. Er war der Narr, nicht sie.

Wieder sah er das unscharfe Bild, wie seine Frau ihren Kopf in seine Hand schmiegte, seine Hand hielt, ihre leuchtenden Augen, dann sah er ihre Tränen. Er sah, wie er ihr mit der anderen Hand Schläge auf den tiefroten Po gab, hört sie stöhnen. Aber je klarer das Bild wurde, um so mehr sah er wie ihre Augen zufrieden strahlen. Sie umarmte ihn, flüsterte ihm zu, dass sie es so brauchen würde, genau so, so sehr.

Das Bild verblasste, dann wurde es dunkel, wie im Kino.

„Heiner!“

Er spürte eine feste Hand auf seiner Stirn, ein Rütteln an seinem Arm. Er hörte zwei Frauen lachen. Er schlug die Augen auf und erkannte benommen Katja, mit einem Tablett in der Hand, lächelnd. Irgendetwas stimmte mit Katjas Augen nicht, aber von der anderen Seite des Bettes strahlte in Sabine an, ihr Tablett auf dem Schoß, ein Brötchen im Mund. Sie hatte keinen Tropf mehr, sie sah gesund und munter aus.

„Abendessen!“
„Was? Wie?“
Er fuhr hoch.
„Du hast über einen Tag geschlafen, Liebster!“
Katja gab ihm einen Kuss, nahm ihn in den Arm und drückte ihn. Ihre Augen waren rot, mit dicken Ringen unter den Augen.

„Du Murmeltier! Bist du endlich wach geworden! Ich wollte schon Sabine bitten, dich zu wecken!"
Sabine kicherte.
„Bei einem Blow Job wäre er garantiert aufgewacht!"
„Und du hättest anschließend Turnübungen auf ihm gemacht und dir alles wieder aufgerissen!"

Sabine machte einen Schmollmund, wischte ihre langen Haare mit einer Handbewegung zurück, strahlte sie beide an, sah Heiners Blick.

„Meine Perücke! Weißt du nicht mehr?"

Langsam kehrte die Erinnerung zurück. Ja, die Perücken! Zwei hatte sie, von ihren Haaren der letzten sieben Jahre. Sie hatten sie rasiert, splitterfasernackt war sie gewesen, ihr die Perücken gezeigt, sie hatte Ketten getragen und einen Nasenring, und am nächsten Tag... war das wirklich war?

Irritiert suchte Heiner nach Spuren an ihr. Unter ihrer Nase erkannte Heiner viele kleine rote Pünktchen, an ihrem Hals kleine, fast durchsichtige, dünne Fädchen, verknotet. Es war geschehen! Er erinnerte sich, sah die Bilder wieder vor sich.

Er lag im Matsch, hielt eine Kette in der Hand, die in Sabines Armen und Beinen endete, in ihrem Halsband, das mit Dornen besetzt war. Er hörte wieder, wie sie aufstöhnte, ihn zog, bis er aus dem Morast war...

Katja lächelte nachsichtig.

„Ich stelle dir dein Tablett hier ab. Sabines Rollstuhl steht neben ihrem Bett, ihre Gehhilfen nimmst einfach du, wenn...? Ja? Ich muss noch aufräumen und lass euch jetzt allein!"

Katja ging und zog die Schlafzimmertür bis auf einen Spalt zu.

„Es ist wirklich war? Ich habe dich... wirklich?"

Sabine lächelte ihn an, küsste ihn lange. Wie gut sie schmeckte! Es war so gut, seine Frau zu küssen! Heiners Erinnerung kehrte zurück, er bekam feuchte Augen. Sabine fasste seine Hand, drückte ihn.

„Ja, du hast! Und mich geküsst! Jetzt solltest du aber etwas Essen und deine Tablette nehmen!"

Er erzählte ihr, dass er von ihr geträumt hätte, wie sie sich kennengelernt hatten. Ihre Heirat, ihre Hochzeitsreise, und wie dumm er sich angestellt hatte, wie sehr er sich schämen würde.

„Dich liebe ich, mein Heiner, dich! Du verstehst mich jetzt, auch wenn es so schwer war!"

Er nickte. Er begann sie zu verstehen. Aber wo war Katja?

„Warum ist Katja nicht bei uns?"
„Sie möchte uns allein lassen, wir hätten jetzt so viel zu reden, was nur uns etwas angeht."

Nur sie beide? Was sollte das? Er hörte Katja die Treppe in die Einliegerwohnung hinuntergehen, dann ging die Tür zu. Sabine fasste seine Hand. Sie schüttelte den Kopf.

„Sie verkraftet das nicht."

Sie brach ab und biss sich auf die Unterlippe.

„Was ist mit ihren Augen? Hat sie geweint?"
„Sie weint, seit du schläfst, und lässt sich nicht trösten. Sie fühlt sich schuldig, macht sich Vorwürfe, spürt, dass wir beide zusammen sind, fester als je zuvor."

Heiner nickte. Sie waren jetzt erst richtig zusammen!

Er aß und trank, nahm seine Tablette. Jetzt wollte er einmal probieren wie das Laufen wäre, nach über einem Tag Ruhe. Es ging erstaunlich gut, sein Fuß schmerzte nur noch leicht. Er trug das Tablett in die Küche. Im Wohnzimmer sah er, dass einige

Kleinigkeiten fehlten: Ein Aufstellbild, das von ihnen zu dritt im Heidelberger Schloss aufgenommen war, Sabine vor ihnen im Rollstuhl, Heiner und Katja dahinter, alle strahlend. Warum nahm sie Bilder mit? Er hörte Katja unten rumoren, in der Einliegerwohnung. Katja würde gehen.

Er ging zurück zu Sabine, nahm sie in den Arm.

„Unser Erzengel will uns verlassen!"

Er flüsterte mehr, als er sprach. Sabine nickte.

„Ausgerechnet jetzt, wo sie mir so viel gab, so viel Glück, so viel Zärtlichkeit!"
„Aber warum? Warum gerade jetzt?"
„Unser Erlebnis im Wald, am Tümpel. Das kann sie nie mit uns teilen! Nie im ganzen Leben! Es steht jetzt zwischen uns und ihr."
Heiner fühlte, wie Recht sie hatte.
„Wie geht es deinen Knien?"
„Sie verheilen gut, meint Katja! Aber warum fragst du?"
„Ich habe geträumt, wie ich dich verhaue, so richtig schön auf den Po, wie du es magst!"
„Oh Heiner! Für was?"
„Weil du das Bett verkrümelt hast! Überall piekst es!"

Sie flüsterte wieder, mit glitzernden Augen und einem strahlenden Lächeln.

„Ja, Heiner, bitte! Aber dann musst du auf mich, ich kann noch nicht…"

Nach ihrem Liebesspiel lagen sie sich in den Armen, schweißnass, überglücklich.

Sie schliefen wieder ein. Dabei hörten sie die Schritte Katjas nicht, die vorsichtig nach ihren Patienten schaute und ebenso leise wieder ging.

Drei Tage gingen sie sich gegenseitig aus dem Weg, vermieden, sich zu stören. Sabine ging es blendend, Heiner spürte seinen Fuß nicht mehr. Sabine und Heiner sprachen viel, erzählten sich ihre Gefühle, was sie empfunden hatten. Kochten gemeinsam, aßen, fütterten sich, spielten. Sie schauten sich Liebesfilme an, ‚Walk the line‘ und natürlich ‚Titanic‘ auch ‚Romeo und Julia‘ oder ‚Keinohrhasen‘, weinten miteinander, hielten sich in den Armen.

Katja schien jedes Mal zu lauschen bevor sie nach oben kam, Heiner und Sabine verzogen sich dann mucksmäuschenstill ins Schlafzimmer, wenn Katja ‚um den Weg war‘. Am v ierten Tag wurde es allen zu bunt. Nach sieben gemeinsamen Jahren war es für sie nicht mehr zu ertragen, auf einmal keinen Kontakt mehr zu haben, aber im gleichen Haus zusammen zu wohnen.

Heiner rief Katja an, Sabine krabbelte ihr die Treppe hinunter geradewegs in den Weg, als Katja mit dem klingelnden Handy in der Hand nach oben kam. ‚Wir müssen miteinander reden‘, schienen sie sich alle gemeinsam sagen zu wollen.

„Kleines, ich muss dir die Fäden ziehen!“

Katja hatte einen guten Grund. Fast schüchtern sprachen sie miteinander, versuchten das Gespräch in harmlosen Bahnen zu halten, dann platzte Sabine heraus.

„Katja bitte bleib! Wir lieben dich! Bitte bleib bei uns!“

Katja umarmte sie herzlich.

„Das ist es ja gerade. Ihr seid ‚wir‘ und ‚uns‘, ich gehöre nicht mehr dazu. Bitte, keine Einwände, keine Tränen! Ich habe genug geweint!“

Heiner und Sabine umarmten sie. Einwände wären sinnlos, das spürten sie.

Katja erzählte ihnen, dass sie nächsten Monat ausziehen, vielleicht in eine andere Stadt gehen würde. Solange könnten sie es ja alle gemeinsam aushalten, ja? Das würden sie, ganz sicher, versprachen sie sich.

Einige Zeit später, Katja war bereits über alle Berge, war Heiner noch einmal an die Suhle gegangen und hatte etwas in den Morast geworfen. Das Halsband mit den Dornen versank gleich, der Nasenring kurz danach.

Ein Brief

„Heinerchen! Aufstehen! Du hast verschlafen!“

Was? Wie? Verschlafen? ‚Heinerchen?‘ Der Wecker zeigte blinkend 00:00.

„Oh du Miststück! Du hast den Wecker herausgezogen! Elende Ratte! Na warte!“

Er sprang aus dem Bett. Katja ergriff glucksend die Flucht, rannte auf Knien vor ihm davon, warf ihm den Plastikeimer mit den Wäscheklämmerchen vor die Füße. Das tat weh! Er bekam sie um die Hüfte zu fassen, drehte sie auf sein Knie, sodass er ihr den Po versohlen konnte.

„Was glaubst du, was du bist! Überhaupt, wer hat dir erlaubt ‚Heinerchen‘ zu mir zu sagen, zu deinem Mann?“

Die Schläge fielen auf ihre Pobacken, links-rechts-links. Sabine stöhnte auf. Ihre Haare flogen. Heiner gab ihr solange Haue bis sein Glied hart und steif war, dann griff er sie an den Haaren und zog sie vor sich auf das Sofa, zwang sie den Mund zu öffnen.

„Was bist du, du blondes Miststück?“

Sabine hatte jetzt aschblond getönte Haare, halb so lang wie zuvor. Die Perücken hatten sie weggepackt, seit es ihr so sehr gefiel an den Haaren gepackt zu werden.

„Deine Sklavin, deine ...!“

Eines ihrer liebsten Spiele: Provokationen, Bestrafungen, Sex.

Es war Samstag, früh am Morgen. Aufstehen war überhaupt noch nicht notwendig, nicht um sechs Uhr in aller Frühe. Sie konnten wieder gemütlich kuscheln, Stunden später den Tag mit einem ausgiebigen Frühstück beginnen, mit ‚spätrömischer Dekadenz‘. Das Leben war schön!

Sie vermissten nichts und niemanden, Katja eingeschlossen. Vor einem halben Jahr hatten sie ihren Bruder besucht, ihm einige Sachen für seinen Fundus gebracht, auch die Ketten und Fesseln und den Pranger. Seine Schwester? Ist in Berlin, als einfache Ärztin! Katja hatte die Stelle als Chefärztin aufgegeben und war regelrecht geflüchtet. Sabine hatte mit den Schultern gezuckt. Heiner war es recht. Sein Arzt hatte ihm neulich zu den guten Werten gratuliert, er konnte die Dosis halbieren.

Heute wollten sie sich entscheiden, wer die Einliegerwohnung bekommen sollte. Sie stand wieder zur Vermietung, frisch renoviert und neu eingerichtet. Es gab einige Bewerber, junge Frauen und Männer, die für einige Zeit eine Bleibe suchten, auf Montage waren oder den Job gewechselt hatten und noch nicht sicher wahren, ob sie wirklich mit Sack und Pack umziehen sollten.

„Nehmen wir doch den jungen Ingenieur!“
„O.K.!“
„Wo essen wir heute? Es gibt neuen Wein, wir könnten in einen Besen gehen und rustikal essen!“

Ja, das liebten sie beide. Ab und zu eine Schlachtplatte mit herzhaftem Sauerkraut und Kartoffelsalat, dazu neuen Wein, das war immer einmal wieder schön. Heute, am Samstag, würde es auch nicht so voll werden.

Sie richteten sich. Sie standen schon vor der Tür, als Sabines Blick auf den Briefkasten fiel. Auf ihren Kasten, dem neben dem Fach mit dem leeren Namensschild und der zugeklebten Öffnung. Ein großer Umschlag steckte im Schlitz, eine Ecke gefaltet. Diese Schrift!

„Heiner!“

Sabine schrie es fast. Sie zeigte auf den Umschlag. Heiner riss den Brief heraus. Adressiert an Sabine und Heiner Stäger, Adresse und so weiter. Absender: K. Nur ein einziger Buchstabe.

„Das ist von Katja!“

Heiner öffnete den Briefumschlag. Eine Bewerbung für die Einliegerwohnung, von Frau Dr. Härter, an das ‚Sehr geehrte Ehepaar Stäger". Absolut neutral und ohne einen persönlichen Ton, wie von einer Fremden. Beiliegend: Anlagen. Gehaltsnachweis, und ein weiterer Umschlag. ‚Im Falle einer Absage bitte ungeöffnet zurücksenden', stand auf einem gelben Klebezettel. Auf dem Umschlag ihre Anschrift in Berlin. Der Umschlag war bereits frankiert.

„Sie macht es uns leicht! Wenn wir nicht wollen, werfen wir den Umschlag einfach in den nächsten Briefkasten!"
„Gehen wir doch zuerst Essen!"

Sie diskutierten unterwegs, ob sie den Umschlag zurücksenden sollten oder öffnen. Sabine meinte, dass sie ihn ansehen könnten, Briefbomben würde sie ihnen nicht senden.

Der Umschlag, den sie nachmittags beim Kaffee öffneten, enthielt einen handgeschriebenen Brief und ein großformatiges Bild.

„Unglaublich!"
„Doch eine Bombe!"
Sie waren sprachlos, betrachteten das Bild immer wieder.

Katja kniete nackt, mit gespreizten Beinen, ein Knie hochgestellt, die Hände gehoben. Ihre Haare waren kurz, sie trug Fesseln an einer Kette und einen Ring in der Nase. Wie Sabine vor über einem Jahr. Ihr Gesichtsausdruck: Bittend, flehend, demütig. Sie schaute auf den Boden, auf eine langstielige rote Rose vor ihr.

Eine hochklassige professionelle Aufnahme, perfekt ausgeleuchtet. Sabine las den Brief vor.

Lieber Heiner, liebe Sabine!

Ich bereue meine Flucht vor einem Jahr von euch zutiefst.
Ich war feige. Sabine weiß, dass ich sie über alles liebe. Dich, Heiner, vermisse ich genauso.

Ich weiß, dass ich versagt habe. Als Ärztin, als Partnerin, als Mensch. Nie hätte passieren dürfen, was passiert ist.

Ich bitte um meine Aufnahme als Sklavin, nicht als Herrin, das kann ich nie wieder sein. Ich werde alles tun, was ihr von mir verlangt, was es auch immer ist, wenn ich nur bei Euch sein darf.

Katja

P.S.
Ich trage auf dem Bild Sabines Fesseln. Mein Bruder hat sie mir anpassen lassen.

„Welche Bedeutung hat die Rose?“
„Das hast du damals nicht gesehen! Ich bin an jenem Tag früh aus dem Bett geschlüpft, habe alles aufgeräumt und Frühstück gerichtet. Katja schlich sich leise zu mir und hat mich, mit einer Rose in der Hand, auf die Bank dirigiert. Sie gab mir mit der Blüte die zartesten Ohrfeigen, die ich jemals bekommen habe! Lächelnd stach sie sich vor mir an einem Dorn, lies mich das Blut auflecken und dann… weiter weißt du doch?“
„Ja, wie es weiter ging, das weiß ich schon, ich hatte mich da ja in die Küche verkrochen, um euch nicht zu stören!“

Sabine nickte, sie schwiegen. Dann platzte Sabine heraus:

„Wir hätten sie nicht gehen lassen dürfen!“

Sie schauten sich an. Heiner zweifelte:

„Aber was jetzt? Alles noch einmal von vorn? Wollen wir das wirklich? Sie ist gegangen und hat uns verlassen! Wir haben sie nicht fortgeschickt! Wenn wir jetzt wieder mit ihr anfangen, was beginnt dann?“

Sucht

„Weißt du, mein Liebster, wie Menschen aussehen die zu allem bereit sind? Ich glaube, sie ist es. Wenn wir ihr absagen, oder nicht antworten, wird sie es tun. Damals, auf der Bank, verstand ich, dass ich für sie die Rose bin. Ekelhaft stachelige Blätter, dornige Stängel und eine weiche duftende Blüte. Diese Rose hier…“ sie deutete auf die Blume auf dem Bild… „das bin ich! Sie sieht mich an und bittet mich um Vergebung!“

Heiner wurde blass. Sabine nahm seine Hände in ihre Hände.

„Liebster, ich bitte dich, für sie. Du hast mir vergeben, bitte vergib ihr. Egal was passiert ist!“
„Ich rufe sie an. Jetzt!“

Katja war jedoch telefonisch nicht erreichbar, nicht in ihrer Wohnung, nicht an ihrer Arbeitsstelle. Ihr Handy war an, aber niemand antwortete. Immerhin erfuhren sie von ihrer Arbeitsstelle, dass sie sich Urlaub genommen hatte. Ihr Bruder war peinlich berührt und wusste nicht, wo seine Schwester war.

„Ich dachte, ihr wisst es am besten!“
„Er hat aufgelegt! Einfach aufgelegt!“

Sabine nahm den Briefumschlag und den Brief, betrachtete beide genauer. Plötzlich krabbelte sie so schnell wie sie konnte zur Wohnungstür, riss sie auf und schrie „Katja!“, aus vollem Hals, immer wieder, in alle Himmelsrichtungen. Heiner trat neben sie, schaute seine Frau fragend an, legte ihr eine Hand auf die Schulter.

„Auf dem Umschlag ist keine Briefmarke, kein Stempel! Sie hat ihn selbst eingesteckt! Da, schau!“
„Sie ist hier gewesen! Hier bei uns!“
„Vielleicht hat sie uns beobachtet, aus ihrem Auto - vielleicht schon den ganzen Tag?“

Sie schauten sich an, spürten beide wie sich langsam Entsetzen in ihnen ausbreitete. Sie hatten nicht so besonders positiv auf ihren Brief reagiert, ihn erst einmal als zweitrangig behandelt, ins Haus gelegt. Welche Autos hatten heute hier geparkt? Eventuell ein Auto mit Berliner Kennzeichen? Sie konnten sich an nichts erinnern. Sie schalteten die Beleuchtung ein und alle Lampen im Haus an, schauten in den Garten und auf die Terrasse, fragten Nachbarn. Nichts.

„Gehen wir zurück und telefonieren wir wieder! Wir müssen erfahren, welches Auto sie hat, welches Kennzeichen!“

Nach einer Stunde wurde das Ergebnis schlimmer, nicht besser. Ihr Bruder nahm nicht ab. Ihre Arbeitsstelle rückte heraus, dass sie gekündigt hatte, und jetzt im Resturlaub wäre. Das Auto? Das Kennzeichen? Soll ich jeder Ärztin Hüter sein, knarrte der Pförtner zurück. Fehlanzeige. Mühsam recherchierten sie Menschen, die in ihrem Haus wohnten. Ja, kennen wir, ist weggefahren! Soll man etwas ausrichten? Klar! Aber das war schon der einzige Lichtblick.

„Kann man das Handy nicht orten? Es ist doch eingeschaltet!“

„Wir nicht, aber wir können es immerhin probieren lassen!“

Mit vielen Telefonaten schafften sie es schließlich, eine ungefähre Angabe der Position zu erhalten. Der Kreis, den sie auf Karte angezeigt bekamen, umfasste auch ihr Haus.

„Herr im Himmel! Du hattest recht! Sie ist hier, irgendwo! Aber wo? Warum nimmt sie nicht ab? Schläft sie etwa?“

„Welche Träume in diesen Schlaf wohl kommen mögen… Katja, ich schwöre, wenn du vor mir stehst, ich zieh dir den Handschuh durchs Gesicht! Weibsbild! Auf, Handy und Karte in die Hand, ab ins Auto!“

„Heiner, gehört der Waldparkplatz auch zu der möglichen Position?“

Er gehörte. Ohne Worte fuhren sie zuerst an diesen Parkplatz. Ein einsamer Passat Kombi mit Berliner Kennzeichen stand da, ohne Licht. Sabine bete leise. Heiner nahm die Taschenlampe mit. Sie näherten sich dem Auto, leuchteten hinein. Es war leer, das blinkende Handy lag auf dem Beifahrersitz.

„Oh mein Gott Heiner! Der Sumpf! Was machen wir jetzt?"

„Licht an und suchen, wir beide zusammen, rufen was das Zeug hält! Wir haben zwei Taschenlampen im Auto, wir lassen am Auto das Licht an!"

„Halt, da ist doch noch die Parkbank! Da saß sie doch immer so gerne!"

Katja war manchmal gerne mit einem Buch auf der Parkbank gesessen, hatte an Äpfeln geknabbert und sich gesonnt. Sie hatte es genossen, das Alleinsein in der Natur. Sabine robbte zu der Parkbank, Heiner leuchtete. Auf der Parkbank lag etwas, das wie ein dickes Bündel Stoff aussah. Ein Schlafsack. Im Schlafsack eine tief schlafende Katja.

Sabine und Heiner schauten sich an, spürten grenzenlose Erleichterung.

„Sie muss eingeschlafen sein, vielleicht hatte sie eine lange Fahrt? Wie lange dauert es nach Berlin? Acht Stunden?"

„Mindestens! Jetzt aber, Rache ist süß, Liebste. Bitte zieh deine Hose und dein Höschen runter und denk an irgendetwas das dich sofort nass macht!"

„Kein Problem, das liegt ja schon vor mir!"

Sie strahlte schon wieder ihr glückliches, unverschämtes Lachen. Heiner verdrehte die Augen, massierte Sabine und nahm ihren Duft auf seine Finger, führte ihn vorsichtig unter Katjas Nase, verteilte etwas auf ihren Lippen. Katja begann die Stirn zu runzeln, leckte sich über ihre Lippen, dann schlug sie die Augen auf und fuhr hoch.

„Sabine! Heiner! Ihr habt mich gefunden!“

Heiner war immer noch knurrig, Sabine lachte.

„Ja, lebend! Mensch Katja! Was machst du auch für Sachen!“

Sabine und Katja begrüßten sich herzlichst, liebevoll und sehr froh. Katja schlüpfte aus dem Schlafsack, nahm ihn unter die Arme und ging vor Heiner auf die Knie. Heiner holte tief Luft, dann nahm er ihren Kopf in seine großen Hände und presste sie an sich, klopfte ihr auf den Rücken.

„Ich habe einmal einen großen Fehler gemacht und einem Menschen, der mich sehr liebt, einen Groll hinterhergetragen, jahrelang! Ich werde es nicht wieder tun! Es ist gut, Katja. Ich nehme dich an! Aber nur unter einer Bedingung!“

„Die wäre, Herr?“

„Lebenslänglich! Ohne Widerruf! Keine Flucht mehr!“

„Ja!“

Ein leises, gehauchtes Ja, sehr zärtlich und mit aller Hingabe.

Sie umarmte ihn und begann zu Weinen, heulte wie ein Kind, sich fest an ihm haltend..

„Kommt jetzt. Katja, kannst du fahren? Sicher?“

Sie konnte.

Wenige Minuten später saßen sie im Wohnzimmer, Katja und Sabine auf Knien, Heiner im Stuhl vor ihnen. Die Kaffeemaschine lief, Kuchen stand auf dem Tisch. Heiner hatte die Heizung hochgestellt, in wenigen Minuten würde es warm werden. Katja sah blass aus, hatte eine ungesunde Farbe im Gesicht. Ihre Augen wirkten so groß, viel größer als zuvor! War das alles nur von der langen Fahrt?

„Bevor ihr jetzt gleich über den Kuchen und dann wir über uns herfallen, erzähl‘ doch bitte, was eigentlich in dich gefahren ist. Wir erlebten letztes Jahr das intensivste, glücklichste Ereignis unserer Ehe, an dem du nicht unwesentlich beteiligt warst, dann verschwindest du! Vor Stunden noch saßen Sabine und ich hier und haben durch die gesamte Republik telefoniert um dich zu finden, dann stehen wir mit gestellten Nackenhaaren vor einem leeren Auto! Wäre Sabine nicht auf die Idee mit der Parkbank gekommen, wir beide würden durch den Wald rufen!“

Katja nickte, hob entschuldigend die Hände und legte sie wieder auf die Knie, Handflächen nach oben.

„Ich bitte um meine Strafe, Herr!“

„Ich habe dir in absentia bereits den Handschuh versprochen, wenn du also nicht anders kannst…“

Heiner hatte gelernt dass mache Menschen, die diese Bedürfnisse teilten, sich erst nach einer wie auch immer gearteten Bestrafung öffnen konnten. Katja nahm die Schläge mit dem Lederhandschuh zuerst stolz auf ihre Wangen, dann zitterten ihre Lippen und ihre Augenlieder. Sabine trocknete ihre Tränen, tröstete sie. Katja bedankte sich.

„Du sollst reden, Katja, erzähl‘!“

Katja wand sich wie ein Aal. Sabine kicherte. Was war denn so schlimm am Reden? Katja schaute auf Sabine, holte tief Luft.

„Du hast gut lachen!“ Sie holte noch einmal Luft. „Ich habe mich in Sabine verliebt. Rettungslos. Ich kann nichts mehr gegen meine Gefühle machen. Vor einem Jahr habe ich es noch versucht, jetzt bin ich am Ende. Von der Herrin zur Sklavin einer Sklavin!“

Sie schüttelte den Kopf über sich, dann nahm ihre Position wieder ein und weinte leise.

„Deshalb bist du so überhastet - geflohen?“

„Deshalb! Ich konnte nicht mehr, ich habe alles versucht. Als ich merkte, ich verliere jeden Halt unter den Füßen, während ihr immer inniger zueinander werdet, musste ich mich von euch trennen. Ich war ein Jahr in Berlin und habe versucht Euch zu vergessen, es ist mir beinahe geglückt. Dann habt ihr die Ketten und den Pranger meinem Bruder gegeben, er zeigte sie mir beiläufig und alles war wieder da! Wie ich Sabine meine Liebeserklärung gegeben habe, mit der Rose! Wie ihr duftet! Alles! Ich lies die Ketten für mich anpassen und posierte für das Bild. Es hat Stunden gedauert bis das Bild stimmte, mein Ausdruck, die Beleuchtung, die Rose frisch! Ich habe gekündigt und mich auf gut Glück für die Einliegerwohnung beworben, in der Hoffnung…“

Sie brach ab und weinte hemmungslos. Sabine streichelte sie, sprach beruhigend mit ihr.

„Ist doch gut, du bist ja jetzt bei uns. Liebe ist etwas so Schönes, Kostbares, da musst du doch nicht darüber heulen!“

Katja schüttelte den Kopf. Heiner hatte dagegen verstanden: Katja konnte nicht anders, ihre Liebe war vollständig und umfassend. Wie es in Rom die ‚servus vicarius‘ gegeben hatte, wünschte sich Katja, sich freiwillig Sabine zu unterwerfen.

„Katja, weißt du was dies für dich, für uns bedeutet?“

„Ja, Herr.“

„Sabine, weißt du es auch? Hast du verstanden, was Katja uns sagen will?“

Sabine nickte, wortlos. Heiner holte tief Luft.

„Ich habe Sabine jahrelang meinen verletzten Stolz hinterhergetragen, bis ich eines Tages in der Scheiße lag und feststellen musste dass, dass alles gar nichts zählt. Es zählte nur dass Sabine mich liebt und ich sie! Wenn Katja also ihrer Liebe Ausdruck verleihen will und Sabine das tragen kann, dann soll es so sein. Ich werde jedoch erbarmungslos dazwischenfahren, wenn das Ganze hier ein Tollhaus wird! Wir haben alle unsere Erfahrungen gemacht!"

Sabine verstand erst langsam die volle Bedeutung. Ihr wollte Katja gehorchen und dienen, aus Liebe und Hingabe. Konnte Sabine das tragen, mit Katja?

„Wenn Katja mir hilft, aufrichtig und ehrlich? Nur dann! Ich selbst kann nicht mit Intrigen klar kommen, deshalb liebe ich Heiner ja so, er ist so grundanständig und ehrlich!"

Zu Katjas strahlendem Nicken dachte sich ein grinsender Heiner, dass er wohl nie auslernen würde. Wie war das mit dem Geist aus der Flasche?

„Ich glaube es ist jetzt warm genug! Katja!"

Eine neue Sklavin wird inspiziert. Nackt. Man wiegt sie, nimmt ihre Maße auf. Ein so gerne gespieltes Spiel ist das doch in diesen Kreisen, dachte sich Heiner und brachte Rohrstock, Maßband, Waage und Papier auf dem, was sie als ‚Board' bezeichneten. Das Rollschränkchen selbst enthielt alles, was sie brauchen würden. Katja betrachtete es angstvoll, schlüpfte mit einem Seufzen aus ihrem weiten Kleid, zog die Unterwäsche aus und stellte sich kerzengerade hin.

„Du meine Güte!"

Sabine war erschrocken, Heiner schluckte. Katja hatte drastisch abgenommen. Geradezu verhärmt sah sie aus. Eingefallene Brüste, der Bauch ging nach innen. Kein Gramm Fett an ihrem gesamten Körper, nur noch Haut und Knochen. Untergewicht, das sah ein Laie. Das Bild musste zu besseren Zeiten aufgenommen sein.

„So, dann ist ja mal klar: Katja wiegt viel zu wenig. Auch hat sie zu wenig getrunken und ihre Ernährung… lassen wir das. Sabine, tägliche Kontrolle des Gewichts, ballaststoffreiche gesunde Ernährung und viel frisches Gemüse und Obst für Katja!"

Sabine ging zu intimeren Details über. Katja musste antworten und sich innerlich öffnen.

„Katja, bei aller Liebe. Du bist verhungert und vertrocknet. Deine Augen sind nicht nur vom Weinen so rot! Deine Haut ist wie Pergament! Als Ärztin! Du! Jetzt knie!“

Heiner nahm den Kaffee und Kuchen für Katja weg, brachte stattdessen Mineralwasser und Saft, schälte und rieb Äpfel, vermengte sie mit Müsli und Quark. Morgen würde es vom Frühstück an gehaltvolles Essen geben. Für jetzt musste reichen, was da war, auch das Wasser und der Saft. Sabine fütterte Katja, betroffen über ihr Aussehen. Ihre frühere Herrin brauchte ihre Hilfe!

„Wann darf ich in die Wohnung?“

Heiner lachte, Sabine schüttelte den Kopf.

„Gar nicht. Du schläfst neben mir oder in meinem Zimmer, wenn es gar nicht anders geht.“

„Aber…!“

Sabine zog Katjas Kopf zu sich und gab ihr eine schallende Ohrfeige.

„Du bleibst unter Aufsicht! Du bist magersüchtig!“

„Darf ich auf Toilette?“

Heiner und Sabine schauten sich an. Das durfte doch nicht wahr sein! Heiner traf kurz und entschlossen eine Entscheidung.

„Sabine, setz dich auf den Stuhl, mach‘ deine Brüste frei. Katja, trink‘ oder wir bringen dich in eine geschlossene Abteilung!“

Das saß. Geschlossene Abteilung, weg von Sabine und Heiner! Lieber aß und trank sie. Katja kniete vor Sabine, umarmte sie und begann, ungeschickt und linkisch zuerst, an Sabines Nippel zu saugen. Bald begann Sabine zu strahlen, nickte und streichelte Katja über den Kopf. Der Anblick des hohlwangigen Geschöpfs, das aus so bittenden großen Augen flehentlich zu ihr aufsah, ging ihr durch und durch.

Zwar war Sabine keine Amme und hatte auch nur etwas Milch, was aber kleine Babys groß macht, sollte jetzt für den Anfang reichen.

Heiner reichte seiner Frau Wasser.

Man konnte sehen, dass Katja trank und schluckte. Sie beobachteten sie, sahen wie etwas Farbe in ihr Gesicht zurückkehrte. Ein kleiner Schritt in die richtige Richtung!

Es würde noch viele solcher kleinen Schritte benötigen, bis Katja wieder selbstständig war.

Es dauerte noch über ein Jahr, bis Katja ihr Gewicht wieder hatte und Sabine sie alleine unbeaufsichtigt in ihre Einliegerwohnung lassen konnte. Der Einzug wurde groß gefeiert!

Auch danach betrat Katja jedoch die Einliegerwohnung nur selten.

Als Katja wieder zu arbeiten begann, als Ärztin an einem kleinen Krankenhaus, wussten sie, dass sie über dem Berg war.

Anatepca

Masul

Es war früher Morgen. Die Sonne war gerade am Horizont aufgegangen und beschien das weite, hügelige Land. Die Nacht war kühl gewesen, jedoch verschwanden jetzt die letzten Reste des Taus schnell unter den Strahlen der Sonne. Die wenigen Bäume warfen noch lange Schatten. Die Bewohner des Dorfes begangen langsam aufzustehen und sich für den Tag zu rüsten. Die Tiere der Dorfbewohner warteten geduldig auf ihre Besitzer, sobald sie jedoch die Menschen sahen, die sich jeden Tag um sie kümmerten, sie fütterten und molken, riefen sie sie mit den Geräuschen, zu denen sie fähig waren. Es muhte, blökte und bellte im Dorf, bis alle versorgt waren.

Mashara lag auf dem Bett und genoss die wärmenden Strahlen der Sonne. Ihr Raum enthielt nur das Allernotwendigste: ein bequemes Bett aus Brettern und Fellen, Polstern, Kissen und Decken, ein Regal mit Kleidungsstücken. Zudem, es war ein besserer Käfig: zwischen Haus und Stall gelegen und auf der dem Haus zugewandten Seite mit einer Gittertür verschlossen. Das Dach war weit vorgezogen. Die sparsamen Regenfälle, der Tau, der jeden frühen Morgen alles nässte, schadete weder ihrem Bett noch ihren Sachen. Sie lebte in diesem Verschlag.

Die Geräusche des Dorfes wurden lauter. Etwas Musik erklang, wie zur Probe. Die Musiker schienen zu üben. Tiere waren zu hören. Eine nervöse Stimmung herrschte im Dorf, hätte ein unkundiger Besucher gesagt. Gespannt sind sie, sagte sich Mashara.

Mashara wusste um die die zunehmende Anspannung im Dorf. Sie spürte die Blicke der Männer und Frauen, wenn sie durch das Dorf ging, wie sie prüfend über ihren Körper glitten. Als ob sie unter ihrem Kleid ihre Figur erahnen wollten. Auch die Kinder blieben jetzt öfters vor ihr stehen und betrachteten sie neugierig. Sie war jetzt eine Frau, nicht mehr das klapperdürre, zierliche Mädchen ohne Figur. Ihre Brüste waren fest und groß geworden, schwer hingen sie zwischen ihren Armen. Ihre Nippel standen vor, im dunklen braunrot streckten sie sich der Welt entgegen. Sie wusste, dass die Männer besonders auf ihren Hintern starrten, rund und wohlgeformt wie er jetzt war. Auch ihre Schultern waren kräftig geworden, breiter. Ihre Muskeln hatten sich entwickelt – war sie am Anfang, noch fast als Kind, nicht einmal zu wenigen Stunden Arbeit am Tage imstande, so wollte sie jetzt geradezu gefordert zu werden. Sie drehte das Rad am Brunnen und die Steine der Mühle mit Ausdauer, trug Lasten mit Hingabe und tänzelte abends stolz an ihren Platz zurück.

Die Tür des Hauses gegenüber öffnete sich. Mashara richtete sich hinter dem Gitter ihrer Unterkunft auf. Fest und breitbeinig stand sie da und schaute selbstsicher auf den großen jungen Mann, der sich ihr näherte. Er, Masul war zwei Jahre älter. Mashara fühlte sich als sein Eigentum.

Mashara war ihm als Sühne für den Tod seines Vaters gegeben worden. Nach einem Gelage der Dörfer hatte es Streit gegeben, Masuls Vater war erschlagen worden. Der Schläger war aus dem anderen Dorf gekommen. Sein Vater hatte niemand etwas getan, er hatte den Streit schlichten wollen und war zwischen die Streithähne getreten. Ein Hieb hatte ihn am Kopf getroffen. Er war gestürzt und auf der Stelle tot. Erschreckt, erschüttert waren sie alle gewesen. Masul war damals gerade sechzehn Jahre alt. Der Tod seines Vaters gab ihm die Rechte eines Volljährigen. Als Erstgeborener konnte er die Führung der Familie verlangen.

Seine Mutter hatte versucht, die Führung der Familie an sich zu reißen, der junge Mann hatte ihr jedoch in aller Ruhe erklärt dass er sie eher über Nacht in der Pampa anbinden würde als sie als Oberhaupt der Familie zu akzeptieren. Er hatte das laut und deutlich vor allen gesagt, in der Versammlung des Dorfes in der die Sühne des Mordes besprochen wurde. Masul war damals schon einen Kopf größer als seine Mutter, jetzt war er der größte Mann im Dorf, breitschultrig und kräftig wie sein Vater. Die Männer hatten genickt – Masuls Mutter war als streitsüchtig und tyrannisch bekannt.

Masul forderte einen Menschen. Das Prinzip „Auge um Auge, Zahn um Zahn“, dem die allermeisten Dörfer des Landes folgten, gab ihm das Recht einen Menschen des benachbarten Dorfes zu beanspruchen. Seine Mutter hatte erschrocken geschwiegen. Jeder wusste, was dies bedeutete. Er, Masul, würde ein Mitglied des anderen Dorfes für sich, für seine Familie bekommen. Der Anführer ihres Dorfes war mit Masul in das Nachbardorf gegangen. Masul hatte gesprochen und Entschädigung für den Mord verlangt. Stolz und selbstsicher war er vor die Bewohner getreten. Nein, kein Gold. Nein, auch keine Tiere. In das betretene Schweigen der Bewohner hatte ein helles Stimmchen gesagt: „Mich!“

Mashara hatte sich angeboten. Ihr Vater war der Schläger gewesen. Sie war vorgetreten, zierlich, aber hochgewachsen, schlank, genauso selbstbewusst wie Masul. Mit ihrem „Mich“ schützte sie ihren Vater, ihre Familie und ihr Dorf. Masul hatte genickt. Die Spannung in ihr Dorf war gewichen, alles nickte und stimmte damit zu. Mashara war vorgetreten und entkleidete sich. Nackt stand sie vor dem Dorf und dem jungen Mann, der ihr schweigend die Arme hinter den Rücken band. Mit gesenktem Kopf und schmerzverzerrtem Gesicht war sie ihm in sein Dorf gefolgt.

Masul hatte allen schnell klargemacht, dass Mashara ihm gehörte. Seiner Mutter, die das Mädchen auspeitschen wollte, hatte er unmissverständlich auf die Savanne gedeutet, auf den Pfahl, der in der Ferne undeutlich in der flirrenden Luft erkennbar war. Seine zwei Schwestern fingen sich schmerzhafte Ohrfeigen, als sie das Mädchen piesacken wollten. Er hatte niemanden in ihre Nähe gelassen – Mashara gehörte ihm. Er bereitete ihr Essen zu, hatte ihren Verschlag gebaut. Seine Familie akzeptierte es zähneknirschend. Das Dorf respektierte den jungen Mann, der seine Vieherden erfolgreich vergrößerte und sein Land bestellte. Seine Arbeiter vertrauten ihm. Seine Stimme bekam Gewicht im Dorf. Die unverheirateten Mädchen des Dorfes schwärmten ihn an. Masul hatte seiner Mutter die Stirn geboten! Auch in diesem Teil der Welt waren Schwiegermütter nicht sehr hoch im Kurs, hatten junge Frauen ihr Leid in den Familien der Männer. Jedoch hatte er bisher noch keine der jungen Frauen beachtet. Erst, pflegte er zu sagen, sollte seine Mutter wieder einen Mann finden, dann müssten seine beiden Schwestern verheiratet werden, bevor er an sich denken könnte. Das wurde allgemein respektiert.

Zwei Jahre nach dem Tod seines Vaters hatte seine Mutter wieder geheiratet. Man munkelte, Masul hätte den Bräutigam gekauft, jedenfalls hatte er seiner Mutter zwar eine sehr ordentliche Mitgift gegeben, aber sie musste das Haus seines Vaters verlassen. Es war sehr lautstark zugegangen, damals, die zwei Jahre vor der Hochzeit seiner Mutter. Masul hatte sich jedoch durchgesetzt: Er wurde der Herr im Haus. Mashara, die Antworten geben könnte, schwieg. Die erste Schwester Masuls heiratete ein Jahr darauf. Auch sie erhielt eine stattliche Mitgift und zog zu ihrem Bräutigam. Wieder ein Jahr danach, auf dem jährlichen Fest des Dorfes, war seine zweite Schwester an der Reihe. In wenigen Monaten würde es wieder ein Fest geben. Die Spannung im Dorf wuchs: Würde Masul es wagen, diese Sklavin zur Frau zu nehmen?

Bis jetzt bewohnte Masul jedoch alleine das große Haus. Er hatte Mashara nicht in sein Haus geholt, wie allgemein erwartet wurde. Sie blieb in ihrem Verschlag und arbeite auf seinem Grund. Eine der Mägde putze das Haus und wusch Masuls Wäsche, kochte und räumte auf. Sie hatte nichts zu berichten: Weder fanden sich lange schwarze Haare in Masuls Bett noch Flecken auf der Bettwäsche. ‚Er arbeitet, isst und schläft!‘ Das war alles, was sie berichten konnte.

Man hatte sich an den Anblick der jungen Frau gewöhnt. Mashara drehte den Brunnen und kämpfte sich mit wippenden Brüsten Runde um Runde vorwärts – erntete jedoch, wenn überhaupt, nur verstohlene Blicke. Masuls Arbeiter jedenfalls hatten gelernt, sie zu ignorieren. Masul bezahlte gut und behandelte seine Mitarbeiter freundlich – sie schätzen ihn und arbeiteten gerne für den jungen Mann. Einen Versuch einer Vergewaltigung hatte es gegeben: Ein Arbeiter hatte sich nicht beherrschen können. Masul hatte ihn ohne viele Worte am Richtplatz des Dorfes, an den Pfahl gebunden und seinem Schicksal überlassen. Es hört sich seltsam an, das Anbinden an einem Pfahl weit außerhalb einer Ansiedlung ist jedoch eine der schlimmsten und fürchterlichsten Todesarten überhaupt. Die Tiere der Wildnis wissen sehr schnell, was da für sie auf dem Präsentierteller liegt. Während Raubtiere einen schnellen Tod bereiten und das Opfer in Stücke reißen, gehen die Vögel des Landes weit weniger brachial vor. Zuerst nehmen sie sich die Augen des Opfers, dann hackten sie die Nieren heraus.

Mashara trug ein farbloses Kleid aus einfachem Stoff. An sich nichts Ungewöhnliches für ein junges Mädchen, doch trugen die verheirateten Frauen farbenfrohe Gewänder und bedeckten ihren Körper, die Männer trugen kurze Hosen und meist Shirts, die Mädchen bevorzugten bunte eng anliegende Kleidung, die ihre Brüste und Po knapp und aufreizend bedeckten. Die Männer verstanden Masuls Zurückhaltung gegenüber Mashara nicht. War sie nicht seine Sklavin? Sah er ihre glühenden Blicke nicht, die sie ihm zuwarf?

Masul trug heute einen großen Korb in seinen Händen. Er öffnete die Tür. Mashara ging in die Hocke, drückte ihren Oberkörper vor und spreizte ihre Schenkel. Auch wenn er nichts von ihr erkennen würde… sie liebte dieses Ritual! Sie hatte gelernt, das Gleichgewicht auf den Zehen zu halten. Sie schaute ihren Herrn von unten herauf an, provozierend schürzte sie die Lippen und drückte ihre Brüste weiter nach vorn. Masul betrachtete sie, stolz lächelnd. Üblicherweise fütterte er ihr dann den ersten Löffel ihres geliebten Maisbreis selbst, den sie dann so aufreizend wie möglich verzehrte und mit ihrer Zunge den Löffel sauber leckte. Sie hatte danach etwa eine halbe Stunde Zeit, dann begann ihre Tagesarbeit: Wasser pumpen, Korn mahlen, Tiere treiben, Lasten tragen, unter anderem.

Dieses Mal sprach Masul mit ihr, während er ihr den Brei in den Mund schob.

„Mashara, es ist soweit. Eine der Mägde wird dir helfen, dich zu richten. Alles ist hier in dem Korb. Deine Kleider liegen ganz unten. Sei still und sprich nicht!“
Masharas Augen füllten sich mit Tränen. Sie spürte, wie ihr heiß wurde. Endlich!
„Still, Dummerchen. Weine nicht! Mach kein Geschrei! Schau, da kommt schon Aliva!“

Aliva war eine der Mägde, die die Frauen des Dorfes für Feste schmückte und richtete. Aliva trug selbst einen großen Korb bei sich. Misstrauisch betrachtete sie die Szene.

„Soll ich aus diesem Tier eine Frau machen, wollt ihr das, Masul?“

Auch Aliva nahm an, Masul wolle seine Sklavin in sein Haus aufnehmen. Warum auch sonst hatte er alle Annäherungen bisher ignoriert?

„Du sollst sie waschen und ihr die Haare frisieren, die Nägel kürzen, ihre Hände und Füße schmirgeln, sie cremen und pflegen, schminken und ankleiden.“

„Masul, du könntest jede haben – aber wie du willst! Aber nicht an diesem Platz!“
Sie war bestätigend noch einmal mit dem Fuß aufgetreten. Masul grinste breit.
„Mein Haus steht dir zur Verfügung!“

Er gab Mashara den Korb. Nur kurz berührte er Masharas Hände – beide zuckten kurz zusammen, bevor sie scheinbar völlig unbeirrt fortfuhren. Masul begann, ein Pferd zu richten und Vorräte zu packen.

Es war bereits kurz nach Mittag, als Aliva die Hände sinken ließ und nach Masul rief. Mashara war wunderschön frisiert und gerichtet, in einer herrlichen Kombination: Eine blau bestickte Bluse über einem genauso geschmückten roten Rock, eine Weste, ein großer geflochtener Hut, alles in den Farben ihres Dorfes, blau und rot. Masul strahlte. Auch er trug seine besten Kleidungsstücke. Das Pferd stand bereit, aufgezäumt, mit einer Decke über dem Rücken und gepackten Taschen. Masul hatte eines der geduldigsten und kräftigsten Tiere ausgewählt. Die Taschen waren vollgepackt. Er schwang sich auf das Pferd, Mashara stieg auf ein Podest, sodass Masul sie im Damensitz vor sich zwischen die Arme nehmen konnte. Mashara bekam noch einen Korb in die Hände – dann ritt das seltsame Paar davon.

„Was will er nur? Ist er nicht verrückt?"
Aliva schaute den Beiden hinterher.
Masuls Vorarbeiter schüttelte den Kopf.
„Er weiß genau, was er will, er wird es auch bekommen!"

Als sie außer Hör- und Sichtweite des Dorfes waren, lehnte sich Mashara aufatmend an Masul.

„Ich kann es kaum erwarten, mein Herr! Jede Nacht wollte ich zu dir in dein Bett kriechen, auf meinen Knien, auf meinen Brüsten! Das letzte Jahr war das Schlimmste von allen – wie ich das Warten ertragen habe, kann ich nicht mehr sagen!"

Masul lächelte. Auch für ihn war es schwer gewesen. Eine willige junge Frau neben sich zu wissen, die zu allem bereit war, selbst für ihn sterben würde! Er hatte nebelhafte, unklare Vorstellungen gehabt als er sie damals aus ihrem Dorf fortgeführt hatte. Ein Mädchen hatte er gewollt, er hatte eines bekommen. Jetzt war sie eine wunderschöne junge Frau voll Leidenschaft.

„Du weißt, was du tun wirst?"
„Herr, bitte nicht – lass es mich nicht noch einmal wiederholen! Wisst ihr, wie nass ich bin?"
Sie öffnete und schloss ihre Schenkel. Ein zart duftender Schwall warmer Feuchtigkeit stieg auf. Masul lachte und drückte sie sanft. Nicht mehr lange!

Gegen Abend waren in der Ferne die Umrisse einer Hütte erkennbar. Rechts davon, weiter im Hintergrund, undeutlich, ein kleiner Punkt. Sie kamen! Er spürte, wie sich sein Herzschlag beschleunigte. Unwillkürlich drückte er dem Pferd die Beine in den Seiten, das brummend begann, etwas schneller zu laufen. Eine viertel Stunde später hatte der Punkt Konturen gewonnen, war zu einer Kutsche mit zwei Pferden geworden. Direkt vor ihnen lag die Hütte. Es war ein Liebesnest – eine kleine Hütte im Niemandsland.

Die Regeln des Zusammenlebens von Mann und Frau in dieser Gegend waren archaisch. Die Eltern bahnten die Verbindungen an, verhandelten Brautpreise und Bedingungen. Waren die jungen Menschen erst zusammen, konnte eine Ehe nicht mehr gelöst werden – es sei denn durch den Tod. Verständnisvolle Eltern mit Zweifeln an ihren Kindern hatten eine Möglichkeit ersonnen, ihrem Nachwuchs eine Probezeit zu geben. In großem Abstand über das Land verteilt, gab es diese kleinen Hütten, geschützt durch Dornenverhaue. Die jungen Menschen bekamen einige Tage, in denen sie, auf sich alleine gestellt, völlig ungestört waren. Manche rührten sich nicht einmal an und saßen die Tage unglücklich, wartend, vor den Hütten bis sie wieder abgeholt wurden. Andere dagegen waren nicht mehr zu trennen. Klappte es nicht, wurde das Mädchen nicht schwanger, war dies die letzte Chance, sich diskret anderweitig zu orientieren.

Masul hatte seine Fühler weit über das Land ausgestreckt. Er hatte kein dummes Kind heiraten wollen, er wollte eine Frau mit Verstand! Sie sollte schreiben und lesen können, sich ausdrücken und denken, aber auch nicht herrschsüchtig und niederträchtig sein wie seine Mutter. Er hatte sie auch gefunden. Oder besser gesagt, sie hatte ihn gefunden. Die Tochter einer reichen Familie hatte ihn kontaktieren lassen – ein Bote hatte eines Tages ein kleines Päckchen gebracht. Ob er denn der Mann wäre mit dieser Sklavin, die wie ein Tier gehalten würde? Er hatte gelacht. Ob er denn Heiratsabsichten hätte? Ja, die hätte er. Sie solle intelligent sein und er hätte da einige besondere Wünsche. Der Bote bat um Einlass und Vertraulichkeit. Einige Tage später war der Bote mit einem neuen Päckchen wieder gegangen. Es sollte nicht das Letzte sein.

Masul hatte zwei Kleidungsstück weitergegeben. Eine probate Methode – wer sich nicht riechen kann, wird sich nie ertragen können! Einige Zeit später wussten sie, dass sie sich ausstehen konnten. Briefe folgten, kleine Geschenke. Ein Jahr später dann, stellte Masul die Frage der Fragen.

Die Antwort kam prompt: Da und da, in dieser Hütte, alle drei. Vorräte würde es genug geben. Aber man hätte doch Besseres zu tun, als zu Essen und zu trinken, oder?

Sie hieß Isabella, war fünf Jahre älter als Masul. Eine herbe Schönheit mit funkelnden Augen und einem Lachen, das die Männer dahinschmelzen lassen würde, wenn sie ihnen zeigen würde. Mit ihrem Vater war sie den Weg in der Kutsche zu ihrem Treffpunkt gefahren. Der Vater hatte Masul prüfend angesehen, dann genickt. Isabella strahlte. Masul ließ Mashara vom Pferd gleiten. Mashara lief zu der Kutsche, verbeugte sich und reichte Isabella mit gesenktem Kopf die Hand. In Masuls Schläfen pochte das Blut. Dann lachte Isabella auf und griff nach der ausgetreckten Hand Masharas. Isabellas Vater ließ hörbar seinen angehaltenen Atem entweichen. Masul stieg vom Pferd, begrüßte ihren Vater und Isabella mit Handschlag. Noch beherrschten sich die drei jungen Menschen, bis Isabellas Vater zusammen mit dem Pferd Masuls auf dem Heimweg war.

Isabella sprach zuerst.

„Ich habe lange überlegt, wie wir unsere Zusammenkunft beginnen sollten. Sollte ich die Sklavin demütigen, ihren Herrn provozieren? Euch den Stolz meiner Familie herauskehren? Meine spanische Abkunft? Oder sollte ich von mir erzählen? Von meinen Verfehlungen, meinen Zweifeln und Sehnsüchten? Oder willst du mir die Kleider vom Leib reißen und mich vergewaltigen, vor deiner Sklavin? Wir haben uns lange geschrieben, Masul, jedoch weißt du nur einen Bruchteil dessen, was du wissen musst! Ich weiß nicht, ob du die Wahrheit ertragen kannst?“

Masul nickte.
„Warum beginnt nicht Mashara mit ihrer Geschichte? Sie erzählt schön und farbenfroh! Kommt, gehen wir in die Hütte!“

Sie saßen in der Hütte um einen kleinen Tisch, auf weichen Polstern. Mashara lehnte sich zurück und betrachtete Isabella. Schön war sie, Stolz schien sie auszustrahlen, jedoch konnte sie Unsicherheit in ihren Augen sehen. Ihre hellbraunen Haare fielen in sanften Locken auf ihre Schultern. Masul füllte Wein in kleine Krüge und reichte Früchte. Isabella schaute verwundert auf die Beiden.

„Der Herr bedient die Sklavin? Die Sklavin lässt sich von ihrem Herrn bedienen? Das müsst ihr mir erklären! Erzählt!“

„Ich war vierzehn Jahre alt, als Masul mich aus meinem Dorf führte. Mein Vater hatte seinen Vater erschlagen –warum ist eine andere Geschichte. Masul war jung, gerade sechzehn, aber stolz und eindrucksvoll! Wie der Racheengel persönlich stand er in der Versammlung meines Dorfes und forderte. Mein Dorf bot Gold. Masul lehnte ab. Sie boten Tiere. Masul sagte, er hätte Tiere. Er wolle einen Menschen! Jeder dachte, er will meinen Vater. Es wurde sehr still. Ich hörte selbst Blätter fallen und meine Angst wuchs. Ich nahm allen meinen Mut zusammen und sagte: ‚Mich!‘ Ich dachte Masul und das Dorf würden in schallendes Gelächter ausbrechen. Masul und mein Dorf jedoch stimmten zu!“

Masul unterbrach sie.

„Sie zitterte, als sie nach vorn schritt und sich entkleidete. Ihre Zähne klapperten, ihr Körper schüttelte sich. Ich bewunderte das mutige Mädchen, das noch kaum Brüste hatte, deren Scham erst von einem zarten Flaum bedeckt war. So hilflos stand sie da! Ich ließ sie sich vor mir umdrehen und band ihr viel zu schnell die Arme auf den Rücken. So führte ich sie zu mir.“

„Warum zu schnell?“

Mashara fuhr fort:

„Masul hatte mir die Ellenbogen zusammengebunden. Meine Schultern schmerzten, ich bekam kaum Luft, konnte nicht nach unten sehen, hatte furchtbare Angst und traute mich nicht, um Erleichterung zu bitten.“

Masul lachte.

„Wir Farmer fesseln unsere Tiere schnell und gründlich. Es soll ja nicht lange gehen! Fesseln, das Brandzeichen aufdrücken, Knoten auf, das Tier springt davon! Auf der Mitte des Weges schließlich schluchzte sie auf. Erst da bemerkte ich was ich getan hatte. Wie einem Pferd die Beine hatte ich sie gebunden!“

„Ich konnte noch gar nichts sagen, da entschuldigte sich mein Herr bei mir! Er löste den Knoten, massierte meine Arme und tröstete mich. Er erklärte mir, dass er mich fesseln müsste, sonst würde niemand glauben, dass ich seine Sklavin wäre. Da wusste ich, dass mein Herr ein besonderer Mann war.“

„Masul hat sich bei dir entschuldigt? Ein…?“
Isabella schaute von Masul zu Mashara und zurück.
„Ja! Ich habe alles erwartet, dass ich, sobald ich in seinem Dorf wäre, hingerichtet würde, aber nein! Zärtlich band er mir die Handgelenke zusammen und führte mich zu seinem Gut!“
„Ich kann nicht glauben, was du getan hast, Masul. Du hast dich bei einer Sklavin entschuldigt? Ist es denn überhaupt schmerzhaft, die Ellenbogen hinter dem Rücken binden?“

Masul stand auf und kramte in seinen Taschen, bis er einen langen Strick in den Händen hielt. Er nickte Mashara zu, die aufstand und aus ihrem Kleid schlüpfte.

„Ah, jetzt seht ihr sie! Schaut ihre Brüste! Ist sie nicht wunderschön? Nimm die Arme hinter den Rücken! Seht, so geht es: Ein Knoten, sie ist gefesselt. Ihre Schultern sind überdehnt, ihre Brüste treten hervor, sie kann kaum nach unten schauen. Mashara, auf die Knie!“

Mashara kniete. Isabella fuhr ihr sacht, zärtlich über ihre Brüste, ihre Nippel.

„Was Männer immer nur mit Brüsten haben? Mich interessieren ganz andere Sachen! Ihr Mund, ihre Zunge, und….“

Sie berührte Mashara Lippen, die ihren Mund öffnete und die Finger Isabellas leckte, zärtlich, liebevoll. Isabella prüfte die Kraft ihrer Zunge, dann führte sie ihre Hand tief in Masharas Mund.

„Du kannst das, ohne zu würgen, spielst noch mit deiner Zunge? Was soll ich mir dabei denken, Mashara?“

Lachfältchen und die aufblitzenden Augen Masharas zeigten Isabella, dass sie ins Schwarze getroffen hatte. Mashara streckte sich ihrer Hand entgegen und nahm sie so tief in ihren Mund, dass Isabella staunte.

„Lass deinen Mund auf und strecke die Zunge heraus! Weit!"

Isabella beobachte sie während sie ihre nasse Hand zwischen Masharas Beine führte. Mashara spreizte ihre Beine weiter und reckte ihr Becken nach vorne. Ein Stöhnen, eine strahlende Isabella, die die Scham Masharas erkundete.

„Ich schätze das, Masuls, sie ist nass! Aber sie ist hier so eng wie eine Jungfrau, während ihr Mund gut gedrillt scheint– Masul, was habt ihr mit diesem Mädchen getan? Sie ist so schön und so gehorsam, schaut wie sie kniet, mit tropfender Zunge! Es ist gut, Mashara, deinen Mund brauchen wir noch, schone dich! Masul, so brandmarkt ihr also Tiere?"

Masul lachte auf, sagte jedoch nichts. Er half Mashara, sich mit dem Rücken zu Isabella zu drehen und liest Mashara sanft mit dem Oberkörper auf den Boden sinken. Er befeuchtete seinen Zeigefinger und streichelte Masharas Scham, zeigte auf ihren Po. Masharas Anus zuckte, als er sie streichelte.

„Ja, so brandmarken wir unsere Tiere! Wir bringen sie auf den Boden, fesseln die Beine, dann drücken wir ihnen das heiße Brandeisen auf, zählen einundzwanzig-zweiundzwanzig-fertig und das Tier springt wieder davon!"

Während dem hatte er Mashara zum Stöhnen gebracht. Ihre Scham war knallrot geworden, sie hielt die Augen geschlossen und atmete hechelnd. Sie warteten, bis die junge Frau sich beruhigt hatte.

Masul löste Mashara die Fesseln, breitete ein sauberes Tuch für sie auf den Polstern aus und half ihr auf. Masharas Augen strahlten. Sie tranken alle einen Schluck Wein und naschten an den Früchten. Masul und Mashara schwiegen lächelnd, Isabella war sichtlich beeindruckt.

„Masul, du hast sie zu deiner Liebes-Sklavin gemacht! Jetzt verstehe ich dich! Das konntest du doch aber damals noch nicht wissen!“

Mashara lachte auf.

„Ich habe versprochen, damals, als er mir die Fesseln losband, mich massierte und heimführte, dass ich seine Anatepca sein werde! Das ist eine Geschichte – kennt ihr sie?“
„Ich kenne diese Geschichte nicht, du musst sie mir erzählen! Zuerst aber, du hast die Fesseln so leicht getragen, ich glaube nicht, dass es schmerzt! Zeigt es mir!“

Isabella schlüpfte aus ihrem Kleid. Im Gegensatz zu Mashara trug sie ein Brustband. Als Mashara es ihr mit einer Handbewegung abstreifen wollte, zuckte Isabella zuerst zurück, dann besann sie sich.

„Ich sollte mich nicht so haben, nicht? Schließlich bin auch ich keine Jungfrau mehr!“

Sie hatte schöne, gleichförmige Brüste mit kleinen, blassen Nippeln. Sie betrachteten sie und sparten nicht mit Komplimenten, die Isabella erröten ließen. Es war Mashara, die sie dann fesselte, ihr die Arme auf den Rücken führte, sie sachte und mit großem Abstand band, dann ihr zuerst die Schultern massierte und den Knoten Stück für Stück enger zog. Ihre Ellenbogen waren noch über eine Handbreite auseinander, als sie zu jammern begann.

„Oh jetzt es tut weh! Bitte! Gnade! Wenn du noch enger ziehst, verspreche ich auch alles!“
Mashara lacht.
„Danach habe ich das versprochen, erst danach! Bitte setzt dich!“

Jammernd nahm Isabella wieder Platz, wohl wissend, dass sie Mashara jetzt ausgeliefert war. Masul betrachtete gerne, wie Mashara ihr sanft aber nachdrücklich die Beine öffnete und sie mit ihrer Zunge und ihren Fingern stöhnen und seufzen ließ.

Es war langsam dunkel geworden. Als Isabella sich beruhigt hatte und ihr die Fesseln gelöst wurden, entzündete Masul mehrere kleine Öllampen. Ihr flackerndes Licht tauchte die Runde in ein romantisches, weiches Licht und zauberte flackernde Schatten an die Wände.

„Die Geschichte von Anatepca…“ begann Mashara nach einigen Schlucken Wein…“ ist eine Geschichte die unsere Mütter ihren Töchtern erzählen, bevor sie heiraten. Anatepca war eine der Töchter des Letzten der Inka-Könige. Als das letzte Reich der Inkas, der kleine traurige Rest des einstmals riesigen Reiches unter den Waffen und den Intrigen der Spanier fiel, wurde sie als junges Mädchen an einen Spanier verkauft. Der Spanier behandelte sie schlecht, ließ sie hungern, aber das Mädchen liebte ihren Herren. Er verlor sein Geld im Glückspiel, aber sie führte ihn zu verborgenen Schätzen der Inkas, sodass er sich mit dem Gold ein großes Stück Land von der Krone kaufen konnte. Als der Spanier die ersten Erträge von seinem Land gewann, wollte er Liebe. Anatepca war für ihn da, sie gab sich ihm hin, so oft und wie er sie auch immer wünschte. Der Spanier nahm sie auf die unmöglichste, schimpflichste Art und Weise…“ sie lächelte zu Masul, der seinerseits breit grinsen musste…“aber er liebte Anatepca nicht.“

Sie holte Luft, schaute von Masul zu Isabella und lächelte.

„Ihr könnt euch denken dass hier eine lange und genaue Beschreibung aller Möglichkeiten folgt wie eine Frau einen Mann auch glücklich machen kann. Wie man ihn mit den Händen massiert. Wie es im Po erträglich und sogar schön sein kann. Wie man das Glied des Mannes zwischen die Brüste nimmt, wie man es tief in den Mund nimmt, ohne zu würgen, und noch dazu mit der Zunge spielt. Alles was Frauen wissen sollten.“

„Aber weiter mit der Geschichte: Anatepca gebar ihm starke, kräftige Söhne, er jedoch dankte es ihr nicht. Zu dieser Zeit gab es viele Krankheiten, die die Spanier mitgebracht hatten, Krankheiten für Menschen und Tiere. Auch zur Zeit der Inkas hatte es Krankheiten gegeben, die die Spanier nicht kannten. Es kam schlimm für den

Spanier: Eines Tages starben seine Tiere, auch er wurde schwer krank. Seine Söhne blieben gesund, denn sie hatten das Blut ihrer Mutter, einer Inka. Anatepca hatte jedoch nichts um ihn in seinem Delirium zu füttern, es gab nur getrocknete Fische. Doch dem Spanier erschien in seinen Fieberträumen das heilige Tier der Inkas, ein Kondor, der ihn in seine Flügel hüllte, ihn wärmte wenn er fror und ihm Luft zufächelte wenn er meinte, im Fieber zu verglühen. Als er Hunger hatte fütterte der Vogel ihn Fleischbrocken, die der Kondor sich aus seiner eigenen Brust riss. Schließlich verschwand das Fieber. Er war wieder gesund! Er stand er auf und suchte Anatepca. Sie lag auf ihrem Bett. Er erzählte ihr den Traum mit dem Kondor. Sie berichtete ihm mit letzter Kraft dass es ihre Brüste gewesen wären die sie ihm gefüttert hatte, ihre Kräfte wären jedoch jetzt erschöpft, sie müsse sterben. Er öffnete ungläubig ihr Kleid und sah auf ihr blankes, schlagendes Herz. Da erkannt er ihre selbstlose Liebe, bereute seinen Eigensinn und unter seinen bitteren Tränen… heilten ihre Wunden und sie lebte noch viele Jahre mit ihrem Mann."

Isabella seufzte.

„Das ist ein schönes Märchen! Mashara, du warst noch fast ein Kind und wusstest das alles? Ich wusste gar nichts. Mein Körper war mir ein Rätsel, als meine Brüste wuchsen und ich meine Tage bekam. Meine Mutter sagte mir nichts. Mein Vater schwieg. Der Hebamme meiner Mutter verdanke ich alles! Sie hat mir geholfen!"

Masul schaute auf Isabella.
„Willst du uns erzählen, was passiert ist?"
Isabella wurde tief rot. Ganz leise sagte sie, dass sie sich sehr schämen würde, aber es wäre besser, sie würde reden, als weiterhin zu schweigen. Masul und Mashara rückten zusammen und nahmen sie in die Arme. Isabella begann, zu erzählen.

„Masul, du wirst es dir ja schon denken können. Dies ist nicht mein erstes Mal mit einem Mann. Vor vier Jahren war ich schon einmal versprochen. Der junge Mann war aus spanischem Adel, wild, ungestüm und ohne Gefühl! Ein wilder Hengst! Er verletzte mich, ich begann zu bluten, er wollte erneut. Ich wehrte mich, er schlug mich, er wollte mir Gehorsam einbläuen. Mein Vater verjagte ihn, die Flinte im Anschlag. Die Verlobung wurde gelöst. Meine Tage kamen jedoch nicht! Vater schickte nach der Hebamme, die sich um mich kümmerte. Sie löste das Problem und zeigte und erklärte mir was eine Frau einer anderen Frau geben kann. Seit der Zeit hatte ich Freundinnen und nur die Wahl mich ganz zu enthalten oder unmöglich zu machen. Ich suchte einen Mann, der mich in Ruhe lassen würde, du weißt, es gibt solche Männer… jedoch ein Mann mit einer Sklavin, der sie mit mir teilen würde? Ich musste euch kennenlernen!“

Isabella waren die Tränen in die Augen getreten. Sie schluchzte auf und weinte. Sie hielten und trösteten sie. Als sie sich gefasst hatte, sprach sie weiter.

„Masul, jetzt musst du mir erklären wie du es mit Euch weiter ging. Du hast Mashara neu gefesselt und sie hat die als Dank eine Geschichte erzählt? Wolltest du sie da nicht gleich…?“
Mashara kicherte. Mit ihrem Finger fuhr sie Masul über den Schritt. Masul stand auf und schlüpfte aus seiner Hose. Sein Glied war groß und hart.
„Ich zeige dir, was sie getan hat, einfach so! Mashara, komm!“
Mashara kniete vor ihren Herrn und nahm sein Glied in den Mund. Masul erzählte weiter.

„Die Geschichte beeindruckte mich zutiefst. Mein Kopf schwirrte. Eine Sklavin, die sich mir da versprach, ganz und gar, die mir in wenigen Minuten Dinge erzählte, für die Männer töten würden! Ja, ich war perplex. Ich sagte ihr, dass ich jetzt keinen Schritt weiter laufen könnte bevor ich nicht wüsste, wie es wäre. Mashara strahlte! Wir gingen hinter einige Büsche. Ohne ihr die Fesseln zu lösen, entkleidete ich mich, wie jetzt, und frage sie: ‚Und jetzt? ‘ Mashara machte genau das… und ich…“

Während Mashara „Ugs!“ machte, ihren Herrn mit ihrer Zunge noch ein paar Mal verwöhnte, fasste Masul sich wieder und streichelte Mashara sehr zärtlich den Kopf, ihre Wangen. Das Ganze war so natürlich, so selbstverständlich gegangen, dass Isabella klar wurde, dass die beiden Übung hatten.

„Sie hatte mir noch gesagt, dass ich in meine Hand beißen sollte, sonst hätte ich über die Pampa geröhrt wie ein Stier! Das allererste Mal kam ich, schau, sie lächelte wie jetzt! Wie sie sich freut! Ich war… ja, ich war gekommen! Da stand ich also nun mit ihr, einer herrischen Mutter, zwei Beißzangen von Schwestern und dem riesigen Gut meines Vaters. Was sollte ich tun? Dabei konnte sie mir nicht helfen! Auch musste ich sehr vorsichtig sein, niemand durfte etwas ahnen! Ich erinnerte mich an die Ratschläge meines Vaters: Große Aufgaben in kleine Aufgaben teilen und diese, wenn möglich, verteilen. Als ich zuhause ankam, hatte ich auch schon ein paar Ideen. Mutter stürzte sofort auf mich, beschimpfte mich und wollte Mashara auspeitschen. Ich gab Mutter gesalzene Ohrfeigen zurück, packte sie an den Haaren, zwang sie zu Boden und versprach ihr den Richtpfahl, wenn Mashara auch nur ein Haar gekrümmt würde. Ein Haar fehlt ihr, sagte ich, und die Spatzen picken dich auf wie Brotkrumen. Sie erschrak und bekam Angst. Meine Schwestern kamen angerannt: das gleiche Spiel. Als sie alle drei vor mir knieten gab ich meiner Mutter zwei Jahre, den Mädchen drei und vier Jahre. Dann… ich machte eine Handbewegung. Mein Vorarbeiter baute mit mir eine Behausung für Mashara. Mit Tür und Schloss, jedoch nicht, um sie einzusperren, sondern um sie zu schützen! Ich wurde hart, auch brutal gegen meine Mutter und meine Schwestern. ‚Was, die Wäsche ist nicht gewaschen? Du willst du einen Mann versorgen? Glaubst du hier ist das Paradies für dich? ‘…“Masul machte die Handbewegung des Ohrfeigens…“Ja, ich war hart. Jetzt jedoch haben sie alle eine gute Partie gemacht.“

Während er erregt erzählt hatte und sich jetzt langsam wieder fasste, hatte Mashara ihren Kopf zwischen Isabella Beine gedrängt. Isabella breite die Arme zu Masul aus.
„Bitte komm! Ganz langsam, bitte! Mashara, kannst du weitermachen?“

Sie konnte. Ganz vorsichtig manövrierte Masul sein Glied, sehr liebevoll leckte Mashara. Masul war verblüfft wie eng, trotz aller

Vorarbeit Masharas, ihre Scheide war. Erst, als er ihr leise versprach, dass sie alle Zeit der Welt hätten, dass er ja schon gekommen wäre und jetzt ganz ruhig und geduldig sei, begann Isabella, sich zu entspannen.

Es war spät geworden. Erschöpft waren sie alle. Sie beschlossen zu schlafen, zogen trotz aller Proteste Mashara zwischen sich. Die beiden Frauen flüsterten miteinander, Masul schlief ein.

„Er liebt dich sehr, nicht?
Mashara nickte.
„Er liebt mich, aber er weiß auch, dass es unmöglich wäre. Eine wie mich, mein Vater der Mörder seines Vaters… Ich könnte nie seine Kinder bekommen und in seinem Haus leben, ohne jeden Tag Angst haben zu müssen! Als gehorsame Dienerin jedoch, eine unscheinbare Nebenfrau, die sich um die Kinder kümmert, werden wir es alle schaffen!“
„Du verzichtest auf dein Glück für mich – wie kann ich das akzeptieren? Aber ich muss! Bleibe ich unverheiratet, verliere ich jegliche Reputation! Masul dagegen ist bald Patron!“
„Möchtest du denn nicht eine Sklavin wie mich? Reizt es dich denn nicht, über eine Frau zu verfügen? Es ist mir wichtig, dass es dir gefällt!“
Mashara hatte den Kopf gehoben und strahlte mit leuchtenden Augen zu Isabella, die sichtlich mit sich kämpfte.
„Mashara, ich habe Träume, für die ich mich schäme. Ich habe nie mit irgendjemand von Stand darüber gesprochen! Heute sehe ich zum ersten Mal eine Frau wie dich! Du bist so liebevoll, so zärtlich – versprichst du mir Stillschweigen? Auch zu Masul? Ich möchte dir vertrauen, aber ich kann es nicht, wenn du alles gleich Masul erzählst, kaum dass es aus meinem Mund ist!“
„Masul möchte mich dir als dein Brautgeschenk geben…“
Mit einem Aufschrei umarmte Isabella die junge Frau, dann schlug sie sich auf den Mund. Masul jedoch schlief wie ein Stein. Er hörte nicht wie die beiden Frauen sich liebten, seufzten und stöhnten. Danach löschten sie die Lampen und schliefen ebenfalls.

Am nächsten Morgen wachte Masul als Erster auf. Er war Frühaufsteher, er erwachte jeden Tag noch vor den Hühnern. Sein Blick fiel auf die beiden Frauen, die friedlich nebeneinander lagen, zusammengekuschelt. Mashara hielt die Hand Isabellas.

Masul kletterte so vorsichtig wie möglich aus den Polstern. Seine erste Arbeit war Frühstück richten. In der winzigen Küche Feuer anmachen, Wasser zum Kochen bringen, gebratenes Fleisch in feine Streifen schneiden, Brot aufschneiden, die Früchte waschen, Masharas geliebten Maisbrei richten. Leise summend war er in seine Arbeit vertieft, als er leise Schritte hörte. Isabella umarmte ihn und strich ihm über die nackte Brust, küsste ihn in den Nacken und flüsterte ihm leise, zärtlich ‚Guten Morgen' zu.

„Masul, Mashara bleibt noch eine Weile liegen. Ich möchte dich etwas fragen, unter vier Augen. Gehen wir nach draußen?"
Am Horizont stand der rote Ball der Sonne. Alles war nass vom Tau der am frühen Morgen gefallen war. Isabella griff Masuls Hand.

„Masul, sag' mir bitte, willst du mir wirklich Mashara als Brautgeschenk geben? Sie hat es mir gestern Abend gestanden, als du schon schliefst – bitte bestraf' sie nicht!"
„Ja, das möchte ich. Sie wird deine Vertraute und deine Geliebte, deine Freundin und deine Stütze werden, unsere Kinder betreuen – und ansonsten… du weißt schon!"
„Ansonsten ist sie deine Sklavin?"
„Isabella, sie ist keine Sklavin. Sie wurde nicht verkauft, sie wurde mir gegeben. Auch wenn sie sich so nennt, nach den Gesetzen des Landes sie keine Sklavin. Sie ist getauft und hat lesen und schreiben gelernt, in Spanisch und Quetschua. Jeden Sonntag sitzt sie auf der Seite der Frauen beim Gottesdienst, in der Reihe meiner Familie."
Isabella schaute überrascht auf.
„Sie kann lesen und schreiben? Aber wie…?"
„Schon mein Vater zahlte für die Kirche des Dorfes. Der Pfarrer unterrichtet sie. Jeden Tag geht sie zwei Stunde vor Mittag in die Kirche, richtete dem Pfarrer das Mittagessen, isst mit ihm und seiner Haushälterin und bekommt ihren Unterricht. Dann arbeitet sie ab Nachmittag weiter."

„Oh! Ich dachte sie ist…“
„Ungebildet? Nein, ganz und gar nicht. Du hast gelernt, wie sie ist: liebevoll, zärtlich, fantasievoll…“
„Aber…! Wie habt ihr dann Zeit für Euch?“
„Die Kirche hat auch ungeweihte Bereiche und einen Durchgang zum Haus des Pfarrers. Ich bin oft mit dem Pfarrer zusammen. Er ist auch der Lehrer des Dorfes, er führt die Bücher des Dorfes. Er vertritt den Patron, was mein Vater war, bis ich das Alter habe. Im Prinzip mache ich die Arbeit, aber er ist offiziell der Vertreter des Patrons.“
Isabella schüttelte den Kopf.
„Der Pfarrer ist eingeweiht?“
„Seine Haushälterin ist die Schwester meines Vaters. Mashara lernt von ihr, was sie im Haushalt wissen muss.“
Masul grinste süffisant.
„Dann spielt ihr die ganze Zeit Theater?“
„Die Leute sehen eine staubige Mashara beim Wasser pumpen und denken sie pumpt immer Wasser wenn das Rad sich dreht, auch wenn es der Esel ist. Sie sehen sie Korn mahlen und denken sie mahlt immer Korn wenn sie die Mühle hören, auch wenn es ein Arbeiter in der Hütte ist. Dass sie in vier Jahren Rechnen, Schreiben, Lesen und Kochen gelernt hat, dass sie in der Kirche auf der Bank meiner Familie sitzt, fehlerfrei dem Ritus folgt…! Wenn du es so willst… ja!“

Bevor sie noch weiter reden konnten, kam Mashara zu ihnen und gab erst Masul, dann Isabella einen zärtlichen Kuss. Isabella fasste sie noch einmal und küsste sie intensiv und ausdauernd. Die beiden Frauen umarmten sich, drückten und hielten sich in den Armen. Isabella schaute Mashara tief in die Augen. Mashara lächelte schelmisch.

„Na, plaudert ihr hier über die Sklavin?“
Isabella lachte und gab ihr einen Stups auf die Stirn. Mashara zog einen Schmollmund.
„Ich sollte dich ausschimpfen, Mashara. Du und Sklavin!“
„Ich spiele es aber so gerne!“
Sie legte den Kopf schief und lächelte schelmisch.

„Bin ich nicht gut?"
Isabella lachte auf.
„So gut dass ich mich in dich verliebe! Du…"
Mashara flüsterte ihr leise etwas zu das Isabella die Schamröte ins Gesicht trieb. Isabella rang nach Luft. Masul lachte und ging in die Hütte. Die beiden Frauen folgten.

Während Isabella und Masul um den Tisch saßen, saß Mashara in der Hocke vor ihnen. Den Mund hielt sie weit auf, sie zeigte ihre schöne lange Zunge und schnappte nach kleinen Stückchen, die ihr die Beiden zuwarfen. Ab und zu, völlig unabsichtlich natürlich, fiel ein Stückchen auf den Boden das sie mit Lippen und Zunge aufnahm. Masul fütterte ihr Brei, den sie wie immer vom Löffel leckte. Wasser schlabberte sie aus einer Schüssel – nur mit der Zunge. Masul und Isabella unterhielten sich über Mashara. Masul machte Isabella auf ihre rote, glänzende, nasse Scham aufmerksam, ihre Lippen, die weit vorstanden und die kleine Kirsche, die aus ihrem Versteck hervorschaute. „Ich habe eine Idee!", sagte Masul plötzlich und begann aus Stricken ein Band zu flechten, das er Mashara um den Hals legte. Noch ein langer Strick, als Leine. Mashara ließ es sich gefallen, dann spielte sie ungehorsames Tier und zog an der Leine. Isabella musste kräftig zufassen um Mashara vor sich in die Hocke zu zwingen. Mashara bekam zärtliche Klapse auf ihren Mund, dann ließ Isabella sie auf ihrem Schoß Platz nehmen und griff sie an der Scham.

„Sie ist so nass!"
Isabella massierte sie bis Mashara aufstöhnte. Isabella streichelte sie etwas tiefer.
„Aber was ist denn das da? Ist da noch etwas? Kräftig fühlt es sich an! Masul, willst du es diesem Tier nicht besorgen? Hier?"
Isabella wollte sehen, fühlen, spüren was Mashara erlebt. Masul nickte lächelnd, Mashara zog ihre Beine weit an und streckte ihren Popo vor. Masul begann erst in ihrer nassen Scheide, dann führte er vorsichtig sein Glied in Masharas Anus. Sachte, ganz vorsichtig, drang er ein, wartete bis sie sich entspannte und zeigte Isabella, wie sie Mashara streicheln sollte. Isabella fühlte die Stöße Masuls, sah wie sein Glied in Mashara verschwand, sie füllte und zum Stöhnen

brachte. Zuckend, sich an Isabella mühsam haltend, kam Mashara. Masul zog sein Glied zurück und ging in das kleine Waschzimmer.

„Was macht er jetzt?“
Isabella war neugierig. Mashara erklärte ihr leise, dass er jetzt Pipi machen und sich waschen müsste – sie auch. Ob sie denn dürfe? Sie lächelte schelmisch, gar nicht beschämt oder schüchtern. Masharas Unbekümmertheit beeindruckte Isabella. Sie löste ihr Strick und Halsband.

„Warum stört es Euch beide nicht, was die Kirche dazu sagt? Ihr wisst doch…“
„Ach, unser Pfarrer machte in seiner Jugend eine Pilgerfahrt. Er kommt aus Santiago, hat jedoch Rom und die heiligen Stätten gesehen. Er erzählte, er wäre ganz erschüttert gewesen als er Jerusalem und das Land kennenlernte: Ein bitterarmes Land, kein Wasser, glühende Hitze, eine aufgepeitschte Stimmung. Die Moslems dürfen sich mit Sand waschen, wenn sie kein Wasser haben, aber die Christen und Juden… Er meinte das Verbot ist als ein Schutz für die Menschen gedacht, genauso wie das Waschen der Moslems und die Einteilung der Hände: links für den Po, rechts für das Essen! So drillen wir ja auch die Kinder, noch heute! Er erzählte, dass die Frauen dort an ihren Männern riechen ob sie ihnen treu waren – kannst du dir das vorstellen?“

Die Frauen lachten. Sie kuschelten in die Polster und ruhten noch einige Stunden, bis sich der Hunger bei ihnen erneut regte. Der Hunger auf Essen und Trinken, der Hunger auf die beiden anderen Menschen. Isabella dachte noch vor dem Einschlafen, dass sie erst vor einer Weile nicht geglaubt hatte, jemals mit einem Mann wieder glücklich zu werden. Jetzt hielt sie Masul Hand fest. ‚Wie dumm ich doch war, wie beschränkt! Dieser Bauer weiß Dinge von denen sie niemals geträumt hätte, dieses junge Mädchen ist erfahrener als eine Tempelhure! ‘

Ein schabendes, wetzendes Geräusch, das gedämpft an ihre Ohren klang, weckte die beiden Frauen. Masul schärfte sein Rasiermesser.

Mashara stand auf, sprach ein paar Worte mit Masul, dann begann sie, mit dem Pinsel Rasierschaum zu bürsten.

„Isabella, 'leg dich zurück! Du bist die Erste!"
„Oh, was hast du vor?"

Mashara erklärte ihr was gleich passieren würde – Masul würde ihre Schamhaare entfernen. Nein, es würde nicht schmerzen… Mit großer Angst hielt sie schließlich still, von Mashara gehalten, von Masul beruhigt. Ruhig und sicher schabte ihr Masul die Haare von ihrem Venushügel, ihren großen Lippen und ihrem Damm. Masul gab ihr seinen Spiegel, damit sie sich betrachten konnte, dann setzte er seine Arbeit an Mashara fort. Isabella hatte sich noch nie so nackt und bloß gesehen.

„Ich wusste gar nicht… das ist ja wie ein Regenbogen!"
„Ja, wie ein Regenbogen, und an seinen Enden sind meine beiden Goldtöpfchen!"
Masul faltete sein Messer und setzte sich, lehnte sich zurück und betrachtete wie die Frauen sich gegenseitig liebten. Für Isabella war es ein völlig neues Gefühl, so nackt und haarlos berührt zu werden. Mashara setzte sich auf sie, rieb ihre Scham an Isabellas, bis beide Frauen erschöpft, japsend, in den Kissen lagen.

Masul ließ ihnen Zeit, um wieder zu Kräften zu kommen, dann, nach einigen Happen Schinken, Brot und Wein, legte er sich zwischen die beiden Frauen auf den Rücken.
„Mashara, auf!"
Er stützte sie, dass sie sich über ihm aufrichten konnte, stieß sein Glied in ihre heiße, rote Scham. Isabella begann sie zu massieren. Sacht strich sie über die kleine Perle, dann sah sie, wie sich Masharas Scham verkrampfte und die eben noch schelmisch lächelnde Mashara aufschrie, stöhnte und sich ihre Brüste hielt. Schreiend kam Mashara und fiel auf Masul, weinte und zitterte.

„Oh mein Herr! Oh mein Herr! Was habt ihr getan! Was habt ihr nur getan!"

Mashara schluchzte, weinte und verbarg ihr Gesicht in Masuls Armen. Isabella streichelte ihren Rücken und schaute Masul zu in einer Mischung aus Vorwurf und Zweifel. Zu Mashara machte sie ein fragendes Gesicht. Masul erklärte ihr, dass Mashara verschiedene Arten der Lust kannte. Wenn sie weinen musste und zitterte, hatte sie den Gipfel erklommen.
„Es ist wie Essen, Isabella…“ erklärte Mashara ihr, als sie sich wieder gefasst hatte. „Du kennst das Essen für den Hunger und den Genuss eines richtig großen, festlichen Essens? So ist es auch mit der Lust!“ Ihr beide habt es geschafft, ihr beide zusammen! Masuls Glied und deine Hand, Isabella!“

Sie streichelten sie, bis sie völlig ruhig war. Sofort zeigte sie wieder ihr spitzbübisches Lächeln.

„Jetzt ist es aber Zeit, dass meine Herrin sich den Saft meines Herrn holt! Kommt, Isabella! Ihr seid jetzt dran!“
Sie half Isabella auf Masul, gab Beiden ihr Erlebnis zurück. Zuerst nahm sie Masuls weich gewordenes Glied in den Mund, während er Isabellas Brüste streichelte, ihre Nippel massierte, indem er mit seinen Fingern schnell über sie hin-und her fuhr und Isabella zum Stöhnen brachte. Dann begann Mashara, Isabellas Perle zu massieren, als Masul sein Glied in sie eingeführt hatte. Mashara half ihr sich aufzustützen, sodass sie sowohl Masul als auch sich sehen konnte, wie Masuls Glied in ihr verschwand.
„Oh! Er ist in mir! Ich spüre ihn! Ah! Das ist schön!“
Masul begann zu stoßen, bewegte seine Hüfte kräftig Auf und Ab, dann rotierte er seine Hüfte, stieß wieder, drehte sein Glied in Isabella. Isabella erlebte Höhepunkt um Höhepunkt. Als Masul schließlich die Augen schloss und im Lustrausch laut aufschrie, sie aufeinander fielen und sich hielten, wusste Isabella, was Mashara erlebt hatte.
„Oh Liebster! Das muss Sünde sein! So süß kann nur Sünde sein!“
Masul lachte.
„Die Israeliten erzählen sich, dass Adam eine andere Frau hatte, Lilith genannt! Jetzt wisst ihr wieso!“
„Oh ja, das ist sie! Alles teilt sie und gibt es doppelt zurück! Mashara, hier ist dein Platz, zwischen uns!“

Sie zogen Mashara zwischen sich, egal wie verschwitzt und nass, klebrig, sie alle waren. Später würden sie ein Bad im Waschzuber nehmen, zu Abend essen und schlafen. Vielleicht.

Am nächsten Morgen fiel es Masul sehr schwer, aufzustehen und ihnen das Frühstück zu richten. Während er sich kaltes Wasser ins Gesicht spritzte, sich wusch und rasierte, kam ihm die Erinnerung. Das warme Bad gestern Abend, eine Isabella die so erregt war, dass sie keine Ruhe gegeben hatte, eine Mashara die unbedingt ihr Halsband geknüpft haben wollte… die zwei Frauen waren außer Rand und Band. „Masul, sie tritt und boxt, kannst du sie nicht fesseln?“ war das Nächste gewesen. Er hatte Mashara die Beine angebunden, einen Strick um ihre Hüfte gelegt und ihr die Fesseln an die Enden so gebunden, dass sie ihre Beine nicht ausstrecken konnte; das gleiche mit ihren Armen. Mit angezogenen Beinen und Armen hätte sie sich eigentlich zufriedengegeben müssen, jedoch nur um Isabella von oben nach unten abzulecken. Isabella protestierte, jedoch nur um Mashara an ihrem Halsband zielgerichtet an ihre Scham führte. Ihren Po reckte Mashara dabei hoch– es dauerte nicht lange, dass eine aufstöhnende Isabella ihn erneut um Hilfe bat: „Masul, sie leckt mich auf! Bitte nimm‘ sie! Masul!“ Es war passiert, er hatte Mashara wild, erregt von ihrem Spiel, von hinten genommen, sich in ihr ergossen. Seine ganze Selbstbeherrschung und Kontrolle war weg gewesen. Er erinnerte sich, wie er laut aufstöhnend über Mashara kollabiert war, wie Isabella tief gurrend gelacht hatte. Sie hatte später einen Finger in Masharas Scheide geführt und ihr unter die Nase gehalten, in ablecken lassen. Noch eine Weile war das so gegangen. Er hatte neben den Frauen gelegen und ihnen zugeschaute, bis ihm die Augen zugefallen waren.

Die Frauen blieben heute Morgen in den Polstern liegen und schäkerten miteinander. Er hörte noch wie Isabella mehrmals „Du Schlimme!“ sagte, Mashara kehlig lachte. War sie noch immer gefesselt?

Das Frühstück war fertig. Er rief die Frauen. Mit Küsschen von links und von rechts wurde er begrüßt. Mit Erleichterung stellte er fest, dass Mashara von ihren Fesseln befreit war.

„Herr, wir müssen uns heute über dich beschweren! Wir konnten heute Nacht nicht schlafen! Du hast wie ein Bär geschnarcht!“
Klar, das war Mashara. Isabella hatte andere Klagen.
„Da war ein Tier im Bett! Abgeleckt hat es mich!
Masul musste lachen, dann sagte er ganz ernst:
„Ich wurde bestohlen! Ihr zwei habt mir meine ganze Selbstbeherrschung geraubt! Ich wollte nicht, dass Mashara jetzt schon schwanger wird! Jetzt müssen wir sehen, wie wir damit zurechtkommen!“
Isabella war dies jedoch sehr recht und sie hatten gute Gründe.
„Du warst so schön anzusehen, Masul. Wie du kamst, wie du geschrien und gestöhnt hast! Mashara - auch sie war… unbegreiflich! Ich hatte noch nie so schöne Erlebnisse! Ich möchte, dass das nie aufhört, Masul. Mashara soll mit mir schwanger sein! Ich habe schon bemerkt, wie du dich immer zusammengenommen hast. Wie du mit mir kamst, aber nicht mit ihr, nicht in ihr! Abgesehen davon, sie ist jetzt meine allerbeste Freundin. Ich werde meinen Mann mit ihr teilen – also soll sie auch die Schwangerschaft teilen! Sie wird mir in allem Beistehen!“

Masul wurde sehr stolz. Die beiden Frauen saßen strahlend neben ihm, hielten sich die Hände und waren sichtlich glücklich.
„Gut denn, wie sagt der Pfarrer? Alles in Gottes Hand! So sei es denn!“
„Wie geht es jetzt weiter, mein Herr?“
„Nun, in zwei Monaten wird die Hochzeit stattfinden. Mit Isabellas Vater ist vereinbart, dass ihr beide bei seiner Familie bleibt und euch vorbereitet. Mashara, du wirst Isabellas Familie kennenlernen.“
„Aber was passiert mit dir? Was passiert mit uns, wenn dir etwas passiert?“
„Mashara, niemand wird sich trauen, dir auch nur ein Haar zu krümmen. Mein Vater ist der Bruder des Provinz-Gouverneurs – hab‘ keine Angst! Wir sind sicher! Unsere Kinder werden es besser haben als wir – da bin ich mir ganz sicher! Masul ist ein guter Mann, er liebt uns Beide, seine Sklavin und seine Spanierin!“
Dann, unsicher geworden, fügte sie hinzu:
„Nicht war Masul, das tust du doch? Wir bedeuten dir etwas, Mashara und ich? Ja? Ja?!“

Sie war immer lauter geworden, rüttelte an Masuls Arm und hatte sich aufgerichtet.
Masul zog sie zu sich.
„Still, du weckst ja Tote auf! Dein Vater, Isabella, erhielt eine Verfügung von mir. Im Falle meines Todes gehört Euch beiden alles, was ich besitze. Es wird durch euch beide und eure Kinder geteilt, meine restlichen Verwandten erhalten nichts, weder meine Schwestern, noch meine Mutter. Der Pfarrer des Dorfes erhielt eine Abschrift, versiegelt im verschlossenen Umschlag, zu öffnen im Falle meines Todes. Ihr seid versorgt! Na, was sagt ihr nun?"
Masul grinste, wie ein Junge, dem soeben ein ganz besonders guter Streich gelungen war.
„Ihr sollt nicht von eurem Tod reden, mein Herr!"
Mashara war besorgt und tief bewegt. Isabella schluckte.
„Ja, es ist nicht gut, vom Tod zu reden – aber jetzt wissen wir, dass du an uns gedacht hast."
„Ich habe auch an unseren Ringe gedacht, ganz nebenbei!"
Isabella war verblüfft.
„An unsere Ringe? Aber welchen Ring erhält denn Mashara?"
„Da sie keinen Ring am Finger tragen kann, habe ich für Mashara eine Halskette fertigen lassen. Nun lasst sehen, ob alles auch passt!"
Masul griff in seine Taschen und zog eine kleine, aus rotem Leder gefertigte Kassette vor, mit schwarzem Samt ausgeschlagen. Sie enthielt zwei Goldringe und ein Goldkettchen, zierlich gearbeitet.
„Ich habe deinen Ring nach Masharas Finger fertigen lassen ..." begann er, aber Isabella hatte nach dem Kettchen gegriffen und zog Mashara vor sich, sodass sie vor ihnen stand.
„Mashara, wir möchten dich hier und jetzt als unsere Sklavin annehmen! Wir werden dich lieben und ehren…" Isabella schluckte. Beide Frauen hatten Tränen in den Augen. Isabella öffnete das Kettchen und reichte den Verschluss an Masul.
„Mashara, geh in die Knie. Nimm' deine Haare hoch!"
Mit Tränen in den Augen gehorchte Mashara, kniete vor ihnen und beugte den Nacken. Sie legten ihr das Kettchen um den Hals. Isabella hielt die Öse, Masul den Verschluss. Beide warteten. Mashara verstand erst nicht und kniete still vor ihnen, dann brach es schnell aus ihr heraus:

„Ich werde eure gehorsame Sklavin sein und euch lieben und ehren, solange ich lebe!“

„So sei es denn!“ Masul schloss das Kettchen in Masharas Nacken. Sie beugten sie sich zu ihr, gaben ihr Küsse auf die Wangen, dann zogen sie Mashara hoch und umarmten sie.

„Jetzt bin ich doch eure Sklavin geworden, mein Herr, meine Herrin!“

Mashara strahlte unter Tränen. Isabella zog sie an sich.

„Du hättest doch keine Ruhe gegeben, bevor du es nicht von uns beiden gehörst, den Beweis an deinem Körper trägst!“

„Oh ja! Nur wüsste ich da noch andere Stellen an meinem Körper…“ Sie strahlte sie an und fuhr über ihre Brüste, ihre Brustwarzen. Masul bewunderte sie, wie sie noch mit nassen Wimpern und Tränen in den Augen sofort wieder strahlen konnte und bereits wieder neue Ideen in ihrem süßen Köpfchen hatte. Er musste lachen.

„Ja, das wäre auch eine schöne Stelle! Jetzt bekomm‘ aber erst dein Kind und still‘ es, dann werden wir weiter sehen!“

„Was meint ihr, welche Stelle?“

Isabella hatte nichts verstanden. Mashara erklärte ihr, dass gediegenes Gold früher vor allem für religiöse Zwecke und Schmuck verwendet wurde.

„Es ist ja zu sonst nichts nütze! Gold ist zu weich, als dass man damit etwas anderes anfangen kann! Es taugt nicht für Werkzeuge, es hält keiner Belastung stand! Kannst du dir ein Messer aus Gold vorstellen? Oder eine Axt? Nur als Schmuck, da es leicht formbar ist, kann man es sinnvoll verwenden. Die Frauen trugen früher Ohrringe und Ringen in den Nasen – zumindest sah man es da! Es gibt Erzählungen, dass man Gold auch an anderen Stellen im Körper trug, wie die Ohrringe. Jedoch hat die Gier nach dem Gold dem allem schnell ein Ende gesetzt. Wir hatten ohne Schmuck zu sein, nur mit unserer Kleidung!“

„Mir würden da auf der Stelle Stellen einfallen, liebste Sklavin, an denen ich dich gerne schmücken würde: an deinen Brüsten und deinen Lippen! Ich könnte mir auch vorstellen Isabella würde dir sicher gerne einen Ring durch die Nase ziehen!“

„Oh ja! Jetzt erzähl‘ aber doch mal die Geschichte, die du mir heute Nacht zugeflüstert hast!“

Mashara wand sich etwas, bekam rote Wangen, dann jedoch begann sie, zu erzählen.

„Ich habe meiner Herrin…“ein neckischer Blick zu Isabella…“ erzählt dass ich vier Jahre in dem kleinen Zimmer gelebt habe, das du für mich gebaut hast, Masul. Es ist schön geworden, ich habe Platz für meine Sachen, das Bett ist sehr weich und bequem! Wie du immer die Tür abgeschlossen hast! Schließlich sollte niemand auch nur ahnen, dass wir schon von Anfang an ein Paar waren!“
Masul fuhr ihr über ihre schwarzen Haare.
„Es waren immer ganz eigentümliche Gefühle! Jeden Morgen stand ich auf und bereitete selbst ihr Frühstück zu, schloss ihre Tür auf und fütterte ihr den ersten Löffel – wie sie zu mir aufschaute! Hunger, Verlangen, Liebe und Sehnsucht standen in ihren Augen…“
„In deinen las ich das Gleiche, geliebter Herr! Jedenfalls… ich lag in meinem Bett und habe mir ausgemalt wie es wäre, wenn mein Herr jetzt zu mir kommen würde….“

Isabella unterbrach sie:
„Jetzt entschuldig mich, Mashara, du warst also wirklich vier Jahre nachts eingeschlossen? Wie eine Gefangene? Eingesperrt wie Tier?“
Mashara und Masul lachten auf.
„Das dachten alle! Ich habe natürlich einen Schlüssel, gut versteckt, aber sofort griffbereit. Masul wollte kein Risiko eingehen. Was hätte ich denn getan, wenn es gebrannt hätte? Deshalb waren wir auch immer so gespannt bei unserer Zeremonie!“
Isabella setzte sich hin und schüttelte den Kopf.
„Hast du ihn jemals benutzt?“
Mashara schaute ins nirgendwo und grinste, Masul lachte und umarmte Isabella.
„Aber natürlich hat sie! Hältst du mich für einen Unmenschen? Als meine Mutter und meine Schwestern endlich aus dem Haus waren, gab es keinen Grund mehr- aber auch vorher! Wir mussten nur sehr vorsichtig sein, niemand durfte uns sehen oder hören, niemand durfte ihre Haare in meinem Bett finden!“

Isabella schüttelte ungläubig den Kopf.

„Jetzt ist auch dieses Rätsel gelöst! Ich wunderte mich immer wie ein Mensch, der so niederträchtig mit seiner Sklavin umgeht, so liebevolle, zärtlich Briefe schreibt! Mein Bote berichtete, wie er Mashara in ihrer Hütte sah, dass sie unglaublich schön wäre und so hingebungsvoll zu ihren Herrn schaute! Er sagte wörtlich, dass Mashara mit jeder Schlüsseldrehung dahingeschmolzen wäre, wie wenn der Schlüssel etwas Lebendiges wäre – ich würde schon verstehen!“

Die drei lachten, dann bat Isabella um die Fortsetzung, oder überhaupt um ihre Geschichte. Mashara erzählte weiter:

„Ich begann nach unserem Ritual, als ich dann in meinem Bett lag, mir vorzustellen wie es denn ganz anders sein könnte. Natürlich, ich hätte dann keinen Schlüssel mehr, auch keine Kleidung. Nackt würde ich eingesperrt sein! Mein Zimmer wurde in meinen Gedanken immer kleiner, bestand nur noch aus Gitterstäben. Es wurde zu einem Käfig, ich zu einer Gefangenen. Ich stellte mir vor, ich würde jetzt in diesem Gefängnis gehalten werden – buchstäblich wie ein Tier!

Doch wie war es dazu gekommen? Ich war die Frau eines reichen Mannes, die sich ihm jedoch verweigerte. Ficken – nein. So etwas wollte ich nicht. Nicht mit mir! Er beschenkte mich, verwöhnte mich, drohte mir – nein, ich wollte nicht! Schließlich stellte er mir ein Ultimatum: Entweder jetzt, oder er würde Maßnahmen einleiten! Ich lachte ihn aus und ging in mein Zimmer. Am nächsten Morgen erwachte ich nackt in einem Käfig. Er hatte mich betäubt und eingesperrt. Entsetzt bemerke ich, dass Männer mich beobachten, mehrere Männer sind vor dem Käfig!

Sie erklären mir, dass ich zu essen und zu trinken bekomme, wenn ich gehorsam bin, an die Gitterstäbe trete und mich streicheln und fühlen lasse. Ich weigere mich, aber der Hunger und der Durst treiben mich an die Gitter. Die Männer sind nicht ungeschickt, sie streicheln mich und spielen mit mir, betasten und befühlen mich. Die Portionen, die ich zu Essen und Trinken bekomme sind klein, ich bettle um mehr, ich habe Durst! Ich bettle die Männer an– alles werden sie von mir bekommen, wenn sie mich nur füttern! Die Männer behandeln mich respektvoll, geradezu zärtlich und gefühlvoll: Ich bin es, die innerlich zerbricht und gefügig wird! Mein Stolz, meine Würde: Alles gebe ich auf!

Es dauert einige Tage, dann fragen mich die Männer, ob ich nicht merke, dass meine Lust gewachsen wäre, dass ich jetzt schon alleine für ihre Zärtlichkeiten an die Gitter komme? Es stimmt, ich presse mich an die Gitter, versuche die Männer festzuhalten, umschlinge sie, strecke meine Brüste heraus und zeige meine Scham, sodass sie mich bequem fühlen können. Es wäre jetzt Zeit meine Entwicklung weiter zu fördern! Welche Entwicklung? Ich würde schon sehen! Ich bekomme Eisenringe angelegt, an den Händen, den Beinen, um den Hals und um die Hüfte. Es sind schön gearbeitete Ringe mit Ösen, kleine Schmuckstücke für mich! Als ich mich an die Ringe gewöhnt habe, bekomme ich Ketten: Meine Beine kann ich jetzt nicht mehr ausstrecken, ich kann nicht mehr stehen. Wie ein Tier kauere ich auf dem Boden, jedoch, es stört mich nicht mehr. Ich freue mich über meinen neuen Schmuck, wie er mich leise klirrend umschmeichelt!

Dann erklären mir die Männer, dass ich meinen Käfig tagsüber nicht mehr brauchen würde – die Männer möchten mich besser fühlen und streicheln können. Sie nehmen mich aus dem Käfig, binden mich an einem Bein einer niederen, aber breiten Steinsäule fest. Die Kette ist zu kurz, als dass ich herabsteigen kann. Jetzt jedoch habe ich alle ihre Aufmerksamkeit: Nicht mehr durch das Gitter behindert, biete ich meinen Körper jedem an, der in die Nähe kommt. Völlig ungehemmt zeige ich meine nasse Scham, meine Brüste, meinen willigen Mund. Ich lecke sie, massiere sie, wenn sich niemand der Männer für mich interessiert, streichle ich mich selbst, bis ich komme. Essen und Trinken sind schon lange nicht mehr wichtig für mich: Sie versorgen mich sowieso, lassen mich an Leckereien naschen. Wie ein gezähmtes Tier sitze ich auf der Säule, gerade in der richtigen Höhe, sodass sie mich jederzeit bequem nehmen können!

Die Steinsäule hat in der Mitte einen rechteckigen Ausschnitt, ein Loch, wie passend für einen Einsatz. Ich rätsle noch über den Sinn, als sie mir den Einsatz bringen: ein aus Stein sehr glatt gearbeitetes männliches Glied. Es hat einen schweren rechteckigen Fuß, der genau in das Loch passt. Dick und immer steif steht es genau in der Mitte, nach oben – es ist für mich, ich werde darauf Platz nehmen, damit ich immer bereit, nass und weit für die Männer bin! Ich streichle mich, um nass zu werden, wärme das Glied in meinen Mund und nehme es in mir auf, immer beobachtet von den Männern. Sie loben mich und fordern mich auf das Glied ordentlich zu nehmen! Ich beginne langsam, an ihm Auf und Ab zu gleiten, es ist dicker als ein männliches Glied und füllt mich ordentlich aus, meine Perle tritt hervor, ich beginne zu stöhnen und bald bin ich klatschnass. Jedoch, noch bevor ich kommen kann, greifen die Männer nach mir, benutzen mich, nass und geil wie ich bin!

Erschöpft lasse ich mich auf dem Glied nieder. Es wird mein Ruheplatz, es hält mich geil und ich halte es warm. Nach einiger Zeit werde ich mutig und nehme es in meinen Po, dehne mich auch hier auf, um von allen Seiten benutzbar zu werden, immer beobachtet und bewundert. Über Nacht komme ich in meinen Käfig, tagsüber sitze ich auf meiner Säule, wie ein läufiges Tier…“

Sie hatte ihr zugehört, atemlos, mehr und mehr erregt durch ihre Erzählung. Mashara hatte ihre Hände in ihren Schritt und an ihre Brüste geführt, Isabella hatte Masul an seinem steifen Glied gefasst. Wieder liebten sich die beiden Frauen, während er in Isabella war, dieses Mal jedoch wandte sich Isabella ihm zu, rief seinen Namen, als sie kam, genoss mit Stolz seinen Orgasmus. Er konnte ihr ansehen, wie sehr es sie freute.

Als sie sich erholt hatten und wieder Worte fassen konnten, begann Isabella, von sich aus zu erzählen.

„Mashara, ich hätte nie geglaubt, jemals eine Frau wie dich zu erleben! Alles was ich will, gibst du aus freien Stücken, liebevoll und zärtlich! Ich glaubte bisher, ich muss mir meine Partnerinnen erziehen wie man wilde Tiere zurichtet: mit Strafen und Drohungen, mit Zuckerbrot und Peitsche! Bei dir… du tust es! Du liebst mich! Ich fasse es einfach nicht!"

Sie umarmte Mashara, mit Tränen in den Augen.
„Aber Herrin, an was für Kühe seid ihr denn da geraten? Ist es denn nicht selbstverständlich…?"

„Nein, Mashara, nein, das war es nicht. Ich suchte im Kreis meiner Freundinnen, hörte mich um. Obwohl ich ganz vorsichtig war, erntete ich Entrüstung. Nein, so etwas würde es nicht geben, sie würden sich schämen, so jemanden zu kennen! Eine Frau, die einer anderen Frau einen „Gefallen" erweist? Niemals! Ich hatte also nur die Tochter meiner Hebamme, die mich regelmäßig besuchte, bis sie wie ihre Mutter tätig wurde und immer seltener zu mir kommen konnte. Immerhin empfahl sie mir ein Mädchen – vielleicht würde sich eine Gelegenheit bieten?

Mein Vater kann mir keinen Wunsch abschlagen, also bestürmte ich ihn, dass ich eine eigene Dienerin nur für mich bekomme. Er sagte ja. Ich bekam meine erste Dienerin: Eine Schrulle von einer Frau, die mich entsetzt anstarrte als ich einige Bemerkungen machte. Sie sagte mir ich solle heiraten, dann hätte ich keinen Grund für nervöse Beschwerden. Jedoch hatte sie auch ihr Gutes: Als sie verstand was passiert war, bat sie um ihre Entlassung und suchte mir ein Mädchen, erklärte mir aber, ich müsse ‚hart" sein. Hart sein, was heißt das? Ich hatte keine Ahnung! Wie ist man hart zu einer Frau? Ich habe nie Schläge bekommen, ein strenger Blick meiner Eltern trieb mir die Tränen in die Augen! Überhaupt, ich war ein sehr braves Kind gewesen… bis dahin!

Das Mädchen kam und stellte sich mir vor. Ich war im Reitdress in mein Zimmer gegangen, die Gerte unter dem Arm. Die Handschuhe und die Schuhe hatte ich angelassen. Ich ließ sie ihren Spruch aufsagen, dann verlangte ich, dass sie mir ihre Hände zeigt. So, ausgestreckt vor mir, Handinnenseiten. Ich bemängelte ihre Fingernägel und gar ihr einen Klaps mit der Gerte auf die

Handflächen. ‚Das ist nicht sauber! Willst du mich mit diesen Pfoten berühren?' Nein, das wolle sie nicht! ‚Was, du willst die Herrin nicht berühren? ' Wieder ein Klaps. Es dauerte eine Weile bis sie verstand, da stand sie schon splitterfasernackt vor mir und musste sich inspizieren lassen. Ich gab ihr Klapse wegen ihres ungepflegten dichten Haarwerks, auf den nackten Po, schalt sie dass sie wie ein Affe aussehen würde: überall ungewaschene, struppige schwarze Haare! Sie jammerte sie hätte ja nicht gewusst, dass die Herrin eine persönliche Dienerin suchen würde!"

Mashara lachte. „Ja, das sagen sie: Eine persönliche Dienerin!"

Isabella nickte und lächelte. „Vor mir musste sie in den Waschzuber steigen und sich schrubben, dann habe ich eine Schere genommen und ihr die struppigen Haare geschnitten. Wie Samson muss sie sich vorgekommen sein als ihre Haare zu Boden fielen, die musste sie dann noch selbst aufräumen! Als sie trocken war, habe ich sie mit meiner Creme massiert – was hat sie sich gewehrt! Ich glaube, ich hätte sie sie totschlagen können, aber sie wollte mich nicht an ihre Scham lassen.

„Herrin, ihr hättet sie auf die Brüste schlagen sollen, sehr ihr, so!"

Mashara zeigt ihr, was sie meinte: Mit einer ziehenden Bewegung der Hand, sodass die Fingerglieder über die Nippel führten, schnell immer wieder von oben aus der Höhe des Brustbeins in Richtung Nabel auf die Brust schlagen. Isabella probierte es an ihr aus. Masul hielt Mashara die Arme hinter den Rücken, Isabella führte ihre Hand einige Male über ihre Brust. Isabella verstand zu bestrafen, sie hielt einen gleichmäßigen Rhythmus und beobachtete Mashara genau. Trotzdem, sie erschrak wie Masharas große Nippel ihre Brust nach unten zogen, wie sie aufstöhnte, sich versuchte zu drehen, ihr die Tränen in die Augen stiegen. Nach einigen zig Malen biss sie sich auf die Lippen und bedeutete Masul, dass er Mashara loslassen solle. In ihrem Gesicht arbeitete es. Mashara jedoch kniete nieder und bedankte sich bei ihrer Herrin. Isabella war tief berührt, über ihre Hingabe und ihre Demut. Sie umarmte Masharas Kopf, drückte sie an sich und streichelte sie, sprach leise, zärtlich mit ihr.

Masul schenkte den Frauen Wein nach, als sie sich wieder gefasst hatten. Beide Frauen hatten ein verdächtiges Funkeln in den Augen, bei Mashara standen die Nippel gereizt, hart und knallrot vor.
„Wenn sie dann ihre Scham zeigt und die Beine öffnet, schimpft ihr sie erneut aus! Dann schlägt ihr sie auf die Perle, schaut…“

Mashara legte sich auf den Rücken und führte Isabellas Hand an ihre Scham, den Zeigefinger auf ihrer Perle, die anderen Finger auf ihren großen Lippen. Sie zeigte ihr wie sie, wieder mit einer ziehenden Bewegung, ihre Perle, ihre Lippen immer wieder schmerzhaft und lustvoll zugleich strafen konnte. Isabella und Mashara gaben sich gegenseitig alles in diesen kurzen Momenten, Momente in denen Mashara ihre Beine weit und erwartungsvoll für Isabella öffnete, die ihrerseits gespannt Schlag um Schlag ausholte, Masharas Reaktionen beobachte, die ihrerseits den Blick nicht von ihr wenden wollte, aufzuckte und dem Schmerz in einem lustvollen Schrei und einem tiefen Aufstöhnen freiließ, nur um sich erneut, fordernd, zu öffnen. Masul lernte viel in diesen Momenten über die beiden Frauen, die erst von ihrem grausamen Spiel ließen, als Mashara aufschluchzend zu weinen begann. Isabella nahm sie in ihre Arme, tief bewegt tröstend, bis wieder alles gut war – bis auf ihre flammend rote Scham und ihre malträtierten Brüste.

Ein vertrautes, intimes Lächeln stand in den Gesichtern der Frauen, als sie sich wieder Masul zuwandten. Masul bemerkte, dass er Zeuge einer Initiation geworden war, ein geheimes Band war geknüpft worden und die beiden Frauen wollten ihn jetzt einbeziehen. Isabella führte ihn lächelnd auf die Polster, ließ ihn sanft niedersinken und küsste ihn zärtlich. Mashara nahm sein Glied in ihren Mund bis es hart und groß war, dann stupste sie Isabella an und half ihrer Herrin auf Masul, führte sein Glied in Isabella ein und massierte ihre Perle. Isabella und Masul liebten sich leidenschaftlich, immer Mashara im Blick, die jedoch dieses Mal nur eine Dienerin der Lust ihrer Herrin und ihres Herrn war. Ein Blick auf ihre Nippel und ihre Scham zeigten wieso: Sie war wund und immer noch knallrot. Sie nahmen sie zwischen sich in die Arme und drückten sie an sich.

„Hat unsere Sklavin heute schon genug? Kein Nachtisch gefällig?“

„Ihr habt es ihr für heute gehörig ausgetrieben, Herrin!“
Mashara lächelte und schien trotzdem sehr glücklich.
„Wie ging es denn aber weiter, mit ihrem Mädchen, meine Herrin?“

„Es war eine einzige Enttäuschung! Ich wollte keine Herrscherin sein müssen, ich wollte Gefühle, ja, Liebe, Zuneigung und Zärtlichkeit! Die Überraschung kam, als sie heiratete und ihre Kinder bekam. Ich besuchte sie nach der Geburt, nach beiden Geburten. Sie hielt meine Hand und küsste sie, führte sie an ihre Wange und hatte Tränen in den Augen. Ich wurde die Taufpatin ihrer Kinder. Jedes Mal wenn ich sie sehe, hält sie unter Tränen meine Hand!“

Isabella schwieg, dann, leise, erzählte sie:

„Nach dem Erlebnis mit meinem Verlobten, als ich verheilt und mein Problem gelöst war, war ich verkrampft. Ich konnte mir nicht vorstellen, dass ich jemals Vergnügen mit einem Mann haben würde. All die schönen Dinge von denen mir meine Freundinnen erzählten – unvorstellbar, unmöglich! Die Tochter meiner Hebamme half mir. Sie brachte mich dazu, etwas in mich zu lassen, ohne Entsetzen und Angst zu verspüren.“

In Isabellas Gesicht arbeitete es. Ihre Lippen zuckten. Mashara nahm sie in ihre Arme, Masul legte sich hinter Isabella und umarmte sie, streichelte ihre Haare und flüsterte beruhigend auf sie ein. Mashara sagte noch: „Ihr könnt weinen, Herrin, wir sind es doch! Euer Mann, eure Sklavin!“ Da brach es aus Isabella heraus. Schluchzend, weinend, schüttelte sie sich, wie unter Krämpfen. Die beiden hielten sie schweigend, nahmen sie zärtlich in ihre Arme und streichelten sie geduldig. Masul massierte ihren Nacken und ihre Schultern, bis Isabella sich beruhigt hatte.

„Ihr könnt euch nicht vorstellen, wie es war. Ich lag blutend auf dem Boden, mein Kleid voll mit meinem Blut, mein Vater in meinem Zimmer mit dem Gewehr auf meinen Verlobten zielend! Ich hatte ein blaues Auge, meine Lippen waren aufgeplatzt, alles schmerzte! Noch Monate danach fühlte ich mich schmutzig, einfach eklig!“

Sie schwiegen weiter, wartend, geduldig, bis Isabella weiter sprach.

„Als ich wieder aufstehen konnte, wurde ich überall angestarrt. Noch schlimmer wurde es, als die Hebamme mit ihrer Tochter kam. Ich hatte meinen Ruf verloren, ich war geschändet worden. Erst langsam wurde es dann besser, die Leute beruhigten sich, hatten sich genug über mich ihre Mäuler zerrissen. Die Hebamme und ihre Tochter waren die Einzigen, mit denen ich offen reden konnte. Sie brachten mich durch, halfen mir, wieder Selbstachtung zu gewinnen.“

Isabella schwieg wieder. Dann stand sie auf und wühlte in ihren Sachen.
„Hier zeige ich euch mein größtes Geheimnis. Das hier…“ sie hielt ein kleines Lederetui in den Händen…“Das ist aus Europa, aus Frankreich. Ich habe es über verschlungene Wegebekommen.“
Sie öffnete das Etui. Es enthielt einen Dildo, aus milchigem Glas gefertigt, vom Umfang wie ein männliches Glied.
„Damit konnte ich mich anfreunden – ich hatte ja keinen verständnisvollen Masul, der sich alle Zeit nimmt und keine liebevolle Mashara, die mich erregt!“
Wieder weinte sie und hielt sich an ihnen fest, aber langsam fasste sie sich. Sie packte ihr kleines Geheimnis wieder weg.

„Wir haben jetzt alle Hunger. Wir sollten zu Abend essen und schlafen gehen – morgen holt uns mein Vater ab, Mashara und mich. Meinen geliebten Bräutigam werde ich dann erst zur Hochzeit wieder sehen!“
Sie aßen feierlich, genossen was von den mitgebrachten Köstlichkeiten übrig war, badeten noch einmal und legten sich schlafen. Sie hatten sich ihre intimsten Geheimnisse erzählt, ihre geheimsten Wünsche offenbart und ihre Verfehlungen gestanden, sie waren sich vertraut geworden.

Am nächsten Morgen, nach dem Frühstück, schlüpften sie lachend wieder in ihre Kleidung und packten ihre Sachen. Aneinander gelehnt standen sie in der Sonne und empfingen Isabellas Vater. Von Weitem schon hatte er mit den Händen gewedelt, als er sie so vereint stehen sah. Allen war anzusehen, was sie dachten und fühlten. Er stieg aus dem Wagen, umarmte sie alle und hatte Freudentränen in den Augen. Man sprach noch kurz über die Vorbereitungen, dann trennten sie sich, vorerst. Masul ritt nach Hause. Die beiden Frauen fuhren mit der Kutsche zu Isabellas Familie.

Masul schlief auf dem Heimweg ein paar Mal auf seinem Pferd ein. Er war so unendlich müde, dass ihm bei den rhythmischen, schaukelnden Bewegungen des Tieres einfach die Lieder zufielen. Vor seinen Augen standen die Bilder der letzten Tage: Isabella und Mashara im Liebesrausch. Isabella, an ihn geklammert, stöhnend und sich unter Masharas Zunge windend. Die beiden Frauen überkreuzt aufeinander, er mal hier, mal da. Isabella hatte sich ihm geöffnet, hatte ihn verwöhnt– nun gut, die beiden Frauen hatten sich stets an den Händen gefasst, umarmt, geküsst. Er wusste, dass er sein Glück allein Mashara zu verdanken hatte, Mashara die alles tat, um ihren Herrn glücklich zu wissen. Die eine unglaubliche Fantasie bewiesen hatte, auch ein Talent, um Geschichten zu erzählen.

Im Dorf angekommen, wurde er kritisch gemustert. Als müder, erschöpfter Reiter kehrte er alleine ins Dorf zurück, ohne Mashara. Sofort kursierten die wildesten Gerüchte: Er hätte Mashara zu Tode gevögelt und verscharrt; er hätte sie verkauft und den Erlös verhurt… Masuls Vorarbeiter dagegen half ihm vom Pferd, freundlich schmunzelnd.

„Ihr seid müde, Herr. Geht schlafen. Hier ist alles, wie es sein soll. Sollen wir es bekannt geben?“
„Du erzählst, dass ich dir ein großes Geheimnis verraten habe, das du niemand weitererzählen darfst, unter gar keinen Umständen!“
Der Vorarbeiter lacht.
„Dann wissen es Alle! Sofort! Die Brautgabe ist angenommen und die Hochzeit findet statt?“
„Auf dem Fest! Sie werden kommen und fünfhundert Tiere mitbringen!“
Der Vorarbeiter schluckte. Masul fügte lachend hinzu:

„Das heißt: Ab sofort doppelter Lohn für alle – und doppelte Arbeit!“

Braut, Bräutigam und Sklavin sahen sich erst vor dem Altar der kleinen Kirche wieder, die Braut verschleiert, Mashara einen Schritt hinter der Braut, still lächelnd die Schleppe tragend, unverschleiert aber wunderschön gekleidet, mit ihrem Goldkettchen um den Hals. Das Dorf staunte, was aus der Sklavin geworden war die noch vor einem halben Jahr so unscheinbar in ihrem Verschlag gelebt hatte. Die größte Überraschung war jedoch Isabella, die Braut. Als Masul ihr nach dem „Du darfst die Braut jetzt küssen!“ den Schleier hob, schaute er in ein Gesicht, das nicht nur deutlich weichere Züge zeigte. Isabella war tief bewegt, weinte und ihre nassen Augen zeigten ihm ihre tiefe Liebe.

Zhara von Caran

Zhara blickte über die weite Hochebene. Die Sonne stand fast senkrecht über ihr und schien erbarmungslos auf die Menschen und die Tiere. Das Gras war dürr und raschelte unter ihren Schritten. Die Viehherde lag um die Wassertröge oder im Schatten der wenigen Bäume oder Hütten, die über die weite Hochebene verteilt waren. Die Luft flirrte. Jetzt, zur Mittagszeit, begannen sogar die Zikaden leiser zu werden. Das Zirpen der Grillen war schon am Morgen verstummt. Sie hatte eine derartige Trockenperiode noch nie erlebt. Ein halbes Jahr ohne Regen? Unglaublich! Ihre Heimat, Caran, war weit weg, in den fernen Bergen, die als dunkler Schatten in der Ferne nur erahnt werden konnten. Dort war es regenreich und immer feucht.

Was würde ihr bevorstehen? Sie biss sich auf die Lippen. In ihrem Volk war das Verständnis fest verankert, dass Schuld gesühnt werden musste. Ihre Familie in den Bergen betrachtete sie nicht mehr als Familienmitglied. Ihr Bräutigam hatte ihr mitteilen lassen, dass er die Verlobung als gelöst betrachte. Sie war vergessen. Was blieb ihr noch? Sie hatte keine andere Wahl. Sie hoffte nur, sie würden ihr nicht wehtun. Zumindest nicht zu sehr.

Warum war der Mann auch nur ein solcher Narr gewesen! Wie konnte er nur im Übermut auf einen Bringo anlegen? Zwei Knechte hatten sie zu ihrem Bräutigam begleiten sollen, sie und ihre beiden Mägde, von ihren Bergen, von Caran, über die Hochebene hinunter ins Tal und über den Fluss in die Stadt, nach Asdam. Es hätte ein Fest werden sollen, eine große Hochzeit! Ihr Vater und ihre Mutter, ihre ganze Familie, wollten über das Tal der Conche anreisen. Sie hatten den schönsten und bequemsten Weg durch das Weidegebiet der Bringos gewählt. Sie waren die Strecke mit der offenen Kutsche gefahren und hatte die schöne Landschaft genossen. An dem traditionellen Rastplatz für Reisende war es zur Katastrophe gekommen.

Sie hatte die Bringos als warmherzige und freundliche Menschen, Rinderzüchter und Landwirte kennengelernt. Ihre Familie sagte, es wären entlaufene Sklaven. Der Knecht hatte auf den Wegposten angelegt. Warum? Sie wusste es nicht. Übermut, vielleicht. Der andere wollte die Waffe mit einem Aufschrei wegschlagen – jedoch, der Schuss löste sich. Vorbei. Nach einem kurzen Kampf lagen die Knechte am Boden, sie und ihre zwei Begleiterinnen waren Gefangene.

Nachdem nach drei Monaten kein Lösegeld eintraf, keine Blutschuld gezahlt wurde, lediglich niederschmetternde Nachrichten eintrafen, hatten die Bringos die drei Frauen kurzerhand mitarbeiten lassen. ‚Wenn ihr mit uns isst, dann arbeitet auch mit uns!' Die Anführer der Bringos waren keine Freunde vieler Worte. Sie bekam Kleidung, die Wassereimer und eine Bringo zeigte ihr den Weg.

Zhara hatte begonnen, das Vieh zu tränken, die Herde von drahtigen Rindern mit ihren großen Hörnern. Ihre Begleiterinnen arbeiten auf den Terrassen. Alle drei schleppten sie Wasser von der Quelle, dem „kleinen Tor", auf die Terrassen oder die Hochebene. Täglich ging sie die etwa fünfhundert Höhenmeter hin- und her, immer mit den Wassereimern im Tragegestell, die sie jetzt leer wieder hinunter trug. Eine viertel Stunde Fußmarsch stromaufwärts graste die nächste Gruppe Rinder auf der Hochebene, standen die nächsten Viehtränken.

Ein Hornsignal rief zum Mittag im Tal. Zhara ging über den kleinen Pfad über die Terrassen in das Dorf hinunter. Die Terrassen begannen am Ende der Hochebene und waren bis hinunter ins Tal um den Berg angelegt. In den schmalen Terrassenfeldern zogen die Bringos Gemüse und Gewürze, auch Kartoffeln und Mais. Zwischen den Beeten standen Obstbäume, die etwas Schatten spendeten. Die Bringo waren hervorragende Landwirte und Gärtner. Generationen hatten die Terrassen aufgebaut, Bewässerungsgräben gezogen, fruchtbare Erde verteilt. Die Bringo sagten, dass der Berg sie ernähre, ihre Mutter sei. Berg – das Wort war bei den Bringos weiblich. Von allen Völkern die Zhara kannte, war das Kennzeichen der Bringos, dass sie auf Terrassen Landwirtschaft betrieben. Sie ließen ihre Herden auf der Hochebene weiden und kümmerten sich wenig um ihr Vieh. Zwar schlachteten sie hin- und wieder ein oder zwei Rinder, das Fleisch der Tiere mischten sie jedoch mit ihren vielfältigen Gemüsen und Früchten. Üblicherweise ergab das einen Eintopf, auch wenn es abgeschmeckte und verfeinerte Gerichte waren. Einige bezeichneten die Bringos deshalb als Löffelhelden.

Beim Abstieg schaute sie auf das silberne Band des Flusses, der sich weit unterhalb durch das Tal schlängelte. Der Fluss war schmal geworden. Als sie mit ihrer Arbeit begonnen hatte, füllte er sein Bett aus. Jetzt konnte sie nur noch ein schimmerndes Rinnsal erkennen. Die Trockenheit forderte ihren Preis. Während die von den Bringos bewässerten und bearbeiteten Flächen in einem satten, kräftigen Grün strahlten, breitete sich um sie herum das Grau der vertrockneten Vegetation aus.

Ihre beiden Begleiterinnen erwarteten sie am kleinen Tor, der Quelle des Dorfes. Sie hatten sich verändert: Fröhlich winkten sie ihr zu, doch schneller zu gehen, riefen ihr zu sich doch zu beeilen. Lingling hüpfte Auf und Ab, winkte und schien ganz fröhlich, während Futing mit den Armen wedelte.

„Es gibt ein Fest! Komm schon!“

Zhara wurde es flau im Magen. Ein Fest! Das konnte nur eines bedeuten. Wussten sie denn nicht, was passieren würde?

Futing zog sie zu sich in ihre Arme und fuhr ihr über ihre Haare.

„Zhara, wir werden ein Fest feiern. Wir werden dich schön machen!“

Zhara schaute an ihr vorbei. Es ist so weit. Ja, ihr werdet mich schmücken. Ich wusste es. Lingling lachte auf:

„Futing, lass sie. Sie versteht es nicht. Sie hat nur Wasser geschleppt, gegessen und geschlafen, mit kaum einem Menschen gesprochen. Sie kennt das Volk nicht, bei dem sie lebt!“

„Das wird sich jetzt ändern!“

Futing nickte.

„Das wird es. Jetzt lass uns essen!“

Sie gingen an ihrem Platz, an dem sie jeden Tag ihr Mittagessen zu sich nahmen. Zhara fiel auf, wie freundlich Futing und Lingling von Bringos begrüßt wurden, dass sie in der Sprache der Bringos antworteten. Ihr Volk sprach die gleichen Worte, betonten jedoch härter und klarer. Die Bringos schliffen die Worte ab und sprachen viel weicher. Die Sprache der Krieger und die Sprache der Bauern, sagte sich Zhara.

Sie hörte Futing und Lingling kaum zu, die beide fröhlich neben ihr plapperten. Dachten die Beiden manchmal noch an Caran? Es schien ihr, die Beiden hatten schon lange einen Schlussstrich unter ihre Vergangenheit gezogen. Kleidung und Schmuck waren ihnen jetzt viel wichtiger.

„Zhara, hast du mich verstanden?“

Zhara schrak auf. Was hatte Lingling gesagt?

„Entschuldigung – was ist?“

Die jungen Frauen lachten hell auf.

„Ach, vergiss es. Morgen beginnen die Vorbereitungen für das Fest! Komm nicht so spät heute Abend!“

Wieder lachten sie. Zhara schaute in die fröhlichen Gesichter der jungen Frauen. Warum sollten sie sich auch nicht freuen? Es betraf ja nicht sie. Sie verabschiedete sich, füllte ihre Wassereimer und ging zurück auf die Hochebene, die Rinder tränken.

Futing und Lingling schauten ihr hinterher. Futing schüttelte den Kopf, Lingling seufzte. Während Zhara langsam den Weg hochschritt, immer bemüht die Wassereimer nicht überschwappen zu lassen, bekamen Futing und Lingling Besuch. Zwei junge Männer kamen, begrüßten die Frauen herzlich und setzen sich zu Ihnen. Futing und Lingling hatten Anschluss gefunden. Ein Dritter setzte sich und sprach lange und ernsthaft mit den beiden Mädchen.

Während Zhara bergan schritt, erinnerte sie sich an das erste Urteil, dem sie beigewohnt hatte. Ihr Magen krampfte sich zusammen, als sie an die Vergangenheit dachte. Ihr Stamm war für seine Hartherzigkeit berüchtigt, genau wie die Bringos für ihre Friedfertigkeit berühmt waren. Auge um Auge, Zahn um Zahn war das Grundprinzip in Caran.

Die Söhne einer Familie hatten einen Mord an einer anderen Familie begangen, deren Tochter vergewaltigt und anschließend erwürgt. Da es eine gemeinschaftlich begangene Tat war, die für große Aufregung gesorgt hatte, hatte sich fast ganz Caran versammelt. Warum die Söhne die Tat verübt hatten, wurde nicht diskutiert: Sie hatten sie begangen, das genügte. Die Familie des getöteten Mädchens akzeptierte kein Blutgeld, sie wollten Rache. Entweder einer der Söhne würde gestehen, oder die älteste unverheiratete Schwester würde das gleiche Schicksal erleiden: Am Richtplatz öffentlich ausgestellt und schlussendlich erdrosselt zu werden. Die älteste unverheiratete Tochter war Zharas engste Freundin, Meileisun.

Zu Zharas Entsetzen hatte keiner der Söhne gestanden. Ihr Vater sprach das Urteil: Meileisun würde öffentlich ausgestellt, vergewaltigt und erdrosselt werden – ein Spektakel für die Menschen in Caran!

Dieses Urteil jedoch eröffnete dem Opfer wenigsten einen Hauch einer Chance auf ein Überleben: Ein Opfer konnte von einem Fremden gekauft werden.

Das Urteil wurde gesprochen. Meileisun wurde entkleidet, gewaschen und als Opfer geweiht. Ein Eisenring wurde um ihren Hals gelegt und mit einer Kette verbunden. Auf dem Platz des Opfers wurde sie angekettet: Sie würde an diesem Platz bis zu ihrem Tod bleiben – oder bis ein Fremder sie als Sklavin kaufte. Die Familie des getöteten Mädchens, hieß es später, folterte und vergewaltigte sie. Jedoch bewachten und pflegte sie Meileisun auch, bis ein durchreisender Händler sie mitnahm.

Zhara erwartete Ähnliches für sich selbst. Ihre Knechte hatten Bringos verletzt, verkrüppelt und getötet. Folgte man dem einfachen Verständnis von Caran würde sie nicht persönlich bestraft werden, jedoch für ihre Knechte. Ihre Begleiterinnen dagegen würden in das Volk der Bringos einheiraten – sie waren einfache Mägde, Mädchen. Sie, Zhara dagegen… Als die erste Tochter des Fürsten von Caran hatte sie für Schuld einzustehen.

Sie erwartete nicht, dass ihr Schicksal so glimpflich werden würde. Niemand würde sie kaufen wollen, niemand würde sie auslösen.

Sie tränkte das Vieh. Selbstverständlich reichte das Wasser nicht für alle. Sie konnte den ganzen Tag Wassereimer um Wassereimer in die Tröge leeren und stets schauten die Tiere sie mit vorwurfsvollen Blicken aus ihren großen, traurig aussehenden Augen an, einem Blick, dem sie nie lange standhalten konnte. Statt der Tiere sah sie das Gesicht des jungen Bringos, der überrascht, ungläubig, verwundert vor ihr gestorben war. Ein Anblick, den sie glaubte niemals vergessen zu können.

Sie wandte sich um und lief geradewegs einem Bringo in die Arme. Ihre Wassereimer fielen zu Boden, sie strauchelte und wäre gestürzt, hätte der Mann sie nicht gehalten.

„Zhara, die erste Tochter! Diese Rinder werden dir keine Schuld vergeben! Warum bleibst du nicht bei den Menschen?“

Er hielt sie fest und lächelte ihr ins Gesicht, mit dem triumphierenden Lächeln eines Mannes - wie wenn er ihr einen tollen Streich gespielt hätte.

„Was geht dich an, was ich fühle? Entscheiden jetzt Bauern über die Töchter von Fürsten?“

Der junge Mann lachte herzlich auf und schüttelte den Kopf.

„Ihr könnt das ganze Leben Wasser zu den Rindern tragen und in ihre dumpfen Gesichter sehen, ihr könnt auch bei den Rindern schlafen, wenn ihr wollt. Wenn ihr aber zu den Bringos gehören wollt, solltet ihr auch mit den Bringos leben! Seid ihr ein Rind?"

Empört schaute sie ihm in die Augen und senkte doch wieder den Blick, als sie sein Lachen bemerkte.

„Ihr solltet jetzt kommen und euch schön machen lassen. Meileisun wird heute Abend zum Fest kommen. Wollt ihr sie so wiedersehen?"

Meileisun! Aber woher kannte er, wusste er diese Geschichte?

„Der Fremde, der sie euch abkaufte war einer unserer Händler, die über das Land reisen. Er brachte sie zu uns. Sie lebt in der nächsten Siedlung, mit ihrem Mann und ihren Kindern. Zum Fest wird sie heute kommen und ihr werdet euch wiedersehen. Wollt ihr euch nicht… vorbereiten?"

Wieder grinste er mit seiner unbekümmerten Unverschämtheit und nahm ihre Hände.

„Ihr habt Hände wie ein Bauer und Fingernägel wie ein Köhler! Kommt, eure Mädchen werden euch stundenlang in Waschlauge einweichen müssen!"

Er nahm ihre Eimer und das Tragegestell in die eine Hand, mit der anderen fasste er sie und nickt ihr aufmunternd zu. Arius, so sein Name, erzählte ihr freimütig, dass er sich angeboten hatte, ihr selbst gewähltes Dasein als „Rindertränke" zu beenden. Zhara zitterte vor Empörung, als sie ihren Spitznamen hörte.

„Ich bin Zhara, die erste Tochter! Ihr könnt mich zu einem Schicksal wie Meileisun verurteilen, aber ich bin keine Rindertränke!"

„Wir Bringos verurteilen euch zu gar nichts. In unserem Verständnis seid ihr so unschuldig wie eure Mägde. Wir nehmen euch gerne bei uns auf! Ein Knecht hat einen von uns getötet, drei Bringos wurden verletzt, die Knechte sind tot. Es gibt nichts mehr zu rechten. Euer Volk dagegen will nichts mehr mit Euch zu tun haben! Euer

Bräutigam hält euch für unrein und will nichts mehr mit euch zu schaffen haben."

Er schüttelte den Kopf, tippte sich an die Stirn und fuhr fort: „ Für uns seid ihr eine Frau, die ein schweres Schicksal getroffen hat! Wie kann dies nur der Reise zur eigenen Hochzeit passieren?"

Er gab ihr erneut seine Hand. Er lachte, als sie zögerte. „Du darfst nicht meinen, dass bei uns alles so ist, wie es in Caran war."

Zhara schluckte. „In Caran dürfte ich ohne einen Verwandten nicht mit einem Fremden reden, geschweige denn ihn anfassen! Die Hand eines Fremden ergreifen..."

Zhara musste lachen. Es war ein nervöses Lachen, dann ergriff sie Frius Hand. Sie gingen bergab, viel schneller als Zhara es alleine mit den Eimern geschafft hätte. Frius erzählte beiläufig, dass es bald regnen würde. Das Fest markierte das Ende der Trockenzeit. Zhara war erleichtert.

„Oh, es rumpelt ja so! Sind das deine Steine dir da vom Herz fallen?"

Frius lachte, Zhara wurde rot und schämte sich.

„Du brauchst dich nicht zu genieren. Hier ist nicht nur das Wetter anders. Wir leben auch anders."

Zhara blieb stehen. Frius erklärte ihr das Wetter.

„Im Sommer regnet es hier fast nie. Es ist acht Monate recht trocken, aber vier Monate lang regnet es, was es nur kann!"

Sie begann zu fragen. Wie das Fest ablaufen würde, wie lange es dauern würde, was alles geplant wäre. Es erstaunte sie, wie wenig vorgeplant wurde. Es war eigentlich ein großes Zusammensein aller Bringos und nicht einmal an immer den gleichen Platz, man zog am nächsten Tag in eine anderes Ansiedlung und feierte dort weiter, lernte neue Menschen kennen, frischte alte Freundschaften wieder auf, aß und trank, tanzte und musizierte. Ein Volksfest, zuzusagen.

Ziemlich offen und freizügig dazu, Frius machte keinen Hehl daraus, dass sie ganz andere Ansichten hatten als ihr, Zharas Volk.

„Über mich wird nicht geurteilt?“

Frius blieb stehen und schaute sie lange an.

„Zhara, du hast niemand getötet und niemand verletzt. Du hast nichts getan, was falsch war. Warum sollten wir dich verurteilen?“

„Was passiert nach dem Fest?“

Frius machte ein Gesicht. „Dann beginnt die Arbeit! Es regnet! Unsere Terrassen werden oft überspült, Steine und Erde muss herbeigeschafft werden! Wenn du feiern kannst, dann jetzt, sagen wir – denn nachher machst du kein Auge mehr zu!“

Sie waren angekommen. Futing und Lingling warteten bereits auf sie, mit zwei Bringo- Männern neben sich. Sie schienen erleichtert, als sie Zhara mit Frius erblickten. Frius ließ ihre Hand erst los, als sie beieinander standen. Zhara ließ es sich gefallen – wie ein dummes Mädchen wollte sie sich nicht aufführen. Die Männer verabschiedeten sich.

„Wir sehen uns heute Abend ab – bis nachher!“

Zhara wurde von ihren beiden Mägden gebadet und gewaschen, sie schnitten ihr die Haare und pflegten sie für das Fest. Zhara bekam von Lingling so Einiges zu hören, über Sauberkeit und Mensch-Sein, bis Futing sie bat, aufzuhören.

„Lingling, du bist heute Abend eine Bringo! Unser Dienst an Zhara endet damit! Sie wird sich dann selbst pflegen und versorgen!“

Die Bringo kannten keine Dienstverhältnisse, keine Sklaverei. Man half sich, auch aufopfernd, Sklaverei jedoch, die Unterordnung der Diener unter die Herrschaft, gab es unter den Bringos nicht. Zhara begann zu verstehen, dass besonders für sie eine neue Zeit anbrechen würde.

Lingling erklärte Zhara den Ablauf des Festes.

„Zhara, du wirst uns heute Abend nach dem Essen vor die Anwesenden führen. Du stellst uns vor und empfiehlst unsere Aufnahme. Wir werden dann deine Aufnahme empfehlen – es wird viele Fragen geben, antworte ehrlich und offen!“

Zhara wurde angekleidet und bekam eine leichte Schminke, die die Bringo aus verschiedenen Salben und Pigmenten herstellten. Ihre Augen wurden betont, ihre Lippen bekamen ein dunkles Rot. Sie betrachtete sich in einem Spiegel und war erstaunt über die Wandlung ihres Gesichts. Aus den verfilzten, dreckigen Haaren war eine Frisur geworden! Zhara bedankte sich, zum allerersten Mal, bei Lingling und Futing für ihre Mühen. Futing stiegen die Tränen in die Augen, Lingling biss sich auf die Lippen.

„Es ist gut, Zhara. Ihr seid eine gute Herrin gewesen. Jetzt kommt!“

Sie fassten sie an den Händen und führten sie zum Fest.

Nach dem Essen, das feierlich in mehreren Gängen aufgetragen wurde, rief eine sehr alte, gebeugte Frau mit unzähligen Falten im Gesicht die anwesenden Bringos zusammen.

„Wir haben heute Abend einen besonderen Anlass, die Aufnahme dreier junger Frauen. Zwei sind Mägde, die dritte ist die erste Tochter des Fürsten von Caran, Zhara. Ihr wisst alle, was vor einem halben Jahr passiert ist…“

Sie berichtete über die Vorgänge, wie Zharas Knechte einen Bringo getötet und wie der folgende Kampf verlaufen war. Als sie erzählte, dass Zharas Stamm jegliche Verantwortung abgelehnt und die drei Frauen den Bringos überlassen hatte, äußerten die versammelten Bringos ihren Unmut. Lauter wurden die Rufe, als die Frau berichtete, dass auch Zharas Bräutigam, ein Offizier aus Asdam, seine Braut zurückgewiesen hatte – mit der Begründung, sie wäre jetzt unrein.

„Wir Bringos leben an den Hängen des Berges. Wir arbeiten hart, wir leben gut. Wir akzeptieren keine Sklaverei und keine Leibeigenschaft. Wir nehmen Flüchtlinge und Sklaven anderer Völker auf und schützen sie gegen ihre früheren Herren. Sie arbeiten mit uns und werden Bringos! Das ist unsere Tradition!“

Sie bedeutete Zhara, mit ihren Mägden vorzutreten und die beiden Frauen vorzustellen. Zhara führte die Frauen in den Kreis der Bringos. Sie berichtete über die Frauen, dass sie als Kinder von Sklaven in dem Haushalt des Fürsten geboren und zu Mägden erzogen wurden. Es gab Fragen der Anwesenden – wie sie behandelt worden waren? Ob sie gezüchtigt wurden, als Mägde? Ob sie das gleiche Essen wie die Herrin bekommen hatten? Wo sie geschlafen hätten? Ob sie sich hätten Freunde und Freundinnen suchen können?

Zhara berichtete, immer wieder stockend. Sklaven in Caran bekamen einfaches Essen; Kleidung nur wenn erforderlich, bestrafen konnte sie jeder, ihre Unterkünfte waren neben dem Vieh. Ihre Mägde waren insoweit bevorzugt, als sie am Hof mit der ersten Tochter lebten und zu zweit waren, sie waren nicht isoliert wie andere Sklaven, hilflos der Herrschaft ausgeliefert. Auch wurden sie mit ihren Namen angesprochen und als Mägde bezeichnet.

Die Bringos um sie herum nickten zustimmend. Die ältere Frau fuhr fort:

„Es liegt schon in unserer Tradition, Lingling und Futing bei uns aufzunehmen. Wir alle konnten beobachten wie die Beiden sich, und ihr Zhara! bei uns verhalten habt. Alle habt ihr euch eingefügt und hart gearbeitet. Zhara, ihr habt die anstrengendste Arbeit verrichtet. Warum?“

Zhara konnte nicht antworten. Lingling trat vor und bat für sie antworten zu dürfen.

„Zhara fühlte sich für das, was passiert ist, verantwortlich. Sie hat immer mit den Menschen gefühlt. Sie hat nie einen Menschen zu Tode verurteilt.“

Die ältere Frau nickte und schaute in die Runde.

„Ich sehe, ihr stimmt zu. Dann lasst mich die Gegenrede halten! Es ist unsere Tradition, fremde Menschen in unseren Stamm aufzunehmen. Wir entstammen Sklaven, Vertriebenen, Flüchtlingen. Unsere Vorfahren haben sich in den Höhlen des Berges verborgen und von den kargen Hängen des Berges gelebt, stets bedroht – bis wir so stark waren, dass wir den Berg verteidigen konnten! Auch wenn Zhara nicht versteht warum ihr Knecht einen der unseren tötete, wir wissen es: Wir waren das allerletzte für ihn! Dass er zahlen sollte um unsere Wege zu benutzen – undenkbar für ihn! Als wir Zharas Volk die Leichen überbrachten, was war die Reaktion? Ungläubiges Erstaunen! Dass wir Waffen führen! Caran weiß jetzt dass die Bringos eine bewaffnete Macht sind die diesen Berg und seine Hänge bewohnt. Wir haben keine Schätze, wir haben jedoch uns, unseren Berg und unsere Traditionen. Diese gilt es, zu bewahren! Nach unseren Traditionen jedoch dürfen wir dich nicht aufnehmen, Zhara, denn du bist eine Fürstentochter!“

Die versammelten Bringos sprachen leise über die Aufnahme von Zhara mit ihren Mägden. Die anwesenden Bringos fanden, dass ihre Traditionen die Aufnahme aller Menschen forderten, ob sie jetzt wie Zhara eine gebildete Fürstentochter waren oder ehemalige Sklaven.

Ein Mann stand auf und bat um Ruhe.

„Wir haben jetzt darüber gesprochen ob wir Zhara aufnehmen – was ein schlechter Witz ist, denn wir haben sie ja schon aufgenommen. Ihr Volk hat sie ausgestoßen! Ihr Bräutigam will sie nicht mehr! Damit ist sie heimatlos. Zhara hat unser Vieh getränkt, wir haben sie gekleidet und ihr Essen und Trinken gegeben. Sie hat nicht gefordert, sie hat nicht einmal darum gebeten. Wir mussten sie auffordern sich zu setzen, zu Essen und zu trinken! Damit ist Zhara bereits eine Bringo!“

Diese Worte erzielten Beifall und Zustimmung. Die ältere Frau nickte zustimmend – man merkte sie vollführte eine Aufgabe, hinter der sie selbst nicht stand.

„Dann lasst mich den einzigen Menschen aufrufen, der gegen Zharas Aufnahme sprechen kann: Meileisun!“

Im Hintergrund stand eine Frau auf und kam nach vorn. Zhara richtete sich auf und schritt der Frau entgegen, die selbst schneller auf Zhara zuging. Mit einem Aufschrei fielen sie sich in die Arme.

„Meilei!“

„Zha“!

Während die beiden Frauen sich umarmten und unter Tränen küssten, ahnten die versammelten Bringos, dass vor ihren Augen ein Drama sein Ende gefunden hatte. Das waren nicht nur Freundinnen, da war weit mehr zwischen diesen Frauen, die so selbstvergessen in ihrer Mitte standen, sich umarmten und küssten.

„Meileisun? Habt ihr gegen Zharas Aufnahme irgendetwas zu sagen? Meileisun? Hallo?“

„Ehrwürdige Mutter! Ich bitte um ihre Aufnahme!“

„So denn… damit ist alles gesagt! Ich erkläre damit Zhara, Lingling und Futin als in den Stamm der Bringos aufgenommen!“

Beifall, Jubelrufe.

Die ältere Frau hob die Hände und bat erneut um Ruhe.

„Wollt ihr Beiden uns nicht eure Geschichte erzählen? Kommt alle näher, wir hören Zhara und Meileisun!“

Meileisun begann zu erzählen, während sie Zhara in die Arme nahm.

„Wir waren Freundinnen, seid wir Kinder waren. Wir haben uns in der Burg versteckt, Fangen gespielt und uns getröstet, wenn es wieder einmal…“ sie schaute zu Zhara, die errötete und zu Boden blickte „wenn es wieder einmal Schläge gab. Die Menschen dort in den Bergen, in Caran, glauben dass Kinder gezüchtigt werden müssen, je mehr, umso besser. Zhara hatte es besonders schwer. Als die erste Tochter des Fürsten musste sie alles besser können, alles besser wissen als die anderen Kinder. Ich habe ihr nicht nur einmal den Rücken gewaschen…“

Der Unmut der Bringos über das Verhalten der Menschen in den Bergen war spürbar. Auch die Kinder der Bringos fingen sich die eine oder andere Ohrfeige. Kinder jedoch bis aufs Blut zu schlagen? Unglaublich!

Zhara fuhr fort.

„Es kam, wie es kommen musste. Meilei wurde meine Freundin, mit der ich alles teilte. Wir träumten von einer Zukunft für uns Beide.“

Sie schluckte und kämpfte mit den Tränen.

„Dann geschah das Schreckliche. Meileis Brüder feierten ein Fest: Einer war volljährig geworden. Wie immer, gab es viel Wein, Gesang und Tanz. Am nächsten Tag fand man ein totes Mädchen. Sie war misshandelt worden, man hatte ihr die Kehle zugedrückt. Die Abdrücke der Hände an ihrem Hals waren deutlich sichtbar. Jedem war klar, es konnten nur Meileis Brüder gewesen sein. Sie gaben die Tat zu, aber nannten nicht den Täter. Ich wollte sie foltern lassen, mein Vater jedoch entschied dagegen. In einem solchen Fall entscheidet…“ sie zögerte…“entscheidet Caran, dass in einem solchen Fall das Gleiche ihrer Familie zu geschehen hat, wie es der Familie des Mädchens geschehen war. Auge um Auge, Zahn um Zahn.“

Zhara schluchzte und konnte nicht weitersprechen. Meilei nahm sie in die Arme und sprach weiter.

„Meine Brüder schwiegen eisern und ich wurde verurteilt. Es hat ihr das Herz gebrochen. Sie musste zusehen, wie ich an die Kette gebunden werde. Sie schaffte es, mir Wasser und Essen zukommen zu lassen, auch…“ Meilei lächelte triumphierend…“ auch dachten wohl alle, ich wäre noch Jungfrau. Jedenfalls, entgegen allen Erwartungen, ich schaffte es, und eines Morgens stand ein Mann vor mir und erkundigte sich nach meinem Schicksal. Er kaufte mich und brachte mich hierher.“

Zhara hatte sich beruhigt, dann schien sie etwas sehr leise zu Meilei zu sagen. Meilei lachte auf:

„Wusste ich es doch! Du stecktest dahinter!“

Unter dem Beifall der Bringos feierten die beiden Frauen ihr Widersehen.

Später saßen die Anführer der Bringos mit Zhara und Meileisun über einem Becher Wein zusammen. Die alte Frau, Anka mit Namen, nahm Zhara herzlich in die Arme und beglückwünschte sie zur Aufnahme bei den Bringos.

„Wir haben schon mehrmals überlegt, ob wir nicht gegen Caran in den Krieg ziehen sollten. Sie sind Sklavenhalter und Krieger. Ihre Kriege dienen nur dazu, Sklaven zu gewinnen. Der Groll sitzt dementsprechend tief! Würden wir Bringos jedoch in einen Krieg ziehen, würden wir unsere Überzeugungen aufgeben! Wir würden töten, um ein anderes Volk zu besiegen: Das würde die Welt kein bisschen besser machen! Ich möchte dich deshalb bitten, deinerseits zur Mäßigung beizutragen.“

Zhara schien mit sich zu kämpfen, ob sie etwas sagen sollte. Schließlich ergriff sie Ankas Hand.

„Meine Hochzeit sollte auch der Verbindung Carans mit der Stadt dienen. Die Bringos sind Caran ein Dorn im Auge. Hier herrscht Freiheit, dort Sklaverei. Caran schielt eifersüchtig auf die Bringos. In der Stadt und auf dem Berg glaubt man, dass es ohne die Bringos besser in der Welt wäre. Wenn es Krieg geben wird, dann müssen wir uns verteidigen, nicht angreifen!“

Anka schluckte, dann nickte sie.

„Ich dachte, dass deine Hochzeit einen Sinn haben würde. Ich hätte jedoch nicht erwartet, dass deine Hochzeit einen Krieg vorbereiten soll!“

„Für die Herren beider Reiche zählen die Bringos – nur als Sklaven.“

Anka nickte. „Ich möchte, dass du uns berätst. Du kennst ungefähr die Stärke Carans, ihre Bewaffnung. Wann sollte der Krieg vom Zaun gebrochen werden?“

„Mein Vater dachte dass an die nächsten zwei oder bis Jahre nach meiner Hochzeit. Er nannte es eine „Ernte“. Die jungen Frauen sollten in der Stadt verkauft werden, die arbeitsfähigen Männer würden in die Bergwerke gebracht, Alte und Kinder würde man hier lassen.“

„Das hat es bereits schon einmal gegeben, vermutlich auch schon viel früher. Damals hatten wir noch keine Pistolen oder Gewehre, nur Pfeil und Bogen, Lanzen und Schwerter. Die Bringos damals hatten die Wahl sich abschlachten zu lassen oder Sklaven zu werden – sie entschieden sich für die Sklaverei. Wenige konnten wieder fliehen – so wie meine Mutter.“

Sie holte tief Luft und schaute zu Boden. Zhara biss sich auf die Lippen und begann zu weinen.

„Nicht, Zhara, nein! Du kannst doch nichts dafür! Du hast dich schon genug bestraft!“

Meileisun tröstete Zhara, setzte sich neben sie und nahm sie in die Arme. Zhara war in sich zusammengesunken.

„Es ist genug, Zhara!“

„Was ist damals passiert? Erzähl‘ es mir, bitte! Ich muss es wissen!“

„Dein Großvater führte damals die Truppen von Caran. Die Soldaten von Asdam überschritten den Fluss und eröffneten das Feuer, mit Kanonen und Gewehren. Wir saßen in der Falle. Die Bringos flüchteten auf das Plateau. Dort warteten schon die Soldaten Carans und nahmen sie gefangen. Sie konnten nicht zurück, da andere in Panik nach oben drängten. Die Soldaten machten sich einen Spaß und ließen die Bringos antreten: Männer rechts, Frauen links. Waffen ablegen, ausziehen! Sie wurden aussortiert: zu alt, zu jung, richtig: weitergehen. Ihnen wurden die Hände hinter den Rücken gebunden, sie bekamen einen Strick um den Hals und wurden zu einer langen Kette Gefangener zusammengebunden. Ab und zu nahmen sie sich die eine oder andere Frau und vergingen sich an ihnen.

Die Männer, die sich wehrten wurden auf der Stelle erschossen. Nach einem Tag war alles vorbei: Wie reife Trauben wurden die Bringos abtransportiert, die Männer nach Caran, die Frauen nach Asdam. Die Frauen mussten durch unsere Ansiedlung, den Berg hinunter, an den zerstörten Häusern, den heulenden Kleinkindern, den Alten, den Toten und Verwundeten vorbei. Die Männer hatten es leichter, sie mussten sich dieses Elend nicht noch einmal ansehen, alle jedoch wussten, dass sie niemals wieder kommen würden. Sie verschwanden in den Silberminen Carans.

In Asdam wurden die Bringos erneut sortiert, in Frauen, Mädchen und Kinder. Sie bekamen ein Brandzeichen auf die Schulter, wie Vieh! Meine Mutter war ein Kind und wurde wie fast alle Kinder an eine große Spinnerei verkauft. Die hübschesten Mädchen behielten sich die Offiziere für sich, die anderen und die erwachsenen Frauen wurden versteigert. Asdam hatte auf einmal einen riesigen Überschuss an Frauen, auch wenn viele anschließend weiterverkauft wurden oder auf die Felder oder in die Fabriken der Stadt geschickt wurden. Eine Bringa zu vergewaltigen, hatte etwa so viel Bedeutung wie einem Hund einen Tritt zu geben. Für die Bringas in der Stadt gab es nur eine Chance: Gehorchen, gehorchen und noch einmal gehorchen! Erst als nach der üblichen Zeit die Folgen sichtbar wurden, begannen die Frauen von Asdam, ihre Männer wieder in den Griff zu bekommen. Denn sie sind trotz alledem katholisch: Abtreibungen und Kindstötungen darf es in Asdam nicht geben!

Meine Mutter konnte nach über einem Jahr mit ein paar anderen Kindern in der Nacht fliehen. Sie schlichen durch die Stadt und kamen durch eine kleine Abflusslucke in der Stadtmauer ins Freie und wieder hierher zurück. Hier ankommen, hatte der Wiederaufbau bereits begonnen. Dieses Erlebnis jedoch hat die Bringos geprägt."

Zhara, Meileisun und Anka schwiegen. Dann begann Zhara erneut:

„Die Silberminen Carans werfen seit Jahren weniger Ertrag ab. Es gibt zu wenige Arbeitskräfte. Neue Stollen müssen getrieben werden, die Krone hat noch die Steuern erhöht. Ich habe vorgeschlagen, fachkundige Arbeiter von anderen Bergwerken anzuwerben, Experten zu befragen, und wurde ausgelacht. ‚Kein Arbeiter geht in die Minen von Caran!', haben sie gesagt, ‚nur Sklaven mit dem Tod im Nacken arbeiten für uns!' Die Silberminen sind härteste Arbeit. Kaum ein Mann dort wird älter als fünfunddreißig. Die jetzigen Sklaven sind Schwarze, sie sind oft krank und waren teuer. Wie ist das in Asdam?"

„In Asdam leben nur noch die Enkel der Nachkommen der Bringas von damals, als Sklaven. Sie arbeiten, in den Haushalten, in den Fabriken, in der Landwirtschaft. Viele wurden freigelassen und wurden reguläre Bürger, das ist die Zukunft aller Sklaven Asdams. Würden morgen alle Sklaven Asdams freigelassen werden, es würde sich für die Stadt nichts ändern. Die Menschen in Asdam wollen keinen neuen Krieg gegen uns, die Freigelassenen, die Frauen und die Kirche sind dagegen, sie alle haben einigen Einfluss: die Frauen in den Familien, die Kirche in jeder Predigt. Die Zeit, als es zum guten Ton gehörte, eine nackte Bringa spazieren zu führen, steckt den Frauen dort noch in den Knochen! Frauen waren in dieser Zeit nichts wert, ein Zeitvertreib für die Männer. Die Soldaten jedoch träumen von einer neuen ‚Ernte' bei uns. Insoweit verstehe ich deine Hochzeit mit dem Offizier! "

„Was würde passieren, wenn die Soldaten heute angreifen würden?"

Anka und Meileisun, die bisher still zugehört hatte, lachten hell auf. Meileisun erzählte, dass dies ein böses Erwachen für beide Städte geben würde. Anka erzählte weiter:

„Es sind über siebzig Jahre seitdem vergangen. Als ich zur Welt kam, waren hier bereits wieder über hundert Menschen. Wir haben Zustrom von überall her bekommen. Ein Franzose, den der Zufall hierher gebracht hat, brachte einige Weinreben aus Europa mit. Seitdem betreiben wir Weinbau, auf unseren Terrassen gedeiht die Rebe und die Erträge sind gut! Wir keltern und lagern den Wein im Berg, der Wein geht über den Fluss in den Verkauf. Vom Ertrag konnten wir uns moderne Kanonen, Gewehre, Pulver und Munition leisten. Ehemalige Soldaten trainieren unsere jungen Männer, regelmäßig wird geübt. Wir könnten, wenn wir wollen, das stolze Asdam in Schutt und Asche legen! Was Caran jedoch angeht, die kleinen Häuschen oben bei den Rinderherden, die du jeden Tag gesehen und wohl für Scheunen gehalten hast, das sind unsere Stellungen auf der Hochebene. Jeder Bringo hat eine Waffe, jeder kann damit umgehen! Auch ist der Berg jetzt nicht mehr nur unsere Wohnung, er ist eine Verteidigungsstellung!“

Zhara nickte und begann zu verstehen, dass Carans führende Männer, ihr Vater eingeschlossen, die Bringos unterschätzt hatten.

„Sie erzählten von euch als einem Haufen halbwilder, entlaufener Sklaven, von Gaunern und Verbrechern! Jedoch, sie bewunderten den Arbeitswillen und den Einsatz eurer Männer in den Bergwerken!“

„Den Willen haben wir immer noch – jedoch Zhara, bitte versteh‘ uns: Wir wollen keinen Krieg, nicht gegen Asdam, nicht gegen Caran! Wir wollen jedoch nicht wieder als Sklaven enden: Diese Zeiten sind ein für alle Mal vorbei! Überlege dir, wie du beitragen kannst!“

Zhara nickte. Anka wünschte ihr viel Spaß auf dem Fest, das noch die nächsten drei Tage anhalten würde, und verabschiedete sich.

Später, das Fest war im vollen Gang, wollte Zhara mehr von Meileisun erfahren. Wie war es ihr ergangen? Was war ihr überhaupt damals geschehen? Zhara hatte das Spektakel selbst nicht ansehen können, ihre liebste Freundin als Opfer auf dem Richtplatz!

„Dieses Erlebnis hat mein ganzes Leben verändert! Nicht nur weil es nach dem Urteil am Richtplatz enden würde, wie ich erwartete, sondern weil die Familie des Mädchens zu mir kam und über mich richtete. Drei junge, kräftige Männer, der Vater und seine Frau kamen zu mir. Die Frau trug einen Korb und sprach mit mir, die Männer taten, was sie sagte. Sie erklärte mir, dass ich keine Gnade erwarten sollte, ihre Tochter hätte auch kein Mitleid erlebt. Ich nickte. Sie schien sich zu freuen, dass ich nickte, jedenfalls sie lächelte und erklärte mir, dass ich wie eine Frau genommen werde und von ihr Schmerzen zu erwarten hätte. Ich war bereit und breitete meine Hände aus, trat vor sie. Sie schien beeindruckt. Aus dem Korb nahm sie ein seltsames Messer mit einer Schneide wie aus Glas, ungeheuer scharf und dünn, einen Stock und mehrere dicke Pflöcke. Der Mann ließ mich in den Stock beißen und zog mir den Mund auf, die Jungs nahmen meine Hände. Die Frau erklärte mir dass sie mir Narben in den Körper ritzen würde, die mich schmerzen und erregen würden, die mich für immer zeichnen würden, wenn mein Schicksal es so wolle.

Damit begann es. Sie ritze mir die Lippen, sodass mein Mund dick wurde. Mehrere dünnen Linien hintereinander. Ich bekam die Lippen aufgeschnitten, dass sie wie die Schuppen eines Fisches aufstanden. Die Wunden wusch sie mit Essig aus und rieb etwas wie Glasstaub in die Wunden, die sich danach nicht schließen und verkleben konnten. Mein Mund war ungeheuer dick! Die Männer probierten mich, trotz meiner Tränen und der blutigen Lippen bekam ich ihre Glieder in meinen Mund. Ich merkte trotz der Schmerzen, wie sehr sie mich genossen! Es muss wie die Schuppen eines Fisches gewesen sein, jedenfalls kamen sie schnell in mir. Mein Gesicht war über und über verschmiert mit ihrem Sperma und meinem Blut. Trotz der Schmerzen, die mir die Schnitte versetzt hatten spürte ich Erregung – es war wie eine zarte Hintergrundmusik die sachte aufklang und langsam immer lauter wurde. Jedenfalls griff ich nach dem zweiten Glied meine Brüste und zog meine Brustwarzen!

Die Frau nickte stolz, streichelte meine Wange und wieder nahmen die Männer meine Hände. Meine Brüste waren an der Reihe: In regelmäßigen Schwüngen bekam ich Schnitte über meine Brüste, die sich in meinen Nippeln trafen. Meine Nippel standen auseinander wie kleine Büschel, hatten sich aufgespreizt! Die Schmerzen waren seltsamerweise erträglich, jedoch war meine Erregung so groß, dass ich meine malträtierten Nippel rieb und trotz meiner Schmerzensschreie nicht von ihnen lassen konnte. So groß war meine Erregung, dass ich meinen Mund öffnete und um ihre Glieder bettelte!

Noch aber war mein Geschlecht nicht geritzt. Die Männer beschäftigten sich etwas mit mir, aber sie warteten. Die Frau ließ mich hinlegen. Zuerst wurden meine Schamhaare rasiert, dann begann sie Linien von meinem Bauchnabel über meinen Bauch, meine Scham, die Oberschenkel zu meinem Po zu ritzen. Teilweise schnitt sie tief ein! Jedenfalls erhielt meine kleine Perle viele kleine Ritzer, die sie aufblühen ließ, wie meine Nippel. Ich sage aufblühen, denn es war eine Mischung von Schmerz und Lust, die mich in eine andere Welt entführte. Ich sehnte mich nach Schmerzen, nach Gliedern, die mich durchbohrten, nach Sperma, das sich über mich in meine Wunden ergoss!

Die Frau arbeitete sehr sorgfältig und es dauerte lange, bis sie mit mir fertig war. Meine Schamlippen und mein Po waren mit einem blutigen Muster verziert, das mir Schmerzen und den Männern Lust bereiten sollte – tatsächlich stürzten sie mich in ein seltsames Delirium in dem ich anstelle der Frau das getötete Mädchen sah. Ich sprach das Mädchen an, bat es um Verzeihung, die Männer jedoch um ihre Rache, um ihre Glieder, die sie mir geben sollten, hart, unbarmherzig! Ich bekam sie, immer wieder kamen sie auf mir und in mir, während ich schrie!

Ich weiss nicht mehr genau wie lange es ging. Ich erinnere mich auch nicht mehr an den genauen Verlauf. Ich weiss noch, dass ich das Mädchen vor mir stehen sah, ich spürte seine Hand auf meiner Stirn und wusste, es hatte mir vergeben. Ich muss mit ihm gesprochen haben, jedenfalls als ich wieder klar sehen konnte, hatten die Männer und die Frau Tränen in den Augen.

„Sie hat dir vergeben, meine Tochter hat dir vergeben“, schluchzte die Frau, die Männer begannen, mich zu waschen. Ich durfte stehen, bekam zu Trinken und zu Essen, wurde immer wieder gewaschen und gereinigt. Jetzt allerdings banden sie mir die Hände hinter den Rücken, damit ich mich nicht mehr berühren konnte: Meine Wunden sollten heilen! Die ganze Zeit blieb immer einer der Familie bei mir und bewachte mich – ich wurde regelrecht beschützt von ihnen! Andere Männer verjagten sie, nur den Händler der Bringos ließen sie zu mir. Er nahm mich dann mit und brachte mich hierher.“

Zhara schüttelte ungläubig den Kopf. Meilei zog sie mit sich in einen der Keller in der Nähe. Dort, im Schein einer Lampe, zeigte sie ihr die Spuren des grausigen Rituals: Ihre Brüste und ihre Scham, ihr Bauch, ihre Schenkel und ihre Pobacken waren mit regelmäßigen erhabenen feinen Narben überzogen die, als Zhara sie berührte, dunkel wurden. Zhara kannte ihre frühere Freundin als ungestüme, wilde Liebhaberin, stets war sie die aktive, führende Partnerin gewesen. Jetzt legte sich Meilei zurück, öffnete ihre Schenkel und ihre Mund, griff ihre Nippel und lag wie eine reife Frucht vor Zhara. Eher schüchtern streichelte sie Zhara, bis die Erregung Meileis sie ansteckte und sie sich nicht halten konnte.

„Du bist wie eine reife Frucht, Liebste! So weich und offen habe ich dich nie gesehen!“

„Danke dir! Mein Mann freut sich auch immer über meine Hingabe! Aber weißt du was das Schönste ist? Wenn sich mehrere Männer an mir bedienen! Nichts Schöneres als das! Ich liebe es, ihre Glieder in mir zu spüren, in meinem Mund, meiner Scham und meinem Po! Ihren Geschmack auf mir! Das ist das Allerschönste! Besonders, wenn sie alle müde sind und ich noch immer mehr könnte…“

Zhara schluckte. Meilei lächelte nachsichtig.

„Nur wenn ich schwanger bin, meine Liebste. Nach dem dritten bis zum sechsten Monat, danach wird mein Bauch zu dick und meine Brüste geben schon Milch."

Zhara schluckte erneut.

„Nur wenn…?"

Meilei fuhr ihr zärtlich über ihr Gesicht.

„Ich bin dem Tod entronnen, ich habe eine Tote gespürt! Du wirst mir das Nachsehen müssen, Liebste, was ein grausames Caran mir zugefügt hat!"

Zhara hatte Tränen in den Augen. Sie umarmten und küssten sich lange, bis Meilei zum Aufbruch drängte. Sie gingen nach draußen und setzten sich wieder zu den anderen Bringos. Meilei ließ nicht locker und fragte Zhara, wie ihr den Frius gefallen würde? Er wäre doch ein netter Mann? Während Zhara errötete, erklärte ihr Meileisun, dass Frius schon lange von ihr schwärmen würde.

„Er stand oft in deiner Nähe und wartete – er traut sich jedoch nicht, dich anzusprechen, da du so vertieft in deinen Gedanken warst! Er hoffte immer, dass du ihn bemerken würdest – bis auf heute, heute hat ihn Lingling ermahnt endlich, auf dich zuzugehen!"

„Was sollte ich denn machen? Ich habe schon bemerkt, dass er immer in meiner Nähe ist, aber zum Schäkern…!"

Meileisun lachte.

„Was glaubst du, was hier alles so passiert? Wir sind ein ganz schön lockeres Volk hier!"

„Wie sieht das die Kirche?"

„Unser Padres sind Franziskaner. Wir haben ein kleines Kloster hier, weiter vorn, um die Biegung des Berges. Sie unterrichten die Kinder, schließen die Ehen und Bestatten die Toten. Ansonsten stören wir uns gegenseitig so wenig wie möglich!“

Übergangslos bemerkte Zhara, dass ihr die Familie fehlen würde, ihr Vater, ihre Mutter, ihre Geschwister. Ihr wurde bewusst, dass jetzt, mit der Aufnahme bei den Bringos, das Band endgültig zerschnitten war. Ihr Vater würde nicht zögern, seine eigene Tochter nach Asdam in die Sklaverei zu verkaufen, ihre Mutter war kalt wie Eis. Nein, es war vorbei. Ihr Leben ging weiter, als Bringa, bei den Bringos! Noch mit Tränen in den Augen schaute sie auf und blickte Frius in die Augen, der mit zwei Bechern Wein auf sie zukam. Fragend schaute er zu ihr. Sie stand auf und ging auf ihn zu.

„Herrgott Frius, nun komm‘ schon! Wenn du mich immer so fragend anschaust, bekommst du mich nie!“

Sie nahm ihm einen Becher aus der Hand und gab ihm einen Kuss.

Das Fest

Am nächsten Tag, nach dem Frühstück, begann das Fest mit einem Spaziergang in die viel zu kleine Kirche. Die Padres begrüßten sie, nahmen Geschenke entgegen und segneten die versammelten Bringos. Als sie die Kirche verließ, mit Frius an ihrer Seite, fragte sie einen der Padres, ob sie die Beichte ablegen könne?

„Zarah von Caran! Wie schön, dass ihr zu uns kommt! Gut, dass ihr zu den Menschen zurückgefunden habt!“

Der Bruder vom ‚Orden der der minderen Brüder‘ schaute sie ernst, respektvoll, aber nicht unfreundlich an.

„Kommt gegen Nachmittag, wenn unsere Glocke schlägt. Anka wird auch hier sein. Bringt den jungen Mann ruhig mit!“

Sie verabschiedete sich.

Gegen die Mittagszeit, als eine deutlich entspannte und sichtlich gelöste Zhara in den Armen eines glücklichen Frius zum Mittagessen ging, ertönte ein durchdringendes Hornsignal.

„Scheiße! Ausgerechnet! Komm, lauf!“

Frius zog Zhara mit sich, auf Wegen, die sie noch nie gesehen hatte, dem Hang zu. An den Hängen öffneten Männer Türen zu Eingängen, die in den Felsen geschlagen waren. Von überall her rannten Frauen und Kinder, in was Zhara für Weinkeller hielt. Im Halbdunkeln konnte sie aufflackernde Fackeln sehen, Menschen drängten und schoben sie vorwärts. Jedoch blieb es relativ ruhig, es war keine Panik in den Menschen. Ruhig und diszipliniert gingen die Menschen weiter in den Berg hinein, zogen und schoben sie weiter. Zhara spürte die Kühle und die Feuchtigkeit des Berges, spürte beklommen den festen Händedruck, mit dem sie Frius hielt. Der sanfte Frius, der sie heute Nacht sacht wie eine Feder berührt hatte, griff nun energisch zu.

„Ihr da vorn, geht rechts! Öffnet die Tür! Hinter der Tür sind Lampen, zündet sie an!“

Frius Stimme klang routiniert, befehlsgewohnt. Sie schritten in einen Raum mit Bogengewölbe und festem Mauerwerk. In dem Raum standen Kisten, Fässer und Eimer, auch Spaten und Haken, Hämmer und Fäustel. In Halterungen hingen, sauber aufgereiht und blitzblank… Repetiergewehre und Kästchen mit Munition. Zhara glaubte, zu träumen. Etwa hundert Menschen standen wie sie in dem Raum, die meisten Frauen und Kinder. Frius schob sie von sich.

„Du bleibst hier bei den Frauen und Kindern, Lukas – komm!“

Ein anderer junger Mann gab seiner Frau und seinen Kindern einen Abschiedskuss. Die Männer griffen sich Gewehre und Munition und schritten zurück, nach vorn zum Eingang.

Nach wenigen Minuten hörten sie erneut ein gedämpftes Hornsignal. Lukas und Frius kamen zurück.

„Verdammte Übung! In Anka muss der Teufel wohnen! Ausgerechnet heute! Auf, raus mit Euch!“

Die Kinder stimmten ein Freudengeheul an und rannten zu Eingang, sich gegenseitig stoßend und rennend. Einige Frauen seufzten erleichtert auf. Frius und Lukas begannen aufzuräumen, stellten Gewehre und Munition zurück, löschten die Lampen und schlossen die Türen. Zhara nickte Frius zu.

„Ich denke, das habt ihr mir zu verdanken!“

„Ja, das habe ich auch gedacht, Zhara von Caran! Du solltest sehen, wie gut wir vorbereitet sind!“

„Bitte nenne mich nicht so! Ich bin eine Bringa, und wenn du willst…!“

Frius strahlte, nahm sie in die Arme und küsste sie zärtlich.

„Ja, ich will! So sagt man es doch, oder ...?“

Nach einiger Zeit gingen sie aus den dunklen Gängen wieder ans Licht, in die Wärme des Tages, glücklich lachend.

Die Übung hatte dem ersten Festtag etwas an Leichtigkeit genommen. Die Bedrohung durch Asdam und Caran war wieder allgegenwärtig geworden, Zhara jedoch spürte, dass die Menschen sie annahmen. Nach einiger Zeit hatte sich die Anspannung wieder gelegt, fröhlich saßen sie um die Tische und griffen zu. Als Zhara später, es war bereits gegen Nachmittag, an ihre Beichte dachte und aufstehen wollte, kam Anka, auf einen Stock gestützt, durch die Reihen auf sie zu.

„Zhara, Frius, kommt mit mir, begleitet mich!“

Sie gingen wieder den Weg zurück, langsamer, auf Anka Rücksicht nehmend. Anka erzählte, wie hier alles geworden war, wie die Bringos sich in den Felsen gearbeitet hatten, um Platz für sich zu schaffen, für Wohnungen, die Lagerräume im Fels hatten, regelrechte Bunker.

„Wir wollten verhindern dass wir wieder in Panik den Berg hinauf stürmen, den Soldaten von Caran in die Arme! Deshalb auch die Übung! Und du, Zhara, solltest sehen, wie wir uns wehren können!“

Zhara fühlte sich wohl und sagte es auch. Die freundliche Aufnahme, das herzliche Willkommen gestern Abend, das Wiedersehen mit Meileisun, ihre junge Liebe zu Frius – sie fühlte sich wie neu geboren. Anka nickte, blieb jedoch schweigsam. Sie waren bereits kurz vor der Kirche als die Glocke lautete. Einer der Padres trat vor die Tür der kleinen Kirche.

„Ah, Anka, Zhara von Caran und Frius! Bitte kommt!“

Sie traten ein und wurden durch die Kirche geführt, durch einen Nebenraum und erneut durch eine schwere Holztür. Der Padre zündete eine Lampe an – es war dunkel in dem Raum. Einfache Tische und Stühle standen in dem kleinen Raum, es war kühl, fast frostig. Wieder waren sie in einem der in den Fels gehauenen Räume. Der Padre bot ihnen Plätze an. Er lächelte, dann schüttelte er den Kopf.

„Nein, das ist keine Zusammenkunft für eine gemeinsame Beichte. Wer möchte, darf aber gerne seine Sünden bekennen, bei mir, bei einem meiner Brüder. Bitte erlaubt, dass ich mich vorstelle: Pater Matthias ist mein Ordensname. Zuerst, ich freue mich besonders dass ihr, Zhara, zu uns gefunden habt. Überhaupt, dass ihr zu den Menschen zurückgefunden habt! Zhara, ich weiß, dass euch Schweres widerfahren ist. Euer Bräutigam hat euch zurückweisen lassen, euer Vater hat euch verstoßen. Dazu habt ihr den Tod aus nächster Nähe erlebt!“

Padre Matthias schwieg. Zhara bedankte sich. Der Padre fuhr fort:

„Ich bin ein Mann des Ordens der minderen Brüder. Ich habe das Gelübde abgelegt und der Welt entsagt um dem Herrn zu dienen, bei den Ärmsten der Armen, den Bringos am Berg. Über viele Jahre hinweg schon sehe ich wie die Bringos zäh arbeiten, dem Berg ihre Nahrung abringen, heiraten, ihre Kinder groß ziehen und ihre Toten beerdigen. Wir wissen, dass die Bringos fleißige Menschen sind. Wir Padres wünschen, so Gott will, dass dies so bleibt.“

Er holte Luft, rückte seinen Stuhl zurecht und faltete die Hände.

„Nach dem Fest setzt der Regen ein. Der Regen erneuert das Leben, auf dem Berg und auf der Ebene. Jede Pflanze, jedes Tier, jeder Mensch benötigt Regen, Wasser. Wasser jedoch kann zerstören, es kann Menschen töten – wenn es nicht aufgefangen und in die richtigen Bahnen geleitet wird.“

Er schwieg wieder. Dann lehnte er sich zurück, schaute in die Runde, dann auf Zhara.

„Es gibt Anzeichen dass Geschehnisse, die wie ein Unglück aussehen, ein kunstvoll inszeniertes Verbrechen vorbereiten. Unschuldige sollen als gemeine Verbrecher bestraft werden, damit reiche Fürsten und Militärs weiterhin herrlich und in Freuden leben können."

Zhara nickte gedankenverloren. Auf einmal sprang sie auf, ihre Stuhl umwerfend.

„Padre, was sagen sie damit? Wenn ich das, was sie sagten, auf mich beziehe, heißt das…"

Anka setzte ihre Gedanken fort:

„…das bedeutet dass dein Vater einen Grund für einen Krieg suchte und dich dabei opferte! Es bedeutet, dass dein Vater dich absichtlich auf dem Landweg nach Asdam schickte und dem Knecht auftrug, einen Bringo zu erschießen! Ja, das heißt es!"

Anke vollendete ihre Gedanken. Der Padre bat Zhara, sich wieder zu setzen, Frius hob ihren Stuhl auf. Der Padre fuhr fort:

„Es wurde geprüft ob es einen Termin für eine Hochzeit in Asdam gab. Ob eine Feier vorbereitet war, ob deine Eltern überhaupt die Fahrt nach Asdam antraten. Ob überhaupt Quartier vorbereitet war!"

Er schüttelte den Kopf und legte Zhara seine Hand auf ihre Hände.

„Zhara, ich bedaure. Weder haben deine Eltern Caran verlassen noch wurde in Asdam eine Hochzeit geplant. Durch Zufall erhielt Anka gestern Nacht eine weitere Bestätigung."

Anka berichtete, dass gestern Abend, im Schutz der Dunkelheit, eine Sklavin aus Asdam zu den Bringos geflohen war. Das kam und kommt immer mal wieder vor. Eine der Prostituierten, die in einem Bordell nahe der Kaserne die Soldaten bediente, war entwischt. Sie hatte jedoch berichtet, dass Luis von Armand ihr letzter Gast war und ihr prahlend erzählt hätte, dass es in Asdam von Frauen bald nur so wimmeln würde. Sie solle lieber froh sein, jetzt noch Geld zu bekommen, später müsse sie bezahlen, um beachtet zu werden! Luis von Armand war Zharas ‚Bräutigam'. Auf ihre Frage, wie er denn so viele Frauen herbeischaffen könne, hatte er gelacht und gemeint, dass es gar in nicht weit genug davon geben würde, man müsse sie nur pflücken.

Zhara stand auf und wanderte um den Tisch, hieb eine Hand in ihre Faust. Als sie sich wieder setzte, lächelte sie, kalt.

„Mein Vater ist begeisterter Schachspieler! Er spielt sehr gut, er hat immer wieder Gäste die Meister des Schachs sind. Wenn er Bücher liest, dann sind es Bücher über Schach. Ich glaube, ich erkenne seine Züge! Ich bin eine Spielfigur auf seinem Feld, wir alle! Padre, sagen sie uns: Wer ist außerhalb des Spielfeldes?“

Der Padre dachte nach. Dann sagte er einen Namen.

Bei Masul

Masul war der stolze Vater eines Jungen und eines Mädchens geworden. Ironischerweise war das Mädchen von Isabella und der Junge von Mashara, beide jedoch hatten große Ähnlichkeit mit Masul. Mashara hatte zuerst geboren, Isabella fast zwei Wochen später. In seinem Haus war jetzt Betrieb! Langsam jedoch begannen die Kinder ruhiger zu werden, die Frauen konnten wieder miteinander lachen und freuten sich über die Fortschritte ihre kleinen Rangen. Masul selbst hatte Ringe unter den Augen. Die letzten vier Wochen waren der reinste Horror für ihn gewesen: Ständig hatte der kleine Antonias in der Nacht geschrien, wollte an die Brust, dann wieder nicht, strampelte, schrie. Schließlich nahm in Isabella zu sich, und siehe da: Der junge Mann schlief an ihrer Brust und Mashara konnte einige Zeit die Augen schließen.

Die Taufe sollte auf dem jährlichen Erntedankfest stattfinden, in ein paar Tagen. Zwar hatte sich besonders Masharas Mutter, die den Frauen bei der Geburt, der Versorgung der Säuglinge und im Haus geholfen hatte, die allergrößten Sorgen über ‚was denn die Leute sagen werden' gemacht, jedoch wurde das Ereignis allgemein ignoriert. Masul war Vater geworden, er war der Patron und da sich seine Frau Isabella sehr deutlich geäußert hatte – ‚Warum? Weil ich es so wollte!' hatte sie einmal verlauten lassen; seitdem wurde über das Thema nicht mehr gesprochen.

Masuls Herde an Rindern hatte sich beachtlich vergrößert. Nicht nur durch die großzügige Mitgift seiner Schwiegereltern von einem halben Tausend Rinder, auch die unter Masul konsequent betriebene Landwirtschaft zeigte Früchte. Masuls Herden bevölkern jetzt ein mehrere Quadratkilometer großes Gebiet, die Bewässerung war intensiviert worden und die ersten Arbeiten an den Hängen hatten begonnen. Masul hatte von den Erfolgen der Bringos im Weinbau gehört und wollte selbst sein Glück mit der Bewirtschaftung von Terrassenfeldern versuchen.

Die alten Terrassen jedoch, die Jahrhunderte nicht versorgt und bestellt waren, befanden sich in einem jämmerlichen Zustand, waren verfallen und überwuchert. Auch, das gab er gerne zu, fehlte es ihm an eigentlich allem: Wissen, Erfahrung und Personal. Er selbst war Viehzüchter, kein Landwirt. Immerhin hatte er es bisher geschafft, einen Streifen den Berg hinunter bis an das Ufer des Flusses wieder instand setzen zu lassen, die Arbeiten schritten langsam vorwärts. Bisher zogen die Frauen des Dorfes kleine Bäumchen auf Spalier um im nächsten Jahr, so hoffte er, einen kleinen Ertrag zu ernten.

Heute waren seine Schwiegereltern, die Eltern Isabellas, eingetroffen, sehr gerührt und entzückt von den beiden Kindern. Isabella hatte ihnen Antonias zuerst auf den Arm gegeben und sich über die Beobachtungen der Großeltern ‚das Gesicht wie Isabella!‘ vor Lachen ausgeschüttet. Mashara, die gerade Margherita frisch ankleidete, hatte fröhlich eingestimmt. Bis die Großeltern merkten, welchen Bären ihre Tochter ihnen hier aufgebunden hatte, lachte schon das ganze Dorf.

„Das war nicht nett von Euch! Die Großeltern veralbern!“

Isabellas Vater lachte mit und schaukelte Margherita, die fröhlich quietschte. Seine Frau hielt ganz verliebt Antonias ihm Arm – es sah ganz so aus, wie wenn sie ihn nicht wieder hergeben wollte.

„Masul, hast du eigentlich viele Gäste eingeladen? Da hinten sehe ich eine Gruppe Reiter kommen!“

Die Richtung, in der Isabellas Vater zeigte, führte nach Asdam.

„Aus Asdam? Nein, niemanden! Halt – da sind noch die Bringos!“

Masul rannte ins Haus und sprang mit seinem Gewehr im Anschlag und dem Fernglas unter Arm wieder heraus, feuerte einen weit hallenden Schuss ab und beobachtete die Gruppe Reiter. Während seine Arbeiter zu ihren Waffen rannten, die beiden Frauen die Kinder nahmen und ins Haus gingen, versammelten sich die Menschen um Masul, der das Verhalten der Reitergruppe beobachtete.

„Ein schöner gleichmäßiger Trab! Sie haben kurz angehalten und gewunken, aber keine Waffen gezogen. Es sind keine Soldaten, die

Pferde sind kurzbeinige, stämmige Tiere. Keine Sättel! Sie halten geradewegs auf uns zu. Hola! Eine Frau reitet mit! Leute, macht euch bereit zum Empfang! Isabella! Damenbesuch!“

Isabella kam mit kritischem Blick wieder aus dem Haus, schaute wie ihre Eltern durch das Glas. Keiner erkannte auf die Entfernung jemanden aus der Gruppe. Auch als die Reiter mit schnaubenden, schwitzenden Pferden verzögerten und langsam vor die immer größer werdende Gruppe um Masul kamen, war kein Erkennen, kein Laut zu hören. Die Frau war jung, eine Schönheit mit kastanienbraunen Haaren die ein kurzes „Hallo!“ rief und sich sicher und selbstbewusst aus dem Sattel schwang. Ihre Begleiter folgten ihr und stellten sich hinter sie. Oha, sagte sich Masul, was haben wir denn da?

„Wir Bringos grüßen Euch! Wir kommen in Frieden! Ich bin Zhara, Zhara von Caran! Wir möchten Masul den Patron sprechen!“

Sie hatte deutlich, mit einem harten, klaren Akzent gesprochen und schaute die Menschen vor ihr prüfend nacheinander an. Masul gab Isabella einen sachten Schubs, sie trat vor und antwortete für Masul.

„Ich begrüße euch Bringos, da ihr in Frieden kommt! Lange haben wir nichts mehr von Euch gehört! Wie kommt es, dass ihr euch ‚Zhara von Caran‘ nennt, aber für die Bringos spricht?“

Die Frauen schritten aufeinander zu und gaben sich die Hand. Masul konnte erkennen, dass sich die Frauen respektierten.

„Das möchten wir Euch berichten! Ihr seid die Doña?“

Isabella nickte und stellte der Gruppe Masul und ihren Eltern vor. Durch die Gruppe war ein Aufatmen gegangen, als sie die Namen ihrer Eltern hörte. Die jungen Männer entspannten sich sichtlich. Masul klatschte in die Hände.

„Heute Abend feiern wir zu eurer Begrüßung ein Fest – ich hoffe, ihr habt gute Nachrichten mitgebracht! Jetzt, bitte – Isabella, gib Zhara Gelegenheit sich frisch zu machen! Ihr Männer, kommt mit mir!“

Die Gruppe der Dorfbewohner hatte die Nachricht des Festes mit Freude aufgenommen. Feste bei und mit Masul waren immer ein Erlebnis. Jetzt, da Fremde teilnehmen würden, die zudem etwas zu Außergewöhnliches zu berichten hatten, versprach es interessant zu werden. Masul begrüßte die jungen Bringos, zeigte ihnen die Waschgelegenheiten seiner Männer und ließ die Pferde versorgen.

Mit seinem Schwiegervater saß er danach auf der Terrasse. Sich eine Pfeife stopfend, schaute er mehr als missvergnügt auf Masul.

„Zur Taufe meiner Enkel komme ich, und was geschieht? Ich muss hören, dass Caran das Militär in Asdam aufwiegelt, um die Bringos zu überfallen! Masul, wenn du je friedfertigere Menschen als die Bringos findest, dann bist du im Paradies gelandet!"

Er erzählte die Geschichte der Bringos, die versklavt in die Minen Carans und nach Asdam verschleppen wurden.

„Mit diesen Menschen wurde das Silber fast der gesamten Provinz gefördert! Schiffsladungen reinstes Silber haben sie aus diesem Berg geholt!"

Seine Frau, Masuls Schwiegermutter, kam zu Ihnen, verzog aber das Gesicht als sie ihren Mann sah, wie er an der Pfeife zog.

„Oh Pfui, musst du wieder solchen Gestank produzieren! Masul, du wirst ja ganz eingeräuchert! Weißt du, dass wir Zhara kennen? Wir waren damals doch auf Caran, vor über zehn Jahren..." „Sechzehn Jahre", warf ihr Mann ein... „Isabella empfing in diesem Jahr die heilige Kommunion..." „Wir hatten sie mitgenommen, sie erinnerte sich lange noch an ein Erlebnis, das wir in Caran hatten: Zwei kleine Mädchen rannten heulend vor uns aus der Burg, eine hatte das Kleid noch hochgezogen, wir sahen, dass sie den Rohrstock auf den Hintern bekommen hatte! Das unglückliche Kind war Zhara! Sie erinnert sich selbst nicht mehr daran, sie war ja auch kaum vier Jahre alt! Das war Zhara von Caran!"

„Gütiger Gott! Mit dem Rohrstock!"

Masul schüttelte heftig den Kopf. Isabella, Mashara und er hatten sich in die Hand versprochen die Kinder nicht zu schlagen.

„Ich sehe jedenfalls keinen Grund, warum irgendjemand gegen die Bringos vorgehen sollte. Das ist doch eine an den Haaren herbeigezogene Geschichte!“

Sein Schwiegervater wiegte den Kopf.

„Es wurden schon Städte dem Erdboden gleichgemacht, weil eine verheiratete Frau ihrem Mann davonlief!“

Seine Frau verzog das Gesicht.

„Sie ist nicht Helena und nirgends sehe ich ein Troja, mein Gatte.“

„Asdam kann die Bringos provozieren. Sie rücken mit Soldaten über den Fluss vor und verlangen Zutritt. Die Bringos werden provoziert – ein Schuss fällt, ein Mann ist tot oder verletzt, man fordert weitere Untersuchungen und die Bestrafung des Schuldigen, man findet Waffen und Munition – mehr Soldaten rücken vor, die Bringos feuern aus allen Rohren: Schlussendlich ruft man Caran um Hilfe und erfolgreich wurde gemeinsam ein Banditennest ausgeräuchert! Welch ein Triumph der Gerechtigkeit! Der Gouverneur verleiht Orden!“

Er seufzte.

„Mein Bruder hat doch jetzt ganz andere Sorgen. Die Krone braucht Geld. Frankreich wurde zwar besiegt, aber die Schäden sind immens! Zudem haben wir jetzt die Ideen der Franzosen im Land: Freiheit, Gleichheit, Brüderlichkeit! Der Geist ist aus der Flasche und wird sich nicht wieder einsperren lassen – was glaubst du was es ihn stört, wenn sich ein paar seiner Soldaten einen lustigen Tag machen? Oder wie Caran das dringend benötigte Silber aus dem Berg fördert?“

Er lachte trocken. Masul verzog angewidert das Gesicht.

„Ich weiss, dass Politik ein schmutziges Geschäft ist. Ich möchte jedoch nicht zusehen, wie die Bringos geopfert werden. Wir müssen einen Weg finden, so verrückt er auch ist! Es wurden schon Städte mit Holzpferden erobert!“

„Touché! Ich sehe im Moment nur einen Weg: Du lädst die Bringos ein, bei dir zu siedeln. Deine Hänge sind frei, es sind Terrassen wie die ihren, Caran wird dich nicht angreifen und für Asdam hängen die Trauben zu hoch.“

Schritte und verhaltenes Lachen waren zu hören. Isabella und Zhara kamen zu ihnen, Mashara blieb anscheinend bei den Kleinen. Die kleine Gruppe schaute sich an. Masuls Schwiegervater legte den Zeigefinger an die Lippen. Sie nickten.

„Das Haus soll über uns zusammenstürzen, wenn wir jemals etwas Schöneres gesehen haben! Zhara von Caran und meine Tochter, eine schöner wie die andere! Kommt, meine Damen!“

Er bot ihnen Plätze an und legte seine Pfeife weg. Masul brachte Tee.

„Wie viel Bringos leben eigentlich am Hang vor Asdam, Zhara?“

„Es sind etwas über dreitausend Menschen!“

„Das ist eine ganze Menge! Und… habt ihr jemals eure Erträge verkauft? Außer euren Wein?“

„Nicht dass ich weiß – Frius könnte dazu mehr und besser berichten, am besten weiss es natürlich Anka, die älteste Frau am Platz. Auch die Padres, sie führen ja Buch! Sagt, Masul… denkt ihr etwa an eine Rochade?“

Zhara spielte auf den Spielzug beim Schach an, bei dem sich der König in die Deckung von Bauern, Turm und Dame begibt. Masul lachte, dann entschuldigte er sich.

„Ich bedauere, ich weiss, es sind Schicksale – jedoch im Moment sind wir bei den sichersten Optionen. Es wäre zu verwegen zu glauben, drei Musketiere können den Lauf der Welt ändern!“

„Es gibt zwei Rochaden, eine große und eine kleine Rochade: Masul, Zhara, bedenkt die Optionen!“

Masuls Schwiegervater hatte seinen Pessimismus abgelegt.

„Masul, du musst nicht alle Bringos verpflanzen! Was Caran interessiert sind die Männer! Asdams Militär träumt vom Paradies der Muslime, jeden Tag Jungfrauen…“ Er lachte. „Was für Kinder! Masul, wenn du die jungen Männer an deine Hänge nimmst, dazu ihre Frauen, wird Caran das Gesicht verziehen! Die Trauben sind dann zu sauer! Auch hast du jedes Recht, deine Besitzungen zu sichern!“

„Das stimmt! Die Bringos sind bewaffnet wie eine kleine Armee!“

Zhara sah durchaus die Vorteile.

„Ob sich jedoch die Bringos so einfach flussabwärts verfrachten lassen? Sie sind seit der letzten Ausplünderung seit über siebzig Jahre an diesem Platz, ihre Vorfahren…“

Masuls Schwiegervater hob die Brauen und winkte ab.

„Ganz Amerika leidet bis heute und wird auch nach lange unter den Folgen der Kinderkrankheiten der Alten Welt leiden! Ich habe mich lange mit Mashara unterhalten. Sie glaubt den Berichten Pizarros nicht, der erzählte, er hätte mit seinen 135 Männern gegen Zehntausende Inkas gekämpft. Wir haben die Karten aufgeschlagen und die alten Berichte versucht nachzustellen. Selbst wenn es so gewesen wäre, die Inkas hätten dicht an dicht stehen müssen, sodass sie sich nicht regen konnten – unmöglich bei einer Armee, so diszipliniert und gut organisiert wie den Inkas! Ergo, es können nicht derart viele Inkas gewesen sein, nicht mehr! Sie sind schon lange vorher von Masern, Röteln, Grippe, Pocken, Typhus und den ganzen Krankheiten dezimiert worden ...“

Isabella unterbrach ihn:

„Papa, ich weiss, dass du es nicht gerne hörst, aber ich bin hier mit Masul viel geritten, und mit Mashara fahren wir manchmal mit der Kutsche aus. Die Hänge… ewig ziehen sich hier die ehemaligen Terrassen! Hier müssen viele Menschen gelebt und gearbeitet haben!“

„Haben! Das ist lange lange her!“

Die zwei jungen Männer und Frius kamen zu der Gruppe, grüßten und berichteten, dass das Fest eröffnet werden konnte. Alles würde auf den Patron und die Doña warten!

„Mashara will bei den Kindern bleiben…“

Masul verzog das Gesicht und ging mit Isabella aufwärts zu ihren Schlafräumen. Mashara strahlte zu Masul. Sie stillte gerade, beide hingen an ihrer Brust und schauten mit großen Augen auf den Papa. Masul gab ihr einen Kuss und winkte – nachher würden die Frauen sich abwechseln! Isabella küsste Mashara ebenfalls und zeigte mit Fingern, dass sie in zwei Stunden kommen würde. Mashara nickte und bedeutete ihnen, jetzt zu gehen: Die Kleinen wurden unruhig.

„Keine Sorge, du kommst schon wieder zu uns…“

Isabella lächelte ihn bedauernd an. Monate hatten sie Masul strapaziert, jetzt saß er auf dem Trockenen. Er lachte.

„Das ist es nicht! Ich bin es nur noch nicht gewohnt, dass immer eine meiner Frauen fehlt! Ich fühle mich immer so… unvollständig!“

Isabella umarmte ihn und strahlte.

„Dass du das sagst! Das ist wunderschön! Komm jetzt, sie warten!“

Das überraschend und schnell organisierte Fest war, wie immer bei Masul, gut besucht. Wenige blieben in ihren Häusern und nahmen nicht teil – oft waren sie dann krank, oder sie hatten kleine Kinder, die noch nicht selbstständig waren.

Sie hatten, trotz aller Proteste, Zhara von Caran an den Ehrenplatz gesetzt und Frius neben sie - dagegen hatte sie nicht protestiert! Prompt kam die Frage – hatten sie sich etwa schon verlobt? Oder – wäre bereits ‚etwas' geplant?

Zhara nutze die Gelegenheit, um über sich zu erzählen, über Caran und ihre angebliche Hochzeit mit dem Oberst von Asdam, der Zwischenfall, der zum Tod eines Bringos und der Knechte geführt hatte. Als sie berichtete, sie hätte sich darauf fast ein halbes Jahr in schweigsamer, anstrengender Arbeit von der Welt abgewandt und erst Frius, der sie jeden Tag beobachtet hatte, hatte sie veranlasst ihre Abgeschiedenheit zu beenden, bat sie Frius weiter zu erzählen.

„Wir sorgten uns um Zhara. Sie sprach kam mit ihren Mägden, aß wenig, trank nur Wasser, schleppte Wassereimer um Wassereimer zu den Rindern und wurde langsam immer dünner. Unsere Padres rieten mir, zu warten: Zwar hätte sie kein Gelübde abgelegt, jedoch sollte ich ihre selbst gewählte Abgeschiedenheit nicht mutwillig brechen. So wartete ich, bis unser Fest immer näher rückte und fasste mir dann ein Herz, als ihre Mägde sie schon angesprochen hatten.

Wir Bringos sind ein lebenslustiges Volk und kennen die Obsession und die Fixierung auf Schuld und Buße wie in Caran nicht. Ich verstand erst da, dass Zhara sich auf den vermeintlichen Tag der Abrechnung vorbereitete: Sie dachte sie wird für den Tod des Bringos zur Verantwortung gezogen!"

Der Pfarrer erzählte, dass niemand Caran verstehen könne, es sei denn, er wäre dort geboren, wie Zhara.

„Caran ist ein dunkles Kapitel im Buch unseres Landes, wenn es denn einmal geschrieben wird. Die Burg ist düster, der Ort ist die meiste Zeit im Nebel, der Abraum der Minen liegt in großen Halden fast bis in den Ort. Der Friedhof ist mit Sicherheit einer größten im Lande, und einer der beklemmendsten überhaupt! In der Burg jedoch glänzt und spiegelt sich alles in Silber: Überall ist das Metall verarbeitet, Leuchter, Spiegel, Kerzenhalter: alles in Silber! Auch die Kirche ist ausgeschmückt mit Silber vom Eingang bis zum Alter!“

Zhara nickte.

„Ich sehe, sie waren in Caran, Hochwürden! Können sie uns mehr über die Kirche erzählen?“

Der Pfarrer wollte zum Sprechen ansetzen, dann schwieg er unvermittelt.

„Wir sollten später reden, Zhara von Caran. Vielleicht hilft dann das Wenige, das ich weiss!“

Masul und sein Schwiegervater schauten sich an. Masul stand auf, half seiner Frau aufzustehen und ging mit ihr ins Haus.

„Willst du wirklich die Bringos zu uns holen, Masul?“

„Liebste, ich habe Träume: Die Hänge mit Wein und Obst bewirtschaften! Dein Vater berichtete dass es Pläne gibt eine Eisenbahnlinie ins Tal zu legen und den Fluss zu stauen, dass er das ganze Jahr schiffbar wird! Das bedeutet Zukunft, für uns und unsere Kinder – aber wir benötigen Menschen! Die Sklaverei wird bald zu Ende sein – dann steht Caran ohne Arbeitskräfte still und die Minen saufen ab! Auch ist das Silber endlich, unsere Schätze jedoch wachsen jedes Jahr neu! Isabella, wir können es schaffen, wenn wir Mut haben!“

Masul konnte sich begeistern, Isabella spürte es.

„Sprich mit Mashara. Sie kennt die Menschen besser als wir!“

Mashara erwartete sie. Die Kleinen schliefen. Isabella konnte sich zurücklegen und in Ruhe warten bis sie wieder Hunger bekamen – in zwei Stunden etwa.

Während Masul mit Mashara zum Festplatz ging, erzählte er ihr kurz den Stand ihrer Gespräche mit Zhara. Auch berichtete er ihr von den Aussagen des Pfarrers.

„So, und du glaubst das alles?“

„Das Mädchen, das entkam, gab doch die Informationen!“

„Pff! Eine Chica und entkommen! Wie kam sie denn über den Fluss? Hatte sie denn nasse Kleidung?“

Sie waren stehengeblieben. Masul hatte sie an den Armen gefasst.

„Die Bringos sollen provoziert werden? Ist es das, was du meinst?“

„Natürlich! Die Bringos sollen die Chica wieder zurückschicken, mit ein paar Geschenken, am besten von Padres begleitet. Zhara sollte ihren Vater besuchen und um Erlaubnis für ihre Hochzeit mit Frius bitten, wieder mit den Padres. Außerdem…“

Sie lächelte, schob einen Finger in ihre Halskette und zwirbelte sie um den Finger.

„Außerdem möchte deine Sklavin gekennzeichnet werden, soll ich dir ausrichten!“

Masul stand starr. Was hatte sie gesagt? Sklavin kennzeichnen? Welche denn? Langsam dämmerte ihm, dass Mashara nicht von sich sprach.

„Masul, Isabella gehört dir, wie ich ihr gehöre. Sie möchte dein Zeichen tragen!“

Die Worte schwangen in Masuls Schädel, wie das Dröhnen einer Glocke. Nie hatte er mit Isabella darüber gesprochen! Über Mashara ja, Mashara war immer das Thema gewesen, bisher. Masharas Erziehung, ihre Hingabe, ihre Unterwerfung… Isabella jedoch als seine Sklavin, mit seinem Zeichen! Isabella konnte nur ein Brandzeichen meinen, seinen Ring trug sie am Finger…

„Was gehen mich eigentlich die Bringos an? Habe ich denn nicht mehr als jeder andere Mann in der Welt? Mashara, danke dir! Dir und Isabella! Jetzt lass uns gehen, sie schauen schon!“

Mashara erklärte ihm im Gehen noch, dass die Bringos an diesem Platz verwurzelt waren.

„Diese Menschen kann man nicht verpflanzen. Die Hänge des Berges sind ihre Heimat! Wir können überall hingehen, Isabella und ich nehmen die Kinder und folgen dir jederzeit, überall hin: Wir gehören dir, Masul! Diese Menschen jedoch… sie gehen ein, wenn man sie ausreißt!“

Wieder versicherte sie ihm wie sehr sie ihm zugetan waren, beide Frauen lagen ihm zu Füßen. War er so besonders? War er überhaupt etwas Besonderes? Masul war nicht besonders stolz auf sich selbst. Er hatte geerbt und das Ererbte bewahrt und vergrößert, er trank kaum und aß mäßig, er spielte nicht und verbrachte die meiste freie Zeit mit seiner vergrößerten Familie.

An den Tischen angekommen, begrüßte Mashara die Gäste in der Landessprache, schüttelte Hände und drückte herzlich Bekannte und Freunde in ihre Arme. Masul bewunderte ihre Gabe mit Menschen so leicht und ungezwungen umzugehen. Während Isabella eher spröder und zurückhaltender wirkte, auf Abstand zu achten schien, ging Mashara geradewegs mitten hinein ins größte Gewühl. Seine Gedanken wanderten zurück zu Isabella. Er hatte schon bemerkt, dass sie sich ihm gegenüber verändert hatte. Die größte Überraschung war die Hochzeit gewesen, eine Isabella die fast in Tränen zerflossen war, als sie sich küssten! Auch danach, die spröde Isabella war für ihn Geschichte! Schwangerschaft und Geburt war vorbei, die Stillzeit hatte problemlos begonnen. In Gedanken wiederholte er: ‚Sie möchte mein Zeichen tragen!‘ Isabella wollte ihre Liebe zu ihm ausdrücken, ihm mehr geben als die anderen Männer von ihren Frauen bekamen. Er begann sich vorzustellen, wie Isabella, seine Isabella vor ihm auf dem Boden kniete, den Po zu ihm…

Sein Schwiegervater stieß ihn an.

„Du solltest eine kleine Rede halten, mein Sohn. Die Menschen erwarten dein Wort!“

Masul stand auf und klingelte mit seinem Glas. Überraschend schnell wurde es still. Er begrüßte die neuen Gäste, hieß sie willkommen und betonte wie sehr er, seine Familie und die Menschen es liebten in Frieden zu leben.

„Wir freuen uns, wenn wir Unterstützung bekommen! Die Hänge an unserem Berg bis hinunter zum Fluss sind kaum bestellt, viele Terrassen sind zerfallen und kaum noch erkennbar. Fruchtbares, ergiebiges Land liegt zu unseren Füßen und wartet auf fleißige Hände, die es bestellen! Ich weiss, dass die Bringos an ihrem Land hängen und ihren Berg bewohnen möchten, ungestört. Auch ich möchte ungestört mit meiner Familie und meinen Leuten hier leben und arbeiten! Wir lieben den Frieden, die Bringos und wir! Ich möchte deshalb die Bringos einladen, bei den Terrassen am Berg zu helfen. Ich bin Viehzüchter, die Bringos sind Landwirte! Ich wüsste keine bessere Kombination!“

Masul schwieg einen Moment. Mashara hing an seinen Lippen, Zhara dagegen dachte weiter.

„Masul, ich danke dir für deine Einladung. Die Bringos haben Rinder, so wie du Terrassen hast, ich weiss es bestens, denn ich habe sie getränkt! Es geht jedoch um einen Krieg, nicht um deine Terrassen!“

„Wenn jetzt aber die Bringos auf meinen Terrassen sind, was dann? Die Rinder der Bringos sind übrigens von mir, liebe Zhara.“

Zhara schwieg einen Moment. So, Masul hatte also die Bringos mit Rindern versorgt? Was wäre wirklich, wenn die jungen Bringo-Männer bei Masul seine Terrassen bewirtschaften würden?

„Masul, du weißt dass wir mit dem Bewirtschaften alleine nicht weiter kommen. Die Bringos sind keine Plantagenarbeiter.“

„Sie sind mir willkommen und eingeladen hier zu siedeln und zu leben. Ich kann sie versorgen, solange die Terrassen keine Erträge abwerfen."

„Das würde uns Zeit und Raum geben…"

Zhara überlegte fieberhaft. Das Angebot Masuls war gut. Regelungen würden sich finden lassen. Sie zweifelte nicht an Masuls Bereitschaft, zu helfen. Ob die Bringos auf sein Angebot eingehen würden?

„Ich werde dein Angebot bekannt geben. Jetzt bedanke ich mich, im Namen aller Bringos, bei unserem Gastgeber!"

Das war nicht die enthusiastische Annahme, die sich Masul gewünscht hatte, er wusste aber auch, dass die Bringos momentan keine Not litten. Jetzt würden sie erfahren, dass hier ein Platz für sie freigehalten wurde. Masuls Terrassen und das Land der Bringos zusammen ergaben eine riesige Fläche. Die Menge an Wein oder Rosinen, Mais oder Kartoffeln, Obst und Früchten, die hier geerntet werden könnten, wäre so groß, dass er locker Asdam und Caran versorgen konnte. Würde die Bahnlinie kommen, vielleicht auch der Fluss das ganze Jahr schiffbar gemacht, könnte er ein noch größeres Gebiet versorgen! Wenn nur die dumme Gier der Nachbarn auf das Glück der Bringos nicht wäre!

„Ich bin sicher, dass die Bringos gerne über meinen Vorschlag nachdenken werden! Jeder, der zu uns ziehen möchte, ist mir herzlich willkommen! Ich glaube auch, dass mein Schwiegervater und sein Bruder, der Gouverneur unserer Provinz, unsere gemeinsamen Anstrengungen hier honorieren wird!"

Masuls Schwiegervater griff das Stichwort auf und sagte einige nett gemeinte, unverbindliche Grußworte im Namen seines Bruders, dabei sprach er seine persönlichen Überzeugungen aus, die im Wesentlichen mit Masul deckungsgleich waren: Wohlstand würde es nur durch Frieden geben, denn nur dann würden sich Menschen ansiedeln.

Masul sorgte für die Unterbringung seiner Gäste – Zhara bekam Masharas frühere Behausung und machte alle anstalten, dass sie die Einladung auf sich und Frius bezog. Die beiden Begleiter wurden im Dorf untergebracht. Masul und Mashara verabschiedeten sich und gingen zurück zu Isabella und den Kindern. Mashara lachte.

„Mein Verlies, mein Gefängnis bekommt sie! Na, wir haben es ja ausgeräumt und neu eingerichtet! Meinst du, sie kommen auf die gleichen Ideen wie wir?“

„Ich glaube, Zhara ist da noch ganz unbedarft und unerfahren. Deine abgrundtiefen Fantasien hat sie sicher nicht…“

„Oh, sag‘ das nicht. So beiläufig fragte sie mich, ob ich etwas über die Kräfte von Narben wüsste?“

„Kräfte von Narben? Was soll es da denn für Kräfte geben?“

„Masul, es gibt mehr als denkst! Caran war nicht nur eine Mine!“

Sie gingen zu Isabella, die bereits friedlich mit den Kindern schlief. Mashara schlief schnell ein, Masul dagegen lag lange wach und dachte über den Tag und besonders den Abend nach. Caran schien mehr Geheimnisse zu bewahren, als er gedacht hatte.

Caran

Die Taufe seiner Kinder, der Höhepunkt des diesjährigen Erntedankfestes, war feierlich und unproblematisch vorüber gegangen. Wie immer in solchen Fällen, wurde das offensichtlich Unmögliche schlichtweg ignoriert. Mashara trug die Kinder in den Armen, Masul nahm und hielt sie über das Taufbecken, sein Schwiegervater übernahm die Patenschaft und sprach die rituellen Formeln, während der Pfarrer die Kinder taufte und Isabella die schreienden Kinder beruhigend auf ihre Arme nahm. Kein Wort wurde über ihre Verbindung mit Mashara verloren: Mashara war einfach da, strahlte und verbreitete Freude.

Zarah von Caran, Frius und die beiden begleitenden jungen Männer waren nach der Feier wieder aufgebrochen, wie auch Masuls Schwiegereltern. Sie hatten einige Gespräche geführt, waren jedoch zu keiner Entscheidung gekommen. Ob die Bringos, zu einem Teil wenigstens, das Angebot Masuls annehmen würden, stand in den Sternen. Jetzt hatte sowieso die Regenzeit begonnen und die Bringos würden alle Hände voll zu tun haben, wie auch Asdam.

Masul hatte sich, nachdem die schweren Wolken über dem weiten, hügeligen Land ab und zu aufbrachen, zwei der besten Pferde richten und satteln lassen. Er würde einige Tage unterwegs sein, hatte er verlauten lassen, Geschäfte würde es geben, an denen er persönlich teilnehmen musste. Isabella und Mashara verbreiteten Zuversicht, gemischt mit liebevoller Gleichgültigkeit: Männer müssten manchmal aus dem Haus, das wäre einfach so. Umso lieber würde man sie dann wieder zurückkommen sehen!

Zur allgemeinen Überraschung stellte das Dorf allerdings am nächsten Morgen fest, dass Masul nicht alleine geritten war. Die Haushälterin des Pfarrers, Masuls Tante, verkündete, dass der Pfarrer Masul begleitet hatte. Während Mashara und Isabella weiterhin ein Entschiedenes ‚Und wenn schon!‘ zur Schau trugen, sahen die Bewohner des Dorfes sich fragend an. Was machten die beiden wichtigsten Männer unterwegs, zu Pferde? Wohin waren sie geritten?

Masul hatte eine Nachricht seines Schwiegervaters erhalten, mit einem beiliegenden persönlichen Schreiben des Gouverneurs. Der Gouverneur teilte ihm mit, dass die Garnison in Asdam in der nächsten Zeit verlegt werden würde. Caran war zu wertvoll, um es weiterhin ohne militärische Bewachung zu lassen, die Silbertransporte wurden ab sofort eskortiert. Auch wenn Caran gegen die Stationierung der Truppen keine Einwände erheben würde, so blieb doch das Problem der Versorgung der Einheiten. Hier kam Masul ins Spiel: Er sollte mit Caran die Lieferung von Lebensmitteln abstimmen.

Damit schienen sich gleich zwei Probleme buchstäblich in Luft aufzulösen: Die gelangweilten Truppen in Asdam bekamen eine Aufgabe, Caran stand fortan unter Bewachung. Da Masul noch nie in Caran war, erbot sich der Pfarrer, ihn zu begleiten. Die Mission des Pfarrers dagegen war eine seelsorgerische, und heikle Mission: Caran stand unter Beobachtung des Bischofs. Entflohene Sklaven berichteten von unhaltbaren, unmenschlichen Zuständen, was den Bischof jedoch noch mehr bestürzte: Von Opferungen! Es schien, die Silberschürfer würden sich ihr Glück im Berg mit Ritualen erkaufen wollen, die der Bischof in einem Brief an den Pfarrer als satanisch bezeichnete. Da seine Pfarre die nächstgelegene in der Provinz war, wurde er mit der Mission beauftragt. Er solle diskret Caran aufsuchen. Jetzt bot sich eine derartige Gelegenheit.

Bei einer Rast, weit außerhalb ihres Dorfes und bereits die Berge vor Augen, gaben sie sich ihre Einschätzungen.

„Masul, du bist einfach ein junger Optimist! Ich persönlich glaube nicht, dass die Truppen Asdams und Caran zusammen eher Frieden geben, als getrennt! Jede militärische Logik spricht dagegen! Die Soldaten sehen Silber und werden gierig! Im Ende werden sie Caran plündern und mit dem Silber das Weite suchen!“

„Solange sie die Bringos in Ruhe lassen, kann es mir egal sein was sie tun, solange sie meine Rinder bezahlen!“

„Ach, Geld, Geld und nochmals Geld! Hast du denn noch immer nicht genug?“

„Hochwürden, ich habe schon lange genug Geld. Es sind die Menschen die mit mir arbeiten, um deren Leben kümmere ich mich. Sie müssen zu Essen haben, nicht nur der Patron!“

Wenn Masul ‚Hochwürden‘ sagte, war er angesäuert. Es war schon richtig, Masul war einer jener Patrons, die sich für ihre Leute ins Zeug lehnten. Masul hatte Träume von einem blühenden Land, das er gerne verwirklicht sehen wollte. Derzeit ließ er die Schule neu erbauen und demnächst würde ein Lehrer im Dorf anfangen zu arbeiten, der das lokale Quetschua so fließend wie Spanisch sprach. Dass das alles natürlich auch für Masul und seiner Familie von Vorteil war, ergab sich selbstredend.

„Mein Sohn, entschuldige!“

Die Männer grinsten sich an.

„Caran ist eine andere Welt, mein Sohn. Du wirst Sklaven sehen, Arbeitssklaven die in Ketten gehalten werden, unglaublichen Reichtum, aber auch genau so viel Schmutz.“

„Ich hörte einiges von Zhara. Es scheint in Caran Dinge zu geben, die auch sie nicht kannte!“

„Caran war schon zur Zeit der Inkas eine Mine. Vieles an Wissen ist verloren gegangen, jedoch wurde in Caran bewahrt, was mit Silber zu tun hatte. Die Conquistadores und die Krone wollten Gold, Silber, Edelsteine. Bei den wenigen Menschen war man um jeden froh, der eine Schaufel am richtigen Ende halten konnte. Was die Menschen glaubten, war… weniger wichtig. Solange sie ein ‚Vater unser‘ beteten, waren sie Kinder der Kirche!“

„Es könnte also noch Opfer in Caran geben?“

„Hast du nicht auch ein Opfer in deinem Haus?“

Masul verzog das Gesicht. Mashara war nun alles aber kein Opfer, was er jedoch von Zhara gehört hatte, kam der Sache schon näher.

„Ich denke an Menschen, die nicht durch das Recht gerichtet werden, sondern einem Götzen geopfert werden, wie man es von den Menschenopfern der Inkas auf entlegenen Berggipfeln kennt!"

„Das wurde zugetragen – jedoch besorgt es den Bischoff vielmehr, dass dies alles die Billigung der Kirche haben soll."

Der Pfarrer seufzte.

„Ich weiss nicht, ob ich das glauben kann. Pfarrer Rodriguez ist kein Narr. Er ist erfahren in der Kirche. Schon der bloße Verdacht stellt seinen Posten in Caran infrage!"

Die Männer schwiegen, dann stiegen sie auf ihre Pferde und ritten weiter, den Bergen um Caran zu. Gegen Abend würden sie die Grenzen der Stadt erreichen.

Gegen Abend, die Sonne begann bereits hinter den Berggipfeln zu verschwinden, war es kühl geworden. Ganz dünner Nebel bildete sich. Der Pfarrer ritt mit zusammengebissenen Zähnen. Masul begann, sich Sorgen um ihn zu machen. Sie waren nicht mehr weit von Caran entfernt, als Masul Hufschlag hörte. Ein Reiter kam auf sie zu, im Galopp. Schwarz gekleidet wie der Pfarrer, hielt er geradewegs auf sie zu.

„Hochwürden! Padron!"

„Padre Rodriguez! Was um alles in der Welt!"

Sie hielten an, stiegen ab und setzten sich. Rodriguez begrüßte sie, den Pfarrer sehr ehrerbietig, Masul respektvoll.

„Ich möchte mit Euch sprechen, bevor ihr in Caran ankommt. Caran hat kein Silber mehr!"

Die Männer starrten ihn an. Masul fasste sich als Erster.

„Dann können wir umdrehen. Kein Silber, keine Rinder, kein Geld. So einfach ist das."

„Masul! Die Menschen!"

Masul war ungerührt. Er, der geborene Viehzüchter, hatte wenige Sympathien für die ‚Wühlereien'. Bisher hatte er nur Schlechtes von Caran gehört, jetzt kam noch ein Ritt mit dem reitunerfahrenen Pfarrer hinzu, eine Übernachtung in Caran… und das alles für Nichts! Masul prüfte seine Pistole und das Gewehr.

„So schlimm ist es noch nicht", beruhigte ihn Rodriguez. „Momentan können sie ihre monatliche Lieferung aus der Nachlese der Abraumhalden zusammenstellen. Das Einschmelzen der Reste und Vorräte wird noch Monate sichern. Danach jedoch… in einem halben Jahr spätestens…"

Rodriguez machte eine Handbewegung.

„Aber die Schätze der Kirche sind sicher?"

Rodriguez beruhigte. Die Schätze der Kirche und des Verwalters, Zharas Vater, waren sicher. Momentan.

„Warum eigentlich dann die ganze Besorgnis?"

Masul war unbeeindruckt.

„Phillip von Caran lässt das Ritual der Inkas vorbereiten, die Opferung von Kindern auf den Berggipfeln. Die Sklaven tanzen Voodoo- Tänze. Die Aufseher wollen den Teufel austreiben. Caran ist ein Hort des Unglaubens geworden!"

Die beiden Männer der Kirche waren tief betroffen. Masul dagegen schüttelte den Kopf.

„Wohin man schaut, nichts als Narren! Hat auch nur ein Mensch an Prospektoren gedacht? Caran sucht Silber und opfert Kinder?“

Masul griff Rodriguez am Rever.

„Seid ihr so dumm oder tut ihr nur so?“

Rodriguez fasste sich und nickte zu dem Pfarrer.

„So einer hat uns gefehlt! Kommt!“

Sie stiegen wieder auf und ritten den Rest des Weges nach Caran, während Rodriguez weiter über Caran berichtete und die näher kommenden Gebäude erläuterte. Als sie an ihrer Unterkunft ankamen, waren die beiden Männer nur noch wenig erschüttert. Zuviel hatten sie erzählt bekommen, über Mord, Totschlag, Rachsucht, Gier und Geiz.

Die Unterkunft der Gäste Carans lag innerhalb der Burg des Verwalters der Mine. Die Gebäude waren aus massivem Stein erbaut, im Stil der ersten kolonialen Gebäude der spanischen Krone auf südamerikanischen Boden: Verspielte und verschnörkelte Details und wuchtige Mauern ergaben einen seltsamen Gegensatz. Eine Burgmauer mit Laufgängen umgab die Gebäude.

„Man hatte Angst vor Angriffen, deshalb wurde die Anlage als gesicherte Burg mit dickwandigen Mauern erbaut!“

Für Masul war Caran bis jetzt eine düstere Erfahrung. Ein kühles, feuchtes Klima, ein gegen Abend einsetzender nieselnder Regen, bedrückende dunkle Mauern und ein dumpfer Geruch der allem anzuhängen schien, begeisterten den Mann, der die freie Natur liebte, nicht gerade sehr. Mit anderen Worten: Caran stieß ihn ab. Es begann ihn geradezu anzuwidern, als sie ihre Unterkunft betraten: klein, muffig und kalt. Pfarrer Rodriguez wand sich in Entschuldigungen:

„Ich habe den besten Raum für sie beide reservieren lassen, Hochwürden, Padron!“

„Wir beide haben ja auch nichts voreinander zu verbergen!“

Masul konnte sich den Spott nicht verkneifen.

„Padron, Entschuldigen sie! Sie wurden mir jedoch als ein respektierter, verheirateter Mann, mit einer Tochter aus bedeutenden Hause beschrieben…“

Er ließ den Rest des Satzes unausgesprochen. Masul wurde zornig.

„Was soll das Getue?“

Pater Rodriguez seufzte, der Pfarrer lachte trocken auf und half seinem Amtsbruder.

„Masul, Phillip von Caran wird uns versuchen mit allen Mitteln zu korrumpieren. Nicht nur, weil es ihm gefällt, auch weil es den Preis drückt, wenn er dich betrunken machen kann. Oder dich mit einer Frau verkuppeln kann. Oder einem jungen Mann…“

„Jetzt ist es gesagt, Patron! Sie sind hier im Vorhof der Hölle!“

Masul zuckte die Schultern.

„Solange er meine Rinder bezahlt, kann er der Teufel persönlich sein!“

Die Kirchenmänner zuckten zusammen. Rodriguez sprach ein Gebet. Es klopfte an der Tür ihres Zimmers. Rodriguez öffnete. Phillip von Caran, begleitet von zwei wunderschönen jungen Mädchen, betrat das Zimmer.

„Ich begrüße meine Gäste auf Caran! Willkommen in der Stadt des Silbers!“

Phillip von Caran war so wie Masul ihn beschrieben bekommen hatte. Klein, dicklich, ein fettes, aufgeschwemmtes Gesicht, Stiernacken und feuchte Hände. Nicht gerade die Inkarnation des Teufels, dachte sich Masul. Die beiden Mädchen, die ihn begleiteten, brachten frische Bettwäsche und bezogen die Betten vor den Augen der Männer frisch. Die Mädchen dagegen der krasse Gegensatz zu Phillips Hässlichkeit: ungewöhnlich groß und schlank mit deutlichen Rundungen. Masul war mit einem Blick klar, dass die Mädchen ausgesuchte Schönheiten waren, und sicher die Bezeichnung ‚Zimmermädchen' zu Recht trugen.

Phillip bat seine Gäste, sich zu erfrischen, und lud sie zu Tisch. Die Mädchen strahlten die Männer verheißungsvoll an und schlossen hinter Phillip die Tür.

„Nun?"

Rodriguez war gespannt. Masul winkte ab.

„Ich lebe ihm Paradies, Rodriguez, mit Eva und Lilith. Was soll da noch Besseres kommen?"

Jetzt konnte der Pfarrer wieder lachen. Er schlug Rodriguez auf die Schulter, boxte Masul in die Seite und zusammen gingen die Männer zum Abendessen.

Beim Gang in den „Saal der Conquistadores", in dem das Essen zu ihren Ehren stattfinden sollte, bekam Masul den erwarteten Eindruck. Silber überall, in jeder Ecke, zu jedem Zweck, oft natürlich in Kontrast mit dunkelsten Hölzern, um den warmen Glanz des Metalls aufscheinen zu lassen, auch punsiert oder getrieben. Den Eingang der Halle rahmten die Porträts der Eroberer: Pizarro und Cortez. Masul wusste, was die indigene Bevölkerung Südamerikas über die beiden Spanier dachte. Die Halle an diesen Schlächtern ihrer Vorfahren vorbei zu betreten, musste ihnen wie eine fortgesetzte Demütigung erscheinen. Tatsächlich zogen sowohl Rodriguez als auch der Pfarrer unwillkürlich die Schultern ein. Masul grinste. Mashara hatte ihm genug Überlieferung übermittelt, sodass er die Geschichte aus seiner Sicht sehen konnte. Er wusste auch, wie Cortéz seinen Lebensabend bestreiten musste: Mit Rechtsstreitereien gegen die Verwaltung der Krone ärgerte Cortéz sich zu Tode.

„Wie gefallen Ihnen die Helden Spaniens, Masul? Schaue sie, hier stehen die Generäle Cortéz…“ Phillip erklärte die Bilder der Generäle des Conquistadores.

„Ziemlich steif, die Herren!“

Im Hintergrund war unterdrücktes Kichern zu hören, und das Tapsen schneller Schritte leichter Füße, die sich hastig entfernten.

Phillips Gesicht wurde rot. Bevor er jedoch seinem Zorn Luft machen konnte, erschien seine Gattin. Er beeilte sich, die Gäste vorzustellen. Masul konnte unschwer Zharas Mutter in ihr erkennen: Die gleiche edle Gestalt, der ernste Blick, jedoch schien ihr Zharas Gefühlsleben völlig zu fehlen. Wie ein gefühlloser Raubvogel, sagte sich Masul. Er hoffte für Mutter und Tochter, für die Mutter, dass sie ihre Gefühle nicht ganz verloren hatte, für die Tochter, dass sie sie nie verlieren würde. Den Vater suchte er in seiner Erinnerung in Zhara vergebens. Er hielt die Information über Zhara jedoch noch zurück.

Das Essen dagegen wurde in kleinen, köstlichen Portionen aufgetragen und enthielt alles was selten, wohlschmeckend und teuer war, dazu ließ Phillip originale Weine aus Spanien servieren. Masul sparte auch nicht mit Lob. Phillip war bald wieder versöhnt und der Vorfall scheinbar vergessen. Die Gespräche während des Essens drehten sich um scheinbare Belanglosigkeiten. Wäre Masul nicht mehrfach von verschiedenen vertrauenswürdigen Menschen vorgewarnt worden, er wäre Phillip von Caran achtlos in Fallen getappt. Masul bemerkte so sehr wohl warum Phillip nach den Geschäften, dem Wetter und dem Weg fragte, oder sich teilnahmsvoll nach der Familie erkundigte. Phillip von Caran umschlich ihn, wollte Vertrauen gewinnen und Informationen sammeln. Nach zwei Stunden beenden sie das für Masul anstrengende Essen. Phillip erkundigte sich beiläufig, ob die Herren nicht noch ein paar frische Früchte genießen wollten?

„Ja, gegen frische Früchte ist doch nie etwas einzuwenden, vielleicht mit einem passenden Wein?“

An dem Gesicht von Rodriguez sah Masul, dass irgendetwas nicht ganz so richtig lief. Sein Pfarrer schien diese Schliche jedoch nicht zu kennen. Arglos bestätigte er ebenfalls sein Interesse an Früchten. Phillips Frau entschuldigte sich, versprach den Männern jedoch strahlend lächelnd ihnen die frischesten Früchte der Saison und den besten Wein bringen zu lassen. Erst hier wurde Masul misstrauisch. Er hatte Phillips Frau hatte bisher noch nie so freundlich-strahlend lächelnd erlebt!

Die Herren jedoch unterhielten sich weiter, wobei Philip jetzt direkt auf das Geschäft zuzusteuern schien. Er berichtete, dass die Krone jetzt, endlich die wahre Bedeutung Carans wahrgenommen und beschlossen hatte, die Silbertransporte gebührend zu bewachen. Silber wäre eben etwas anderes als Viehfutter und Rinder, ließ er nebenbei mit maliziösem Blick auf Masul einfließen. ‚Es wächst nach vermehrt sich von selbst‘ merkte Masul an. Ein kurzer, böser Blick aus zusammengekniffenen Augen, dann wurden die Früchte gebracht.

Die Früchte wurden in einem Fruchtkorb serviert, mit Rebenranken dekoriert. Fast alle Früchte, die man menschenmöglich besorgen konnte, waren in dem Früchtekorb. Der Korb jedoch selbst bestand aus einem Mädchen mit wunderschönen dunklen feingelockten Haaren, die zu einem Korb geformt war. Arme und Beine waren ihr im Rücken miteinander verbunden, sodass sie auf ihrem flachen Bauch ruhte. Bisher hielt sie den Kopf aufrecht und schaute mit strahlenden Augen in die Runde. Ihre Brüste waren apart und gleichmäßig, ihre Nippel dunkel und groß – offensichtlich das Schmuckstück des Mädchens. In ihrem offenen Mund steckte ein Apfel, aus dem das Kernhaus ausgestanzt war – der Apfel war jedoch so tief in ihrem Mund dass Masul überlegte wie um alles in der Welt der Apfel aus ihrem Mund entfernt werden konnte ohne ihn zu zerschneiden, oder wie er dort hineinplatziert worden war, ohne ihr den Kiefer auszurenken. Jedenfalls kontrastierten ihre schwarzen Haare, ihr roter Mund, ihre dunklen, steifen Nippel und der Kontrast der verschiedenfarbigen Früchte wunderbar zu ihrer samtbraunen Haut. Masul jedenfalls bewunderte das erotische Kunstwerk! Er fragte sich jedoch, wie lange das Mädchen seine Beine selbst würde halten können: Sie war gebunden und würde sich nicht befreien können. Die bisher versteckte Grausamkeit Phillips und seiner Frau schien sich allmählich zu offenbaren.

Das Mädchen lag noch still, ließ sich ohne die Möglichkeit zu sprechen bewundern, hielt stolz den Kopf hoch und offerierte auf ihrem Rücken die Früchte der Saison. Phillip schenkte den Männern Portwein ein und toastete auf Masul. Masul antwortete mit einem Toast auf die verborgenen Schätze Carans und setzte sich, in Erwartung der nächsten Spielzüge Phillips. Die Männer der Kirche nippten an dem Port und schauten betroffen. Masul wusste jetzt, welche Richtung das Gespräch nehmen würde: Phillip wollte ihn als Kavalier unter Druck setzten. Das Mädchen würde erst befreit werden, wenn es eine Einigung geben würde und diese sollte zu Phillips Gunsten sein!

Masul begann zu erzählen. Die Schwierigkeiten der Rinderhaltung auf der weiten Ebene, die Mühsal gute Stiere und Muttertiere zu bekommen und zu halten. Immer wieder griff er sich Früchte, schälte eine Banane, gab den Geistlichen eine Schnitte einer Birne, viertelte einen Apfel und verteilte ganz selbstverständlich die Früchte vom Rücken des Mädchens unter den Männern. Interessiert beobachtete er, während er weiter erzählte, wie dem Mädchen Schweißperlen auf die Stirn traten und ihre Muskeln zu zittern begannen. Er erzählte noch als sie dumpfe Geräusche von sich gab und sich wand, während er Phillip unverwandt anlächelte. Das Mädchen konnte sich nicht mehr halten, ließ los und hing in ihren Fesseln, unter dumpfen Schmerzenslauten. Ihr Kopf hing schon lange nach unten, ihre Tränen tropften auf die Tischplatte. Die Geistlichen hatten sich abgewandt.

„Phillip, noch fünfzehn Minuten, dann sind ihre Glieder tot!“

Masul spielte den eiskalten Patron. Phillip klatschte in die Hände. Zwei Frauen kamen, banden das Mädchen los und trugen sie zur Tür hinaus. Der letzte Blick des Mädchens hing an Masul, der sich fragte, wie oft sie schon das Schauspiel geben hatte?

Phillip kam zur Sache.

„Ich brauche ihre Rinder. Wie viel?“

Masuls Preis stand fest. Er forderte die Bezahlung in bar, vor dem Auftrieb nach Caran. Da hieß, kein Geld, keine Rinder. Die Armee würde Caran dem Erdboden gleichmachen, wenn die Versorgung nicht stimmen würde. Phillip standen Schweißperlen auf der Stirn.

„Touché, Masul! Kommen sie, gehen sie noch etwas mit mir! Entlassen wir die Geistlichkeit! Guten Abend, die Herren!“

Kurz und bündig wurden die Pfarrer verabschiedet. Phillip ließ sich von Masul aufhelfen und schlurfte schweratmend aus dem Saal. Masul folgte ihm.

„Sie sind Rinderzüchter, sie können dem Tod in die Augen sehen!“

Phillip klopfte ihm auf die Schultern.

„Diese Pfaffen sind keinen Schuss Pulver wert. Ich stehe am Rande des Ruins, Masul! Mit oder ohne ihre Rinder, wir können uns noch drei Monate halten, dann rollt mein Kopf. Die Krone hat Wind bekommen – das Silber Carans ist zu Ende. Meine Aufseher finden keinen müden Gang Silber mehr. Die schwarzen Sklaven sind dumm. Die Bringos, über die sie ihre schützende Hand halten, Masul! Die Bringos hätten meine Rettung sein können!“

Er lächelte gequält.

„Jetzt muss ich mein Glück im Aberglauben suchen!“

Phillip spuckt in eine Blumenvase aus, hustete und würgte.

Masul war, trotz seiner Abneigung für Phillip von Caran erschüttert. Er hätte nicht erwartet dass die Situation Phillips derart desolat, verzweifelt war. Er schwieg – Mitleid zu zeigen wäre verkehrt. Verletzte Tiere sind die gefährlichsten Gegner. Ein Stier mit gebrochenem Bein wird nicht zögern einen Menschen mit seinen Hörnern aufzuspießen, eher wird er sich den Bullenring aus der Nase reißen lassen, als stehen zu bleiben. Phillip von Caran war getroffen – in seinen eigenen Augen tödlich getroffen.

„Es ist ihre eigene Tochter, Phillip von Caran, die ihre Hand über die Bringos hält! Ihr eigenes Blut, Phillip! Zhara von Caran ist es!“

Phillip lächelte triumphierend.

„Sie kann fechten, wussten sie das?“

Masul verneinte. Zhara konnte mit dem Degen umgehen?“

„Sie kann kämpfen! Sie kann reiten! Wie ein Mann!“

Der Stolz des Vaters war ihm anzusehen.

„Meine Frau hasst unsere Tochter. Seit ihrer Geburt… seitdem geht nichts mehr. Sie ist tot, da unten. Kennen sie das?“

Masul verneinte und spürte den Neid Phillips.

„Kommen sie, ich zeige ihnen meine letzte Hoffnung!“

Er zog Masul mit sich, über Gänge, durch Räume, über Treppen und Flure. Phillip öffnete eine doppelt verriegelte Tür. Hinter der Tür lag eine prachtvolle große Wohnung mit behaglichen, gepolsterten Ecken. Der Raum war beheizt, eine behagliche Wärme kam den Männern entgegen, aromatische Düfte stiegen von breiten Schalen auf. Kerzen verbreiten ein angenehmes, weiches Licht. Phillip klatschte in die Hände. Aus den Polstern lösten sich drei Gestalten und rekelten sich, dann richteten sie sich aufrecht, rieben sich schlaftrunken die Augen: Zwei Mädchen und ein Junge schauten die Besucher neugierig an. Im Alter waren sie etwa um die zehn Jahre alt. Die Gesichter waren rund, die Augen schmal und die Haare pechschwarz, zu vielen dünnen feinen Zöpfen gebunden. Die Kinder lagen nackt in den Polstern, die Mädchen zeigten erste Ansätze von Brüsten, der Junge war wirklich noch ein Kind. Sie waren alle gut ernährt, fast etwas zu gut: Der Babyspeck an den Oberarmen und Hüften war gerade so dick, dass er noch nicht abstoßend wirkte. Phillip schloss die Kinder in die Arme, drückte sie und schien ihnen wirkliche Gefühle entgegenzubringen. Die Kinder strahlten Phillip mit großen, bewundernden Augen, ehrerbietig an. Er gab jedem einen Kuss auf die Stirn und verabschiedete sich wieder von ihnen. Die Kinder kuschelten sich wieder in die Polster. Phillip schloss die Tür und zog einen überraschten, perplexen Masul mit sich nach draußen.

„Das ist ihre letzte Hoffnung, Phillip von Caran? Drei überfütterte Kinder?“

„Ja mein Lieber, da staunen sie, was? Drei gesunde Kinder, die auf die höchsten Gipfel dieses verdammten Berges steigen werden, um sich dort zu opfern! Zu Ehren des Sonnengottes, Masul! Wie vor dreihundert Jahren bei den letzten der Inkas werden sie dort, im Schnee des Gipfels, ihr irdisches Leben lassen!“

Masul schaute ihn starr an.

„Masul, nun schauen sie nicht wie ein Ochse! Berichtet die Bibel nicht von Opfergaben, von der Opferung sogar des Erstgeborenen, von Menschen? Wie viele Menschen und Tiere haben die alten Israeliten geschlachtet? Gott allein weiss es!“

Masul war immer noch sprachlos.

„Ihre Familien kamen zu mir und boten mir ihre Kinder an. Wenn ich sie auffüttere und meinen Schutz gewähre, würden sie ihre Kinder opfern. Für den Sonnengott der Inkas, für das Silber Carans! Die Kinder wissen, was ihnen bevorsteht und sie wollen es! Sie glauben an die Unsterblichkeit ihrer Seelen durch ihren Opfertod!“

Masul war kein sehr gläubiger Mensch. Er war der Meinung, dass es einen Gott gibt, jedoch glaubte er nicht, dass sich dieser Gott sonderlich für die Menschen interessierte. Vielleicht so wie er dem Gewusel der Ameisen zusah wenn er sich in der Steppe langweilte und Steine und Stöckchen in den aufgeregten Haufen warf. Jedoch ein Gott, der jeden Menschen persönlich mit Namen kannte und sich gar für jeden Menschen interessierte? Ihre Sünden protokollierten und Buch führte? Ammenmärchen für kleine Kinder und Waschweiber, nannte er das. Die Hingabe der Kinder jedoch an Phillip, die Zuneigung und das geradezu rührende Interesse Phillips an den Kindern traf Masul mehr als das Schicksal des Mädchens mit den abgebundenen Gliedern auf dem Esstisch.

„Phillip, diese Kinder sind so unschuldig wie Isaak!“

„Dann lass uns hoffen, dass Gott mich erhört! Ja, Masul, mich! Ich werde das Opfer vollziehen!“

Masul schüttelte den Kopf. So viel Besessenheit hätte er nicht erwartet. Die Berggipfel waren über fünftausend Meter hoch, schneebedeckt und von Stürmen umtost.

„Phillip, ich möchte morgen die Mine sehen!“

Phillip zuckte die Schultern.

„Mein Aufseher wird euch führen! Nach dem Frühstück, Masul! Jetzt bringe ich euch zurück!“

Phillip führte ihn schweigend wieder durch das Gewirr von Treppen und Gängen vor sein Zimmer, nickte und verschwand grußlos.

Im Zimmer saßen die Geistlichen und flüsterten. Auf Masuls Bett saß das Mädchen, das den Fruchtkorb gespielt hatte.

„Sie will sich nicht wegschicken lassen. Wir haben alles versucht, Masul!“

Masul seufzte.

„Komm her und hilf mir ausziehen und waschen!“

Dass die Geistlichen mit einem jungen Mädchen hilflos waren, sah er ihnen nach. Dass sie jedoch mit Phillip von Caran nicht umgehen konnten, nahm er ihnen übel. Während das Mädchen Badesachen brachte, Wassereimer mit heißem Wasser und einen großen Zuber, machte er sich Luft.

„Ihr beide seid die größten Versager von ganz Caran, so wahr mir ein Gott helfe!“

„Masul!!!“

„Was sitzt ihr hier herum? Warum plant ihr keine Prozession? Keine Anrufung der Mutter Gottes? Keine Bittgottesdienste? Keine Fürbitten? Ihr solltet die Kirche taghell erleuchten und nächtliche Gottesdienste halten, die Glocken sollten läuten, dass man es bis nach Cuszo hören kann! Weihrauschwaden sollten in der Kirche aufsteigen! Aber ihr? Sitzt da und flüstert, weil eine Frau im Zimmer ist! Die Butter vom Brot lässt ihr euch nehmen! Wenn der unglaubliche Fall eintritt und auch nur eine Ader Silber nach dem Tod der Kinder gefunden wird, was ist euer Glaube dann noch wert?“

„Wir müssen das Unglaubliche verhindern!“

„Papperlapapp!“

Masul tat alles, um die Geistlichen an der Ehre zu packen. Waren sie denn nicht Diener Gottes? Was taten sie? Nach heftigen Argumenten gab der Pfarrer schließlich nach.

„Rodriguez, Masul hat recht! Wir können es nicht verhindern! Phillip wird uns über den Haufen schießen lassen! Wir können aber Besseres tun!“

Widerstrebend willigte Rodriguez ein. Es würde ab morgen nächtliche Gottesdienste geben, jeden Sonntag eine Prozession durch Caran, täglich Fürbitten, mittags Gottesdienste. Die Pfarrer bekamen wieder Mut und entwickelten Tatkraft. Als Masul sauber aus dem Zuber stieg, verabschiedete sich Rodriguez geradezu begeistert. Masul brummte ihm einen Gruß hinterher.

„Los, Pfarrer, entweder waschen oder schlafen! Heute reicht es mir!“

Masul legte sich ins Bett, der Pfarrer ließ sich widerstrebend beim Waschen helfen und legte sich in sein Bett an der anderen Wandseite des Zimmers. Das Mädchen kuschelte sich an Masul.

Am nächsten Morgen spürte Masul, wie das Mädchen aus dem Bett schlüpfte und sich zu richten begann. Masul richtete sich im Bett auf. Er spürte alle Glieder. Der lange Ritt gestern, das Herumwandern mit Phillip in der Burg, die Diskussionen mit den Geistlichen bis spät in der Nacht hing an ihm. Das Mädchen umarmte ihn.

„Herr bleibt liegen, es ist noch dunkel, die Sonne ist noch nicht aufgegangen! Was möchtet ihr Frühstücken?“

Masul fühlte wie sein Körper erwachte. Er dachte an Mashara und Isabella. Wie würde es ihnen gehen? Waren die Kinder schon wach und hingen wieder an ihren schönen, vollen Brüsten? Er vermisste seine Frauen und seine Kinder.

„Wie ist dein Name?“

„Meine Mutter nannte mich Aurora. Meinen Vater kenne ich nicht, er arbeitete in der Mine. Mutter sagte, er wäre einer der schönsten Männer gewesen, mit langen schönen Gliedern und ganz dunkler Haut. Meine wuscheligen Haare habe ich von ihm! Gefallen sie dir?“

Sie posierte vor ihm, versteckte ihr Gesicht hinter ihren Haaren und linste ihn mit einem Schmollmund an. Masul musste lachen.

„Wie geht es deiner Mutter?“

„Sie ist tot, mein Herr. Vor zwei Jahren starb sie, im Winter. Caran ist grausam! Ihr seid aus der Ebene weit unter uns, ihr habt Sonne! Bei uns ist es das ganze Jahr nass und kalt, es regnet ständig und der Winter ist widerlich. Die Herrin nahm mich auf. Ich helfe in der Küche und beim Servieren!“

„Als Fruchtkörbchen?“

„War ich gut?“

Masul lächelte.

„Ihr wahrt das beste Fruchtkörbchen, das ich je gesehen habe!“

Sie strahlte überglücklich.

„Der Herrin fiel auf, wie gelenkig ich bin. Sie lässt mich immer wieder auftreten. Als Tänzerin, manchmal als Fruchtkörbchen, manchmal als Kerzenständer!“

„Wie das, als Kerzenständer? Trägst du dann Kerzen in der Hand und stehst in der Ecke?“

„Oh nein! Ich hänge an einem Bein von der Decke und trage Kerzen, wo immer es Platz gibt…!“

Sie führte seine Hand. Masul fühlte, dass sie für ihr Alter weit war. Das Mädchen flüsterte.

„Hier ist auch Platz für Euch, mein Herr!“

Das glaubte Masul sofort. Er konnte ohne Mühe drei Finger in sie einführen. Er fühlte sie weiter oben. Die Kirsche des Mädchens war sehr empfindlich. Aurora begann zu seufzen, als Masul sie streichelte und klammerte sich an ihn. Ihr Atem ging schneller, sie schrie auf und zitterte. Masul zog sie unter die Decke in seinen Schoß und schaukelte sie wie ein Kind. Als sie sich beruhigt hatte, sprang sie mit einem Satz auf.

„Euer Frühstück! Ich beeile mich!“

Masul roch an seinen Fingern. Gesund war sie, sie duftete zart nach Vanille. Er lag jedoch mit seiner Hose im Bett und würde sie auch anbehalten, egal welche Versuchung auf ihn zu kommen würde,

„Auf Pfarrer! Markiert nicht länger den Schlafenden! Raus mit dir!“

Der Pfarrer drehte sich mit einem Ächzen im Bett und richtete sich auf. Er schimpfte über seine Gelenke, seinen Rücken und seine Knie. Dann schaute er Masul an.

„Was hast du sündiger Mensch heute vor, außer unschuldige Mädchen zu verführen?“

„Was wisst ihr über die Mine?“

„Oh Gott, Masul! Glaubst du ein Viehhirte taugt als Prospektor?“

Masul lachte.

„Ich glaube, die Dummköpfe haben etwas übersehen!“

Der Pfarrer lachte auf und schüttelte den Kopf.

„Mein Masul! Seit über dreihundert Jahren wühlen wir die Berge um Caran durch und durch, ungezählte Zeiten zuvor waren die Sklaven der Inkas hier und haben Gänge in den Berg gegraben! Was um alles in der Welt soll hier übersehen worden sein?“

„Die Inkas waren bestens organisiert, erzählst du immer. Sie müssen doch Buchhaltung betrieben haben!“

„Ja, das waren sie. Sie hatten Aufzeichnungen, die Conquistadores habe sie jedoch allesamt vernichtet. Wobei wir nicht sicher wissen, ob es die Conquistadores anordneten oder die Inkas selbst taten. Unsere einzigen schriftlichen Kenntnisse sind aus den Jahren um

1540. Dort wurde berichtet dass die Inkas Zahlen in ihrem Knotensystem notierten…“

„Den Quipus!“

„Manche glauben auch, dass sie damit schrieben, aber das wissen wir nicht. Die Conquistadores suchten El Dorado, was nicht mit Gold, Silber und Edelsteinen zu tun hatte, warfen sie weg. Du weißt selbst am besten, was Mashara erzählt und die Terrassen, die von den Bringos zu uns und noch viel weiter führen, sprechen doch eine deutliche Sprache!“

„Hier war einer der zentralen Plätze der Inkas. Die Terrassen versorgten die Bevölkerung, in Caran wurde Silber geschürft. Unglaublich, dass es hier keine Aufzeichnungen gibt!“

„Rodriguez weiss von nichts. Die Kirche wurde neu erbaut. Du darfst auch nicht vergessen, dass nicht nur die Bauern starben. Das Klima hier ist ungesund, die Winter eiskalt. Wie viele Kinder sterben jedes Jahr, alleine bei uns im Dorf?“

Masul schluckte. Er dachte an seine beiden Kinder. Der Junge hatte kurz nach der Geburt hohes Fieber bekommen. Mit Wadenwickeln und kalten Bädern hatten sie den kleinen brüllenden Wurm abzukühlen versucht, bis es nach drei Tagen spurlos verschwunden war.

„Du kannst es dir nicht vorstellen wie es aussah als die ersten Spanier hier ankamen! Niemand kann das heute noch! Masul, ich war in Rom, ich war in Jerusalem! Ich sah die grandiosen Bauten der Römer, und was taten die Menschen dort? Sie nutzten sie als Steinbrüche!“

Der Pfarrer seufzte.

„So war ich auf den Namen Antonius Clemenza getauft wurde, Masul, der Mensch ist es nicht wert. Aber geh‘ in die Minen, schau dich um! Schaden kann es nicht!“

„Was hätten die Conquistadores und Padres denn getan, wenn sie Aufzeichnungen gefunden hätten?“

„Verbrannt, Masul! Als Teufelswerk den reinigenden Flammen übergeben! Wenn es Gebäude gab, eingerissen und unter Tage zugemauert und ein Kreuz davor gehängt!“

Er stand ächzend auf und verrichtete unter Verwünschungen seine Toilette.

Masul sinnierte. Hatte Caran eine Chance? Ohne Silber? Nein. Caran würde verlassen werden und verfallen, wie dreihundert Jahre zuvor. Bis irgendwann ein neugieriger Prospektor die Mine untersuchte und etwas fand, was die Gier der Menschen erneut wecken würde.

Das Mädchen kam, gefolgt von Rodriguez und brachte Frühstück. Rodriguez griff mit zu.

„Guten Morgen Hochwürden! Guten Morgen Masul! Ich habe wunderbare Neuigkeiten!“

Voller Begeisterung berichtete er über seine Aktivitäten in der Kirche. Seit ihn Masul, zu dem er sich jetzt geradezu respektvoll verhielt, gestern beleidigt und an der Ehre gepackt hatte, sprühte er förmlich vor Begeisterung. Die beiden Geistlichen würden um neun Uhr zur Messe rufen, um Mittag einen Gottesdienst abhalten, am Nachmittag zur Vesper rufen und so weiter… Masul fragte sich wie lange die spirituelle Aktivität wohl anhalten würde. Heute war Sonntag, der Tag des Herrn. Morgen würde die Arbeit in den Mienen und den Abraumfeldern weitergehen. Was wäre in Monaten, in einem Jahr?

„Es ist gut, meine Herren! Ihr werdet mich heute entschuldigen!“

„Er geht in die Minen und sucht den Stein der Weisen!“

Der Pfarrer konnte den Spott nicht lassen.

Rodriguez zuckte die Schultern.

„Erweist der heiligen Barbara eure Referenz! Ihre Statue ist in dem Raum gleich nach dem Eingang!“

Masul versprach es.

Masul schritt mit dem ersten Steiger, dem Vorarbeiter durch die Gänge der Mine. Er war zum ersten Mal unter Tage und ließ sich neugierig die Gänge erklären.

„Wir sind hier am tiefsten Punkt der Mine. Hier, sehen sie, was hier passiert!“

Der Steiger deutete auf den silbernen Streifen, dem sie bisher gefolgt waren.

„Der Gang keilt aus! Hier ist das Erz am Ende!“

Tatsächlich war gut zu erkennen, wie der bisher silberreiche Gang zu einem Ende kam. Danach war nur noch taubes Gestein, soweit sie es auch probiert hatten. Sie gingen zurück. Der Steiger machte ihn noch auf einzelne Kristalle aufmerksam, die in schimmernden Verästelungen in Spalten hingen. Er reichte Masul einen besonders schönen, verästelten Silber-Kristall.

„Hier, nehmen sie! Ein Geschenk für zuhause!“

Sie gingen zum Ausgang. Masul wog den Silberkristall in der Hand, als sie wieder an dem Standbild der heiligen Barbara angekommen waren.

„Die heilige Barbara ist die Schutzherrin der Bergleute. Jeder Bergmann verbeugt sich vor ihr und spricht ein Gebet, wenn er einfährt, auch die Schwarzen! Sie steht am Beginn der Mine… aber was machen sie da!“

Masul drängte sich an der heiligen Barbara vorbei und betastete die Wand. Felsblöcke mit geraden Kanten waren aufeinandergestapelt, ohne scheinbaren Mörtel. Kleinere Steine und größere Blöcke schienen fugenlos ineinander gepasst worden zu sein. Masul tastete sich zurück bis die Mauer in den Berg überging, dann wieder nach vorn. Die Mauer ging weiter. Der Weg war durch eine Bretterwand versperrt.

„Igitt! Fauliges Holz! Pfui Teufel! Trotzdem, wir müssen dahinter!“

Dem Steiger war es unangenehm, an diesem für ihn geweihten Ort. Masul musste ihm mit dem Pfarrer und Phillip drohen, bis er mit zwei schwarzen Arbeitern, Geräten und Lampen zurückkam. Masul lies die Bretterwand entfernen. Dahinter beleuchteten die Lampen ein großes, angemodertes Holzkreuz und eine weitere Bretterwand, die der Schimmel weiss gefärbt hatte. Voll Ekel zogen die Männer das schimmelige, weiche, nasse Holz mit den Hauen weg. Dahinter wurde ein Mauerwerk sichtbar, offensichtlich von spanischer Hand gemauert. Wieder hieben die Männer zu und schafften einen Durchgang. Dahinter wurde die Luft frisch, ein Gang und mehrere Kammern wurden sichtbar. Die Kammern waren leer, bis auf eine, in der ein Quipu auf dem Boden lag.

„Teufelswerk!“

Der Steiger bekreuzigte sich. Masul lachte.

„Holt den Pfarrer, nicht Rodriguez, den Pfarrer, der mit mir kam. Jetzt beeilt euch!“

Die Schwarzen nickten.

„Steiger, holt eure besten Männer! Bringt Papier und Schreibzeug!“

„Es ist geheiligter Sonntag!“

Es begann, Gebete zu murmeln. Masul hatte genug. Er zog sein Messer und griff den Steiger an der Nase.

„Ich kastriere Bullen mit einer Hand! Wollt ihr wissen, wie das geht? Wollt ihr?"

Der Steiger wimmerte. Masul musste innerlich grinsen. Dieser Mann war vielleicht ein guter Bergmann, aber ein Feigling.

„Ich gehorche! Ich gehorche!"

Masul konnte sich dem Quipu widmen. Schnüre und Knoten standen für was? Die Buchhaltung der Mine? Wieder näherten sich Schritte. Ein schimpfender Pfarrer, gefolgt von zwei Schwarzen, kam in den Gang.

„Jesus Maria Mutter Gottes! Masul, was habt ihr gefunden?"

„Wenn ich das wüsste, wären wir einen Schritt weiter!"

Der Pfarrer verlangte ebenfalls nach Schreibzeug, Tischen Stühlen und Papier. Die Männer stellten fest, dass der Quipu bereits am Zerfallen waren. Eine Berührung, und die Fasern lösten sich zu feinen Staub auf.

„Wir haben nur eine Chance, Masul. Abmalen und aufschreiben, bevor die Knoten zu Staub zerfallen. Auf, machen wir uns an die Arbeit!"

Es war zwar „geheiligter Sonntag" der drohte Pfarrer jedoch den störrischen Bergmännern mit Exkommunikation, wenn sie nicht ‚spuren' würden. Das half. Sonntag oder nicht, Bänke und Stühle wurden vor die Wand gestellt. Links nahmen zwei Mädchen Platz, die Schreiben konnten, der Pfarrer und Masul diktierten. Rechts notierten zwei Bergleute die Ausmaße der Mine. Nach einiger Zeit sah es so aus, als ob die Quipus keine Buchhaltung darstellen würden. Eher ein Aufmaß der Mine!

„Ich glaube es ist so: Die Anzahl der Knoten ist die Dicke der Erzschicht, die Abstände dazwischen die Länge."

„Was aber bedeutet die zweite und dritte Reihe Quipus unter der ersten? Das würde bedeuten, dass unter der Mine ein weiterer, dünnerer Gang liegt, wiederum darunter dagegen ein wesentlich dickerer Erzgang!"

„Die Inkas haben dieses Verzeichnis erstellt. Also müssen sie gegraben haben. Die Bergleute sollten wissen, wo sie alte Schächte ergraben haben."

Die Bergleute jedoch schworen Stein und Bein, dass es nur diesen Gang geben würde.

„Jetzt hilft nur noch Erfahrung!"

Masul ging an die Oberfläche und schickte nach Phillip. Wie ein freudenstrahlender Wackelpudding, so kam Phillip angewatschelt.

„So, ihr wolltet meinen Vorabeiter kastrieren? Das gibt aber nicht viel Cochones!"

Er lachte. Masul spürte, Phillip fühlte wieder Aufwind.

„Wir brauchen die ältesten Bergleute! Die ältesten Sklaven! Jeden Menschen mit Erfahrung!"

„Sie werden kommen, zur Abendmesse!"

Zur Abendmesse war alles aus Caran versammelt. Alte Bergmänner, fast blind und krumm, wurden von ihren Familien in die Kirche geführt. Die Diskussionen vor der Messe waren lebhaft. Weitere Gänge in der Mine? Die überwiegende Mehrzahl war skeptisch. Masul blieb fest.

„Dann müsst ihr die Gänge morgen suchen!"

Die erregten Diskussionen hielten jedoch auch nach der Abendmesse an. Wie denn die Arbeit morgen verlaufen sollte, wurde Masul gefragt, halb spöttisch, halb belustigt, wenn er denn so ein guter Bergmann wäre? In kleinen Gruppen, ein Aufseher, drei oder vier der Sklaven, sie wären doch so erfahrene Bergmänner! Masul blieb nichts schuldig und ließ sich nicht beirren. Nicht alle jedoch gaben sich derartig widerlich. Ein älterer Bergmann, krumm gebeugt und fast blind, zupfte Masul am Ärmel.

„Es gab diese kleinen Gänge, Herr! Nur… sie waren zu klein für uns! Mein Großvater erzählte mir, dass sie als Toiletten benutzt wurden, damit sie nicht immer an die Oberfläche müssen! Früher glaubten wir, dass das dauernde hell-dunkel die Hauer erblinden lässt!“

Masul lachte.

„Als Toilettengänge! Ihr habt in die Löcher geschissen! Was seid ihr für Helden! Dann müsst ihr morgen nur euren Geruch nach! Ruht euch aus und haut rein, morgen!“

Die Bergleute zogen wenig begeistert ab nach Hause. Was bildete sich dieser Viehzüchter nur ein, sie hier herum zu dirigieren? Und überhaupt, in eine Toilette kriechen!

Am nächsten Morgen stand Masul mit den Bergleuten und Sklaven am Schacht der Mine. Die Nacht war ruhig gewesen, Aurora hatte sich wieder zu ihm gelegt und wie eine Katze an Masul gekuschelt. Nur der Pfarrer hatte fast die ganze Nacht über seinen Aufzeichnungen gesessen. Gegen Morgen hatten sie ihn wecken müssen.

„Masul, die Inkas haben die ganze Mine erschlossen! Es würde mich nicht wundern wenn wir Gold, oder Elektron finden würden!“

„Meint ihr, die Inkas haben hier nur Gold gefördert und das Silber liegen gelassen?“

„Das würde Sinn machen! Gold war das wichtigste Metall für ihre kultischen Zwecke. Könnten wir den Quipu nur verstehen, die Bedeutung der Farben der Knoten und der Schnüre! Ach, Masul, was sind wir Stümper vor dem Herrn!“

Bergleute wie Sklaven standen jedoch jetzt vor Masul und schüttelten die Köpfe. Nein, sie wären kein Latrinenputzer. In die Scheiße kriechen… nein. Das wäre selbst unter der Würde von Sklaven. Masul schaute sie lange an und ließ wieder Phillip kommen. Überraschenderweise willigte dieser jedoch schnell in Masuls Vorschlag ein.

„Hört zu, ihr Bergleute und Sklaven! Wir verstehen, dass ihr euch ekelt! Deshalb das Angebot von Phillip von Caran: Jeder Sklave, der sich dieser Aufgabe stellt, erhält die Freiheit und ist ab sofort ein freier Hauer in der Mine von Caran! Wer kneift, kann weiterhin in Ketten die Abraumhalden durchwühlen und bleibt Sklave! Jetzt, entscheidet Euch!“

Das passte selbstverständlich den weißen Aufsehern und Bergleuten nicht. Sie hatten jedoch außer Gebrummel nicht viel einzuwenden. Selbst wollten sie die Arbeit nicht machen. Laut jedoch riefen sie, dass die Sklaven dies auch nicht machen würden – wurden jedoch durch einen kräftigen schwarzen Sklaven übertönt, der seine Ketten hob.

„Sagt es noch einmal, Padron: Ich putze das Abflussrohr von der weißen Kacke und bin frei?“

„Frei und ein bezahlter Hauer!“

„Ich könnte auch bei Ihnen als Viehtreiber anheuern?“

„Klar! Nur bezahle ich weniger als die Mine von Caran!“

„Ich will einen Freilassungsbrief! Unterschrieben von Phillip von Caran und Masul, dem Padron!“

„Bekommt jeder, der sich jetzt meldet!“

Der Mann richtete sich auf und schaute seine Mitsklaven an.

„Dann kommt! Wir putzen ihnen den Arsch und sind frei!“

Noch zögerten die Meisten.

Masul lies die Schmiede kommen und mit ihren Hämmern die Ketten des ersten schwarzen Sklaven öffnen. Das helle Klingeln der abgefallen Ketten hatte eine stärkere Motivation auf die Sklaven als alles Gerede. Ein Schreiber nahm den Namen des Mannes auf, Phillip und Masul unterschrieben. Der Mann tanzte vor Freude!

Es waren doch schließlich fast alle Sklaven, die sich die Ketten abnehmen ließen und die widerliche Arbeit begannen. Lediglich einige ältere Männer zogen die Sicherheit der Sklaverei einem freien Dasein vor.

Nach einem Tag hatten sie drei Gänge gefunden und bereits eine Mannlänge tief ausgehoben. Masul war zufrieden. Trotzdem dauerte es noch Tage widerlicher Arbeit bis die Bergleute die nächste Sohle erreichten und mit den ersten Stücken eines leicht gelbfarbenen Metalls nach oben kamen. Sie hatten einen kleinen, fast senkrechten Kriechgang geöffnet und einen nur halben Meter hohen Gang gefunden, in dem offensichtlich die besten Stücke schon abgebaut worden waren.

Die dritte Sohle war bereits wesentlich leichter zu finden. Auch hier hatten die Inkas oder ihre Sklaven, bereits die schönsten und besten Stücke abgebaut. Phillip tröstete sich mit der Vorstellung, dass die Mine das Gold und Silber für die spanische Krone geschürft hatte, vielleicht als Lösegeld für Atahualpa, den von den Spaniern unter einem Vorwand ermordeten letzten Inka-Herrscher. Die offensichtlich schnell vorangetriebenen und wieder verlassenen niederen Gänge der Sohlen zwei und drei sprachen sogar für diese Behauptung.

Die ehemaligen Sklaven hatten gute Arbeit geleistet. Jetzt, als freie Männer, zeigten sie erst, was in ihnen steckte. Stolz erweiterten sie die Gänge und förderten die Edelmetalle, in Mengen, die Phillip ins Schwärmen brachten. Nie zuvor hatte die Mine eine derartige Ausbeute erzielt!

Masul und der Pfarrer verbrachten den letzten Abend Tag in Caran. Phillip hatte bisher Wort gehalten– die Aussicht gediegenes Gold, jedenfalls zumindest goldhaltiges Metall zu schürfen, hatte ihn großzügig werden lassen. Auch Masul hatte sein Geld für die erste Lieferung Rinder bereits bekommen. Dementsprechend würde das Abschiedsessen an diesem Abend wesentlich entspannter verlaufen als ihr Abendessen einige Tage zuvor.

Masul hatte sich ein Essen mit Kerzenbeleuchtung gewünscht. Selbstverständlich mit Aurora. Sie hatte in den letzten Tagen alles gegeben um Masul zu bekommen, jedoch Masul war hart geblieben. Streicheln ja, Sex nein. ‚Möchtest du dass dein Mann in jeder Stadt, jedem Dorf, einem Mädchen einen dicken Bauch macht?‘ Nein, das würde sie nicht wollen, aber eigentlich…

Masul wunderte es daher nicht, dass sie am vorletzten Tag mit verweinten Augen auftrat und ihm unaufgefordert ihren Hintern zeigte. Ihre Herrin, Phillips Frau, hatte ihr kreuzweise die Gerte gegeben.

„So, gab es Strafe! Schön trägst du das! Soll ich dir noch ein Muster auf die Brüste zeichnen?“

Aurora fiel Masul weinend um den Hals. Masul tröstete sie, blieb jedoch konsequent. Erst da begann Aurora, unter vielen Schluchzern und Tränen, zu erzählen. Sie fühlte sich als Sklavin und gab ehrlich zu, es als ihre Aufgabe angesehen zu haben, Masul ‚zu bekommen‘, wie sie es nannte. Ihre Herrin hatte ihr klare Weisungen gegeben, nun hatte Aurora versagt. Der Pfarrer schimpfte sie aus.

„Eure Herrin ist ein raffiniertes Biest und ihr seid ein williges Werkzeug! Masul hatte ganz recht! Sobald ihr schwanger seid, werdet ihr beide erpressbar, wie Wachs werdet ihr in ihren Händen sein!“

„Was heißt wir? Es geht doch nur um Masul!“

Nun konnte sich Masul vor Lachen nicht mehr halten.

„Pfarrer, kommt, haltet ihr die Arme auf dem Rücken!“

Masul gab Aurora allen Ernstes Gertenhiebe kreuzweise über ihre Brüste. Dieses Mal musste sie gar nicht so viel Weinen, fast stoisch ertrug sie die schmerzenden Hiebe. Masul schickte sie zu ihrer Herrin zurück.

„Zeigt ihr meine Antwort, dann könnt ihr bei ihr bleiben!“

Aurora ging und kam nicht wieder. Auch am nächsten Abend gab es zwar Kerzenbeleuchtung, aber keine Aurora. Das Abendessen war fast kühl, geschäftlich. Lediglich Phillip fragte beim Verabschieden, wie Masul es denn bemerkt hätte?

„Sie musste husten, als sie vorgab unter meinen Händen zu kommen. Dabei hustet keine Frau, kein Mann! Hinterher, aber nicht während dem!“

Phillip grinste.

Die Männer ritten am nächsten Morgen in aller Frühe, ohne weitere Verabschiedung. Sie hatten ihr Ziel erreicht: Die Mine war gerettet, Masuls Einkommen aus Caran war gesichert. Jeden Monat würde er nun eine ordentliche Bezahlung bekommen.

Auch waren die Sklaven Carans befreit, jedenfalls die Allermeisten.

Besonders zufrieden war der Pfarrer.

Wiedersehen

Während Masul und der Pfarrer nach Hause ritten, mit einem guten Gewissen und dem Erfolg im Rücken, fragte Isabella zum wohl hundertsten Mal Mashara aus.

„Hast du es ihm auch wirklich gesagt?“

Mashara nahm sie in die Arme.

„Aber ja! Er hat es auch verstanden! Wie er geschaut hat!“

Isabella schaute sehnsüchtig aus dem Fenster. Noch immer kein Anzeichen von Masul oder dem Pfarrer, keine Nachricht aus Caran. Beinahe zwei Wochen waren die Männer jetzt unterwegs. Mashara umarmte sie.

„Ich verstehe dich, so sehr verstehe ich dich!“

Solange lebten sie jetzt schon zusammen: Masul, ihr Mann; Mashara und sie, Isabella. Ihre Kinder begannen zu krabbeln, bald würden sie laufen lernen, sie brabbelten auch bereits. Mashara brachten den Kindern bei, nur zu Isabella ‚Mama‘ zu sagen, auch ihrem eigenen Sohn. ‚Es ist besser für uns alle, glaub‘ mir, Isabella!‘ hatte sie nur gesagt, und Masul hatte genickt. Für Isabella war die Hingabe Masharas an sie und Masul immer wieder ein Rätsel. Wie konnte diese Frau, die so viel wusste und konnte, so weit zurücktreten? Mashara war keine Sklavin, trotzdem liebte sie es über alles, sie und Masul zu bedienen. Abends, wenn die Kinder endlich schliefen und sie ein klein wenig Zeit nur für sich hatten, kniete sie am liebsten zu ihren Füßen, saß auf dem Boden vor ihnen. Das Glück, das Mashara verspürte, war förmlich mit Händen zu greifen! Diese Welt Masharas war ihr nicht zugänglich.

Vielleicht, hatte sie sich gesagt, sollte ich mit Masul eines der Rituale zelebrieren, wie sie die Sklaven früherer Zeiten erdulden mussten, oder die Tiere Masuls. Vielleicht erfahre ich dann etwas von dem Schmerz und dem Glück Masharas?

Mashara trug ein schwaches Brandzeichen auf ihrer rechten Schulter. Es war Isabella am Anfang nicht aufgefallen, es war schon lange verheilt und nur als helles Muster auf ihrer Haut sichtbar: Ein M über einer Tilde, die den Fluss symbolisierte. Masuls Rinder trugen das Brandzeichen auf ihren Flanken, groß und tief wurde es ihnen ins Fell gebrannt.

Erst, als sie einmal im Streit miteinander waren, hatte Masul kurz und bündig Mashara das Oberteil unter das Brandzeichen gezogen und sie gefragt, was ihr dies denn bedeuten würde? Mashara hatte zu weinen begonnen und sich entschuldigt. Noch tagelang war sie tief betroffen gewesen.

Erst später hatte sich Isabella getraut, Mashara nach der Geschichte dieses Zeichens zu fragen. Mashara hatte sich gesträubt, obwohl sie sonst immer mitteilsam war. ‚Ich möchte dich nicht belasten, Isabella!‘

Isabella hatte geschwiegen und sich nicht getraut weiter zu fragen. Dann, nach der Geburt ihrer Kinder, hatte sie Mashara anvertraut, dass sie von ihrem Mann gezeichnet werden möchte. Mashara hatte, zu ihrer Überraschung, sie strahlend in die Arme genommen und gelächelt.

Jetzt warteten sie beide auf Masul, der nach Caran geritten war.

„Erzählst du mir heute, wie es dazu kam?“

„Es war ganz am Anfang, als wir jung und wild waren. Masul kam jede Nacht zu mir. Zuerst liebten wir uns durch das Gitter, dann lagen wir zusammen und erzählten uns, bis Masul aufstehen musste. Wir haben manchmal die ganze Nacht kaum ein Auge zugetan!“

Mashara streichelte versonnen Isabellas Haare. Isabella seufzte. Diese Zeit der unbekümmerten jungen Liebe hatte sie nie kennenlernen können. Ihr hitzköpfiger Verlobter hatte sie vergewaltigt, bis ihr Vater ihn auf ihre Schreie mit dem Gewehr im Anschlag verjagt hatte. Eine Hebamme hatte sich anschließend um sie gekümmert und versorgt. Jahrelang hatte sie Männer gemieden, sich Mädchen gesucht und als hysterisch gegolten, bis sie schließlich Masul gefunden hatte. Ein Großbauer mit einer Sklavin, der ihr wunderschöne Liebesbriefe schrieb! Auf einem einsamen Landhaus, einem Liebesnest, hatten sie sich kennengelernt. Und nicht nur das!

„Ich weiss, an was du denkst, Isabella! Nur kam es bei uns nicht dazu. Soweit nicht! Einer der Arbeiter konnte sich nicht beherrschen. Er fasste mich an und riss mir das Kleid herunter. Da kam schon Masul… Der Arbeiter hat bitter bezahlen müssen. Masul hat ihn niedergeschlagen und gerichtet. Danach hat er mir sein Brandeisen auf die Schulter gedrückt, noch im Zorn. Du siehst ja, es ist nicht richtig heiß gewesen und er war zu zärtlich mit mir. Sonst wäre es deutlich sichtbar, heute noch!“

„Danach wussten es alle, dass du nur ihm gehörst? Das will ich auch!“

„Aber Isabella, du bist doch die Doña! Du bist Masuls Frau! Niemand wir wagen, dich auch nur anzuschauen!“

Sie hatte begonnen, Isabellas braune Locken zu flechten.

„Es war ein ganz eigenes Gefühl, Isabella. Die Schmerzen des Brennens sind sehr kurz, man spürt das Eisen fast nicht. Es juckt bei der Heilung, aber das geht vorbei. Was bleibt, ist das ganz eigene Gefühl, nur ihm zu gehören, sein Zeichen sichtbar, auf mir zu tragen… es bedeutet mir viel!“

„Ich hätte so gerne mit dir getauscht, Mashara! Du warst so jung als Masul dich aus deinem Dorf führte, auf Anhieb habt ihr euch verstanden!“

„Isabella, es war eine Zeit der Sehnsucht, des Wartens und Verzehrens! Immer mussten wir auf der Hut sein, nie durften wir uns erwischen lassen! Masul musste seine Familie in den Griff bekommen, seine Farm auf Vordermann bringen… jeden Tag war etwas anderes! Du hattest eine schöne Kindheit, wurdest verwöhnt und durftest lernen, du kannst reiten und Klavier spielen!“

„Ich hätte so gerne mit dir getauscht!“

„Du? Wolltest du in einem Verschlag leben, der von außen wie ein Gefängnis aussieht? Mit einem Brandzeichen auf der Schulter? Korn mahlen? Wasser pumpen? Auf den Geliebten warten, bis er spät in der Nacht an der Tür rüttelt?“

„Du wurdest geliebt! Ich wurde nur beschäftigt, damit ich aus dem Weg war!“

Während die beiden Frauen sich gegenseitig ihre Sehnsüchte und Empfindungen erzählten und auf die Rückkehr Masuls warteten, ritten die Männer ihrem Dorf zu. Sie sprachen über die Situation in ihrem Land, den neuen Gesetzen und Dekreten, und deren Auswirkungen auf die Menschen.

„Die Sklaverei geht dem Ende zu, Masul! Jetzt ist beschlossen, dass Kinder von Sklavinnen als frei geboren gelten, neue Sklaven werden kaum noch importiert. Es ist zu Ende!“

Sie hatten die Freilassung der Minensklaven in Caran erreicht, unter allerdings glücklichen Umständen.

„Das bedeutet aber auch, dass der Schutz der Sklaven durch ihren Besitzer aufhört! Ein kranker Sklave verdient kein Geld, ein alter Sklave auch nicht! Was machen Familien? Was ist mit der Schulbildung?“

Masul schätzte die persönliche Freiheit, befürchtete jedoch eine weitere Verelendung. Er als Patron sah sich für seine Mitarbeiter und ihre Familien verantwortlich. Jeder im Dorf hatte seine Aufgaben und wurde gebraucht. Von den Rechten eines Patrons auf seinem Land machte er kaum Gebrauch.

„Es sind wenige wie du, Masul. Andere verkaufen ihre alten Sklaven an irgendeinen Menschenhändler, der sie dann Besen binden, oder den Müll sortieren lässt. Oder denk‘ an Aurora, was ihr widerfuhr!“

Masul nickte. Aurora war das junge Mädchen gewesen, das sie in Caran auf ihn angesetzt hatten. Sie hatte sich eine Abfuhr geholt, natürlich! Er hatte sie zwar in den Armen gehalten und gestreichelt, aber das war es dann auch schon gewesen. Sie hatte gelogen, war unehrlich gewesen, etwas, dass er zutiefst verachtete. Was hätte er getan, wenn sie sich anders verhalten hätte? Sie gekauft, vielleicht? Egal. Er schob den Gedanken an das Mädchen weit weg. Das Dorf kam in Sicht.

„Hola! Ich sehe mein Haus! Und die Kirche! Lass‘ sie uns aus dem Schlaf wecken!“

Er ließ einen Schuss aus dem Gewehr krachen. Sein Pferd erschrak und machte ein paar Sprünge, dann hatte er es lachend wieder im Griff.

Nach der Begrüßung, einem gemeinsamen Essen und dem Austausch der wichtigsten Informationen, darunter das freudige Ereignis, dass Caran jetzt regelmäßig Rinder von Masul beziehen würde, zogen sie sich alle zu zurück. Masul badete und rasierte sich, die Frauen versorgten die Kinder.

„Ah, endlich sind wir alleine!“

Masul freute sich, endlich wieder zuhause bei seinen Liebsten zu sein. Die Kinder schliefen, im Kamin brannte Feuer und wärmte den Raum und das Haus. Er hatte Isabella und Mashara mit Umarmung und Küssen begrüßt, die beiden Frauen hatten jedoch seltsam gespannt gewirkt. ‚Habt ihr etwas vor?‘ hatte er Mashara zugeflüstert. ‚Ja, Herr!‘ war die Antwort gewesen. Aha, sie wollten also ein Spiel spielen. So nannten sie ihr häusliches Theater, indem Mashara meist die ungehorsame Sklavin spielte, die bestraft und gezüchtigt werden musste. Meist endete das Spiel mit ihnen allen in den breiten Polstern.

Isabella und Mashara hatten sich vorbereitet. Mashara ging vor Masul auf die Knie. Isabella hielt den Kopf gesenkt und stand hinter ihr. Masul schaute seine beiden Frauen verwundert an. Was sollte das? Isabella spielte die schuldbewusste Sündern? Mashara begann, mit leiser Stimme.

„Masul, die Sklavin bittet um ihre Bestrafung!“

„Was hast du getan, Sklavin?“

Die Bezeichnung und Anrede ‚Sklavin‘ benutzten sie nur in ihren Spielen.

„Ich habe meiner Herrin von meiner Markierung als dein Eigentum erzählt, mein Herr!“

„Und was war der Fehler, Sklavin?“

Masul war grinsend vorgetreten und spielte mit Masharas Gesicht, ihren Haaren, während sie antwortete. Er würde am liebsten gleich aus der Hose schlüpfen und über sie herfallen, über alle beide, er hatte aber gelernt, sich zu gedulden. In der Ruhe lag die Kraft.

„Ich habe zu lebhaft, zu farbenprächtig berichtet! Die Herrin… beneidet jetzt die Sklavin!“

So, so. Isabella hatte von den verbotenen Früchten genascht und wollte jetzt mehr! Isabella, die stolze Spanierin! Solange es unter ihnen drei bleiben würde, und daran gab es kein Zweifel, konnten sie tun und lassen, was sie wollten. Hatte nicht Mashara etwas erwähnt, von wegen einer Kennzeichnung, noch bevor er nach Caran geritten war? Aha, sagte sich Masul, sie hat Masharas nur noch schwach erkennbares Brandzeichen entdeckt.

„Sklavin, wie kann dich deine Herrin beneiden? Hast du ihr nicht berichtet wie du Wasser pumpen und Korn mahlen musstest? Wie du über Nacht in deinem Raum eingeschlossen warst?“

Masul musste breit grinsen, als er das Lächeln in Masharas Gesicht sah. Ihr Versteckspiel mit dem Schlüssel, ihre Liebesspiele, manchmal hatten sie sich durch das Gitter hindurch geliebt, das waren Erinnerungen, die ihn und Mashara zutiefst verbanden. Isabella hat dem nichts entgegenzusetzen, ihre Vergangenheit war anders und lange nicht so farbenprächtig gewesen. Es hatte aber keinen Wert über versäumte Gelegenheiten zu trauern, er musste vielmehr sehen, dass sie jetzt zusammen ihre Liebe erlebten. Mit Mashara wäre das kein Problem, sie wäre auch glücklich ihrem Herrn nur zu Füßen zu sitzen und ihm die Beine zu massieren. Isabella dagegen… hungerte nach Erleben!

„Wenn deine Herrin mehr von den Früchten der Liebe kosten möchte, dann lass sie vortreten! Sie soll für sich sprechen!"

Mashara stand auf und führte Isabella regelrecht vor Masul, lies sie niederknien. ‚Wie wenn sie die Stellung tauschen würden', dachte sich Masul. Oder vielleicht eher, wie wenn Isabella in einen geheimnisvollen Orden eingeführt würde, geleitet von der erfahreneren Schwester? Dann wäre er der Priester, der das Ritual vollziehen würde… wie passend!'

Isabella kniete vor Masul, Mashara stand jetzt hinter ihr. Ein Lächeln umspielte Masharas Gesicht. Unbemerkt von Isabella deutete sie auf ihre rechte Schulter, die Schulter, an der sie selbst das Brandzeichen trug, das jetzt fast unsichtbar war. Masul nickte. So einfach wollte er es Isabella jedoch nicht machen. Jeder Orden hatte Aufnahmerituale und Prüfungen, die zuerst bestanden werden mussten, bevor Abzeichen verliehen wurden!

„Isabella, du möchtest deinem Mann und seiner Sklavin näher rücken? Teilhaben an unseren Ritualen? Die große Prüfung bestehen und dich einem Brandzeichen würdig erweisen?"

Mashara schaute überrascht auf Masul. Woher hatte er diese schwülstige Redensweise? Hatte das Zusammensein mit den Geistlichen ihn derart beeinflusst? Isabella jedoch fühlte sich angesprochen. Genau so war es!

„Ja, Masul, das wünsche ich mir, von ganzem Herzen möchte ich das! Auch wenn es schmerzhaft und demütigend sein wird!"

„Dann wirst du dich jetzt entkleiden! Mashara, bring‘ meine Rasiersachen!“

Isabella entkleidete sich langsam, während Masul sie genüsslich beobachtete. Beide spürten die Spannung zwischen ihnen wachsen. Mashara trat dazu und schlüpfte ebenfalls aus ihren Sachen, nachdem sie im Kamin Holz nachgelegt hatte. Nur Masul blieb angekleidet. Er breitete eine saubere Decke auf den Polstern aus, half Isabella sich hinlegen und erklärte ihr, dass er sie jetzt rasieren würde, am ganzen Körper. Von jetzt an würde er sie jede Woche rasieren, und sie hatte sich darum zu kümmern, dass es auch passierte.

Während Isabellas Haare unter Masuls Rasiermesser verschwanden und ihre Haut immer dunkler wurde, an manchen Stellen sogar sehr dunkel, erklärte Masul, dass Isabella sich heute befriedigen würde, vor ihnen. Das kleine Etui mit ihrem Godemiché war da, auch hatte Masul einen Stapel Kerzen gebracht, Öl und Creme standen bereit. Isabella wand sich wie unter Schmerzen.

„Herr, ich kann keine Hure sein! Vor meinem Mann! Meiner liebsten Mashara!“

„Wenn es dir hilft, dir vorzustellen, dass du eine Hure bist, dann tue es! Aber mach‘ es gut! Mashara, hilf‘ ihr!“

Isabella war zusammengezuckt. Wie eine Hure sollte sie sich präsentieren! Mashara half ihr, ihre frisch rasierte Haut einzuölen. Die Kerzen, die Masul um sie herum platzierte, warfen ein weiches, versöhnliches Licht auf die junge Frau, die von Mashara geführt, langsam begann, ihre empfindlichen Köperstellen zu massieren. Isabellas religiöse Erziehung ließ ihr wenig Möglichkeiten: Selbstbefriedigung, das taten unmoralische Menschen, und eine Hure war der Gipfel der Unmoral. Ihre Gedanken kreisten um das Wort, immer wieder sprach sie es aus, und als sie endlich, nachdem Masul sie geduldig und fasziniert beobachtet hatte, nach über einer Stunde schweißgebadet in Masharas Armen gekommen war, schrie sie es noch einmal, geradezu erleichtert:

„Das war brav und mutig, meine Isabella! So schön hast du das gemacht!“

Masul und Mashara nahmen sie zärtlich in die Arme und erklärten ihr, dass eine Sklavin ihren Körper kennen musste, auch würde es für Mann und Frau nichts Schöneres geben, als einer Frau zuzusehen, die sich zum Orgasmus streichelt.

„Ab jetzt gehört das dazu – kein Spiel mehr, ohne dass du dich verführst!“

Das zärtliche Liebesspiel danach war anders als zuvor. Nicht nur, dass sie die Berührungen an ihrem ganzen Körper viel intensiver spürte, Isabella bemerkte zum ersten Mal die vielen liebevollen Bewegungen von Mashara und Masul. Wie sie ihr zärtlich den Kopf leicht anhoben und auf ihre Locken achteten; die Arme, die sie hielten und stützten, die Hand, die ihr mit einem Taschentuch den Schweiß trocknete, bevor er ihr in die Augen laufen konnte… bisher war sie die Königin des Spiels gewesen, jetzt lernte sie, dass mehr dazu gehörte als die Beine zu spreizen und die Augen zu schließen.

Mashara war hinter sie geglitten und hielt ihren Kopf und ihre Hände.

„Schau Masul in die Augen! Spreiz‘ dich weit auf! Spürst du sein Glied, wie es sich in dir bewegt? Jetzt spann deine Muskeln an!“

Mashara gab ihr einen sachten Patsch auf ihre Perle. Unwillkürlich verkrampfte sich Isabella und stöhnte auf. Diese Muskeln! Aber wie bewegt man die? Nach und nach lernte sie sich kennen, mehr auf Masul zu achten, der alle Mühe hatte sich jetzt noch zu zurückzuhalten. Aufstöhnend kam er, laut aufschreiend.

Sie lagen zusammen, sich haltend und streichelnd. Es war ruhig geblieben im Haus, sie hatten die Kinder nicht aufgeweckt. So schön war es und so vieles Neues für Isabella….

Markiert

Die Arbeiten auf Masuls Gut gingen weiter. Die Tiere für Caran wurden ausgesucht, gezählt und bergan getrieben. Einige Familien der Bringos kamen und boten sich an, auf den Terrassen zu arbeiten. Sie brachten Nachrichten mit: Zhara von Caran und Frius hatten geheiratet! Es würde Zhara gut gehen, ihr erstes Kind würden sie erwarten, in einigen Monaten! Von Asdam hatte man gehört, dass die Soldaten abgezogen waren. Sie hatten den Weg über die Conde gewählt, um nicht an den Bringos vorbeimarschieren zu müssen. Asdam würde jetzt mehr von den Bringos kaufen, Früchte, Gemüse und Wein. Es sah gut aus, sehr gut sogar, für Alle.

Masul war zufrieden. Seine Frauen waren erneut schwanger, beide zwar noch am Anfang, er freute sich jedoch jetzt schon auf den familiären Zuwachs. Isabella entdeckte jede Woche neue Fähigkeiten und fieberte dem Tag ihrer Initation, wie sie es nannten, entgegen.

Heute ritt Masul mit seinem Vorarbeiter die Herden ab, notierte, was auszubessern war und welche Tiere umzustellen wären.

„Deine Herde wächst, Masul!“

Masul lachte und dachte an seine Familie und seine Tiere.

„Ja, sie wachsen, und es ist schön sie wachsen zu sehen! Aber was ist mit dir, Josef? Hattest du noch nie das Bedürfnis, eine Familie zu gründen?“

Sein Vorarbeiter schwieg lange, dann rückte er mit der Sprache heraus.

„Ich habe mich verliebt, Masul, in ein Mädchen. Es ist von Caran! Samtene dunkle Haut, wuschelige Haare, große dicke Lippen und so feurige Augen! Ich will, ich muß sie haben!“

Masul begann, sich zu erinnern. Die Beschreibung passte auf Aurora, die Sklavin von Phillips Frau, Aurora. Sie würden sie nicht umsonst hergeben, schon gar nicht einem seiner wichtigsten Mitarbeitern.

„Brauchst du Geld?"

„Ja, Herr. Sie ist schwanger, von mir!"

Er hatte das mit Stolz und Überzeugung gesagt, gleichzeitig schwang jedoch Schuldbewusstsein in seiner Stimme mit. Masul hatte ihn beiläufig immer wieder ermahnt, alle seine Leute, in Caran ja kein Mädchen anzufassen! Es gab so viele junge Bringo- Frauen, die das harte Landleben kannten, auch auf einem der vielen Feste einem kurzen Abenteuer nicht abgeneigt waren, warum dann einem der verwöhnten Mädchen aus der Stadt des Silbers den Hof machen?

„Eine Monatslieferung Rinder für Aurora?"

Sein Vorarbeiter, Josef, hielt sein Pferd an. Er wurde knallrot im Gesicht.

„Herr, Masul, woher wisst ihr das? Wer hat es euch verraten?"

Er legte ihm die Hand auf die Schulter, beruhigte seinen besten Mann.

„Niemand! Ich war in Caran, Josef. Sie gehört Phillips Frau."

Er würde sie für Josef kaufen, auch wenn es eine Lieferung Rinder kosten würde. Weder würde er seinen besten Mann an die Mine verlieren wollen, noch wollte er sich der Schande aussetzten, dass seine Leute Frauen in anderen Städten schwängerten. Das musste nicht sein, dann lieber eine Lieferung Rinder verschenken. Typisch Phillip! Aus allem wollte er Geld machen!

„Mit der nächsten Lieferung gehst du nach Caran und bringst sie mit. Nimm die Kutsche, reiten wird sie nicht mehr können! Sag' es dem Pfarrer! Er wird dir zwar den Kopf waschen über so viel Dummheit, aber wo die Liebe hinfällt.... wächst kein Gras mehr!"

Josef bedankte sich überschwänglich. Sein Padron hatte ihn gerettet, seine Ehre und sein Glück!

Es kam jedoch ganz anders. In einer der folgenden Nächte läutete der Pfarrer die Kirchenglocke. Das Dorf wachte auf, entzündete Lampen und Fackeln. Die Männer gingen zur Kirche, ungewaschen, unrasiert, bewaffnet. Die Frauen kümmerten sich um die Kinder, versuchten wieder, Ruhe in das plötzliche Durcheinander zu schaffen. Was um alles in der Welt war geschehen?

Vor der Kirche stand der Pfarrer, neben einer verhüllten Gestalt. Man konnte gerade noch wuschelige dunkle Haare erkennen.

„Eine Sklavin begehrt Asyl, bei uns! Masul, du musst entscheiden!"

Masul musste grinsen. Er nahm der Gestalt den Umhang ab. Es war Aurora, unverkennbar! Sie war den ganzen Weg zu Fuß gelaufen, man sah es ihr und ihren Füßen an. Das war kein Spiel, das war Hingabe und Sehnsucht nach Josef!

„Jetzt hat dich doch der Blitz der Liebe getroffen, Aurora!"

Sie nickte, unter Tränen.

Er winkte Josef herbei, wortlos. Das Wiedersehen der Liebenden war stürmisch und tränenreich.

„Was Gott zusammengefügt hat, soll der Mensch nicht trennen! Meinen Segen habt ihr!"

Das Dorf jubelte und begrüßte diese Wendung der Dinge. Sie trugen die entkräftete junge Frau mit dem gewölbten Bauch zu Josef. Mashara kümmerte ich um ihre Füße und sorgte für die erste Ausstattung für sie. Aurora war den ganzen Weg gelaufen, hatte im Wald geschlafen, aus Bächen getrunken und von den wenigen Beeren und sauren Früchten gelebt, die sie unterwegs gefunden hatte. Volle drei Tage hatte sie gebraucht, bis sie in der Nacht das Dorf erreichte und den Pfarrer aus dem Schlaf geweckt hatte. ‚Ist das Masuls Dorf? Wohnt hier Josef, sein Vorarbeiter?' waren ihre ersten

Fragen gewesen, dann hatte sie den Pfarrer erkannt und war ihm glücklich um den Hals gefallen.

Masul blieb jedoch Caran nichts schuldig. Formell kaufte er Aurora für eine Monatslieferung Rinder von Phillip und gab sie seinem Vorarbeiter zur Frau. Caran sollte keinen Grund haben, sich über ihn zu beklagen!

Isabella sinnierte lange über die Macht der Liebe, die Menschen zu den tollkühnsten Handlungen befähigte. Was war es, das diese junge Frau auf einen mehrtägigen Marsch durch die Wälder und über die Ebene zu Josef gezwungen hatte? Sie hätte ihn wieder gesehen, Masul hatte schon alles arrangiert! Und doch, sie war aus eigenen Stücken aus der warmen Behausung Phillips geflohen und zu Josef gepilgert! Und sie selbst? Nahm sie nicht alles auf sich, um Masul und Mashara näher zu rücken, um an ihren Empfindungen teilzuhaben?

Heute trug sie ihr Godemiché in sich, für Masul. Masul liebte es, Mashara im Po zu nehmen, und wollte bei seiner Frau nicht auf diese Genüsse verzichten. Sie hatten ihr beide erklärt, dass sie nur über ihre inneren Hemmungen springen müsse, wie ein Reitpferd, dem man an das Springen über zuerst kleine Hindernisse angewöhnte. ‚Trage dein Godemiché in dir, Isabella, nimm Creme und Öl, wasche dich oft, dass du dich sauber und wohl fühlst!‘

Sie hatte sich gewaschen und entspannt, Creme aufgetupft und das Godemiché eingeführt. Langsam hatte sie sich an den Umfang des Gliedes gewöhnt. Es hatte geschmerzt, am Anfang, gezogen und gespannt. Nach einigen Tagen Übung war es besser geworden, aber immer noch hatte sie sich unwohl gefühlt. Sie hatte das Glied dann getragen, ein Tuch umgebunden dass es nicht herausrutschen konnte und wirklich, es nach einiger Zeit fast vergessen. Das Gefühl war angenehm geworden.

Jetzt lag sie auf ihrem Bett und streichelte sich mit einer Hand, mit der anderen Hand bewegte sie langsam das künstliche Glied aus glattem Glas in sich. Die Tür hatte sie abgeschlossen, Mashara kümmerte sich um Haushalt und Kinder. Sie hatte Zeit, nur für sich, um sich vorzubereiten.

‚Ich möchte Masul in mir spüren, hier in mir' sprach sie sich leise immer wieder vor, bewegte das Glied in sich und fühlte die Erregung in ihr wachsen. Sie spürte, wie sich ihre Muskeln anspannten, sich fest schlossen, wieder entspannten und erneut zusammenzogen. ‚Ja! So werde ich dir gefallen! Masul! Ich liebe dich!' Sie schrie es fast, biss noch in den Zipfel des Kissens, bevor sie kam.

Eine Stunde später weckte sie Mashara, mit leisem Klopfen an der Tür.

„Isabella? Darf ich hereinkommen?"

Mashara war so rücksichtsvoll zu ihr!

„Ja, bitte!"

Mashara schloss die Tür auf und lächelte.

„Dein Duft hängt in der Luft, Isabella! Du hast es geschafft?"

„Ja! Jetzt kann ich es! Mashara, endlich!"

„Masul wird stolz sein auf dich! Morgen ist dein großer Tag!"

Die Frauen strahlten sich an, drückten und hielten sich.

„Bald sind wir wieder kugelrund, wir beide! Unser armer Masul! Er wird auf uns verzichten müssen, wieder!"

Sie scherzten noch eine Zeit miteinander, dann begannen sie den Haushalt gemeinsam zu versorgen. Zwar hatten sie Mädchen aus dem Dorf, die ihnen tagsüber einiges abnahmen, in ihren Bereich, in die Schlaf- und Kinderzimmer, wollten sie jedoch keine Fremden lassen. Wäsche waschen dagegen, oder Brot backen und Geschirr spülen oder Gläser polieren, Teppiche ausklopfen, das machten Mädchen aus dem Dorf, die sich dafür gerne einige Münzen verdienten.

Am nächsten Tag schmückte Mashara das Haus, stellte Kerzen und Getränke bereit, saubere, frisch gewaschene Leintücher und kaltes, abgekochtes Wasser. Sie tändelten den ganzen Tag etwas herum, flirteten mit Masul. Besonders Isabella machte ihrem Mann die allerschönsten Augen.

„Ich muß jetzt gehen – bis heute Abend dann, nach Einbruch der Dunkelheit!“

Masul verabschiedete sich herzlich von Mashara und Isabella, nicht ohne Isabella noch einmal zu fragen, ob sie denn auch wissen würde, was auf sie zukommen würde? Ob sie es denn auch wirklich wolle, ganz sicher? ‚Ja! Ja mein Liebster!‘ Fast zu laut hatte sie es gesagt, die Kinder drehten schon die Köpfe. Masul hatte genickt, war gegangen.

Isabella war zuerst unglücklich gewesen, warum verließ ihr geliebter Mann sie jetzt, vor diesem Ereignis? Mashara verstand ihn.

„Er muss jetzt mit sich ins Reine kommen, das wird nicht leicht für ihn! Stell‘ dir doch vor, wie sehr er dich liebt!“

Es würde nicht leicht werden. Masul ging die Bewegung in Gedanken zig Mal durch. Das Eisen erhitzen, bis es hell glüht. Isabella knien lassen, Mashara würde ihr die Hände halten. Das Eisen in einer Bewegung fest auf die Schulter drücken. Isabella würde zucken, ausweichen wollen, aber die einzige Bewegung würde nach oben führen, gegen das heiße Eisen. Da würde sie es schon gar nicht mehr spüren, das glühende Metall hätte ihre Nerven bereits abgetötet. Sauberes Leinen auflegen, sie einschlagen und in seine Arme nehmen… Was würde er sagen?

Mechanisch begann er, das offene Kohlebecken abzubürsten, zu reinigen und zu befüllen. Das Eisen war fast nagelneu, kleiner als das übliche Brandeisen. Er bürstete es trotzdem erneut ab.

Die Sonne war langsam am Versinken. Masul holte tief Luft. Ok.

Seine Tiere kennzeichnen, brandmarken, das war fast tägliches Geschäft auf seinem Land. Er konnte den Rindern schließlich kein Halsband umhängen. Rinder hatten ein dickes Fell und spürten das Brennen kaum. Menschen jedoch, seine Frauen, Isabella der er vor dem Altar das Ja-Wort gegeben hatte! Bei Mashara damals hatte er im Zorn gehandelt. Mashara war Sein! hatte das geheißen, er hatte es allen unmissverständlich klar gemacht, wem das Mädchen gehörte. Dass sein Zeichen auf ihrer Schulter bald fast nicht mehr sichtbar war, hatte ihn erleichtert.

Masul beherrschte sich, nahm sich zusammen. Jetzt nur nicht zittern!

Er entzündete das Kohlebecken, blies Luft an die Kohlen bis sie aufglühten und sich eine feine weiße Ascheschicht auf ihnen bildete. Jetzt hatten die Kohlen die richtige Temperatur! Anschließend wusch er sich erneut die Hände.

Isabella und Mashara warteten auf ihm, umarmten ihn. Isabella lächelte. Er meinte sogar, einen spitzbübischen Zug in ihrem Gesicht zu sehen. Hatte sie etwas vor?

„Mashara, hilf mir, das Becken zu tragen!“

Mashara und Masul trugen das Becken mit untergelegten Stangen ins Haus. Der leichte Geruch des Feuers breite sich aus. Die Kohlen knistern durch die Bewegung, ließen kleine Funken stieben.

Masul tauchte das Eisen in die Glut des Beckens. Das Eisen lag erst dunkel in der Glut, dann begann es, Farbe zu bekommen. Erst ganz dunkelrot, dann allmählich heller.

„Isabella, knie hin!“

Ein Befehl fast war es gewesen. Isabella und Mashara tauschten Blicke, nickten sich zu. Hatten sie etwas vor?

Isabella öffnete ihr Kleid, entblößte ihre Schultern, kniete, von Mashara geführt, vor Masul auf den Boden.

„Mein Herr, kennzeichne dein Eigentum!"

Masul holte erneut tief Luft. Mashara hielt Isabellas Hände, schaute ihn auffordernd an. So denn! Masul nahm das Eisen in die Hände, schwenkte es in der Luft, bis es die richtige Temperatur hatte.

„Ich kennzeichne dich als mein Eigentum, Isabella!"

Er drückte ihr das glühende Eisen auf die rechte Schulter. Isabella zuckte nach oben, gegen das Eisen, stöhnte auf. ‚Wie meine Tiere!' Er musste lächeln, wider Willen. Einundzwanzig-zweiundzwanzig-Fertig!

Masul legte das Eisen zurück in die Glut des Feuers. Isabellas Brandmal war klar und deutlich sichtbar. Ihre Haut zeichnete das M mit der Tilde gestochen scharf, in tiefem Rot nach. Sie hatte Tränen in den Augen, stützte sich auf Mashara, dann umarmten und küssten sie sich.

Isabella löste sich von ihm, schaute ihn mit tief bewegten Blick an. Wann hatte sie jemals so ihren Mann oder Mashara angeschaut? Warum lächelte sie jetzt? Auch Mashara begann zu lächeln!

„Mashara, knie dich hin!"

Masul sah überrascht wie Mashara die Position Isabellas einnahm, ihre Schulter zeigte und kniete, wie Isabella das Eisen fast spielerisch leicht in die Hand nahm und es schwenkte. Masul blieb der Mund offen stehen.

„Ist mein Herr seiner Sklavin behilflich?"

Isabella lächelte wieder.

Masul stand hinter Isabella, umfasste ihre Hände und führte sie. Zischend brannte das Eisen das Zeichen Masuls in Masharas Haut. Dieses Mal würde es sichtbar bleiben!

Sie legten das Eisen auf das Becken, umarmten sich und hielten sich, für lange lange Zeit.

Weitere Bücher von Frank Stein

„Der Tierarzt und die Architektin“ erzählt die Geschichte von Carola, Layla und Isis und gibt damit ein Panoptikum des Petplay in einer mit Humor und stellenweise sarkastischen Bemerkungen gewürzten Erzählung.
Carola trennte sich von ihrem Mann, da er sie fast völlig ignorierte und nur seinen Beruf kannte. Erlebnisse mit einem anderen Paar führen zu turbulenten Verwicklungen, in deren Verlauf der Tierarzt seine Frau zurückgewinnt. Doch das Schicksal meint es nicht gut mit Carola…
Layla führte ein traumatisches Erlebnis zu einem Paar, dem sie vertrauen kann. Erst nach und nach versteht das Paar was es mit der fülligen rothaarigen Layla auf sich hat…
Isis liebt es, versteckt im Gebüsch, ihre Mieter bei ihren heißen Spielen im Garten zu beobachten. Was wird passieren, sobald diese bemerken, dass sie belauscht werden? Werden sie es sich weiterhin gefallen lassen für ihre Vermieterin Freiluft- Kino zu spielen?

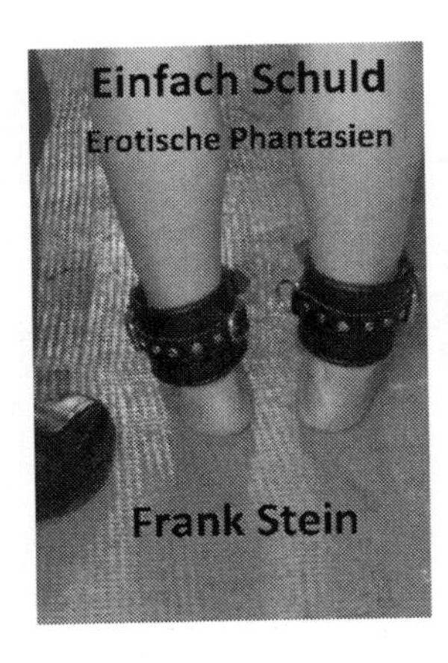

In **„Einfach Schuld“** sind die sehr gerne gelesenen Geschichten „Die Jagd“ und „Einfach Schuld“, aus dem Buch „Der Tierarzt und die Architektin“ separat veröffentlicht.
Beides sind keine harmlosen Geschichten. Diese kleinen Geschichten kosteten den Autor viel Selbstüberwindung, Zeit und Mühe sie zu Papier zu bringen: Sie sind es wert, gelesen zu werden.

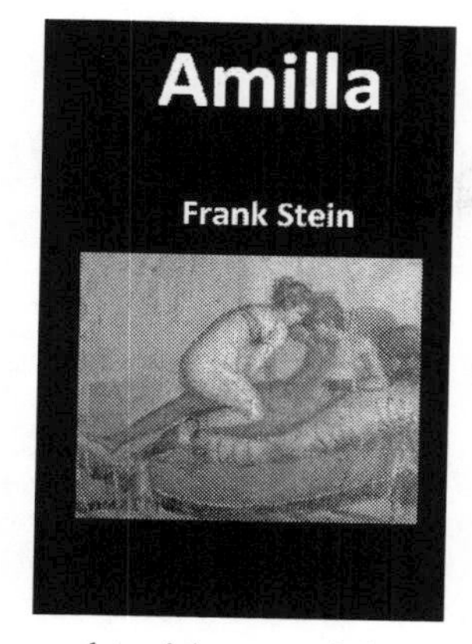

In **„Amilla“** wird erzählt, wie eine junge Lehrerin in ihrer Schule von ihren Schülern gemobbt und vom Kollegium gemieden wird.
Sie erlebt Demütigungen und Erniedrigungen und kann sich schlussendlich nur zu einem folgenschweren Entschluss durchringen – aber wird es ihr auch gelingen?
Ein junger Mann beobachtet sie aus seinem Auto, wie sie auf der Brücke steht, mit einem Strick um den Hals. Wird er sie rechtzeitig erreichen können? Kann er sie retten? Was wird geschehen, falls er sie retten kann?

„Für immer und ewig“ ist der Beginn der Erzählungen über Martin Schmidts Ermittlungsarbeit als Polizeikommissar, erzählt in „**Martin Schmidt ermittelt**“.
Gabriele und Maria sind beste Freundinnen und Arbeitskolleginnen. Nur, dass Maria eines Morgens urplötzlich verschwindet und nicht wieder gefunden wird. Martin Schmidt beginnt mit seinen Ermittlungen. Er findet heraus, dass die beiden Frauen auch gemeinsame Freunde hatten… Das sich im Keller von Gabrieles Haus entwickelnde Psychodrama kann er erahnen, aber wird er es verhindern können? Werden ihm seine Vorgesetzten glauben?
„Im tiefsten Grund“, der zweite Teil der Erzählungen, ist ein neuer Fall für Martin Schmidt. Eine junge Frau wird am Ufer eines Baches gefunden, so kalt wie das Wasser, das mit ihren Haaren spielt. Woher kam sie? Wer hat sie ermordet? Martin Schmidt ist dabei den Anfang einer Verschwörung aufzudecken, die alles in seinem näheren Umfeld ändern wird.
„Entführt“, der dritte Teil des Buches, erzählt die packende Entführung Gabrieles und die Jagd nach ihr und ihren Entführern.

„Liebesgeschichten“ fasst drei unabhängige Erzählungen zu einem Buch zusammen: „Fünf Jahre“, „Unmögliche Liebe“ und „Anatepca“.

„Fünf Jahre“ erzählt, dass Stefanie für die Schulden ihrer Eltern gerade stehen soll. Sie weiß sich nur zu helfen, indem sie den Kontakt zum ärgsten Feind ihrer Eltern sucht: Wird er ihr helfen? Wird sie dort Unterstützung erhalten? Und was wird sie dafür tun müssen?

„Fünf Jahre“ ist eine sehr romantische, liebevolle Geschichte und zählt zu den beliebtesten Erzählungen des Autors.

„Unmögliche Liebe“ berichtet von den Verletzungen, die sich ein Ehepaar zufügte und die auch nach Jahren nicht verheilt sind: Sabine betrog ihren Mann nach Strich und Faden. Auch nach ihrem Motorradunfall, der sie ernsthaft behindert, dirigiert sie ihren Mann wie eine Marionette. Erst, als er sich in eine andere Frau verliebt und eine Dreierbeziehung aufnimmt, kann er sich aus dem Teufelskreis befreien. Aber auch noch Jahre später sitzt der Schmerz in ihm tief. Wird er seiner Frau jemals verzeihen können? Wird die komplizierte Beziehung halten?

„Anatepca“ ist eine Liebesgeschichte aus einem anderen, weit entfernten Land vor unserer heutigen Zeit. "Anatepca" erzählt von der Beziehung eines südamerikanischen Viehzüchters zu der stolzen, elitären Isabella und einem Indio-Mädchen.

„Die Streunerin" ist eine romantische Erzählung über ein Paar, das sich durch Zufall an einer Bushaltestelle kennenlernt.
Aus der Zufallsbegegnung wird ein erstes Kennenlernen, wird Liebe… allerdings haben beide eine Geschichte, beide haben Erfahrungen, die nicht so einfach zu schlucken sind wie eine verflossene, frühere Liebe.
Bis beide schließlich ihre gemeinsame Zukunft verwirklichen können, müssen sie noch einige Hürden überwinden…

In **„Kometen"** betreten Sie ein anderes Land, einen anderen Kontinent, eine andere Welt. In diesem Land kennt man, im Gegensatz zu den Nachbarländern, keine Todesstrafe. Jedoch findet jedes Jahr ein Ereignis in diesem Land statt, das als „Die Jagd" bezeichnet wird. Eine weitere Besonderheit des Landes ist die Kenntnis eines Metalls, das man „Luum" nennt.
Karay ist zu lebenslänglicher Haft verurteilt, wie auch Ulla, Hedda, Taira, Gönül und Xenia. Die Frauen haben eine Chance: Einmal können sie an der Jagd teilnehmen, entkommen und begnadigt werden – oder verlieren. Sechs Stunden Vorsprung haben sie, dann werden sich die Jäger an ihre Fersen heften, sie jagen und versuchen, einzuholen. Ein junger Mann ist ihr heimlicher Verbündeter. Wird es ihm gelingen, auch nur eine der Frauen zu retten?
Eine bitter-süße, romantische Liebesgeschichte in einer anderen Welt, für Menschen, die gerne fantasievolle Erotik lesen.

Printed in Great Britain
by Amazon.co.uk, Ltd.,
Marston Gate.